闽籍学者文丛

福建文艺发展基金资助项目

第二辑

诗歌中的心事

谢有顺 著

海峡出版发行集团

福建人民出版社

图书在版编目（CIP）数据

诗歌中的心事/谢有顺著 . —福州：福建人民出版社，2017.3
（闽籍学者文丛/张炯，吴子林主编 . 第二辑）
ISBN 978-7-211-07525-6

Ⅰ.①诗…　Ⅱ.①谢…　Ⅲ.①诗歌评论—中国—文集
Ⅳ.①I207.22—53

中国版本图书馆 CIP 数据核字（2016）第 313324 号

诗歌中的心事
SHIGE ZHONG DE XINSHI

作　　者：谢有顺		
责任编辑：潘静超		
出版发行：海峡出版发行集团		
福建人民出版社	**电　　话**：0591-87533169（发行部）	
网　　址：http://www.fjpph.com	**电子邮箱**：fjpph7211@126.com	
地　　址：福州市东水路 76 号	**邮政编码**：350001	
经　　销：福建新华发行（集团）有限责任公司		
印　　刷：福建省金盾彩色印刷有限公司		
地　　址：福州市晋安区福光路 23 号	**邮政编码**：350014	
开　　本：700 毫米×1000 毫米　　1/16		
印　　张：21.75		
字　　数：286 千字		
版　　次：2017 年 3 月第 1 版	2017 年 3 月第 1 次印刷	
书　　号：ISBN 978-7-211-07525-6		
定　　价：45.00 元		

总　序

　　本丛书为闽籍知名学者的学术论著精选集。

　　福建地处我国东南海隅。南临大海，有一条美丽绵长的海岸线，让人联想起一种开放性；北为武夷山脉等群山所隔，又略显局促、逼仄。地理位置的这种矛盾性特点，一方面，使闽地学者不安于空间狭小的故园，历经磨难而游学四方，冲出"边缘"进入"中心"；另一方面，又有一种与"中心"相疏离的"外省"特色，在"中心"与"边缘"之间保持着必要的张力。这有力地塑造了闽地文化独特的"精神气候"：有比较开阔的世界性视野，善于借助异域文化经验、文化优势来实现自己、完成自己，建构属于自己的原创性理论话语，占据着学术思想的高地。

　　自魏晋南北朝以来，中原文化渐次南移，尤以唐宋为甚，故闽地学人辈出不已。在 19 世纪末、20 世纪初中国社会文化的转型期，福州、厦门被列入"五口"开放，西学进入沿海城市，闽地涌现许多文化先驱，一度成为中国的文化中心之一。如，"开眼看世界第一人"的林则徐，引进西方社会科学理论的严复，译介域外小说的林纾，等等。此后，闽地文化人如鲍照诗所云"泻水置平地，各自东西南北流"，以其才智和气魄在激烈竞争中居于重要地位。

　　在 20 世纪 80 年代的中国文化又一转型期，闽地文化人再次异军突起、风云际会，主动发起、参与了当代中国文坛数次意义重大的论战，发出时代的最强音，大大深化了 80 年代以降的文学变革和思想启蒙，成为学界思想潮流的"尖兵"。为此，当代著名作家王蒙提出了文学理论、批评界的"京派""海派""闽派"三足鼎立之说。这对于一个文化边缘省份而言，既是悠久历史传统的复苏，也是未来文化前景的预期；既是一项殊荣，也是一种鼓舞。

当代学术中"闽派"的提法，不仅仅是一个地域概念，更是一种文化概念。这个以地域命名的学术群落，散布全国各地学术重镇，每个人的文化素养、价值观念、审美向度和言述方式大相径庭，但都在全国产生了辐射性的影响力，充分展现了八闽大地包容万象的气势。职是之故，我们不拘于一"派"之囿，以"闽籍学者"定位这一丰富的文化现象。

受福建人民出版社的委托，我们欣然编选、推出这套"闽籍学者文丛"，其志在薪梓承传，泽被后学，为学术发展尽一绵薄之力。古人云："文章千古事，得失寸心知。"闽籍学者阵容强大，我们拟分期分批分人结集出版，以检阅闽地学人的学术实绩。

这是"闽籍学者文丛"的第二辑。本辑推出的是我国当代文学界著名的文艺理论家、文学史家、文学评论家，既有年逾九旬的老学者，也有中青年学术新锐；每人一集，收录有分量的代表性论文，凸显"一家之言"的戛戛独造。

如果时机成熟，本文丛还将进一步扩大规模，我们真诚地希望读者诸君一如既往地提出宝贵的建议。

张　炯　吴子林

2016 年 12 月 9 日

目　录

序

　　近年来，有几点感受越来越强烈，有必要写下来，供自己备忘。

　　一是现在文学活动越来越多，诗歌活动更是不少，文学交流似乎成了一种不容置疑的伦理，仿佛不交流即无法写作。可是，在当下这个普遍崇尚文学交流的语境里，我们是否忽略了文学的另一种本质——写作的非交流性？许多伟大的文学作品，都不是交流的产物，恰恰相反，它们是在作家个体的沉思、冥想中产生的。曹雪芹写作《红楼梦》时，能和谁交流？日本《源氏物语》的诞生是交流的产物吗？更不用说《诗经》中那些作品的诞生了。很显然，这些作品的出现，并未受益于所谓的国际交流或多民族的文化融合。它们表达的更多是作家个体的发现。正因为文学有不可交流的封闭性的一面，文学才有秘密，才迷人，才有内在的一面，所以本雅明才说，写作诞生于"孤独的个人"。"孤独的个人"是伟大作品的基础。现在中国作家、中国诗人的问题，不是不够开放，不是交流不够，恰恰是因为缺乏"孤独的个人"，缺少有深度的内面。很多作家、诗人一年有好几个月在国外从事各种文学交流，作品却越写越差，原因正是作品中不再有那个强大的"孤独的个人"。所以，好的作家、诗人应该警惕过度交流，甚至要有意关闭一些交流的通道，转而向内开掘，深入自己的内心，更多地发现个体的真理，锻造那个强大的"孤独的个人"，写作才会因为有内在价值而有力量。

二是在一个普遍鄙薄中国当代文学的时代，要大胆肯定当代文学的价值与成就。文学研究界一直以来对时间有特殊的迷信，总是推崇时间久远的文学，鄙薄当下的文学写作与文学实践。于是，研究先秦的，看不起研究唐宋的；研究唐宋的，看不起研究元明清的；研究元明清的，看不起研究近代的；研究近代的，看不起研究现代的；研究现代的，看不起研究当代的；研究当代的，看不起研究华文文学的；研究华文文学的，还看不起研究网络文学的呢。文学研究界存在这样一种荒唐的逻辑。以现代文学和当代文学的比较为例，大家普遍认为现代文学中有大师，成就要远高于当代文学，现在看来，这个观念是要反思的。难道六十多年的当代文学的成就真的不如三十年的现代文学吗？想当然耳！在我看来，当代文学的成就早已全面超越现代文学——这么简单的事实，很多人都不愿意直面而已。除了短篇小说和杂文的成就，因为有鲁迅在，不能说当代超越了现代，但在长篇小说、中篇小说、诗歌、文学批评等领域，当代文学的成就显然已全面超越现代文学。你能说当代长篇小说就没有超越《子夜》和《家》么？你能否认当代中篇小说已远超现代的中篇小说么？你能说当代诗歌的成就不如徐志摩、戴望舒和穆旦么？你能说当代文学批评的成就不如李长之、李健吾么？甚至在散文方面，或许在语言的韵味上，当代作家还不如现代作家，但在散文的题材、视野及技法上，当代散文也已不亚于现代散文。所以，当代文学的成就已不亚于甚至已全面超越现代文学，这是显而易见的事实，只是大家因循旧见，不愿作出独立判断而已。仅仅因为现代作家普遍参与了现代汉语的建构，他们才更容易被经典化，而当代作家即便写出了杰作，因为他们承继的是已有的语言遗产，也容易被轻化。今天，到了应该公正对待中国当代文学成就的时候了。即便当代文学还有各种问题，但我们应该大胆承认它取得的成就，更不该以现代文学的辉煌来压抑当代文学的成就了。特别是诗歌，这些年的成就远远超过小说，它对现代人生存经验的解析，精细、繁复、深刻，在语言探索上也有不凡表现，尤其值得珍视。

三是当代文学当然有很多问题，其中有一个最大的不足就是渐渐失去了重大问题的兴趣和发言能力，越来越少对自身及人类命运的深沉思索。多数作家满足于一己之经验，依然沉醉于小情小爱，缺少写作的野心，思想贫乏，趣味单一。比起一些西方作家，甚至比起鲁迅、曹禺等作家，当代作家的精神显得太轻浅了。私人经验的泛滥，使小说、诗歌叙事日益小事化、琐碎化；消费文化的崛起，使小说、诗歌热衷于言说身体和欲望的经验。那些浩大、强悍的生存真实、心灵苦难，已经很难引起作家的注意。文学正在从精神领域退场，正在丧失面向心灵世界发声的自觉。从过去那种政治化的文学，过渡到今天这种私人化的文学，尽管面貌各异，但从精神的底子上看，其实都是一种无声的文学。这种文学，如索尔仁尼琴所说，"绝口不谈主要的真实，而这种真实，即使没有文学，人们也早已洞若观火"。什么是"主要的真实"？我想就是在现实中急需作家用心灵来回答的重大问题，关于活着的意义，关于生命的自由，关于人性的真相，关于生之喜悦与死之悲哀，关于人类的命运与出路，等等。在当下中国作家、诗人的笔下，很少看到有关这些问题的追索和讨论，许多人的写作，只是满足于对生活现象的表层抚摩，他们普遍缺乏和现实与存在进行深入辩论的能力。这可能是当代文学最严重的危机。我之前看《星际穿越》这部科幻电影，感触很深。一部好莱坞的通俗电影，尚且可以思考关于人类往何处走，人类的爱是否还可以自我拯救等深刻的精神母题，何以我们的作家、诗人却只满足于探求那些细碎的、肤浅的生活难题？当代作家、当代诗人要实现自我突破，就必须重获对重大精神问题的发言能力，彻底反抗那种无声的文学。

确实该为写作重新找回一个立场了，这是文学的大体，识此大体，则小节的争议，大可以搁置一边。从其大体为大人，如孟子所说，"先立乎其大者，则其小者不能夺也。"立其大者的意思，是要从大处找问题、寻通孔，把闷在虚无时代、欲望时代里的力量再一次透显出来，只有这样，整个文学界的精神流转才会出现一个大逆转，才会重新找回一种大格局。

|第一辑| 为诗歌申辩

乡愁、现实和精神成人

—— 为诗歌说一点什么

一

应该为诗歌说一点什么。在今天这个时代，小说可以畅销，散文可以名世，话剧可以成为政府文化项目，批评也可以寄生于学术场，唯独诗歌，一直保持着边缘和独立的状态。没有市场，没有版税回报，也没有多少文学权力的青睐，它坚韧、纯粹的存在，如同一场发生在诗人间的秘密游戏，有些寂寞，但往往不失自尊。我见过很多的诗人，他们大多以人生作文，以性情立世，热爱写作，尊重汉语，对诗歌本身怀着深切的感情，即便遭到旁人奚落，内心也不为所动，常为自己能觅得一句好诗喝酒、流泪。在这样的时代，还有这么多贵重的诗心活跃在生活的各个角落，确实令人感动。相反，小说虽然热闹，但越来越像俗物，有些甚至还成了混世哲学的传声筒。我见过很多小说家，他们聚在一起，几乎从不谈论文学，除了版税和印数，话题无非是时事政治或段子笑话。这和诗人们的生存状态形成了鲜明的对照。

我无意于在这种生存状态之间分出高低。我只是想说，细节会泄露一个人的内心，正如圣经所言，"人心里怎样思量，他为人就是怎样"。心被物感之后，写作岂能不受影响？一个日益平庸和粗鄙的时代，势必产生平庸和粗鄙的写作；这个写作大势一旦形成，一个没有灵魂的时代就诞生了。

今天许多中国人正走在这条路上，作家们也普遍被这道洪流卷着走，缺乏自省，作品多为一时一利而写。无病呻吟，心如坚铁，自我复制，这是中国当代文学的通病，尤以小说、散文为甚。如果作家没有了悲伤和愤怒，没有了灵魂的失眠和不安，如果文学不再是有感而发，不再对人世充满理解之同情，写作还有何存在的意义？中国古人讲人如其人，知人论世，所谓"读孔氏书，想见其为人"，这都是老调重弹了，今天却有重申的价值。不能奢望从一颗斤斤计较的心灵里会产生出广阔的文学，正如不能梦想伟大的作品会从浅薄的游戏精神中生长出来。一个时代的写作总是和一个时代的灵魂状况紧密地交织在一起，越过写作者的灵魂图景奢谈文学，这不过是另一种精神造假而已。

文学应该向我们展现更多的信念和诚实，从而告别虚假和平庸；面对触目惊心的心灵衰败，作家们应该尊灵魂、养心力，积蓄健旺、发达、清明的生命气息，来为写作正名。在一个没有灵魂的社会，进行一种无关痛痒的写作，不过是在浪费生命而已——要意识到这一点，需要作家们有一种写作的胆识，真正在文学上精神成人。木心说："五四以来，许多文学作品之所以不成熟，原因是作者的'人'没有成熟。"① 这话是很深刻的。没有精神成人，写作就如同浮萍，随波逐流，少了坚定、沉实的根基，不能以不变应万变，势必像洪流中的泡沫，很快就将消失。

----

① 木心：《琼美卡随想录》，广西师范大学出版社 2006 年版，第 77 页。

诗歌总是不断地对这种生存境遇提出抗辩。我当然知道，诗人中也有玩世之人，几近胡闹的写作更不在少数，鱼龙混杂，泥沙俱下，这正是当今诗坛的生动写照。但是，相比于其他领域的写作，诗人中有着更多的理想主义者，诗歌也比其他文字更纯粹、更真实、更见性情。文学已经落寞，诗人的激情依旧。真正的诗歌，不求时代的怜悯，也不投合公众的趣味，它孤立的存在本身，依然是了解这个时代不可或缺的精神证据。

我甚至认为，这些年的文学，最热闹的是小说，成就最大的当属诗歌。在这个时代，仍然有很多诗人，穷多年心力，就是为了探索如何更好地用语言解析生命，用灵魂感知灵魂，这多么难得。当小说日益简化成欲望叙事，日益臣服于一个好看的故事这个写作律令，很多诗歌却仍保持着尖锐的发现，并忠直地发表对当下生活的看法。许多新的话题，都发端于诗歌界；许多写作禁区，都被诗人们所冒犯。诗人可能是受消费文化影响最小的一群人，风起云涌的文化热点、出版喧嚣，均和他们关系不大，他们是社会这个巨大的胃囊所无法消化的部分，如同一根精神的刺，又如一把能防止腐败的盐，一直在时代的内部坚定地存在着。优秀的诗人，总是以语言的探索，对抗审美的加速度；以写作的耐心，使生活中慢的品质不致失传。

正是因为存在这些"孤独的个人"，使我对诗歌一直怀着一份崇高的敬意。

在虚无主义肆意蔓延的今天，诗歌是"在"和"有"的象征。存在缺席时，诗歌在场；别人失语时，诗歌发声——理想中的诗歌总是这样。诗歌是诗人真实性情的流露，是诗人生命的自然运转和发挥；它为此在提供注释，为当下想象未来；它为生命的衰退而伤感，为灵魂的寂灭而疼痛。诗歌的存在是要告诉我们，在俗常的生活之外还有另外一种生活，在凝固的精神之外还有另外一种精神的可能。"吾青春已逝/国家依旧年轻/少年们日夜加班/赶制新的时装/老同志老当益壮/酝酿新的标语/啊　人民　继续前进吧/吾一人独自老迈/落伍　腐朽/读《论语》　诵唐诗/韦编三绝　绝处逢生/在自己的秋天/蜕化为古人"（于坚：《便条集》），这是一种生活态度。"一个世界为什么不是一个梦想/请给我们看看那真正的容颜"（东荡子：《鸟在永远飞翔》），这是一个生活疑问。"我在五金厂，像一块孤零零的铁"（郑小琼：《水流》），这是一种生活状态。在这样的诗歌中，我能分享到一种自己生活里所没有的经验和感受。

　　因此，我常常在想，假如这个世界没有了诗歌，我们到底会失去什么？毫无疑问，经济不会受其影响，社会秩序也会照旧，大家照样工作，照常生活，正如日头出来日头落下，风往南刮又向北转，不会因此而有丝毫变化，但我们能不能由此就证明诗歌是无用的、多余的？现在社会上流行的嘲笑诗歌的力量，正是源于对一种多余的、私人的、复杂的经验和感受的剿杀，好像一切没有实用价值和传播意义的微妙感受，都不应该存在。这个以诗歌为耻的时代，正被一种实用哲学所驯服，被一系列经济数据所规划，被冷漠的技术主义所奴役。而诗歌或文学的存在，就是为了保存这个世界的差异性和丰富性——它所强调的是，世界除了我们所看见的那些，它还有另外一种可能性，这种可能性关乎理想、意义，关乎人心的秘密和精神的出路。离开了这些个别而丰富的感受，人类的灵魂世界将会变得粗糙僵硬、一片荒凉。诗歌反抗精神的一致性，它激发每一个人都对自己的生活存着梦想和希望，因此，有多少个诗人就有多少种诗歌，有多少种诗歌就有多少种生活的可能性。试想，如果没有"君不见黄河之水天上来，奔流到海不复回。君不见高堂明镜悲白发，朝如青丝暮成雪"这样的诗句，我们怎能领会汉语的壮阔？如果没有陶渊明，我们怎能想象"采菊东篱下，悠然见南山"也是一种高迈的人生境界？

　　——这并不是对诗歌价值的高估，而是我想借此重申一种诗歌独特的品质。诗歌在今天遭到时代的冷落，试图用投合公众趣味的方式来改变自身的处境已经无济于事，诗歌的出路在于退守，在于继续回到内心，发现和保存那些个别的、隐秘的感受。诗歌不能让我们生活得更好，但能让我们生活得更多。钱穆说："我哭，诗中已先代我哭了；我笑，诗中已先代我笑了。读诗是我们人生中一种无穷的安慰。有些境，根本非我所能有，但诗中有，读到他的诗，我心就如跑进另一境界去。"① 他对诗歌的理解，说出了诗歌所固有的基本价值。

二

诗人要为另一种人生、为更多的生活可能性，站出来作证。因此，面对诗歌，诗人们不仅是去写作，更是去发现，去生存，去信仰。

意识到这一点，诗歌境界会变得开阔。美国学者马克·爱德蒙森在《文学对抗哲学》一书中说："哲学家是精英中的一员，而诗人是一个民主分子，众人中的一人。"②这可以看作是对诗人精神身份的一种恰当描述。诗歌的"民主"，在于每个诗人都是"一人"，但这个"一人"必须是"众人中的一人"。说句实话，我现在越来越厌倦那种无视"众人"的小圈子话语游戏——经过这些年一次又一次的诗歌革命，用语言撒娇，或者用诗歌写隐私，都是肤浅的诗歌行为，不值得惊奇了。诗歌发展到今天，应该出现一个更广大的整体性变革的图景，局部性的修补或变革，意义已经不大。但是，越来越多的诗人，正躺在现成的语言成果里享清福，没有多少人注意，诗歌在今天正发生哪些整体性的、秘密的变化。

---

① 钱穆：《谈诗》，见《中国文学论丛》，生活·读书·新知三联书店 2002 年版，第 124 页。

② ［美］马克·爱德蒙森：《文学对抗哲学——从柏拉图到德里达》，王柏华、马晓冬译，中央编译出版社 2000 年版，第 7 页。

　　最为根本的变化，在我看来，是文学精神气息的流转到了转折的关键时刻。

　　二十世纪以来，诗歌发生了革命，用白话写了，但我觉得，有些诗歌的品质不仅没有更朴白，反而更难懂了。尤其是这二十几年来，中国诗歌界越来越倾向于写文化诗，写技巧诗，诗人的架子端得很足，写出来的诗呢，只供自己和少数几个朋友读。这是不正常的。中国是诗歌大国，诗歌情怀在很多人心里依然存在，现在何以大家都不想读诗了？时代语境的变化是一方面，另一方面，问题可能还是出在诗人自己身上。诗歌会走到今天这个境地，有一个很大原因，就是诗人把诗歌都写成了纸上的诗歌，这样的诗歌，只在书斋里写，和生活的现场、诗人的人生，没有多大的关系。诗歌一旦成了"纸上的诗歌"，即便技艺再优美，词句再精炼，如果情怀是空洞的，心灵是缺席的，它也不过是文字游戏罢了。

　　一个时代是有一个时代的生命气息的。唐代的诗人，生命力普遍是健旺的，他们诗歌里面的精神气场也强盛。李白等人的诗不是在书斋里写的，他们一直在生活，在行动，他们的诗歌活在生活之中，活在人生这个广大的现场里。李白那首著名的《赠汪伦》，就是汪伦来送李白，李白即兴写的："李白乘舟将欲行，忽闻岸上踏歌声。桃花潭水深千尺，不及汪伦送我情。"据说，汪伦的后人到宋代还保留着李白写的这首诗的原稿。李白当时是有感而发，而有感而发正是诗歌写作最重要的精神命脉。唐诗三百首里，被传唱的那些，基本上都是在生活现场里写出来的。陈子昂的《登幽州台歌》，是他登了那个幽州台，才发出"前不见古人，后不见来者。念天地之悠悠，独怆然而涕下"的感慨的。因为有了那个实实在在的"登"，诗歌才应运而生。他是登了幽州台才写诗的，并非为了写诗才登幽州台的。古代的很多诗，都是这样"登"出来的。杜甫写过《登高》："无边落木萧萧下，不尽长江滚滚来。"他还写过《登楼》："花近高楼伤客心，万方多难此登临。"他还有一首《登岳阳楼》："亲朋无一字，老病有孤舟。"这些，都和杜甫的生活现场有关。李白有一次登黄鹤楼，本来想写一首诗，结果呢，"眼前有景道不得，崔颢题诗在上头"，多么地真实。还有李白那首著名的"故人西辞黄鹤楼，烟花三月下扬州。孤帆远影碧空尽，惟见长江天际流"，题目就叫《黄鹤楼送孟浩然之广陵》，是送行诗。而"弃我去者，昨日之日不可留；乱我心者，今日之日多烦忧"这样的名句，也是有一次李白在宣州谢朓楼设酒饯别朋友时写的。李白们的诗几乎都不是在书斋里写的，他们一直在生活，在行走，同时也在写诗。他们的诗歌有生命力，是因为他们的诗歌从诞生之日开始，就一直活在生活中的，从未死去。而今天一些诗人写的诗歌，还没传播，就已经死了，因为这些诗歌从来就没在诗人的生活或内心里活过，死亡是它们必然的命运。

　　诗歌后来一步步地走向衰微，跟国人生命气息的流转不断走向孱弱有关。五四时期诗歌再次勃兴，二十世纪八十年代诗歌盛极一时，这何尝不是跟思想解放运动使个体生命变得神采飞扬有关？到二十世纪九十年代，诗歌又一次沉寂，直到九十年代后期网络普及，私人经验、身体话语大量入诗之后，一种由欲望和宣泄为主导的诗歌热潮才再次席卷全国。在此之前，文学被思想、文化、知识压抑已久，大诗、史诗、宏大叙事、个人命运感等观念一统诗坛，在这个背景下，强调身体之于诗歌写作的革命意义，强调身体话语在文学写作中的合法地位，具有重要的价值。当时我专门写过一篇长文，就叫《文学身体学》，这算得上是比较早的研究身体叙事的文章了，引用的人很多。我在文章中说，"害怕面对人的身体的文学，一定是垂死的文学；连肉体和身体的声音都听不清楚的作家，一定是苍白的作家"[①]。但我同时也意识到，当诗人们把书写身体经验迅速变成一种新的写作潮流之后，必将导致另一种危机：对身体美学的简化。很多的诗歌，充斥着肉体的分泌物、过剩的荷尔蒙、泛滥的口水……这些其实并非真正的身体写作，只不过是对肉体（被简化的身

_____

　　① 谢有顺：《文学身体学》，载《花城》2001 年第 6 期。

体）的表层抚摩而已，如马尔库塞所言："整个身体都成了力比多贯注的对象，成了可以享受的东西，成了快乐的工具。"① 这个时候，诗人们写的不再是健全的身体，而是肉体乌托邦。我认为："肉体乌托邦实际上就是新一轮的身体专制——如同政治和革命是一种权力，能够阉割和取消身体，肉体中的性和欲望也同样可能是一种权力，能够扭曲和简化身体。虽说'肉体中存在反抗权力的事物'（特里·伊格尔顿语），但是，一旦肉体本身也成了一种权力时，它同样可怕。身体专制的结果是瓦解人存在的全部真实性，使人被身体的代替物（以前是仁、志、政治等，现在是性、肉体和欲望）所奴役。"② 事实果然如此。

只看到生命的阴暗面，只挖掘人的欲望和隐私，而不能以公正的眼光对待人、对待历史，并试图在理解中出示自己的同情心，这样的写作很难在精神上说服读者。因为没有整全的历史感，不懂得以宽广的眼界看世界，作家的精神就很容易陷于偏狭、执拗，难有温润之心。这令我想起钱穆先生在《国史大纲》一书的开头，劝告我们要对本国的历史略有所知，"所谓对其本国已往历史略有所知者，尤必附随一种对其本国已往历史之温情与敬意"，"所谓对其本国已往历史有一种温情与敬意者，至少不会对其本国已往历史抱一种偏激的虚无主义，……而将我们当身种种罪恶与弱点，一切诿卸于古人。"③ 钱穆所提倡的对历史要持一种"温情与敬意"的态度，这既是他的自况之语，也是他研究历史的一片苦心。文学写作何尝不是如此？作家对生活既要描绘、批判，也要怀有温情和敬意，这样才能获得公正的理解人和世界的立场。可是，"偏激的虚无主义"在作家那里一直大有市场，所以，很多作家把现代生活普遍简化为欲望的场景，或者在写作中单一地描写精神的屈服感，无

---

① ［美］马尔库塞：《爱欲与文明》，黄勇、薛民译，上海译文出版社 1987 年版，第 147 页。

② 谢有顺：《文学身体学》，载《花城》2001 年第 6 期。

③ 钱穆：《国史大纲》（修订本）上册，商务印书馆 1996 年版，第 1 页。

法写出一种让人性得以站立起来的力量，写作的路子就越走越窄，灵魂的面貌也越来越阴沉，慢慢地，文学就失去了影响人心的正面力量。

因此，在诗歌界，也需要重提一个诗人的责任——词语的责任和精神的责任。我知道，很多诗人都会以"写作是个人的事"为由，逃避写作该有的基本责任。"写作是个人的事"本是一句很好的话，但今天已经成了诗人们放纵自己的借口。个人的事，如果不联于一个更为广阔、深远的精神空间，它的价值是微不足道的。写作是个人的，但写作作为一种精神的事业，也是面对公共世界发言的。这二者并不矛盾。萨特在《文学是什么?》里说："首先，我是一位作家，以我的自由意志写作。但紧随而来的则是我是别人心目中的作家，也就是说，他必须回应某个要求，他被赋予某种社会作用。"①当萨特说他是一个"以我的自由意志写作"的作家时，他强调的就是一种个人的创造性，这是萨特得以存在的基础；在这种存在之上，萨特没有忘记他还是"别人心目中的作家"，他还有一个面对公共世界该如何担负责任、如何发言的问题，如他自己所说，"他必须回应某个要求"。个人创造是基础，在这个基础上面对世界发言，这是一个诗人的理想境界。尤其是在当下的中国，苦难和眼泪还如此普遍，面对这些，诗人和作家如果普遍沉默，拒绝担负写作在个人心灵中的责任，这样的写作，确实很难唤起别人的尊重。

因此，萨特提倡作家们"介入"时代，但这样的"介入"，并非简单的社会运动，而是要求介入者首先是一个存在者，在"存在"里"行动"，才是真正的"介入"。艾利斯说的"内心谈话"，萨特说的"存在"中的"介入"，如同鲁迅所说的要作"韧战"准备的忠告一样，其实都可借用来解释诗歌写作。这表明诗人要勇敢地面对自己，面对众人，面对现实；他写的诗不仅要与人肝胆

---

① ［美］爱德华·W.萨义德：《知识分子论》，单德兴译，生活·读书·新知三联书店 2002 年版，第 65 页。

相照，还要与这个时代肝胆相照，只有这样的诗，才是存在之诗、灵魂之诗。

三

要了解近年的诗歌现状，或许，黄礼孩前不久主编的两本诗集——《出生地》① 和《异乡人》② 是极好的选本。把写作当作"出生地"对他们的馈赠，同时又用"异乡人"来为另一些诗人命名，这不仅是一种出版创意，更是对一种诗歌精神的体认。事实上，每一个诗人身上，都兼具"出生地"和"异乡人"这两个心灵标记。写作既是精神的远游，也是灵魂的回家。你在故土的根须扎得越深，你的心就越能伸展到远方。你走得越远，回家的渴望就会越强烈。因此，诗人都有两个家，一个家在故乡，叫"出生地"，一个家在心里，叫"异乡"，诗人的写作，是在这两个家之间奔跑和追索。不可能离开，也不可能回去。你此刻在家就永远在家，你此刻孤独就永远孤独。诗歌永远是不知道的，在路上的。

卡夫卡说："由于急燥，他们被驱逐出天堂；由于懒散，他们无法回去。"③ 这是他为现代人画出的生存地图。天堂就是终极的家乡，"无法回去"则决定了人只能"流离飘荡在地上"，只能做一个永远的异乡人。由于人类远行太久了，家园的记忆已经淡漠，回去的道路也已经衰朽，我们一切的生存努力，都不过是在时间里，在天堂和尘世之间挣扎而已。真正的诗歌，既是朝向天堂的沉思，也是面

---

① 花城出版社 2006 年版。

② 花城出版社 2007 年版。

③ ［奥］卡夫卡：《卡夫卡全集》第 4 卷，河北教育出版社 2000 年版，第 3 页。

对死亡的讲述。到二十世纪，诗歌更是成了人类破败人生的记录和见证——都是伤口，充满绝望，不可能有胜利可言，挺住意味着一切。记不清是谁说过，"我们不得不经过这么多的污泥浊水，不得不经过这么多的荒唐蠢事才会回到家里，而且没有什么作向导，我们唯一的向导是乡愁"。——幸好还有"乡愁"，它成了现代诗歌中最为温暖的情感色调。

就此而言，我一直很关注那些有地方经验和精神扎根地的诗歌。一个诗人，如果没有灵魂扎根的地方，没有精神的来源地，是很难写出好作品来的。所以，像雷平阳、鲁若迪基、沈苇、叶舟这样一些诗人，他们的诗歌意义远远超出了地方性的概念。他们的诗歌视角往往是有限的、具体的、窄小的，但经由这条细小的路径，所通达的却是一个开阔的人心世界。我喜欢懂得在写作中限制自己，同时又不断地在写作中扩展自己人生宽度的作家。米沃什说："我到过许多城市，许多国家，但没有养成世界主义的习惯，相反，我保持着一个小地方人的谨慎。"① 像鲁若迪基，长期居于云南边地、泸沽湖畔，典型的小地方人，不缺"小地方人的谨慎"，这使得他在大地、生活和人群面前，能够持守一种谦逊的话语风度，从而拒绝夸张和粉饰。他的眼中，泸沽湖，小凉山，日争寺，一个叫果流的村庄，都是具体的所指，他注视它们，敞开它们，和它们对话，感觉它们的存在，写出它们和自己的生命相重叠的部分，如此平常，但又如此令人难以释怀。

> 天空太大了
> 我只选择头顶的一小片
> 河流太多了
> 我只选择故乡无名的那条

---

① 转引自西川：《米沃什的另一个欧洲》，见［波兰］切斯瓦夫·米沃什：《米沃什词典》，西川、北塔译，生活·读书·新知三联书店 2004 年版。

茫茫人海里

我只选择一个叫阿争五斤的男人

做我的父亲

一个叫车而拉姆的女人

做我的母亲

无论走在哪里

我只背靠一座

叫斯布炯的神山

我怀里

只揣着一个叫果流的村庄

——鲁若迪基：《选择》

　　这样的诗歌，是小的，也是有根的。鲁若迪基是真正以小写大、以简单写复杂的诗人。他不空洞地抒情，而是扎根于那些细微的感受，从感受出发，他的细小和简单，便获得了一种深切的力量。中国不缺复杂的诗，但缺简单、质朴、纤细的诗心，因为在复杂中，容易黏附上许多文化和知识的装饰，而简单、质朴和纤细里，所照见的就是诗人自己了。格林说，作家的经验在他的前二十年的生活中已经完成，他剩下的年月不过是观察而已。"作家在童年和青少年时观察世界，一辈子只有一次。而他整个写作生涯，就是努力用大家共有的庞大公共世界，来解说他的私人世界。"在这样一个崇尚复杂和知识的年代，鲁若迪基的天真、简明和有感而发，显得特别醒目；正如在这个世界主义哲学盛行的写作时代，鲁若迪基笔下那些有根的"小地方"经验，照样能够把我们带到远方。

　　让我们再来读读沈苇的《吐峪沟》：

峡谷中的村庄。山坡上是一片墓地

村庄一年年缩小，墓地一天天变大

村庄在低处，在浓荫中

墓地在高处，在烈日下

村民们在葡萄园中采摘、忙碌

当他们抬头时，就从死者那里获得

俯视自己的一个角度，一双眼睛

通过一个村庄的景象，写出一个地区的灵魂，这是当代诗歌经常使用的精神修辞。正如沈苇的诗中所象征的，由村庄、由死者获得"俯视自己的一个角度，一双眼睛"，而所有的诗歌，其实都是在寻找观察世界、观察自己的角度，并用自己的眼睛去发现世界、发现自我。如果从精神景观学的角度来解读诗歌，就会发现，新世纪以来，诗歌精神的内面，主要是通过身体和欲望这一载体来表达的——在网络和民刊上，可以读到大量以此为题材的诗作，并以"下半身"诗歌写作为代表，突破了诸多写作的道德尺度。或许，这种写作的革命意义大于它的写作实绩，但它确实引发了一次诗歌写作的热潮。我们不妨读读尹丽川那首短诗《情人》，"你过来/摸我、抱我、咬我的乳房/吃我、打我的耳光"，以及"你都出汗了"，"很用劲儿"，这些都是身体细节，然而一句"这时候，我们再怎样/都是在模仿，从前的我们"，迅速揭开身体背后的苍白和匮乏，一切来自身体的努力，"都没用了"，因为"这时候"不过是在努力"模仿""从前"——激情和快乐，爱和欲望，原来都经受不起时间哪怕最为温柔的磨碾。而比时间更为可怕的，是人心的漠然。"这么快/我们就成了这个样子"，既是时间的杰作，也是人自身的深刻困境的表现——生活成了一种模仿：现在模仿过去，未来呢，必定是在模仿现在。尹丽川通过书写"情人"间激情与欲望的衰败，洞悉了人内心的贫乏，以及人在时间面前的脆弱。她的诗歌告诉我们，欲望和存在一样，都是一个错误，但它不容修改。除了欲望的书写，更重要的成就，我以为还有那些扎根于地方经验，并由此呈现出精神地理学特征的诗歌，这些诗歌以乡愁和赤子情怀为核心，呈现大地质朴的容颜和诗人对生命、故土的正直理解。关于这一点，或许我们可以想起雷平阳那首著名的《亲人》：

　　我只爱我寄宿的云南，因为其他省
　　我都不爱；我只爱云南的昭通市
　　因为其他市我都不爱；我只爱昭通市的土城乡
　　因为其他乡我都不爱……
　　我的爱狭隘、偏执，像针尖上的蜂蜜
　　假如有一天我再也不能继续下去
　　我会只爱我的亲人——这逐渐缩小的过程
　　耗尽了我的青春和悲悯

　　这首诗，书写出了一个大地的囚徒如何在大地上行走的悲情。诗人"狭隘、偏执，像针尖上的蜂蜜"的爱，隐含着强烈的对故乡和生命的伤怀，照见的是一个忧郁的灵魂。雷平阳说："我希望能看见一种以乡愁为核心的诗歌，它具有秋风和月亮的品质。为了能自由地靠近这种指向尽可能简单的'艺术'，我很乐意成为一个茧人，缩身于乡愁。"[①] 乡愁是地理学的，也是精神学的，所以，伟大的作家往往都热衷写自己所熟悉的故乡。鲁迅写绍兴，沈从文写湘西，莫言写高密东北乡，贾平凹写商州，福克纳写自己那像邮票一样大小的家乡——每一个伟大的作家，往往都会有一个自己的写作根据地，这个根据地，如同白洋淀之于孙犁、北京之于老舍，上海之于张爱玲，沱江之于李劼人。没有精神根据地，盲目地胸怀世界，他所写下的，不过就是一些公共的感叹罢了。

―――――――――――

① 雷平阳：《片断感想》，载《诗刊·下半月》2004 年第 10 期。

四

还有很多的诗歌，它的精神核心并非"乡愁"，或者说，"乡愁"已经内化到了每一个诗人的心里，它更多的是关注此在，关注身边的生活，关注脚下这块变化中的土地。他们是想通过自己的写作，重新唤起人们对当下生活的信任和对未来世界的想象。

黄礼孩说，"诗人的存在是用诗歌去见证并影响自己的时代。"①确实，有很多诗歌，都是来自生活现场的心灵草稿，是解释人与诗、诗与时代之关系的重要材料。即便是在商业化程度最高的广东，也还有很多人用诗歌守护着灵魂的羞涩和自尊。在别人愤怒的时候，他们同情；在别人悲伤的地方，他们祝福；在众人都沉默的时候，他们抗议；在身体自渎的时代，他们为灵魂伤怀。面对比个人强大得多的现实，面对这个时代日益复杂、混乱的经验，很多诗人散落在办公楼、出租屋或工厂、车间里，如同隐藏在现实内部的敌人，随时准备站出来为这个时代的丰富和荒凉作证。

和小说家、散文家的慵懒和自得比起来，我更尊敬诗人。很少有诗人愿意对生活取旁观的态度，他们都活在具体的生活中，被具体的生活所裹挟，也被具体的生活所塑造。他们普遍对此在生活有一种强烈的热爱，为此，他们所出示的理想，有着比许多小说更为结实、人性的面貌。这些年，在中国独特的现实面前，诗人用诗歌发出了强有力的声音——这种声音不同于政府工作报告，不同于媒体报道，甚至不同于街谈巷议，它是诗人关于这个时代的精神意见。

---

① 黄礼孩：《用诗歌去见证并影响自己的时代》，见《异乡人》，花城出版社2007年版，第345页。

在我看来，要理解当下的中国，这份诗歌意见不容忽视。

谁都知道，这三十年来，中国发生了前所未有的社会变化。改革开放带来的经济奇迹，国人多有论及，而由此产生的数以千万计的移民，将对中国社会的精神生态造成多大的影响，却还没有引起太多作家的注意。这么多人同时在中国大地上迁徙，他们中的多数人又都选择南下，在那里工作、生活、扎根，这是中国历史上从未出现过的盛大景观。很显然，这是一个大变动的时代，一个众声喧哗的时代，一个希望和绝望交织的时代，一个高尚和污秽混杂的时代。生活在这个时代里的作家，能做些什么呢？坦率地说，现在的小说并未成为时代的强音，配得上这个时代的小说，太少；散文多是一种书斋生活或优雅的抒情，看起来更像是时代的装饰；相比之下，诗人们在时代面前显得更加敏感，更加尖锐，和现实短兵相接的写作也不在少数，尤其是那些属于新移民的"异乡人"，他们的介入和书写，为命名这种大变动中的生活，提供了崭新的视角。

> 这挤满了人的广场是多么荒凉！
> 他们都有一个身份，
> 纨绔子弟，傍大款的美女，公交车上的小偷，天桥下的拾荒者，
> 法律顾问，营养专家，家庭主妇，化妆品和春药推销员，五星酒店厨师，
> 地下通道里的流浪歌手，退休工人，古典音乐、女权运动和长跑爱好者，
> 警察，司机，清道夫，士多店老板，
> 他们都有一张脸，一个口音，和一些癖好，
> 他们都不知道自己是谁，
> 活在哪个朝代，
> 所有的人，
> 衣衫褴褛者和西装革履者，

大腹便便者和骨瘦如柴者，

滔滔不绝者和沉默寡言者，

狼吞虎咽者和素食主义者，

全都那么惊慌，那么笨拙，

他们对着镜子叫不出自己的名字，

对着孩子说不出斩钉截铁的誓言。

　　　　　——杨子：《这挤满了人的广场是多么荒凉》

　　这是某个广场的真实写照，又是新移民生活的象征性图景。那么多的人，不同身份的人，混杂着挤在一起，说出的却是"荒凉"二字——这首诗对当代生活的精练概括，在我看来，甚至超过了一部长篇小说的容量。杨子在另一首诗中还说，"那么多滚烫的欲望/压在一座灰色的大桥上，/加上咫尺之遥的银行、商场和夜总会，/加上那些紧贴在一起又无比疏远的心，/名字就叫——荒凉。"（《荒凉》）除了"荒凉"，还有这样一种生活极为著名：

你们不知道，我的姓名隐进了一张工卡里

我的双手成为流水线的一部分，身体签给了

合同，头发正由黑变白，剩下喧哗，奔波

加班，薪水……我透过寂静的白炽灯光

看见疲倦的影子投影在机台上，它慢慢地移动

转身，弓下来，沉默如一块铸铁

啊，哑语的铁，挂满了异乡人的失望与忧伤

这些在时间中生锈的铁，在现实中颤栗的铁

——我不知道该如何保护一种无声的生活

这丧失姓名与性别的生活，这合同包养的生活

　　　　　　　　——郑小琼：《生活》

　　在这样的生活中，人就像"一块孤零零的铁"，这是何等深切而

又个别的经验。人生变得与"铁"同质，"生活仅剩下的绿意"，也只是"一截清洗干净的葱"（郑小琼：《出租屋》）。这个悲剧到底是怎样演成的？郑小琼在诗歌中作了深入的揭示。她的写作意义也由此而来——她对一种工业制度的反思、对一种匿名生活的见证，带着深切的、活生生的个人感受，同时，她把这种反思、见证放在了一个广阔的现实语境里来辨析；她那些强悍的个人感受，接通的是时代那根粗大的神经。她的写作不再是表达一己之私，而是成了了解这个时代无名者生活状况的重要证据；她所要抗辩的，也不是自己的个人生活，而是一种更隐蔽的生活强权。这种生活强权的展开，表面上看，是借着机器和工业流水线来完成的，事实上，机器和流水线的背后，关乎的是一种有待重新论证的制度设计和被这个制度所异化的人心。也就是说，一种生活强权的背后，总是隐藏着更大的强权，正如一块"孤零零的铁"，总是来源于一块更大的"铁"。个人没有声音，是因为集体沉默；个人过着"铁样的生活"，是因为"铁"的制度要抹去的正是有个性的表情。这令我想起卢卫平笔下的《玻璃清洁工》：

> 比一只蜘蛛小
> 比一只蚊子大
> 我只能把他们看成是苍蝇
> 吸附在摩天大楼上
> 玻璃的光亮
> 映衬着他们的黑暗
> 更准确的说法是
> 他们的黑暗使玻璃明亮
> 我不会担心他们会掉下来
> 绑着他们的绳索
> 不会轻易让他们逃脱
> 在上下班的路上

我看见他们
只反反复复有一个疑问
最底层的生活
怎么要到那么高的地方
才能挣回

　　类似的表达，在过往的诗歌中，我们不常读到。它的意义已经超越了底层本身。一个有切身之痛的人所写的生活，有别于其他人的虚构和想象，它的存在，记录下的是这个时代最容易被消灭的渺小的声音。假如这个声音不在了，我们的生活就会出现残缺。像郑小琼的许多诗篇，可以说，都是为了给这些更多的、匿名的生活作证。她的写作，分享了生活的苦，并在这种有疼痛感的书写中，出示了一个热爱生活的人对生活本身的体认、辨析、讲述、承担、反抗和悲悯。读她的诗歌时，我常常想起加缪在《鼠疫》中关于里厄医生所说的那段话："根据他正直的良心，他有意识地站在受害者一边。他希望跟大家，跟他同城的人们，在他们唯一的共同信念的基础上站在一起，也就是说，爱在一起，吃苦在一起，放逐在一起。因此，他分担了他们的一切忧思，而且他们的境遇也就是他的境遇。"① ——从精神意义上说，郑小琼"跟他同城的人们"，也有"爱在一起，吃苦在一起，放逐在一起"的经历，她也把"他们的境遇"和自己个人的境遇放在一起打量和思考，因此，她也分担了很多底层人的"忧思"。这也是她身上最值得珍视的写作品质。

　　当下许多的诗人，都写到了这种异乡人的日常生活。除了诗人，我还没有看到有哪一个群体，会对这些碎片式的经验抱以如此巨大的书写热情。我一直喜欢读这种小视角的、有真实生活气息的诗歌，包括更早以前读到的杨克的《天河城广场》和《在东莞遇见一小块稻田》，都令人印象深刻。我当然知道，诗人的写作所关注的远不止

---

　　① 　[法]加缪：《鼠疫》，顾方济、徐志仁译，译林出版社 1997 年版，第 300 页。

这些（比如宋晓贤的《月光症》，"一个人病了/他得的是月光症/在有月亮的夜晚/他就发病/独自在月光下　哀鸣/这病多美啊/我都有点跃跃欲试了"，也是对人心生活的一种描述；比如李明月的《成为你的最初》，"一个人经过怎样的火候/才能把内心的阴暗蒸发/怎样的脱胎换骨/排毒　才能改变肉身的质地/过好红尘中清淡的日子"，也表达了一种内省的生活向度；比如莱耳的《无题》，"你的脸上，有一种遥远荒芜的表情/这使得今晚的月光，有了凉薄的意义/这苍白的，潮湿的/一朵，一生都不懂得愤怒，也不在乎枯萎的，茶花"，也未尝不是对生活精美的隐喻），但我重视他们对当下生活的讲述，重视他们笔下的语言与现实相互搏斗时所留下的痕迹，我相信，这是当下诗歌中最有活力的部分。

　　我以为，当代中国的许多作家，在骨子里其实并不爱这个时代，也不喜欢现在这种生活，他们对人的精神状况，更是缺乏基本的信任，所以，在他们的作品中，总能读到一种或隐或现的怨气，甚至是怨恨。而作家心中一旦存着怨气，他就很难持守一种没有偏见的写作。这令我想起胡兰成对林语堂的《苏东坡传》的批评。苏东坡与王安石是政敌，两人相见时的风度却很好，但胡兰成说，"林语堂文中帮苏东坡本人憎恨王安石，比当事人更甚。苏与王二人有互相敬重处，而林语堂把王安石写得那样无趣……"① 这样的批评不无道理。在当代文学界，"帮苏东坡本人憎恨王安石"式的写作，何止万千？但我注意到，很多诗人却开始对生活取仁慈的看法，他们心中能不存怨气，原因就在于他们还有爱，他们对生活还有一种信任感。怨气使人变得窄小和计较，而仁慈却通往宽容和饶恕，"无法惩罚的，就宽恕吧"（郑小琼：《内心的坡度》）——这种写作伦理，在今天尤其值得重视。

　　过去，我们常在一起聚会，

① 胡兰成：《中国文学史话》，上海社会科学院出版社 2004 年版，第 119 页。

> 锉锵的声音要多于梦呓，我的朋友说：
> "需要时代的有力的发言。我的诗篇
> 无一例外都是源于生活的歇斯底里。"
> 现在我改变了想法，
> 我更喜欢安静，
> 下午的安静、文字的安静、床上的安静。
>
> ——凌越：《虚妄的传记》

从"歇斯底里"走向"安静"，从怨恨走向仁慈，这是对生活的热爱，也是一种生活的勇气。安德烈·纪德在《人间食粮》中感慨地说："你永远也无法理解，为了让自己对生活发生兴趣，我们付出了多大的努力。"诗人也需要努力，需要在热爱中往前，从而看见这个世界上还存在着一个比道德更高的精神核心，存在着一个超越善恶的伦理境界，看见在天地之间，一切都本于尘土，又将归于尘土，"日光之下，并无新事"。看见这些之后，你心中还有何可恨？

> 大地将把一切呼唤回来
> 尘土和光荣都会回到自己的位置
> 你也将回来，就像树叶曾经在高处
> 现在回到了地上
>
> ——东荡子：《树叶曾经在高处》

这就是一种清澈和澄明了。诗歌是一个时代的精神镜像，从它映照出的，是一个时代的面影——这张面影的出现，为文学重新介入现实探索了一种可能。从"一人"走向"众人"，并不一定就会演成新的公共写作，正如写作从黑暗走向光，也不一定就是一种精神的造假，重要的是，诗人必须重获一颗大心，诗歌必须在生活面前留下真实的刻度。诗人从欲望叙事走向精神成人，诗歌从纸上闲谈到重返现实，这不是对旧有写作的取消，而是对已有的写作边界的拓展，对新的诗歌境界的打开。

我看重这样的努力。多年来，诗歌的路越走越窄，一方面是因为消费主义对文化的蚕食，另一方面也和诗人自断出路有关。所幸，许多诗人没有中断对梦想的追寻，没有熄灭自己对生活的热情，仍旧相信伟大的生活将继续滋养诗人的灵魂，相信诗歌创造的激情依然扎根于此，这就为他们在这个生命流转的大时代里重新出发，找到了坚实的精神基点。或许，在诗人们丰富的话语实践里，隐藏着许多根本不同的诗歌路径，但有一点是共同的：每个诗人都想准确地描述出灵魂苏醒之后的现实。从俗世中来，到灵魂里去。那些能够通过诗歌达到精神成人的诗人，他的灵魂一定是生动的——我相信，这样的诗人会越来越多。

（原载《文艺争鸣》2008 年第 6 期）

诗歌与什么相关

　　生活会把一个作家变得平庸，生活也会把一个作家变得伟大。荒诞派剧作家出身的现任捷克总统哈维尔，在他一度身陷囹圄时说过一句感人的话："信仰生活，也许。"我相信这句话，是哈维尔经过许多苦难之后，所积攒下来的痛切有力的言辞。生活这个平常的词，使哈维尔有了真实的记忆，为他以后的思索与写作，找到了展开的起点。他不虚构生活，对他而言，写作是为了更好地到达生活中那些让人惊讶的事物，而不是远离它。我们为什么害怕生活？我们的写作，为什么总是与虚构的经验相关，却不太触及生活本身的真实？我想，这里面包含着很深的思想误区。只有那些软弱的人，才专注于"生活在别处"，而对身边蜂拥而来的真实措手不及。我的意思并非不要"在别处"的理想、信念，而是说，任何的理想和信念，都必须要能够有效地在此时此地的生活中展开，否则，它就是假的。苏格拉底的信念，使他在面对毒酒时毫不惊慌，坦然赴死；哈维尔对生活的信仰，使他即便在狱中，也没有灰心，没有中断自己对世界的追问。

　　而关于诗歌的困境问题，有关的讨论耗费了诗人们太多的时间，事情并无多少进展。那些对困境日夜忧心忡忡的人，设计了许多方案，可能唯独没有想到，困境也许只有一个：诗人对他个人所面对的生活失去了敏感，对人的自身失去了想象。中国作家素来有好大的传统，喜欢在作品中谈论惊人的命题，作出伟大的结论，里面却很可能找不到他对人性的深入探索。他们的体验方式是整体主义的，他们的作品基本上是社会公论的结果，个人的，真实的，触手可及的，来自生活本身的真切体验却无限期地缺席。比如，我们经常能够读到许多直奔空境、虚无的作品，表达了作家对道、禅思想的心得，可很少有人告诉我们该怎样处理我们内心时刻都在涌动的欲望，即，在欲望与空无之间，该怎样转换和升华：我怎样才能从欲望的主体中脱身而出，抵达高不可攀的空境？我不相信省略了个人与欲望的真实搏斗的"空"和"无"是可信的。整体主义的致命之处就在于，他不是从个人真实的欲望出发，寻找途径抵达彼岸，相反的是，他往往从预设的"空""无"或其他什么彼岸理想出发，越过人作为欲望主体这一事实，轻易地就把人过渡到彼岸，完全无视人性的复杂。这样的整体主义作家不但违背了常识，也违背了他们自己的内心。他们写作时比谁都清楚，生活不是这样的。把一些连自己都不相信的事物搪塞给读者，是文学贫困的内在秘密。比如，在诗歌界，年轻一代的诗人指责他们前辈的诗歌沦落成了意识形态的传声筒，他们自己却把诗歌改装成了一些不着边际的字词迷津，或者一种玄学气质，最终被知识和技术所奴役。我想起诗人于坚在一篇文章中谈到"我为什么不歌唱玫瑰"，他认为，玫瑰可以生长于英国诗人彭斯的诗歌中，却与他作为中国诗人于坚的存在无关，于坚说："在我的日常话语中几乎不使用玫瑰一词，至少我从我母亲、我的外祖母们的方言里听不到玫瑰一词。玫瑰，据我的经验，只有在译文中才一再地被提及。"让一种与自己此时此地的存在无关，只涉及自己的知识背景和阅读经验的事物支配写作，使当代的写作拥有了一个不真实的起点，它漠视个人所面对的生活，这种对生活的麻木与不敏感，直接导致了文学的衰败。我们有理由认为，那些与诗人自己所面对的生活都无关的文学，也与我们的时代无关。

　　如果写作远离自己当下的境遇,凌空蹈虚,缺乏信念,那还有什么真正的文学可言?多数的作家害怕生活,以为靠得太近的生活除了面目狰狞外,并无多少文学性可言,于是,他们不约而同地到故纸堆、历史古迹、远方的乡村、空旷的天空、发达的西方、图书馆、博尔赫斯的迷宫、普鲁斯特闭抑的法国书房中去寻找写作的资源,他们信奉的真理是:生活在别处,文学也在别处。这就是用整体主义、集体记忆、社会公论、"诗言志"来写作的恶果。这些人普遍喜欢谈论的人物是里尔克、卡夫卡、普鲁斯特、博尔赫斯等人,可他们无视里尔克的文化传统中固有的浪漫和神秘气质,里尔克的诗歌中常用的一个主词是"主啊",这与他的信仰有关,但同样的呼喊在一个对《圣经》近乎无知的中国诗人口中说出,就显得矫情而危言耸听;他们无视卡夫卡作品中的恐惧、不安和绝望,正是来源于他敏感而压抑的生活:他的《在流放地》《城堡》的灵感来源于他和费丽丝·鲍尔的婚约,《城堡》的写作冲动来源于和密伦娜·雅申斯卡之间的爱情失败后的痛苦经验,这是卡夫卡的生命中"最强烈、最深刻和最天翻地覆的经验";他们无视普鲁斯特那个巨大的时间容器,恰恰是个人记忆(而非集体记忆)的回声,普鲁斯特在闭抑的法国书房里写下的是充满白日梦的个人的生活细节;他们同样也无视博尔赫斯热衷于书籍与图书馆的迷宫,是因为他本人长时间来就是图书馆的馆长,置身于书籍的迷宫中,且他后来眼睛失明了。这些大师,写下了他们个人在自己的时代里的生活证词,他们的作品是人性的,非常人性的,而不仅仅像一些中国作家所理解的那样,是一些可以盗用、模仿的智慧和技术。

　　卡夫卡不是一个只关注形而上问题的作家,其实他的注意力一直都在他的自身,他的病,他的梦,他的焦虑,他最琐细的日常生活,他一切的追问和描述都是从这里开始的。一九一四年四月二日,卡夫卡的日记里只有两句话:"德国向俄国宣战。——下午游泳。"这是非常奇特的,他把一个无关紧要的个人细节与重要的世界崩溃的事件联系在一起,有力地体现出卡夫卡的写作与生存不被集体记忆或社会公论所左右，他坚守的是个人面对世界的立场。克里玛在分析卡夫卡如何从完全是个人危机（出于捍卫个人写作的自由而对婚姻的恐惧）中进行写作时总结道："当这个世界陷入战争狂热或革命狂热的时候，当那些自称是作家的人受惑于这样的幻觉，认为历史比人和真理更伟大、革命理想比人类生活更重要的时候，卡夫卡描绘和捍卫了人类空间中最个人和内部的东西；而当另外一些人认为建立地上的人间天堂是理所当然的时候，卡夫卡表达了这样的担忧：人可能会失去他个人的最后的凭借，失去和平和他自己一张安静的床。"① "描绘和捍卫了人类空间中最个人和内部的东西"，这几乎是对卡夫卡的最高评价。在一个外在世界风起云涌的时代，很容易使作家的眼光转向大而无当的口号、理想、人类、未来、乌托邦等集体记忆的事物，而彻底遗忘个人内部的人性景象。卡夫卡不是这样，他用他人性的个人记忆，有效地区分了外部世界与他生活在其中的世界的不同，为他那个时代保存了一个真实的个体与世界之间的抗争史。比如，我们今天重读中国这几十年的新诗，在诸如"土地""青纱帐""祖国""天空"等意象中，亲见的多半都是集体记忆式的经验，很少知道来自个人的、人性的事物在过去的时代是怎样走过来的，又将怎样走下去。个人的缺席，人性生活的缺席，是文学内部真正的匮乏。作家们过于注重和强调自己作为时代代言人的身份，而在写作中将更有活力的此时此地的个人经验省略了，或者说，他根本就没有注意过个人存在于这个世界可能有的诸多细节，他整个就被自己的阅读和毫无想象力的社会公论所误导了。这样的作家写出的不会是他个人的文学，记述的也不会是他个人的想象力，他不过是完成社会和群众交给他的写作任务而已。

写作到底与什么相关？我想起哲学家蒂利希的一个回答，他说，艺术所要呈现的是"无论如何与我相关"的事物，诗歌也如是。这

---

① ［捷］克里玛：《布拉格精神》，崔卫平译，作家出版社 1998 年版，第 221—222 页。

其实是诗人对自己与对世界的一种语言上的承担。有了对"我"的处境的敏感，有了对此时此地的生活的痛切感受，并知道了什么事物"无论如何与我相关"，真实的写作才有可能开始。美或者痛苦，往往都是存在于生活的隙缝中，没有敏感的心灵或很强的精神警觉，是无法发现它们的。所以，任何伟大的写作，都不会仅仅是一些空洞的观念或语言法则，它一定包含着作家对此时此地的生活细节的警觉。他们的写作可以证明他们曾经很实在地生活过，并且心灵上曾经与那些生活细节有着亲密的关系。阅读普鲁斯特、博尔赫斯、卡夫卡、福克纳、鲁迅、张爱玲或贾平凹等人的作品，我们会发现他们对自己笔下的生活是多么熟悉！相比之下，面对已经沸腾的生活，许多的中国诗人更像是一个腐朽的无病呻吟者。他们在书房里，在经典上，注释、收集着精彩的句子或结构，以期在语言上建筑更精致的宫殿，唯独选择在生活中缺席。他们以为自己承担着语言操作的使命，其实承担的不过是他们腐朽而平庸的趣味。博尔赫斯曾在一篇文章中，讽刺那些文体迷信者，想通过精雕细琢使自己的诗成为"一首没有虚言废话的诗，可是它却是满篇的废话，总之，是一堆残渣废料"。① 这可以从众多充满神话原型、文化符码的诗篇，以及海子死后涌现的成堆模仿其风格的诗作中大量看到。海子是才华横溢的诗人，他的幻想力和直奔终极的激烈气质，使他成了二十世纪八十年代那种思想环境的代表人物，但他也属于过早就想接上人类的巨型话语而省略了生活这一中介的诗人之一，他的幻想，是以抽空此时此地的生活细节为代价的，他后来的追随者没有意识到这一点，从而把海子糟蹋得体无完肤。由此也可以看出，要在充满集体无意识的中国文化中贯彻个人的、当下的立场是多么的艰难。

个人什么时候出场，真实的人性生活、"无论如何与我相关"的事物什么时候能得到表达，这是真正需要关心的问题。诗人只有带

---

① ［阿根廷］博尔赫斯：《作家们的作家》，倪华迪译，云南人民出版社1995年版，第12页。

着个人的记忆、心灵、敏感和梦想进入此时此地的生活，并学习面对它，也许才能发现真正的时代精神——一种来自生活深处、结结实实、充满人性气息的时代精神。当个人面对世界的苦难和伤害，并承担词语的责任时，才有真实的写作可言。我想起威塞尔的随笔中讲到的俄国伟大的诗人安娜·阿赫玛托娃在斯大林时代，曾日复一日来到并站到卢布扬监狱门前的长队里，带着一个给她儿子的包裹。数以百计的妇女们在那里等着轮到她们。每个人都有亲人在里面：丈夫，兄弟，儿子，父亲……一天早晨，一位老妇转头对她说道："你是女诗人阿赫玛托娃吗？""是的。""你是否认为有一天你能够讲述这个故事？"阿赫玛托娃沉默了片刻，然后说："是的，我会试试的。"威塞尔接着写道："老妇人激动地望着她，仿佛在掂量着这个回答；接着一道微笑第一次出现在她疲惫的、毫无血色的脸上。"我喜欢这个充满俄罗斯精神的场面，阿赫玛托娃带着一颗诗人的心灵面对苦难，在那个极权的年代，个人，监狱中的儿子，诗歌，这些都成了真实的生活细节，阿赫玛托娃实实在在地置身其中，我相信，这是她写下伟大诗歌的重要资源，但是，她在那个老妇人面前，却对词语上的承担（"讲述这个故事"）保持着审慎的态度（"我会试试的"），她不愿轻易许诺记述整个时代，当她站在监狱门前时，也许唯一让她有信心的就是如卡夫卡那样"描绘和捍卫了人类空间中最个人和内部的东西"。阿赫玛托娃做到了，对她而言，最个人的就是最真实的，也是最人类和时代的。以个人的名义，主动承担时代所给予他（她）的每一个生活细节和其中的责任，是作家真正的使命之一。文学要想恢复读者的信任，首先要恢复的就是与每一个细节、每一个真实的"我"的人性关系，也只有从细节和人性中生长出来的美，才是有活力的诗性的美。

我们已经厌倦高言大志，厌倦精雕细琢，厌倦没有人性气息而又天马行空的所谓想象力，厌倦那些有词语癖的诗人所批发出来的无关心灵真实的词语，正是它们，把文学推向了绝境。什么时候我们能够来到最个人和内部的领域，重新恢复对真实、美、朴素、细节、此时此地的生活、有责任感的心灵等事物的挚爱，什么时候使文学"无论如何与我相关"，希望就将在其中生长出来。文学，应该在这个沸腾的时代，重获心灵的力量、当下的力量，"描绘和捍卫人类空间中最个人和内部的东西"，从而使其能够有效地在我们的精神生活中展开。我想起在希特勒的集中营，有一个叫玛莎的小孩写过这样一首短诗：

> 这些天里我一定要节省。
> 我没有钱可节省；
> 我一定要节省健康和力量，足够支持我很长时间。
> 我一定要节省我的神经和我的思想和我的心灵
> 和我的精神的火。
> 我一定要节省流下的泪水。
> 我需要它们很长，很长的时间。
> 我一定要节省忍耐，在这些风暴肆虐的日子。
> 在我的生命里我有那么多需要的：
> 情感的温暖和一颗善良的心。
> 这些东西我都缺少。
> 这些我一定要节省。
> 这一切，上帝的礼物，我希望保存。
> 我将多么悲伤倘若我很快就失去了它们。

还有一个叫莫泰利的小男孩，也写过一首类似的短诗：

> 从明天开始，我将悲伤。
> 从明天开始。
> 今天我将快乐。
> 悲伤有什么用？
> 告诉我吧。

就因为开始吹起了这些邪恶的风？

我为什么要为明天悲痛，在今天？

明天也许还这么好，

这么阳光明媚。

明天太阳也许会再一次为我们照耀。

我们再也不用悲伤。

从明天开始。不是今天。不是。

今天我将愉快。

而每一天，

无论它多么痛苦，

我都会说：从明天开始，

我将悲伤，

不是今天。①

　　我在多年前读过这两首小诗，至今无法忘怀。它们是人类历史上最感人而有力的诗篇之一。它们的作者不过是孩子，他们不懂什么叫技巧，什么叫文化经验，甚至他们懂得的词汇都非常有限，可他们有的是对苦难生活的敏感，对"我"的关切，还有真实的心灵细节，他们是真正像诗人一样歌唱的人。让每个人都来读这样的诗作，都来感受这样的心灵。这些"最个人和内部的东西"，这些最朴素的词语承担，唤起的是我们真正阅读文学才有的悲伤和羞愧。在玛莎和莫泰利这两个孩子面前，那些凌空蹈虚的诗人要低下他们高傲的头颅。

　　从这个意义上说，诗人不是那些站在生活之外、活在苍白的想象中的技术崇拜者，它本身应该就是在生活之内，在人性之内的。理解了真正的生活，以及生活中那些令人惊讶的侧面，才有写作的

---

　　①　两首诗见［美］威塞尔：《一个犹太人在今天》，陈东飚译，作家出版社1998年版，第305、308页。

基础，也就是说，若没有对自身当下处境的敏感，再先锋的写作也只是一个姿态而已，没有多少价值。我更愿意相信，文学深刻地与生活相联，写作所要反抗的是生活中庸俗的趣味和空洞的虚无，而不是反抗整个生活本身；照样，诗人和作家对理想的向往，也应该结结实实地从我们脚下的大地上生长出来，它也许并不是那么崇高和激动人心的，但它却是牢固的、人性的、现实的。我们应该牢记：文学是掌握和理解现实的，而不是为了疏离它。

（原载《诗探索》1999 年第一辑）

苦难的书写如何才能不失重?

——我看汶川大地震后的诗歌写作热潮

多年来,诗歌正在边缘化,读诗的人群在锐减,诗歌的发声形式,好像已经退出了公众生活的视野。在今天这样一个消费主义、娱乐至死的时代,精神的表达,以及心灵的呢喃,几乎完全被物质和欲望所吞没——而诗歌作为人类微妙经验的表达者和雕刻者,它所专注的恰恰是物质所无法覆盖的精神印痕,是欲望所无法粉碎的心灵私语,只是,在这个悲壮的抗争过程中,诗歌注定是失败主义的象征,它根本无法在一个物质主义的时代里得胜。假如在这样的时代里,诗歌还是一幅意气风发的图景,反而是奇怪的。诗歌的处境在今天正发生着巨大的变化:它的纯粹性,是通过不断退守才得以保存下来的。人类进入了一个不需要诗歌的时代,每个人都被一种新的意识形态(金钱、享乐和成功的观念)追着跑,他们早已没有停下来倾听心灵私语的耐心了,为此,公众离弃诗歌,诗歌进而成为少数人的精神慰藉,也就是情理之中的事了。

但我从来没有对诗歌失去信心。只要给诗歌合适的机会,它会再一次勃兴,再一次唤醒民众心中那些柔软的情愫。比如这一次四川汶川大地震,国殇时刻,全民心痛,情感难以自抑,此时,表达心声的最佳形式,非诗歌莫属。诗歌在语言上短小精悍、节奏明朗,在情感上可以有感而发、直抒胸臆，正好能为国人提供一个情感的出口。中国毕竟是一个诗歌的国度，以诗抒情，还是许多人面对大喜大悲时所乐意选择的话语方式。而当一个国家发生重大灾难时，国人往往都会恢复成一个简单的情感人，他的心被触动后，不再冷漠、麻木，而是渴望说话和发声。应此时势而生的诗歌，也会呈现出明显的情感化的特征，诗歌的技艺变得不重要了，如何发出真挚的心声、说出炽热的情感，才是诗歌的核心使命——可见，从本质上说，诗歌仍旧是抒情的艺术。

好的诗歌，正是一种灵魂的叙事，是饱满的情感获得了一种语言形式之后的自然流露，它需要有真切的体验，也要有和这种体验相契合的语言方式。也就是说，好的诗歌会让人摸到作者的心，看到作者这个人，感受到作者的体温，能够实现心与心的对话、灵魂与灵魂之间的交流。真正的诗歌，不仅要与人肝胆相照，还要与这个时代肝胆相照，只有这样的诗，才是存在之诗、灵魂之诗。

汶川大地震发生后，有一些在网络和民间广为流传的诗歌，之所以感动人，就在于它们都是写作者用心感受悲伤之后所发出的心声，没有伪饰，拒绝夸张，真正做到了有感而发。在如此触目惊心的灾难面前，艺术上花哨的东西都用不上了，写作者之间比的纯粹是心灵的力量，是感受的深度和广度。那些专业意义上的作家、诗人，未必有地震现场的直接体验，同时写作过程时又带着过多的艺术镣铐，这样一来，在情感的浓度和真切上，反而会大打折扣，他们写的诗歌，未必比普通人写的更感人。但我也发现，在网络上涌现出来的与地震有关的诗歌，大多是心有所感，不吐不快，艺术上精致的其实并不多。但我们为何不会在这个时候去苛责那些艺术粗糙的诗作？就在于诗歌离不开它的写作语境。在个人的领地，诗歌可以是语言的结晶体，诗人可以在那里对一个词反复打磨，但面对一个紧迫的公共语境说话时，诗歌毫无疑问承担着一个伦理问题，这是它的使命，也是它的意义之所在。这次地震国殇，会有如此多的人投入到诗歌的写作之中，它再一次向我们重申了诗歌和情感之间的永恒关系——情感在，诗歌就在。

何以被许多中国人遗忘了多年的诗歌，会在大地震之后复活，变得如此的繁茂而兴盛？我想，就在于中国人在如此巨大的灾难面前，终于觉出了心的力量、情感的力量。很多人或许都记得，这次大地震中，有一个叫贺晨曦的女孩，被掩埋了一百零四个小时被救出后，她说的第一句话是，"今晚的月亮真圆啊！"这句朴素的话，就是一句很好的诗，它曾经让很多人泪流满面。这个女孩，真是一个优秀的诗人，她在废墟里度过了许多个黑夜，当她从废墟里出来时，还是黑夜，不同的是，她看到了月亮，这是她回到人世的象征，那时，一切都不重要了，唯有生命本身如此动人，她需要抒情，需要表达劫后重生的快意，月亮便成了最好的抒情对象。没有人会在这个时候嘲笑她这种文学青年式的抒情冲动，因为此时的国人，一度离文学很近。

可见，文学并没有退出中国人的日常生活，相反，它仍以自己的方式，诠释着中国文化，影响着中国人的人生。这一次大地震，假如没有诗歌，至少中国文人的感情会压抑很多。美国人在"9·11"之后，首先想到的是去教堂，通过祈祷，为死者哀悼，为生者祝福，同时也不忘忏悔自己。他们面临灾难时，心灵有一个密室，可以诉说，也可以对话。这就是宗教的意义。而在中国，本质上并没有真正的宗教信仰，这在平时，你没觉得有何缺乏，一旦遇到汶川大地震这样的灾难，心灵的茫然和惊慌，就很明显了。没有地方可以诉说，没有人可以告诉，也没有人来倾听我们的悲苦，人在那时，如飘荡的小舟，无所适从。幸好我们还有诗歌，可以用来代替宗教。这是林语堂的观点，他说，"中国的诗在中国代替了宗教的任务"，我以为，这比蔡元培所说的用美育代替宗教一说，更为实在。所以，大地震发生之后，中国人不像美国人，第一时间想到的是去教堂，中国人甚至也不去寺庙，他们第一时间是点蜡烛，发短信，写诗歌，表达人间的温情——宗教层面的事情，都可以在中国人的写诗冲动里获得解答：

……请不要在他的头上

动土，不要在她的骨头上钉钉子

不要用他的书包盛碎片！不要

把她美丽的脚踝截下！！

请将他的断臂还给他，将他的父母

还给他，请将她的孩子还给她，还有

她的羞涩……请掏空她耳中的雨水

让她安静地离去……

——朵渔：《今夜，写诗是轻浮的……》

废墟想站起来成为房屋

窗户想邀上玻璃一起回去

钉子想躲进墙上那个洞里，鞋子

想回到那双爱出汗的脚上

唯一有能力改变这一切的孩子

在废墟上玩耍，暂时

什么也不想改变。

他独自玩耍，独自改变，像一个等待发明

一种新弹弓或新宗教的

上帝。

——吕约：《灾难中的生物》

灾难时期的诗歌，最大的意义是为这一时期的人类累积情感经验、留存创伤记忆。新闻报道事实，诗歌表达心灵。在灾难中，人类情感和精神的风暴是浓缩的，极具震撼力，好比把人放在一个特殊的实验场，人心里的一切就会被快速地逼出来。灾难是精神的炼狱，是心灵的熔炉，它确能逼视出很多常态生活下看不到的东西。

好的诗歌，有时具有一种宗教般的力量。正因为这样，中国诗歌在中国才能代替宗教的任务。确实，西方社会有一个宗教作为人生的参照，他们若有不能解答的精神难题，都可通过宗教的来探求、解决，你只要相信，宗教就能为你出示一个圆满的答案。但中国人不行，中国人的人生观重视的是今天，是此在，他们不愿轻易抛弃人世，更不愿迅速从此岸过渡到彼岸。这就决定中西方的价值观，在人生的层面，存在着根本的差异。很多西方人，都保持着宗教意义上的人生看法，他们认为，人生的最高境界是神人合一，是过上超越、圣洁的生活；而多数的中国人，并不把人生的理想指向神，在他们的内心，认为最高的人生是一种艺术人生、诗化人生。正如西方人多抄录圣经的句子挂在墙壁上或书架里，中国人的书法作品，多写古诗名句；西方人从小带孩子去教堂，背圣经，中国人多半是教小孩背唐诗。唐诗就是中国的准宗教。多少父母，为自己的孩子能背几十首唐诗感到骄傲，至于他懂不懂得佛经，他们是一点都不关心的。而唐诗恰恰是用一种感性的方式，诠释了中国文化的精髓。中国人何以这样活，而不是那样活，在中国的诗歌里看得最清楚。

中国人生背后的参照系，主要不是宗教，而是文学——尤其是诗歌。

因此，大地震之后的诗歌勃兴，不过是国人心中根深蒂固的诗歌情怀的一次重温而已。强烈的人类情感有时是需要有一个庄严的表达形式的，而诗歌正是所有文学体裁中最庄严的话语方式之一。但我们也不该忘记，诗歌毕竟还是一种精细的语言技艺，光有浓烈的情感是写不好诗歌的，因为浓烈的情感，如果不经过艺术的沉淀和转换，它就很容易变成口号和标语。用诗歌喊口号，用诗歌抒发虚假的感情，甚至用诗歌说谎、唱高调，这些对中国人来说，都并不陌生——"大跃进"和"文革"的年代，诗歌就这样被错用于一切政治运动中。这一次大地震，也已经冒出了不少口号诗、假诗，人云亦云，无病呻吟，这种用诗歌投机、表态的文人我们看得太多了。因此，写作者和传播者都不该忘记这样一个简单的事实：诗歌的灵魂是有感而发，一旦偏离了这一精神，写诗就会变成一种精神造假。

这就引出了另一个重要的问题：诗人应该如何处理苦难记忆？灾难的启示，并不会直接产生文学，灾难记忆只有转化成一种创伤记忆时，它才开始具有文学的书写意义。灾难记忆是一种事实记忆，它面对的是一个一个具体的事实，这种事实之间的叠加，可以强化情感的强度，但难以触及灾难背后的心灵深度；创伤记忆是一种价值记忆，是存在论意义上的伦理反思，它意味着事实书写具有价值转换的可能，写作一旦有了这种创伤感，物就不再是物，而是人事，自然也不仅是自然，而是伦常。"文革"年代的"忆苦思甜"与后来知识分子中的"自我反思"有何不同？就在于前者是一种事实记忆，后者则是一种价值记忆。苦难是表层的经验，创伤则是一种心灵的内伤，而文学所要面对的，应是一种被心灵所咀嚼和消化过的苦难。只有这样，作家对苦难的书写才不会把苦难符号化、数字化，才能俯下身来体察一个人、一个人的具体创痛。正如朱迪斯·米勒在谈论"大屠杀的意义"时所说："抽象是记忆的最狂热的敌人。"确实，巨大的苦难是由一个人一个人的苦难叠加而起的，伟大的同情也是由一个人一个人的同情累积而成。"大屠杀意味着的不是六百万这个数字，而是一个人；加一个人，再加一个人……只有这样，大屠杀的意义才是可理解的。"

要理解汶川大地震这一巨大苦难，数字和术语同样是苍白的，仅仅通过惨痛的事实叠加，绝写不出好的诗作。中国诗人经过一段苦难中的情感积淀，如何才能从一种浅表的事实记忆里走出来，真正去理解"一个人，加一个人，再加一个人……"的个体创痛？我想，这需要诗人们具有一种价值想象力。以想象来激活事实，以想象来照亮苦难中每个人的表情，从而将苦难背后的人生感受刻写出来，使苦难凝结为一种创伤，使记忆成为一种普遍的民族经验，这样的文学书写，才能获得一种广阔的深度。"古拉格群岛"和"布拉格之春"作为一种苦难，在索尔仁尼琴和米兰·昆德拉的笔下，能获得一种富有深度的书写，就在于他们把这样的苦难转换成了一种民族的创伤，苦难才没有在文学书写中失重。中国自二十世纪以来，经历的苦难比别的民族更深重，但一直未曾诞生像《古拉格群岛》和《生命中不能承受之轻》这样的杰作，问题还是在作家身上——他们无法从事实走向价值，也无法以苦难理解创伤。

因此，关于汶川大地震的诗歌写作风潮渐渐平静下来之后，诗人们并不能轻易卸下苦难的重担——作为一种文学书写的资源，大地震背后复杂的人生面相，诗人们还远未触及。前一段的诗歌写作，主要是以强烈的情感作主导，所以，写出来的诗歌，面貌都比较单一，如何才能从一种情感的累积走向以创伤记忆为基础的存在性的书写，这是当前的诗人们要共同面对的难题。大灾难时期的情感被急促的文字凝固下来之后，诗人们尤其要警惕那种抽象的数字和说法对这种情感的瓦解：大地震不仅是国殇，也是每一个受难者的个体悲剧；大地震不仅是自然灾难，也是一种人类存在论意义上的苦难。或许今后我们无法避免此类悲剧的重复，但通过留存一种创伤记忆，使这种创伤记忆参与到所有活着之人的人生之中，文学的意义就真正显现出来了。

写作，说到底是一种个体伦理，群体性的情感宣泄只会是暂时的，最终，每个写作者真正需要面对的，不过是自己的内心。面对事实，理解创伤，让记忆沉下来，让心灵发声，让苦难不因时间的推移，也不因贫乏的书写而失重，我想，这应该是每一个诗人平静下来之后，在写作上重新出发的精神起点。

（原载《南方文坛》2008 年第 5 期）

追问诗歌的精神来历

——从诗集《出生地》说起

　　广东活跃着一大批优秀的青年诗人，这早已是文学界公开的秘密。我和这些诗人，有着广泛的交往，他们性格上的率真，面对诗歌的热情，坚持文学理想的执着，常常令我感慨万千。在这样一个欲望过度膨胀的时代，诗歌作为心灵的事业，生存空间正变得越来越小，它的衰朽和没落似乎成了必然的命运。可是，谁能想到，在商业主义最为发达的广东，诗歌仍旧以纯粹的面貌在热烈地生长，诗人依然怀着赤子般的天真在写作？有一大批年轻诗人，在广东自在地生活，他们写作，朗诵，办网站，出书，争论，核心的话题就是诗歌。他们不自大，也不自卑；不张扬，也不羞涩。他们不蔑视现实，也不轻易向现实投诚。诗歌在广东，有着一颗平常心，并且一直悄悄地守护着这个地方的文化自尊。

　　这是一个真实而宽容的群体。他们来自全国各地，带着各自的口音、记忆、气息，散落在各个角落，认真生活，努力写作。我在广东，见过太多这样的诗人，谦逊，沉着，有所为，热爱生命——他们完全和社会上所流传的诗人形象迥然不同。这是广东诗人独有的特色吗？我不敢肯定。但我通过他们，至少知道了两个事实：一、蔑视诗歌的时代，必然是浅薄的；二、诗歌写作离不开某种地气的滋养。

孔子说，"不学诗，无以言"。我当然知道，这样的时代已经过去。只是，诗歌作为语言的最高成就，作为一种胸襟和情怀的独特书写，它可能会沉寂一段时间，但并不会消亡。中国人的生活，许多时候，是追求一种诗化人生的；没有诗歌，这个世界就会少很多真实的性情、优雅的气度。林语堂曾说，"中国的诗在中国代替了宗教的任务，盖宗教的意义为人类性灵的发抒，为宇宙的微妙与美的感觉，为对于人类与生物的仁爱与悲悯。宗教无非是一种灵感，或活跃的情愫。中国人在他们的宗教里头未曾寻获此灵感或活跃的情愫，宗教对于他们不过为装饰点缀物，用以遮盖人生之里面者，大体上与疾病死亡发生密切关系而已。可是中国人却在诗里头寻获了这灵感与活跃的情愫。"① 这是一种精准的看法。确实，从本质上说，中国并没有自己始终如一的宗教信仰，属于宗教意义上的性灵的抒发、对宇宙微妙的感受等情愫，几乎都被诗所代替。至少古代中国是这样。今天，商业繁盛了，到处都是欲望的加油站，内心世界正在缩减，个人的情怀也不再活跃，许多的人，习惯在一种公共的标准里生活，并视此为时髦或者潮流。中国进入了一个不需要诗歌的时代。这意味着什么？意味着真正的个人正在隐匿，"活跃的情愫"日益衰微。一个轻的、机械的、塑料的、分工细密的社会，当然想不到用自然来给心灵疗伤，更想不到用诗歌的性情和慈悲来与世界对话了。令人意想不到的是，广东这批青年诗人，在丰盛的物质面前，偏偏选择了诗歌这样一个小小的心灵栖息地，根本的原因，就在于他们不愿放弃对一种有精神风度的生活的向往。他们看似在守护诗歌，其实守护的不过是内心那点小小的自由和狂野。

这是令人尊敬的。有人说，广东这地方务实、世俗，缺乏诗意，也产生不了好的诗歌，很显然，这是文化偏见。诗意在哪里？其实就在日常生活里，就在那些渺小的人心里。"结庐在人境，而无车马

---

① 林语堂：《诗》，见《吾国与吾民》，陕西师范大学出版社 2006 年版，第230—231 页。

喧"，是一种诗意，"肯与邻翁相对饮，隔篱呼取尽余杯"，不也是一种诗意？诗歌并非只与天空、云朵、隐士、未来有关，它同样关乎我们脚下这块大地，以及这块大地上那些粗粝的面影。广东的务实与宽容，有效地抑制了诗人那种不着边际的幻觉，广东的诗人们聚在一起，不是高谈阔论，而是很实在地写作、表达、生活，这是一种更为健康的诗歌气氛，它使诗歌落到地面上来了。即便是那些外地来到广东定居的诗人，时间久了，也会慢慢融入这种现实中来。

　　一个地方的地气，必然会滋养一个地方的写作。或许，正是因着这种滋养，使得广东的诗歌写作，有着比别的地方更精细的经验刻度，以及更诚实的心灵。我对地域与写作之间的关系，一直存着浓厚的兴趣。现在，有一本诗集，就叫《出生地》①，收录的诗人，都是来自广东本地土生土长的，把他们独立出来观察，把写作当作出生地对他们的馈赠，这是出版创意，也是一个意味深长的话题。《出生地》原是黄礼孩的一首诗名，他在诗中说，"一个人活不下去/就回到出生地打点生命"。那么，一个诗人写的诗歌如果抽象而毫无活力，是否也需要"回到出生地打点生命"？这显然是一句警语。我很高兴读到这些朋友们的诗歌，亲切、自然，既有俗世的欢乐，又有沉思的面貌。其实，世宾、羽微微、浪子、黄金明、赵红尘、燕窝、陈陟云、唐不遇、张慧谋、温志峰、巫国明、陈计会、粥样、刘汉通、游子衿、青蛇、黄礼孩等人的诗，于我并不陌生，只是，如今以"出生地"为名，把他们集中在一起，读起来感觉大有不同。他们作为个人，声音是温和的、清晰的，一旦联合成为一个整体，我突然发现，这个声音已经变得无比的壮观和盛大。

　　我无意从诗歌地理学的角度来探讨这批诗人的写作意义，但是，强调一个诗人的精神原产地，在今日这个无根的时代，的确有着异乎寻常的价值。黄礼孩说得好，"在省略了身份，省略了祖籍，省略了故乡的今天，在身心日渐凋落的时候，在你无法把身体安放在哪

---

① 黄礼孩主编，花城出版社 2006 年版。

里时，回到出生地寻找真诚与勇敢，责任心与正义感，寻找适合自己进入和表达的地方，寻找更自由的呼吸和从容，观照自身的美和生机肯定是写作上的一次再启程。"① 中国诗歌，乃至中国文学，其实都急需这样的一次重新扎根，这样的一次再启程。因为自二十世纪初以来，由于急剧的社会革命，多数人迷信"生活在别处"，很多的作家，把抛弃故乡当作了潜在的写作背景。尤其是对传统中国的深刻怀疑，导致很多作家几乎都对自己脚下的大地、对故乡已经不信任了，他们都有离开故乡、到远方去的写作冲动——这种写作情怀，几乎贯穿了整个二十世纪，直到今日，抛弃故乡的写作依然是主流。这甚至导致了一种新的写作殖民主义的出现。这种殖民，不是一种文化对另外一种文化的殖民，而是一种生活对另外一种生活的殖民。这恐怕是当今社会最需要警惕的写作潮流。比如，现在很多年轻作家，大量写到了城市生活中奢华的一面，喝咖啡，泡吧，逛高级商场，穿名牌，到世界各地游历，等等，这种生活不是不能写，可是，假如作家们都不约而同地去写这种奢华生活，而对另一种生活，集体保持沉默，这种写作潮流背后，其实是隐藏着写作暴力的——它把另一种生活变成了奢华生活的殖民地。为了迎合消费文化，拒绝那些无法获得消费文化恩宠的人物和故事进入自己的写作视野，甚至无视自己的出生地和精神原产地，别人写什么，他就跟着写什么，市场需要什么，他就写什么，这不仅是对当代生活的简化，也是对自己内心的背叛。若干年后，读者（或者一些国外的研究者）再来读这一时期的中国文学，无形中会有一个错觉，以为这个时期中国的年轻人都在泡吧，都在喝咖啡，都在穿名牌，都在世界各国游历，那些底层的、被损害者的经验完全缺席了，这就是一种生活对另一种生活的殖民。这种写作的殖民主义，在今天的中国已经非常严峻了。造成这种状况的原因是，在如今消费文化作主

---

① 黄礼孩：《诗歌是出生地给我们的恩赐》，见黄礼孩主编：《出生地》，花城出版社 2006 年版，第 257 页。

导的文学传播中，有购买力和消费力的人群，可能只关心这样一类
奢华生活的故事，以为这就是现代化，这就是美好的未来，而更广
阔的人群和生活，并没有发出自己的声音。

诗歌写作界，这种状况也很普遍。大家都在写似是而非的身体、
欲望，或者端着文化的架势写出来的东西，千人一面。诗歌已经进
入到了一个公共写作的时代。经验是公共的，感受是公共的，甚至
连语言的节奏感，都是大同小异的。少有人能对这种潜在的公共性，
有必要的警觉。很多的诗人，看起来是在个人写作，是在生活现场，
其实骨子里还是公共写作、书斋写作的模式。书斋写作最大的问题
是，诗人们正在对具体、准确、日常的现实丧失基本的感受力，或
者找不到具有生活质感的细节来表达感受——这种写作可称之为是
观念写作、抽象写作，他的观念是无法在具体的现实中展开的，因
此，这种观念是死的、非文学的。从这个意义上说，现在不仅要强
调诗人的想象力，更要强调诗人回到真实、具体的生活现场的能力。
为什么？因为书斋写作正在使诗人的精神变得苍白。我记得钱穆说
过类似的话，他说晚清文化衰落一个很大的原因，就在于文化成了
纸上的文化。今天的诗歌会衰落，又何尝不是因为诗歌成了纸上的
文学？诗歌在今天缺乏社会影响力，缺乏感动人心的力量，与此密
切相关。诗歌和小说一样，在实感层面，也要创造一个生动的世界，
这需要诗人的各种感觉器官都向这个世界敞开，他的心灵能力，也
要通过这种感觉的释放传达出来——这种写作，才是有生命的写作。
写作的生命不是一句空话，它是具体体现在一个个有生命的细节和
词语中的。一个诗人，一旦感觉钝化、心灵麻木，或者他对世界失
去了诚实的体验，怎能再写出好的诗歌？韩少功最近说，"恢复感觉
力就是政治，恢复同情和理解就是文学的大政治"①，我同意。所谓
恢复，其实就是以前有的，现在弄丢了，以前是常识，现在成稀有事

---

① 张彦武：《韩少功：恢复同情和理解就是文学的大政治》，载《中国青年
报》2006 年 12 月 11 日。

物了。感觉力，同情心，理解力，这些，再普通不过的写作素质，可在今天的诗人身上，到底还存在几何？有一些诗人的感觉越来越怪异，想象越来越离奇，心却像钢铁一样坚硬。

今天的诗人们，似乎已经习惯了用头脑写作，而从来没有想过，诗人有时也是要用耳朵写作、用鼻子写作、用眼睛写作的。诗人只记得自己有头脑，没想到自己还有心肠；诗人只想到自己有手，没想到自己也有眼睛、鼻子、耳朵、舌头。好的写作，绝对不仅是头脑和手的合作，而更应是头脑和心肠的结合，并且要调动起全身所有的器官，让它们都参与到写作中来，这样创造的文学世界，才会是生动的、丰富的。前不久，我在一个会议上感慨地说，我在当代文学中很久没有听到一声鸟叫，很久没有目睹一朵花的开放，也很久没有看到田野和庄稼的颜色了。今天的诗人都耽于幻想，热衷虚构，唯独不会看，不会听，不会闻；他们的世界是没有声音，也没有颜色的。这个感受，我去年八月到乡下小住时，尤其强烈。我本是来自农村的，可这些年在城里工作之后，每次回乡下，都匆匆忙忙，早已丧失了很多乡村特有的经验和感受力。去年八月，我到福州旁边的永泰县一个朋友家小住。那个地方是一个优美、安静的村庄，海拔不低，所以即便是酷暑，睡觉的时候也要盖棉被。一天傍晚，我吃完饭，坐在朋友的家门口，看着夜幕一点点降临，那一刻，我突然觉得，自己已经十多年没有真正感受过什么叫黄昏、什么叫凌晨了！以前在城里，天还没黑，所有的灯就亮起来了，夜幕一点点吞噬世界的情景，你根本不可能看到；而每天早上起床的时候，太阳已经很高，你也根本没有机会感受晨曦一点点将万物显露出来的过程。现在的都市人，普遍过着没有黄昏也没有凌晨的日子。我们的生活，似乎和自然、和大地是没有关系的。这也就难怪作家们所创造的文学世界不生动了。可是，我们看一些优秀作家的作品，就会发现，他的眼睛是睁开的，鼻子是灵敏的，耳朵也是竖起来的。你在他的作品中，会读到丰富的感受，有很多细微的声响，也有斑斓灿烂的颜色。

因此，我渴望重新看到一个感官活跃、胸襟宽广、精神扎根、同情心复活的文学世界。《出生地》一书，就为我提供了这样的想象。我能够在这些广东诗人身上，读到一种对当代生活的挚爱，以及进入这种生活的决心。他们的诗歌，有细节，也有情怀，诚恳而热烈。他们所写的快乐，是有"纹理"的；他们笔下的乡村小学，有"童年的草垛、月光、老樟树"；他们知道"再小的昆虫"，"也有高高在上的快乐"；他们"同时背负他人无法割舍的苦难和欢乐"，都还觉得不够……我无意对每一个人的诗作进行引述，因为这些诗作，如同大地一样质朴，简明而好读，它所需要的，只是读者也带着感官和同情心来读它：

　　天堂鸟开了，勿忘我开了
　　紫色薰衣开了，金色百合开了
　　美丽的名字都开了
　　只是不要留意我
　　我要慢慢想，想好一瓣
　　才开一瓣

　　　　　　　　　　——羽微微：《花房姑娘》

　　它曾经历过风暴，曾目睹
　　白昼和黑夜之间的摇摆
　　它没有停下，它在日落之前
　　曾见证过天空一掠而过的辉煌
　　它曾听见上天的召唤
　　听见大理石石阶在堆砌
　　它本可以踩着自己的肩膀，一去不返
　　但它留在了原地
　　而如今，它在落下，在归家
　　在飘向暮色沉沉大地的中途

它依然默不作声

　　　　　——世宾：《落叶在归家》

我在大地上
等到一只鸟回归树林
它鸣叫的时候
我知道飞得再高的鸟
也要回到低矮的树枝上
我一直在生活的低处
偶尔碰到小小的昆虫
当它把梦编织在我的头顶上
我知道再小的昆虫
也有高高在上的快乐
犹如飞翔的翅膀要停栖在树枝上

　　　　　——黄礼孩：《鸟和昆虫》

　　我要特别指出的是，以"出生地"来为一个写作群体命名，似乎向我们重申了一个写作的真理：一个诗人，如果没有灵魂扎根的地方，没有精神的来源地，是很难写出好作品来的；我们需要张扬一种使灵魂扎根的写作，一种有根、有精神来源的写作，这样的写作，使我们读了一首诗之后，会知道它是从哪里来的，也知道诗人的这种感受是从哪里来的，这比书斋里的苍白想象要有力得多。当乏力、贫血的纸上文学遍地，我尤为看重诗歌中那种粗粝、有重量、有来源、在大地上扎根和生长的经验与感受。可是，长期以来，现有的诗歌教育总是喜欢告诉我们，诗歌的方向应是向上的，写诗就如同放风筝，只有飞扬起来，与天空、崇高、形而上、"痛苦的高度"密切相联的诗歌才是正确、优秀的诗歌，而从大地和生活的基础地基出发的写作，则很容易被视为平庸和世俗。诗歌仿佛只剩下一个方向，向上的，如同从小在学校里所受的教育，"天天向上"。

但我认为，诗歌的另一个向度更为重要：向下。故乡在下面，大地在下面，一张张生动或麻木的脸在下面，严格地说，心灵也在下面——它决非是高高在上的东西。诗歌只有和"在下面"的事物（大地和心灵）结盟，它才能获得真正的灵魂的高度，这是诗歌重获生命力和尊严的重要途径。在下面，却有着真正的灵魂的高度，看起来是一种矛盾的说法，其实是一种内在的真实。如同圣经所说，要升高就得先降低自己，就像耶稣，他从天降下，降卑为人，当他低到十字架、死亡和坟墓的高度时，神就让他复活，"坐在至高者的右边"。因此，越高者越在低处，虚无缥缈的伪高度不是诗歌所要追求的境界；真正的诗歌，离不开地气的滋养——有了这个滋养，诗歌的生命才能健旺。

　　中国人、中国文化自古以来都注重生命，而生命最核心的就是要扎根，要落到实处。张横渠说"为天地立心，为生民立命"，可见，天地之"心"和生民之"命"本是一。因此，最好的文学，都是找"心"的文学、寻"命"的文学，也就是使灵魂扎根、落实的文学。"人类有了命，生了根，不挂空，然后才有日常的人生生活。"[1] 如何才能"不挂空"？就是要回到记忆的原点，找到精神的基座，而"出生地就是一个人一生的记忆"，回到出生地的过程，又何尝不是找灵魂的过程？

　　写作是记忆的炼金术。离开了记忆，写作就会失去基础地基。出生地作为记忆的源泉，所唤醒的往往是一个人身上最具创造力的部分。所以，伟大的作家往往都是写自己所熟悉的故乡。鲁迅写绍兴，沈从文写湘西，莫言写高密东北乡，贾平凹写商州，福克纳写自己那像邮票一样大小的家乡——每一个伟大的作家，往往都会有一个自己的写作根据地，这个根据地，如同白洋淀之于孙犁、北京之于老舍、上海之于张爱玲、沱江之于李劼人。上面所说到的所有

---

　　① 牟宗三：《说"怀乡"》，《生命的学问》，广西师范大学出版社 2005 年版，第 5 页。

写作困境，如感受力的丧失、经验的虚假、缺乏面对具体现实的能力等，无不跟一个作家、诗人离开了自己所熟悉的根据地有关。没有精神根据地，盲目地胸怀世界，他所写下的，不过就是一些公共的感叹罢了。

　　尽管"出生地"的命名，更多的是一个精神概念，并非地方主义的标签，但通过它重申一种让灵魂扎根、人心落实的写作品质，在当下这个浮躁、挂空的时代，有着特殊的意义。文学是有出生地的，诗人是要追问自己的精神来源的。所以，米沃什才在回忆录中坦率地说："我到过许多城市，许多国家，但没有养成世界主义的习惯，相反，我保持着一个小地方人的谨慎。"① ——这个"谨慎"，使他知道自己所能看到的现实是有限的、具体的、窄小的，而伟大的写作，往往就是从一个很窄小的路径进入现实，再通达一个广大的人心世界的。这是写作最重要的秘密之一。读了《出生地》一书，我更加坚信，这个秘密是真实的、可靠的。

（原载《文艺争鸣》2007 年第 4 期）

---

① 转引自西川：《米沃什的另一个欧洲》，见切斯瓦夫·米沃什：《米沃什词典》，西川、北塔译，生活·读书·新知三联书店 2004 年版。

"诗教"的当下意义

最近参加"诗润南国·首届广东省小学生诗歌节",接触了很多小学生诗人,看他们现场作诗、发言,都有良好的诗歌教养,令我十分惊奇。我后来才知道,仅仅是在广州,就有数百位研究"诗教"课堂创新教育的语文老师,在自己的学校悄然发起了一场"诗教实验",提倡以美启真,以美储善,以诗育心,起到了明显的实效,也培养了一批小诗人。与此同时,我也不断地在媒体上读到关于诗人的丑闻或者轻言诗歌无用的论调。这些看起来矛盾的信息,却迫使我思考诗歌在当下的意义、"诗教"在当下的意义。

一

中国长期以来强调以文立国,这是一个公开的秘密。"偃武修文,四方来朝","有唐三百年,用文治天下"。要真正了解中国文化,认识中国人的人生,就得熟悉中国的文学。因为对文有这种异乎寻常的尊崇，日本人甚至给中国取过一个讥讽性的外号，就叫"文学国度"。确实，中国是一个对文有特殊癖好的民族，历史上也不乏一封信吓退敌国（李白）、一封信气死了人（诸葛亮）、一篇文章吓退鳄鱼（韩愈的《祭鳄鱼文》）的神奇传说。可见，文在许多中国人的心目中，已经近乎是一种宗教。

而文的核心，正是诗。所以，在古代，官员中有诗人，隐士中有诗人，皇帝、僧人、侠客中也不乏诗人。但哪个文人若是写小说或编戏曲，不仅不能登大雅之堂，甚至都不敢留下自己真实的姓名——所以四大名著的真实作者，至今争议不断。因此，现在风行的小说，在一百年前，还只是被贬为"小道"的文体，那时真正令文人骄傲的是诗。胡适当年发动白话文革命，阻力最大的也是诗，所以他说，如果把新诗的堡垒攻克下来，白话文学的革命就彻底胜利了。

诗在民众心目中的这种神圣地位，如林语堂所说，"中国的诗在中国代替了宗教的任务"。中国一直以来缺乏那种恒定的、终极意义上的宗教传统，许多人的心灵都处于无所信也无从信的状态，即便有人说中国是偏重于信佛的国家，但在日常生活层面，佛教的影响其实也是很小的。这点，我们比较中西方的父母给孩子取名一事就可看出：在西方，笃信圣经的家庭，经常把孩子的名字取为摩西、约翰、彼得、以诺等，他们觉得自己的孩子和圣徒同名是好事，也希望孩子生来就是相信神的人；但在中国，即便是最虔诚的佛教家庭，我也没见过有哪个父母愿意用本尘、了因、空相之类的作为小孩的名字——他们不仅不这样取名，甚至还会觉得取这种名有一种不祥之兆；而像张恨水、谢冰心等人的名字，之所以被人喜欢，参考的标准正是诗歌，因为这些名字有诗意，有一种特殊的美——这说明，许多中国人并没有把他的宗教信仰带到日常生活中来，真正影响、塑造中国人日常生活的，主要还是诗歌的力量。

西方人常常把人生的终极看作是神圣的、超越的、救赎的，而中国人却常常把人生的最高境界看作是诗意的、审美的、艺术的，二者之间有根本的不同。诗意、审美、艺术的人生由什么来承载？诗。在中国人的人生构想中，诗意的人生是比庸俗的、充满功利色彩的人生，甚至比遁入空门的人生更高一个层次的——即便和尚，中国人也是尊崇那些会作诗的和尚。正如一些人退休之后，觉得吟诗、写字、作画、刻章、遛鸟、养花，要比在家数钱更富审美价值，隐居也比入世更具诗意。所以像金庸的小说，写的是典型的中国人生，他的主人公，大多数最后都归隐了：陈家洛归隐于回疆，袁承志归隐于一海岛，杨过归隐于古墓，郭襄归隐于峨眉，张无忌归隐于为赵敏画眉，令狐冲归隐于江湖的无名之地，连韦小宝这样的混世魔王，也归隐于扬州一带，甚至连萧峰这样的为国为民之大侠，也曾梦想和阿朱一起到雁门关外打猎放牧，度过余生……这样的人生如同艺术，有乌托邦色彩，令人向往；相反，多数读者不会羡慕金庸笔下的僧人生活，更不会羡慕萧远山、慕容博最终皈依少林，原因就在于归隐的生活、田园的生活，是审美的、艺术的，比纯粹的宗教生活更富诗意——它背后的价值参照正是按照诗的精神来设计的。

诗在多数中国人的心目中，它就是宗教，或者具有一种宗教般的力量。西方人习惯从小让孩子背诵圣经，中国人则常常让孩子背诵唐诗；美国人遇见"9·11"，首先想到的是去教堂，向神祷告，倾诉，而中国人遭遇汶川大地震，首先想到的是写诗，举行诗歌朗诵会。"5·12"以后，中国的诗歌有一次热潮，就因为那时的诗歌起到了抚慰人心、安妥灵魂的宗教性作用。

不能藐视诗歌的力量，它在关键时刻，可以唤醒一个人内心柔软的部分，甚至能让人热泪盈眶。诗歌的力量一旦深入人心，一种和诗有关的价值观，那种审美的、艺术的思想，就会影响一个人的人生设计，因此，提倡"诗教"，其实就是提倡一种美育。蔡元培的教育思想，就主张打通科学和人文的界限，主张美育和智育并重的，他说，"常常看见专治科学，不兼涉美术的人难免有萧瑟无聊的状态"，他所召唤的也是那颗审美之心。所以，我很感佩于有那么多中小学老师，愿意从诗歌入手，对孩子们那些还未被过度污染的心灵实行"诗教"，进而培育他们。

诗歌教育是一种审美教育。诗的感性，容易被人领悟；诗的优美，容易激发人的想象；诗歌中那种结晶的语言，深藏着许多精致的心灵。以诗教之，对于孩子们，甚至对于普遍的国民，都能起到润泽人心的作用，这是毫无疑问的。

二

孔子说，"不学诗，无以言"。这里的"诗"，指的是《诗经》。不了解、学习一点诗歌，你甚至不懂该如何说话。不是不会说话，而是不能把话说得优雅、准确。汉语是很结晶的语言，有时用口语说了一大篇，还不如引一句诗来得准确、生动。"天下谁人不识君"，"问世间情是何物，直教生死相许"，"庭树不知人去尽，春来还发旧时花"，一语道尽各种心绪或伤愁，只有诗的语言，能如此凝练、精致。就是平时谈情说爱，有没有一点诗心，也是不同的，恋人分手时，说"把我的心还给我"，总比说"把我的钻戒还给我"要风雅得多。

因此，诗歌也是一种说话方式，不过，它说出的主要是诗人自己的情怀、胸襟和旨趣。通过诗，理解诗人，探究他的情感空间和内心世界，就可实现心灵与心灵的交流、人生与人生的叠加。诗不能让我们活得更好，但可以让我们活得更多，也就是说，诗可以使我们的人生充满可能性。因为和诗里的人生有了共鸣、回应，我们自己原有的人生就延长了、扩大了。

诗人的遭遇我或许没有，但他那种心情我体会了，诗人笑，我跟他一起笑，诗人哭，我也一同哭。就此而言，诗歌教育除了是审美教育，也还是真实的情感教育。诗歌饱含诗人的情感，尤其是那些有感而发的诗歌，以情动人，也以诗人的广阔、旷达、高远，令人沉醉。一个老师告诉我，实践"诗教"，最怕那种无病呻吟、为赋新诗强说愁的假诗，离了真情和有感而发，诗歌就会变成一种语言游戏。

这点，也可从中国新诗为何发生这一历史事件中看出。那时胡适他们认为，格律诗是用自己的舌头唱古人的歌，格律和用典都成了伪装自我的工具：一个对故国毫无感情的人，也可大发"故国颓阳"的感叹；一个在美国明亮的电灯下写诗的人，偏偏要说"一灯如豆"……诗歌已经不能真实地抒怀，而成了一种陈词滥调。所以刘半农才说，"现在已成假诗世界"，诗弄得不像诗，"无非是不真二字，在那儿捣鬼"。针对这种现象，胡适提出要写具体的诗，强调诗歌要有丰富的材料、精密的观察，郑振铎强调诗歌要率真、质朴，周作人强调诗歌要真实、简练，他们都希望诗歌从死亡的境地，走向新生。可是，新诗革命的早期，很多的诗作并不成功，胡适写的诗，不过是起一种以白话入诗的示范作用，并无多少诗意可言，他的朋友甚至嘲笑他的诗是"莲花落"。可见，诗歌并不仅仅是写实的，也非只是记述，它还有一种更重要的功能不能忽略，那就是抒情。

新诗史上，首先重申诗歌抒情性的是郭沫若，他那时还很年轻，但提出"诗的本职专在抒情"，并强调是直觉、联想和语言的共同作用，产生了诗。郭沫若师承歌德等浪漫派诗人，所以他的诗是激情澎湃、直抒胸臆的，感情浓郁，一出现就让人充分体会到了诗的情感力量。只是过于放纵情感，并不一定能写好诗，因为放纵的背后，可能隐藏着粗糙和滥情，这正是郭沫若诗歌的弱点。

由此可见，诗歌教育既是教人抒发情感的教育，也还是教人如何节制情感的教育。太夸张、太外露的情感，容易伤害诗歌的美和隐忍，说"大海啊，亲爱的母亲"，甚至不如说"大海啊，原来你都是水"来得准确，就在于后者的惊叹是隐忍的，更富诗的思维。李白心情欢欣写下"轻舟已过万重山",明明是内心轻盈、灵魂欢悦,他却只说"舟"轻,不直接说心轻、魂轻,这才是诗歌。因此,郭沫若之后,到徐志摩、戴望舒等人那里,新诗就开始走向成熟了,原因就在于他们更善于节制和冲淡情感,诗风也更加潇洒、隐忍,情感藏得越深,有时迸发出来的力量反而越大。我们读《再别康桥》《沙扬娜拉》这样的诗会发现,诗人的情感是深沉而飘逸的;我们读《雨巷》,发现"忧愁"是"丁香一样的","目光"是"太息一般的","惆怅"是"丁香般的","姑娘"是"结着愁怨的",情感都被分解到了这些具体的感觉之中,加上该诗有很好的语言节奏,它唤醒的是我们内心的事物,那份感伤和忧愁,也变得触手可及。

以诗歌作为情感教育的素材,就能使一个人变得情感丰富、心灵敏感,同时,也能意识到情感的抒发如何才能显得优雅、节制,更富美感。

中国古代的情感表达是强调中和之美的,但过分矜持,有时缺乏激情和奔放,有了新诗之后,中国人在情感表达上就有了新的出口,这是新诗的功绩之一,不容抹杀。但我发现,前几年各地在纪念中国新诗诞生九十周年的时候,国内一老一少两个人——季羡林和韩寒,都分别发表了新诗的实践证明它已失败的言论,这个观点,我是不同意的。古体诗作为一种成熟的文体,今天已经难有大的突破,至少在情感的表达上,它和现代人之间并不贴身,尽管它容易在辞藻上做文章,但就真实和自然而言,新诗明显要更具优势。

三

没必要去辩论新诗革命的成功与失败,但有一点必须承认,就着心灵的精致表达而言,新诗或许是没有古诗精彩。当然,拿新诗九十多年的成就，来和三千年的古诗成就相比照，这本身就是不公平的。但谈及"诗教"，尤其是面对青少年的诗歌教育，作为"诗教"运动的推动者和实践者，如何解析、赏读好古诗，如何在古诗中发现那些细微的美，发现那些精致的心灵，并引导学生去理解它，感受它，也至关重要，毕竟在中小学语文课本中，古诗占的比例要比新诗大得多。

要成为一个能读出诗的妙处、能进入诗境和诗心的人，就必须有一种眼光，并有一种将心比心的艺术感觉，从而贴着语言来解析诗歌。现在很多的诗歌鉴赏词典，包括许多诗歌赏析文章，都只讲对一首诗的总体印象或结论，什么沉郁、放达、悠远的诗意呀，充满人生的感慨呀，但诗里究竟是如何表现沉郁，如何感慨人生的，并无具体的分析。对于普通读者，如果只讲结论，是无法让他们热爱诗歌、沉迷诗歌的，必须带他们进入一个生动、细致、深刻的诗歌世界，才能让他们领悟诗歌，并激发起他们对诗的向往。

中国的诗歌，尤其是古诗，有一个特点，那就是很强调诗歌背后的人情和人心。实现诗人的人生心得和人生旨趣，物与人的合一，才堪称是高境界。《红楼梦》第四十八回里写过一件事。香菱姑娘想学作诗，向林黛玉请教时说："我只爱陆放翁的诗'重帘不卷留香久，古砚微凹聚墨多'，说的真有趣！"林黛玉听了，就告诫她："断不可学这样的诗。你们因不知诗，所以见了这浅近的就爱，一入了这个格局，再学不出来的。"后来，林黛玉向香菱推荐了《王摩诘全集》，以及李白、杜甫的诗，让她先以这三个人的诗"作底子"。林黛玉对诗词的看法，是很有见地的。何以陆放翁的诗"重帘不卷留香久，古砚微凹聚墨多"是不可学的，就因为这样的诗背后没有人，或者那诗的情境，什么人坐在里面都可以，不是诗人自己独有的境，这就显得俗了。而读王维的诗，他可能没有直接写人，但他的诗歌背后是有人的。"人闲桂花落，夜静春山空。月出惊山鸟，时鸣春涧中。"突出的是人的闲和空，因为闲，桂花落下来的细小声音，都能清晰地听见，因为心里空，才觉得"山空"。如此的静和空，以至月亮出来，这完全是视觉上的场景变化，也能把鸟惊起，而整个山涧，只有这只鸟的声音，以有声写无声，以视觉的静写听觉的静，显露的其实是一种内心的静。王维自己就说，"晚年唯好静，万事不关心"。而"雨中山果落，灯下草虫鸣"这样的诗句，完全没写人，但若是没有一个内心安静的人，如何能听到山果落下的声音、草虫鸣叫的声音？一个心思杂乱，或在灯下发脾气的人，山果和草虫的世界，他是不关心的。外面的静，衬出的还是内心的静，这种静，甚至可以说是一种佛学或道禅意义上的静。

柳宗元的《江雪》："千山鸟飞绝，万径人踪灭。孤舟蓑笠翁，独钓寒江雪。"一个没有鸟、没有人烟的地方，举目皆白，如此广袤的一个空无的世界，却有一个孤独的钓翁，一动不动地在那里，他是在钓鱼？不，更像是钓雪。钓雪是没有目标的，这说明他其实是在凝视自己的内心。广袤的无，和钓翁那渺小的存在，构成了鲜明的对比，这幅画面，同样写的是一种内心的宁静。有些人把钓翁解读为是孤独的、寒冷的，诗里也确实出现了"孤"和"独"的字眼，但细读这首诗，你会发现，钓翁其实一点都不孤独，也不寒冷，因为他不动，他静得只是在凝视内心，观照自我，他是在与自己的内心为友，与孤独为友，他在无垠的白和无中，体会到的或许是自我的真实存在。

读"春眠不觉晓，处处闻啼鸟。夜来风雨声，花落知多少"，能察觉在一种美好的春景中，诗人想到的是被风雨摧折的花朵，他或许觉得，一种美好的诞生背后，也有另一种美好在寂灭。人生也是如此。读"床前明月光"这样朴素的诗句，发现诗的后面，那个关于是月光还是霜的疑问突然消失了，诗人低头思念起了故乡，这样的心灵转折，多么微妙、细腻，又是多么经典。

——进入到诗歌世界，尤其是古诗世界，我们会遇到许多这样细腻、高远的心灵，这些为语言所雕刻出来的精致心灵，一旦被学生所理解、欣赏，意义是深远的，因为一种心灵教育的完成，必然要以心灵为摹本，也要以心灵与心灵的呼应为路径，从而达到对人的内心世界的塑造。

而以审美教育、情感教育和心灵教育为核心的"诗教",推广开来,并获得学生的响应之后,必将影响一代人的人文素养,我相信,他们的感知系统、审美方式、情感世界和心灵世界,都会因诗而改变。诗能为僵硬的世界留下柔情,也能为苍白的心注入暖意,以诗教之,未尝不是反抗当下实利主义思想盛行、人文教育缺失之境遇的一种有效途径。

当代诗歌的困境,当下人文教育的困境,或许都可从中获得启示——诗歌写作和诗歌教育的结盟,带来的很可能是一种文学精神的复活。而由这种精神滋养起来的心灵,哪怕只是落实在一个或两个孩子身上,它的价值也是不容忽视的。美国诗人埃米莉·狄更生有一首诗这样写道:"假如我能使一颗心免于破碎/我便没有白活一场;/假如我能消除一个人的痛苦,/或者平息一个人的悲伤,/或者帮助一只昏迷的知更鸟/重新回到它的巢中,/我便没有虚度此生。"是啊,诗歌的力量,也许是渺小、轻逸的,但它关乎心灵的自我援助,也关乎一种更高的人生实现。有些感受,我没有的,诗里有;有些梦想,在现实中无法实现的,在诗里实现了。在诗中与别人的人生、他者的心灵相遇,并由此享受一种优雅汉语之美,这是极为美妙的人生记忆。这样的记忆,每个人都理应拥有,也都应该学习告诉别人——众多"诗教"的默默实践者,做的其实正是这种工作。

(原载《文艺争鸣》2010 年第 12 期)

诗歌是不知道的，在路上的

语言也是一种意识形态

于坚：汉语本来是一种最生活化的语言，方言众多但并不影响人们看懂汉字。字与文化有关，方言则与身体有关。这种特点使汉语既是统一的又是有具体的地域、身体的。但普通话取消了汉语的身体性，将无数方言的身体统一成了一个身体，所有的声部统一成了一个声部，一种高音喇叭可以播出来、适合朗诵的那种声部。我觉得一个诗人应该对通过教育获得的这一套公共话语，一直有一种永不停息的、自觉的反省和怀疑。

谢有顺：语言并不单单是字和声音，语言其实也是一种意识形态。一种语言对人的影响，也可以说是这种语言后面的意识形态对人的影响。并不存在一种单纯的语言，语言总是跟一个民族的思想、文化、精神个性密切相联。比如一讲到德语，大家就会觉得这种语言适合于思想，因为德语国家的人，出了很多大哲学家和大思想家。中国是一个方言众多的国家，它构成了汉语的丰富维度，从方言中我们多少也能窥视到那个地方的一些特性。但是，中国社会后来变得如此"革命"，我想并非因为是普通话统治了方言那么简单，而是从一种整齐划一的发声方式中，可以看出，民众的生活是被人强迫选择过的生活，它在许多时候并不是民众自己想要的，但由于时代要求这样的生活，大家就得牺牲一切与之不相协调的生活形态。像在"文革"这样的社会，你即便仍然讲方言，也决难留存多少私人的话语特征。毛泽东不是也讲方言的么。可以肯定的是，普通话大力推行以来，汉语确实是被清理和规范了，语言中原来有的那种比较私人、柔软、带着个人感情色彩的语词和表达方式，几乎都被清理掉了，日常语言中加进了许多革命的大词，几乎都是激昂、慷慨一路的词语和句子。社论，"大字报"，领导指示，就是你说的广场式的、高音喇叭式的、口号式的，千篇一律，不带私人色彩，说的全是"真理"，不容抗辩，有着坚定的力量，但呆板而没有活力。你注意到了没有，解放后，很多作家的说话方式和说话语调都变了，他的口吻越来越不像文学家的口吻，而越来越像政治家的口吻了。因为社会变成了政治社会，你说的就得是政治性的语言。政治性的语言一多，个人的东西肯定就少了，甚至没了。这是真正的人文危机：过度的政治化，不仅伤害了文学的本性，也伤害了日常生活的基础。日常生活本身都成了罪恶，哪还会有真正的好文学？除非你用意识形态话语写作，要不，继续写作将是困难的。

于坚：说到底，在中国，写作这一字眼，只存在于人间话语当中，具体讲就是口语方言。在中国，方言口语只是身体的发音不同，字是一样的。汉字是统一的，语言的个性、身体性就只有方言口语在保持，因此汉语的方言口语比任何语言都重要。文字是文化，尤其容易成为死文化。汉语的创造性、人间气息、丰富性、肉感都来自方言口语。普通话是要统一汉语的声音。"文革"是对文化的革命，也是对身体、声音的革命，对语感的革命。它要建立一个声音的标准，并最终使之成为意义的标准。北方话和普通话不一样，北方话还是一种方言，普通话发音我觉得是使汉语逐渐地丧失了人间性、丰富性和身体性。你想想普通话与四川话、吴侬软语、京腔的区别，普通话多硬啊。我说普通话的时候，感觉幽默感、语感甚至要表达的智慧都丧失了，我不想说普通话，一说就舌头发硬。你有没有发现汉语里面所谓的翻译体，诗歌、小说，实际上都是用普通话来翻译的。普鲁斯特的小说或者卡夫卡的小说，都是用普通话翻译的，文字和语感都是普通话。普鲁斯特、卡夫卡的小说是用他们的母语写的，我不知道是不是方言，但我可以肯定，在他们的语言里没有中国这种意义上的普通话写作，而且相对汉语来说，德语、法语都是不同的方言，不同的身体、口音、语感，可我们都把它装进普通话里去了。所以我很怀疑那些可以翻译七八个作家的作品的翻译者，他怎么牛到翻了李白还可以翻杜甫？这种狂妄来自一个前提，就是所有作品都是尸体，有一把手术刀就行。翻译的作品，其实只是翻译了原作的意思、结构、修辞方式、运用知识的巧妙，读者无法从翻译作品里感觉到原作的身体、语感。当然这不是绝对的，也有少数翻译家，比如王佐良，他翻译的作品你可以感觉到语感的存在，但是我觉得那个语感是他自己的语感，肯定不会是原作的语感，他是借尸还魂。说到底，翻译失去的就是原作的身体。翻译作品对它进入的那种语言的影响其实是有限的。有些诗人老是喜欢强调翻译作品给中国当代诗歌的影响，我觉得这是我们时代的神话之一。对我来说，它的影响只是"释义"、技术性的影响，而不是身体的影响；而像唐诗宋词对于我，是身体、语感、内容的全面影响。

　　谢有顺：语感对一个作家而言是最重要的禀赋之一。没有语感，就意味着没有个性和创造性。你现在读中国现代作家的作品，鲁迅，周作人，郁达夫，朱自清，等等，他们之所以那样个性鲜明、影响深远，跟他们有着自己创造的语感是有很大关系的。他们的文字，你只要读几句，就大约能猜出是谁的作品了。这不简单。我的确是在他们的文字里，看到了汉语的韵味和美；同样，当代比较好的作家，也都是建立起了自己的语感的作家，像汪曾祺、贾平凹、史铁生、张承志、余华等人，都有自己那鲜明的语感。我常常在想，也许，一个作家穷其一生所要做的，并不是要表达多少思想和经验，而仅仅是为了建立起一种独特、带有个人身体气息的说话方式。伟大的作家必定有自己的伟大的说法。

于坚：其实，中国古代诗人，比如说太白体、东坡体，都是建立起了一个诗歌的语言个体，而不是说这个诗人发明了什么了不起的意义。古往今来一切伟大的文学作品，讲的意思是大同小异的，无非春花秋月、男欢女爱、友情仇恨、对生命的热爱、对死亡的恐惧、反对强权的压迫等等，但是通过不同的身体把它说出来，它又是非常丰富的。我写过一篇《诗言体》，我不说"诗言志"而说"诗言体"，讲的就是这个意思。翻译说到底就是翻意思，身体是翻不过来的。

谢有顺：这可能正是一流作家和二流作家的区别。二流作家创造力匮乏，只能在大师的影子下写作，而一流作家则能突破这种阴影，建立起自己的写作方式、自己的身体语言。令人遗憾的是，现在这个媒体时代，写作、出版越来越工业化，速度也越来越快，很多作家为了跟上这个速度，已经没有多少耐心再去琢磨自己的语感或话语个性了。我不知多年之后再回想起当下的文学，究竟还有多少能被我们记住——语言意义上的被记住。对一个作家而言，最重要的是语言的记忆，而非意义的记忆，更不是所谓读者的记忆了。

口语是诗歌的原始基地

于坚：中国当代诗歌在二十世纪八十年代的时候，口语写作是一种另类。我记得我的诗，在八十年代很难发表，民间刊物才接受我的作品。朦胧诗一开始就给人一种用诗语写作的印象，诗语是什么？就是在书面诗歌中已经被认可的诗歌行话。朦胧诗是用诗歌行话写作的，它的原创力不在语言上，而在意象、意义上。我的诗当时是被视为非诗的，因为不是诗歌行话，而是对读者的诗歌习惯来说是比较陌生的日常语言。那个时候，先锋派的诗歌，都认为就是朦胧诗那种形式，象征的、隐喻的，用意象来进行蒙太奇式的组合的那种东西，并且是抒情性的。这种形式当然也有对"文革"标语诗歌和革命浪漫主义的反动意义。当日常口语的诗歌出现时，它面对的不仅是五十年代以来的诗歌体制，也是现代派的美学立场。你发现没有，诗歌体制虽然批判朦胧诗，但是，它还是承认它是诗，只是看不懂、是"令人气闷的朦胧"而已。就什么是诗来说，朦胧诗与诗歌体制并没有多少分歧，他们的分歧是在写什么上，懂与不懂。因此，到了九十年代，朦胧诗的不懂已经不是什么问题，教材都可以接受了。说到底，朦胧诗并不与诗歌教育相冲突。而口语诗歌，无论是在五十年代以来的诗歌体制，还是在七十年代兴起的现代派那里，它都是非诗的。口语是一方面，另一方面，它对当下日常生活世界的肯定，它对诗歌体制和朦胧诗的那个基本主题"生活在别处"的怀疑，也是与主流的诗歌风气背道而驰的。

谢有顺： 其实"生活在别处"一语，在当下的中国也被庸俗化了，再不是兰波和昆德拉当初所说时的那个意思了。

于坚： 在兰波那里，"生活在别处"的"别处"指的是对资本主义现代化文明的恶心、偏离、怀疑的心理现实这个"别处"，是对保持着本真的异域、乌托邦的梦想，是对文明的绝望，是庄子所谓的"心如死灰"，是萨特所谓非本质的存在。在昆德拉那里，"别处"则是对存在的遗忘，对未来、对西方生活这个异域的迷信。诗歌体制和朦胧诗的"生活在别处"都是未来主义的，当然所指不同，一个是要"解放全人类"，一个是把另外一种主流文明视为"彼岸"。但口语诗歌不是未来主义的，不是"生活在别处"，而是当下的、尊重身体的。"我手写我口"，从黄遵宪到胡适，中国白话诗歌的一个传统，就是反抗只在纸上的诗歌。"纸上"是钱穆说的，他的意思是，清代以后，中国文化完全成了纸上的东西，丧失了活力。诗歌成为所谓"高雅"的别号，诗歌读者都是纳博科夫嘲弄过的"高雅迷"。"高雅迷"诗歌教授以为口语诗歌与当下、身体、生活世界密切相关就是"市侩"，他们实在是太高雅，太没有人间气息了，生活在纸上，还不是那个有本护照就可以去的"别处"。白话诗"为人生"的传统，到五十年代中断了，诗歌再次回到纸上，甚至成为标语，与人生世界、当下、现场、身体毫无关系，只是政治语词的工具化游戏而已。口语诗歌不是从书本、从纸上、从文化出发，从诗歌教育出发，而是从身体、存在，从当下的生活世界，从经验、感觉出发，它是创造者的诗歌。口语是第一语言，也是诗歌的语言，就像以塞亚·伯林说的："写诗必须使用自己孩提时期的语言，对一个人来说，最觉亲切的诗是用十岁以前说的语言写成的。"我为什么引用对诗歌外行的伯林而不用诗歌大师的话，我无非是要说，这只是一个常识而已。口语，乃是诗歌之本源。口语诗歌它并不是一种诗歌流派，它是诗歌的开始之地，诗歌就是从口语开始的。从《诗经》以前，从哼唷哼唷开始，这是鲁迅说的，就是口语。人类的语言，开始就是口语，开始的时候哪里有书面语？哪有书？哪有纸？哪有知识和图书馆？诗歌是从口语开始的，口语是诗歌的原始基地。世界越来越文化，越来越知识，越来越图书馆，成千上万吨的纸张把世界的本真遮蔽起来，只有诗歌那种命名的力量，可以坚持着语言的原始基地。诗是从口语里面流出来的，但是口语并不是诗，口语在经过诗人处理之后，有些成了诗，有些只是口语，永远是口语。口语是诗的基础，是诗产生的母体，这个是肯定的。

谢有顺：口语看似简单，但极具革命性。口语常常代表着一个人最为真实的面貌。你要真正了解一个人，光看他的书面文字是不够的，那个容易伪装，可你一旦接触他的口语，和他聊天，这个人就会变得生动而坦率起来。写作也是这样，它如果被一种僵化的语言方式所窒息的时候，口语往往能为写作起到解放的作用，它会将作家和诗人重新带回到一种真实的现场中。

于坚：诗经过几千年的发展之后，经过孔子以"诗无邪"的标准删定，诗就进入了图书馆，成为文明的一部分，后来的诗人从文明进入诗歌，诗歌就慢慢地远离了口语，丧失了身体，没有感觉了。这时候，新一代诗人起来，要激活诗歌的创造力，使它重新获得身体、获得血肉，诗就又重新回到口语，又从口语里寻找创造的源泉。激活诗歌的力量永远是在口语里，这不单是汉语诗歌的一个现象，西方诗歌也是如此。我看王佐良先生的《英国诗歌史》，他讲到的英国诗歌也是一样，每当诗歌走到学院派的死胡同，走入那种书面语的纸做的死胡同的时候，有创造力的诗人总是重新从口语里面找到诗歌的活力。中国古代，那些最伟大的诗人，他们的诗都具有这种从口语获得活力的特征。李白的诗今天依然非常口语化，杜甫也有很多口语的东西。宋词在我看来，完全是重返口语的革命。到了清代，古体诗已经穷途末路，完全成了故纸堆了。书面化的诗歌、互文，言必有出处，已经成为诗歌体制，非常普遍，随便一个冬烘先生都可以写得很到位，已经完全工具化，不再是一种创造和智慧的乐趣，更莫说是什么文明之光了。诗人完全脱离了日常语言，成了从知识到知识的"读者写作"，炒人的冷饭。这个风气已经深入到中国近代文化的骨髓。五四以前炒古人的冷饭，后来炒洋人的冷饭又成为风气。黄遵宪说的"我手写我口"，就是要重新回到口语，回到身体语言，回到"十岁前的语言世界"。口语诗歌实际上就是向纸上的文化以外的"异域"逃亡，就是对清代以来的那种山林文学、贵族文学的"心如死灰"。为什么要回到口语，因为口语是最接近身体的语言，是身体脱口而出的语言，是有感而发的语言，不是考试语言，不是玄学语言，不是知识分子写作。它是要重新回到那种具有创造性的、具有感觉的、具有生命力的语言本身。今天许多搞批评的人，包括诗人都以为口语只是一种流派，我认为这是非常幼稚无知的见解。口语是诗歌的基础，在口语的基础上，诗歌才发展出各种不同的风格、身体、语感，才有独特的文本。由于受中国清以来纸上文化传统的影响，那些从故纸堆和洋纸堆里钻出来的诗歌教授和读者，把诗歌在二十世纪重新从口语开始的历史，一直贬为非诗的历史，这种态度是可以理解的，因为这是一个许多基本常识都被纸遮蔽起来的时代嘛。而我认为，"非诗"，其实是对当代诗歌最好的命名。当然，把口语理解为诗歌本身，这又是另外一种极端的倾向。事隔二十年，我发现当年备受冷遇、鹤立鸡群的口语诗歌，今天已经是泛滥成灾，很多诗人都以为口语是猎取诗歌声名的终南捷径，把随便什么口水话，分行排列，以为那就是诗，这又走到了另外一个极端。本来"非诗"是一个"有感觉的诗歌"的隐喻，现在倒好，隐喻消失了，非诗成为一个事实，真的就是非诗了。

一种语言说出一种心灵

谢有顺：我一直相信日常生活中有革命，也相信日常口语具有颠覆旧秩序、重获活力的功能，关键是看诗人怎么来应用它。语言是一种权力，所以才有"语言暴力"一说，被语言意识形态所压迫，许多的时候和被政治意识形态压迫是一样的；语言也是心灵和世界的个人通道，语言关涉心灵，或者说，一种语言说出一种心灵。别说文学家如此，就是政治家也是如此。不同的人会有不同的语言习惯、表达方式，甚至会有不同的词语序列，这些都和一个人的内心有关。在我们过去的诗歌观念中，文雅的、书面的语言对应的是高尚的、健康的心灵，而你刚才所说的那种口语的、直白的语言，对应的则是粗俗的、市侩的心灵。过去正统的诗歌教育，已经对语言和心灵的关系作了划分，使之成了公认的常识，所以，当口语诗兴起，现存的诗歌标准已经不适用这类诗歌，便只能将之定义为"非诗"。"非诗"的意思就是说，它不是过去我们所认知的那种诗歌，但它也可能是诗歌新的可能性，只是，后一层意思，多数人都不承认而已。对于诗歌，我们早已有一套公共标准，高雅，优美，象征，意义深刻，等等，口语诗显然不符合这套诗歌标准，它的出现，使沿用了许久的、天经地义的诗歌标准失效了，这就难免让一些人气愤，仅仅斥之为"非诗"，实在已是客气了。任何新事物要被人接受，都得有一个过程。即便白话文革命，不也是经历了曲折的斗争么。革命永远是一种斗争。用口语入诗，这就是一场艺术革命，它不仅是语言的变革，还意味着语言背后的思想、意义、秩序也要发生变革。一种语言建立一种秩序，精神和语言的秩序；语言方式的变革，最终必将颠覆与这套语言相关的秩序。白话文运动为什么会是一种革命？它注重口语，语调平易，接近日常生活，这些特征，难道不足以对固有的传统社会产生破坏和挑战？与白话文相对的文言文，到了清代，变得更加僵化、陈旧而教条，这对于一个渴望自由的新时代的心灵来说，是巨大的束缚和限制，试图用文言文的方式来完成对自身的革命是不太可能的了，这个时候，白话文就成了锐利的武器，它能撕破原来的黑暗的幕布，使业已窒息的心灵再次走向充满活力的世界本身。口语对当代诗歌的革命意义也大致相仿。并不是像一些人所想象的那样，口语是一些简单的语言方式，缺乏诗歌的难度，事实可能恰恰相反，因为越简单的语言，越能显示一个作家的艺术能力。把话说得复杂、说得人听不懂，这并不是难事，真正难的是你如何把话说得清楚、说得人家既明白又回味无穷。因此，要真正接受口语，还得有一种思维上的革命。当玄学、知识、修辞、意象、象征成了每个诗人的公共标准时，口语式的诗歌话语方式，表达了一代诗人直接面对自己的身体、面对日常生活、面对此时此地的经验、面对内心和灵魂的决心，我正是在这个意义上审视它的革命意义的。

于坚：五四以来的白话文运动，一般都认为它是一个新文学的革命运动，但我觉得，与其说它是革命，不如说它是后退。它重新体现了那种历史的循环：文学不是进化的。诗歌本来就是从口语开始的，经过文明的发展，诗歌慢慢地远离了口语，才变成了一种书面形式。它在特定的时代，比如说唐朝、宋朝，有非常强的表现力，表现了那个时代生活世界的基本状态，直到今天都还在深远地影响着我们的文明。但是经过几千年后，它越来越成为一种僵化的形式，到了清朝它已经成了纯粹的文字游戏，再也不能表达人对生活和世界的感受了。这个时候兴起白话文运动，它在表面上看是一种对古文的革命、对死文学的革命，实际上这种革命，也是一种后退，就是重新回到诗来的地方，把诗重新还给口语。文学发展到一定的时候，它就远离了身体，就变成了图书馆和知识界的智力游戏。文学是变化的，变化的过程既是一个创造的过程，也是一个不断精练化、经典化，以至僵化、知识化的过程。当这个过程只是导致文学朝着停尸房一路狂奔的时候，文学的革命就开始了，但这种革命并不一定意味着所谓的前进，它并不是又发明了一个什么新的出口，其实它很简单，就是重新返回到身体，返回到人自身最基本的东西，重新回到它的出发和开始的地方。五四白话文文学的基本精神，并未被我们时代的诗人所把握到，他们表面上用的是白话文，用的是口语在写作，但是他们骨子里面的那个美学观念，还是继承了清代以来的纸上文学的观念，就是诗歌总是要吟风弄月，要高雅，和日常生活没有关系，只是一种精神性的、形而上的语言活动，虽然写的是白话诗歌，但是他把诗歌变成一个新瓶装旧酒的游戏，这一点金克木早就说过。把诗歌又变成对意象的组合、抒情、象征、隐喻等等的迷信，无非是句子长了一些而已。诗歌并没有在人间复活，依然是纸上的尸体，不过是穿着西装罢了。

　　谢有顺：也就是说，白话文所面对的，不单是一个落后、愚昧、封建的生活世界，它所面对的还是一个完全被语言的形式主义所窒息了的语言世界。

　　于坚：被语言所谋杀的世界。

　　谢有顺：因此，白话文革命不仅针对的是语言世界，它还针对现实世界。这是作家、诗人和其他革命者不一样的地方。一个社会和政治上的革命者，可能主要是面对现实世界，改造现实世界；诗人和作家不一样，他不仅要面对现实世界，他还要面对一个业已形成的语言世界。他得担负起对语言世界进行清理、进行重铸的独特使命。白话文革命有一个反抗现实世界的明确指向，但也担负着反抗旧的语言形式主义的使命。口语诗歌也一样。在它之前的诗歌，如朦胧诗，主要是为了对付那个专制、黑暗、荒谬的以"文革"为代表的现实世界，向一个旧世界宣战，向它说不。

于坚：就是"我不相信"嘛。

谢有顺：到了第三代诗歌崛起，尤其是到了口语诗出场，诗人们开始意识到，自己所面对的经验和历史，不仅仅是类似"文革"那种专制、黑暗和荒谬的现实世界，除了这些，它还面临着一个更大的敌人，那就是彻底僵化、政治化、意识形态化、空洞化的语言世界。如果这个语言世界不能得到有效清理的话，你就不能说"文革"所带给我们的消极影响真的从我们的生活和思维中消失了，没那么简单。事实上，这种面对语言世界的革命，许多时候比面对现实世界的革命要困难得多。现实世界的悲剧是可以立即改变的，可语言世界的毒素却可能一直存留在我们的思维里。当代社会经过了一个长期政治化的过程之后，已经形成了一套自己的语言系统，就是那种空洞的、政治化的、庞大的、激昂的、前进的语言风格极度泛滥，什么身体都给配上这种话语方式，人格分裂是再常见不过的了。有些人的身体和性格，本来是脆弱的、胆怯的，甚至是猥琐的，但是，只要他一进入这套话语系统，他立刻会把自己假想成强大的人，语调也随之变得激昂起来，这个时候，他的表情是空洞的、千人一面的。为什么会这样？这表明他的思维已经被那套话语系统所作用，他的语言世界已经有了固定的组词方式和表达单元，连语气也是有统一腔调的，就是类似中央电视台新闻联播中的那种，它好比电脑程序，只要谁触动了那个开关，那些连自己也不相信的公共的、僵化的、冷漠的话就会源源不断地从他的口中说出来，仿佛无须经过大脑，是自动播放的。你看很多在电视话筒前的"群众"，他们本来是一个真实地生活着的人，可只要电视话筒一伸到他面前，他大脑里所存放的那个语言程序就会立即启动起来，马上说出一套他在日常生活中完全不用、只供记者采访时说的话语来。面对电视话筒，他会自觉地分裂自己，自觉地将自己置身于另一个陌生的语言世界中，从而让自己从真实的生活世界里逃离出来。"文革"的世界已经过去，但是，"文革"那套思维方式和话语方式却未必过去了，它还潜藏在许多人身上，需要花更长的时间才能将它的影响慢慢消除。因此，诗歌的革命决不是单纯的艺术层面的，它还牵涉清理旧有的语言世界和思维习惯的问题。那么多人在语言中分裂了，如何使他们重新找到身体和语言的结合点？这是诗歌可以用力的地方。分裂是可怕的，但找不到弥合这一分裂的力量，将更可怕。我希望，来自语言对人的伤害，能由语言本身来抚慰。

诗歌的历史是语言重返身体的历史

于坚：我觉得，文学的历史可以看作语言和身体的分裂与复合史，不断地分裂，又不断地复合。诗人的工作就是一次一次地使与身体分裂的语言重新回到身体那里去，使语言再次从身体中生长起来。它成为文明之后，一旦与身体脱节、分裂，新的诗人又出现，又重新使之复合……简单地说，诗歌的历史，就是语言重返身体的历史。

谢有顺：是的，真正的诗歌应该是身体的语言史。我非常强调身体的在场，也非常强调语言对身体的有效抵达。政治化社会的诗歌，不再是身体的语言史，而成了思想和意义的语言史，脱离身体的个人性，用的是公共性的语言。批评家经常形容某个重要的作家或诗人是"代表了一个时代的呼声"，可怎样的人才能"代表了一个时代的呼声"？肯定是要那种说出公共经验的人。比如"我不相信"的宣告，就是一种公共语言世界里发出的公共经验，这样才能获得多人的共鸣。这样的诗歌在抗议现实世界的黑暗方面，是必要的，有它的价值，总要有人出来代表。但是，不能由此就以为，所有的诗歌都得说出时代的呼声才有意义，有的时候，诗歌也许只表达诗人自己的、个人的呼声，这也是诗歌的方式之一。所以，朦胧诗之后，诗歌越来越个人化了，表达一个公共现实和时代呼声的愿望，在新一代诗人那里已经变得非常微弱。诗歌要回到个人，而口语是为了帮助诗人获得自己的话语和语感。口语就是"我"的语言、个人的语言，它表达个人经验。如果你还用书面语，或者还用政治化的语言写作，那么你进入的肯定是公共的语言世界，你的经验、记忆和感受，多半也是公共的。

　　于坚：个人化，我觉得这个词还是太形而上，现在动不动都讲个人写作，我都听不懂什么叫做个人写作了。在我看来，个人化就是身体化，个人说到底就是每一个人不同的身体，不同的身体就会生发出不同的个人。"文革"的公共隐喻，我觉得它还可以分出两方面，一方面在"文革"时期，比如说那种"假、大、空"的诗歌，它代表的是社会在明处的公共隐喻、公开的意义系统。另一方面，是在暗处，在民间，它也在发展一套底下的但也是公共的隐喻系统，朦胧诗恰恰就代表了这种以前被官方的公共隐喻系统所遮蔽或压制的另一套隐喻系统。这两套隐喻系统，本质上都是隐喻，它们只是在表达对时代不同的看法、意义和立场。它们的区别，并不是基本话语方式的区别。第三代诗歌讲"诗到语言为止"，这是一个常识，是古往今来诗人的一个基本常识，诗人这样说，只不过是重申了一个常识。那个时候重申这个常识是非常必要的，它重新提醒诗人，写作是为什么，它回到的是诗歌的基本，它要反抗一种已经体制化的诗歌思维，使诗人能够重新说话，重新回到自己的身体，而不是使诗歌成为先验的意义系统的隐喻工具。

　　谢有顺：反抗一个话语世界，最有力的方式就是创造一种新的话语方式。

于坚：创造是在怀疑中开始的。

谢有顺：现在回头看朦胧诗，思想内容上和以前的诗歌有很大的不同，但话语方式上，和艾青、郭小川等人的方式，并没有太大的区别，因此，朦胧诗的革命在当时是空前的，但就整个诗歌历史而言，它的革命性却是有限的。

于坚：朦胧诗的隐喻所指变了，但是它的隐喻模式并没有改变，它的话语方式还是延续普通话的那种方式。所以，"拒绝隐喻"其实是针对具体的语言环境的，是对语言暴力和体制的反抗，在反抗的过程中诗歌的创造才可能重新开始。如果我们拒绝那种进化论的文学观的话，将会看到，诗歌相对于普通话体制来说，是前进，但相对于口语来说，却是后退。

谢有顺：诗歌的革命，就是要创造一种新的话语方式，建立一个新的语言世界。这极其重要。二十世纪八十年代中期以后，诗歌界和小说界都开始具备语言的自觉、形式的自觉，这是一大进步。小说界的语言自觉，是希望语言在小说的写作中获得主体地位，通过形式、结构方面的实验，创造新的语言建构方式，使叙事具有了独特的力量和独立的权力。过去，小说是为了表达社会世界，现在呢，小说只表达那个语言现实、虚拟的现实。语言自觉的获得，是文学革命的真正开端。诗歌界也是这样。对于诗人来说，语言自觉所要改变的不单是语言的修辞方式，而是包含着一种最原始的冲动，就是要让语言回到自己的身体，让语言说出自己的身体，让语言跟身体达成某种一致，以复合一切的分裂。这里的语言，是身体性的语言，它呈现个人真实。

于坚：身体和语言是一体的，如果意义系统无限膨胀，身体就被意义遮蔽了，诗歌就必须重新找回它的身体。诗歌写作永远是一个从意义黑洞逃亡的过程，它不是为了证明某个意义而开列的语言公式，就像方程式那样，复杂只是手段，结果才是重要的。诗歌是过程而不是结果，是没有结果的，在路上的。你也可以把诗歌从每个时代的意义暴力和隐喻体制中逃亡，看成是一次又一次的诗歌革命，或者是诗歌的造反，但我不认为这是革命，我觉得它就是永恒的循环。诗歌不是前进的，不是一浪高过一浪的，它总是在一个基本的、古老的圈里面循环。诗歌是从口语开始的，但口语绝对不是诗歌本身。口语和诗歌之间，它还有一个诗人，诗歌是诗人之舌的产物，不是口无遮拦的产物。口语经过诗人处理之后，它才成为诗歌，口语无法直接到达诗歌。为什么我们需要诗人？口语从诗人的舌头上说出来它不再是口语，它已经是诗歌。诗人的智慧，天才，创造力，是绝对的。是诗人统治语言，不是口语支配诗人。口语只是一个激活点，它绝对不是诗歌的终点。

谢有顺：美学意义上的口语，已经不是我们惯常所说的那些平常话，它是经过了诗人心灵的创造性转化的语言。它留下了口语的特征，但又不是简单的口语。如果口语等于诗，那岂不是我们每天都在说诗？诗歌还是有它自身的美学规定性，从口语到诗，需要有诗人的创造……

于坚：口语只是激起了诗歌的活力和感觉，它并不是诗歌本身。

谢有顺：如果口语本身就是诗，那就不需要诗人了。诗人应是语言的天才，他应有能力将最为平常的、看起来毫无诗意的事物创造性地转化为诗。创造性越大，诗歌的活力和魅力就越大。要强调诗人的主体作用。

于坚：口语不能支配诗歌。

谢有顺：诗歌来源于口语，但高于口语。这个"高于"，就是诗人的心灵在起作用。诗人的创造性体现在如何使口语更具有美学和心灵的表现力上。离开了创造，诗歌就只是一种技术而已。创造是口语诗歌获得生命力的基础和源泉。

于坚：其实先锋诗歌从八十年代以来，已经经历了很多变化，这些变化局外人是完全不知道的，都忽略了。写文学史的那些大学中文系教授，也不知道这个变化过程，因为变化发生在诗歌文本和地下刊物上。从八十年代到今天，我收到的民间诗歌刊物有数百种，那些诗歌教授有几本？那些名牌大学的所谓当代诗歌史真是笑话，学术上的最起码的实证精神都没有。好坏你无法判断也罢了，最可恶的就是，利用学院的体制化权力，篡改当代先锋诗歌史，把与自己关系亲密的庸才的作品鸡毛当令箭，用自己都狗屁不通的外国理论来掩饰自己在汉语诗歌判断上的毫无感觉。对这种诗歌史，我会想起那句诗："仰天大笑出门去，我辈岂是蓬蒿人？"只是道听途说就敢来写诗歌史，胆子也大了，那种诗歌史不足为训，只可一笑置之。第三代诗歌，如果从它的美学立场上来讲的话，它主要是关于如何写的一种革命，它和朦胧诗不一样，朦胧诗是写什么的突破，它主要是突破一些写作上的禁区，但是到第三代诗歌，写什么已经不重要了，它已经成为如何写的一个实验过程。所以诗歌界出现了"诗到语言为止""拒绝隐喻"，这些成为一个基本的东西，语言转向成了诗歌界的先锋派最主要的一个方面。叙事的重返，对朦胧诗抒情主义的怀疑，都是在第三代诗歌旗号未兴起之前就已经在诗人的写作中呈现了。但是大约十几年之后，中国当代诗歌，比如说在九十年代末期以后，它又再次转到写什么的问题，例如"下半身"。诗歌"写什么"对主流意识形态的反抗或者说怀疑，已经不重要了，在年轻一代诗人那里已经发展到，追问的对象不再是主流意识形态，而是比如说道德，写什么已经从那种抽象的自我，转到了这种身体性的"自我"，甚至转到了隐喻的"下半身"。先锋诗歌已经完成了若干次的这种从写什么到如何写，从如何写又到写什么的变化，但是这种变化的历史从来就没有在当代诗歌史里被注意到或者被加以描述。

谢有顺：诗歌比起小说来讲，它对语言的要求更高，它是语言性的，或者说，诗歌所有的价值和意义也许就在于它的语言。小说也强调语言，小说也同样是语言的艺术，但它毕竟还有一个故事，即便语言不好，只要故事好，它也能让人读得津津有味。诗歌一旦语言出现漏洞，失去了个人性和创造性的话，那么这个诗歌就是文字垃圾，决无其他的意义……

于坚：诗歌更注重的是如何说，但小说可以用说什么来取胜，可以在题材上吸引人……

谢有顺：小说再怎么进行怎么说的革命，它最终又会回到那个"说什么"的道路上，甚至由"说什么"来决定一切，这是小说的宿命之一。令人担忧的是，从九十年代后期起，整个小说界都已经失去了对语言、叙事、形式，也就是"怎么说"这个命题的探索热情，所有的人好像都在"说什么"这个问题上达成了共识，大家都渴望讲一个柔肠百转的故事，或者讲一个跌宕起伏、让人读后像追看电视连续剧一样的精彩故事。讲故事的欲望，在九十年代后期起几乎决定了所有作家的写作，艺术探索停滞了，虽然也出现了一批又一批的年轻作家，但他们并没有给我们提供新的艺术经验或叙事经验，好像这个东西已经不重要了，小说在这些方面已经无所作为了。绝大多数小说家都回到了一种老练的、没有风险的写作模式里面，与时代的消费需要越来越取得一致。

你要发现的是语言，不是世界

于坚：在诗歌界，一个诗人如果他离开了如何说，回到说什么，那是非常危险的。有的诗人他要把诗往"说什么"上去拉，但他"说什么"又不可能像小说那么媚俗，去说那种刺激的、故事性很强的东西，诗歌里"说什么"，比较危险的是它会使诗歌自己成为"乌托邦"。比方说某些诗人的所谓"知识分子写作"，要把诗歌变成一种立场，一种所谓的知识分子立场，或者是为一种什么流亡姿态服务，把诗歌的主题、意识形态取向看得比诗歌"如何说"更重要，他们的作品，不是说在语言质量上有怎样的长进，而是夸耀自己说了一般人不敢说的东西，流亡或者其他什么。其实九十年代末中国诗歌界的这个争论，表面上是民间写作与知识分子写作之间的争论，但根本上是"如何说"与"说什么"的争论。

谢有顺：这场争论并非像一些人说的那么简单，是什么权力之争，争论的背后，还是有着非常严肃的诗歌本体的命题在起作用的。

于坚：民间诗人是要坚持诗歌的如何说，但坚持知识分子写作的一些批评家提出"首先是一个知识分子……其次才是一个诗人"。为什么首先是知识分子，实际上讲的是立场，他把诗人的这种意识形态立场，看得比诗人这个身份本身更为重要，我觉得这是非常危险的，前车之鉴不少，这些诗人其实受了历史惯性的影响。如果在诗歌里面，"如何说"不重要了，它不再是一种语言的最高艺术，而是变成"说什么"的话，那是很危险的。当然，在今天你可以说你说的"什么"都是民主社会公认的价值观，自由主义，民主，等等，没什么问题。但是你这个说什么若后退三十年，这个"什么"可以变成"文化大革命"，变成"解放全人类"什么的，那么这是不是诗歌的一个本质性的东西？绝对不是。因为说什么、立场不一定要用诗这个形式来说，你用社论也可以。所以诗歌它永远是一个如何说的最高艺术，是对如何说的一个创造，对如何说的一个实验。我刚才讲，更年轻的一代诗人，他们转到了"下半身"这种说什么的状态，在特定的阶段，你转向说什么是可以的，因为这样的"什么"还没有突破过，你突破到这样的地步，你说的是和中国传统道德相悖的、本来不准说的东西。北岛们突破的只是意识形态的某些层面，"下半身"在"什么"这个领域上突破的是道德上的"说什么"。我觉得这种东西只能是暂时的、策略性的，诗人最终还是要转到"如何说"上面去。"说什么"永远都是不重要的。我非常欣赏歌德的一句话，他说：已经有的东西是什么，而不是如何。这个世界上究竟是"什么"都已经被上帝搞定了，"什么"都存在，不需要你去发现，重要的是你把那些已经存在的"什么"，用你自己的方式说出来。"如何说"必须要创造，这才是诗歌存在的一个最基本的家。你要发现的是语言，是说法，不是世界。当然，如果你的"怎么说"

已经自成一体，那么说什么与如何说就无所谓了，倒是可以无所不为地去说什么，因为"什么"都是如何说了。那是化境。

谢有顺：这不单是诗歌的问题，也是小说的问题。小说看起来是重在"说什么"，说出一个怎样的故事、怎样一种命运起伏。但小说忽略了"怎么说"这个问题，终将一事无成。你想，就着二十世纪的中国现实而言，它所提供给小说家的"什么"，是足够丰富、足够残酷的，也是别的民族所罕见的。每一个时期都有那么多令人震惊的事实，可是，为什么直到今天，我们还没有产生一部小说，能与中国二十世纪伟大的苦难现实相配？就着"说什么"而言，还有什么比反右、"大跃进"、"文化大革命"这些历次的政治运动更好的题材？可是，我们的小说家都写了些什么出来？那么多人亲身经历过了这些苦难，多么好的题材，那么深刻的细节，一到他们手中就成了肤浅的东西，原因何在？还是"怎么说"的问题没有解决。其实，话语方式也可能是一种精神方式，没有自己话语方式的人，很难获得进入精神世界的秘密通道。

于坚：精神方式肯定是用话语方式来体现的，简单地讲，就是为什么有那种惊心动魄的生活却没有产生惊心动魄的说法，是吧？

谢有顺：对。事实本身已经足够让我们震惊了，但是没有找到一种合适的方式，把这个让人震惊的事实，在话语上再让我震惊一回；也就是说，在现实中它是足够让人震惊，但经过作家在话语的转述，震惊感消失了，多么可惜。相反，像卡夫卡、普鲁斯特这些作家，他们笔下所说的那些事实，都是微不足道的，但他们找到了一种说法，把那个微不足道的事实，让人觉得无足轻重的事实，经过话语的创造，变得如此的令人震惊，给读者造成了一种强大的精神冲击力。我想，这就是说法的魅力，话语的力量。像普鲁斯特，他说的那些细小的事情，可能我们每一天都在经历，它既不是什么社会大转折，也不是什么人生的重大苦难，但是他把这样微小的事物，变成了一种伟大的说话方式，世界的本质，在他笔下就发生了改变……

于坚：一部伟大的历史，它的任何一个微不足道的细节，都充分地含有伟大的细胞。它不需要去找所谓时代的核心，它就存在于你房间里面一个门背后的扫帚里，卡夫卡他就是这样写作的。

谢有顺：也就是说，不在乎伟大的事实，而在乎伟大的说话方式；如果你找到了一种伟大的说话方式，那么你说什么，那个东西都可能是伟大的，都可能是令人震惊的。今天这个时代，不缺乏伟大的事实，真正缺乏的是一种伟大的说话方式，一种让我们耳目一新、让我们为之折服的说话方式。一个作家，如果不在这些方面去用力，以发挥出自己的创造性的话，他永远都将是事实和经验的奴才，而成不了事实的发现者、经验的创造者。

于坚：是的，伟大的小说，我们非常需要这种小说，这种小说本质上应该是诗性的。我觉得，文学最基本的根是诗性的，是由诗性生长出来的东西，虽然在具体的文学形式上有区别，比如小说强调故事，诗歌更注重语言，但是最好的文学都有一种诗性。有时候我真是非常感慨，包括一些诗人，他转去写小说的时候，也没有把诗歌的那种先锋精神，完全地带到他的小说写作里面，好像一写起小说来，它就变成一种消费方式，就是媚俗的方式，很容易和读者和解的方式。他可以在诗歌里面坚持一种前卫精神，可一转到小说上，他就成了消费。先锋诗歌的世俗化对于诗歌的高雅传统来说是先锋，但这种先锋进入小说的时候，反而迎合了小说的世俗，丧失了先锋性。

谢有顺：从九十年代中期开始，有一批诗人，尤其是过去在诗歌写作里比较注重日常细节的一批诗人，像韩东、朱文这些人，开始转向写小说，还是给小说界带来了很多新鲜的东西。也许从诗歌的角度说，他们的小说不具有像诗歌那么坚决的精神绝对性，但是，他们在小说界还是具有先锋精神的。他们写小人物的生活，用特别琐碎、无聊、具体的方式。在他们看似喋喋不休的说法和叙事里面，同样包含着比较绝对的东西。他们是用一种看起来微不足道的说话方式，用那些具体而琐碎的细节，建立起了他们在小说界的说法，通过呈现一种无意义的生活图景，来观察人是怎么存在的。这个方式对小说界的很多人产生了影响，它使很多年轻的作者知道了该如何面对底层的、基本的现实，也知道了该如何看待和处理无意义的生活场景。

于坚：我们的文化太强调人生的所谓意义、价值，凡事都要问一个为什么，可不可以不为什么地活着，无目的地活着？但是反抗意义暴力的东西，蔓延开去的时候，我看见它彻底变成了庸俗，红男绿女，小吃小喝，小打小闹，庸俗，他们作品里面本来具有的那种先锋的脊梁，那种对"意义世界"的怀疑和追问，就消失了。

诗歌是文化体制里永远的眼中钉

谢有顺：事实上，小说界不乏有才华的人，关键是如何使这种才华让自己走得更远。前一段，春风文艺出版社约我编一本《一九七七——二〇〇二年中国优秀中篇小说》的选本，我借这个机会通读了这二十五年来大多数有代表性的中篇小说，我发现才华横溢的作家还是很多的，不过，这些作家几乎都有一个特点：他们最好的作品往往是在早期写的；功成名就之后，天天像明星一样到处亮相，很多人就写不出好小说来了。可见，他刚开始的时候，在精神意味上说，比较纯粹，没有那么多世俗气和商业味，成名之后，诱惑就接踵而来，要再坚持艺术和精神的纯粹性，就比较难了。比如，电视剧就是一个很厉害的诱惑。我不是说你不可以写电视剧，而是说，电视剧写多了之后，肯定会影响一个小说家的写作才能，艺术和语言上都会变得粗糙，电视观众才是他假想的读者。时间一久，我们刚才讲的小说家要着意寻找并追求的伟大说法，就会变成电视剧的说法，而电视剧几乎都是模式化的，它的说法跟说书人如出一辙，谈不上什么创造性。当代许多好作家，就消失在电视剧里了。我一方面理解他们，另一方面也为他们惋惜。他们本来是可以创造自己的说法的作家，如今却只能在导演和制片人那简陋的说法里经营文字了，这是市场的胜利，也是艺术的悲剧。就此而言，我对你的写作姿态一直感到惊讶。你写诗，本来，诗歌是最容易脱离常识、事实和经验，逃离到一种空旷、抽象、抒情的假想里面的，但你没有，你的诗歌一直在寻找自己的语言方式、自己的口气、自己的说法。在别人容易忽略的常识、记忆、事实、经验层面，你试图建立起自己的观察方式，试图拒绝隐喻，回到事物本身，从而保持一个作家对存在的在场感，让自己真实地活在细节里面，活在事实当中。很多诗歌批评家不能理解你的这一努力，于是，他们指责你的诗是非诗，好像一点都不美，太实了，太具体了，像大地一样，一目了然，没有秘密可言。你颠覆了很多人对诗歌的定义。

　　于坚：我的写作方向和传统的诗歌写作方向不一样。为什么如此？首先我觉得它和我的生活经验有密切的关系，我的写作来自于我自己的现实、我自己所看见的世界、我自己的体验，这和我早年的生活、我的生命状态、故乡、方言、经历等等有关。我喜欢用眼睛去和世界建立关系。当然也有我对诗歌"怎么说"的独立的认识。诗人肯定要独立地思考他和他之前的诗歌是一种什么关系。中国当代的很多诗人，他的诗歌参照系是西方的翻译诗歌。我在写作的时候，我假想的写作对手，其实是中国的传统诗人，李白、杜甫、苏东坡这个传统。我经常在思考的东西就是中国古代诗歌它的"如何说"的基本点在哪里，为什么会产生现代主义诗歌，为什么会出现新的诗歌方式？我对文学史应该有一个我自己的把握、我个人的独立观点。如果我还是中国传统的那种，把诗歌朝一种空灵的、镜花水月的美学方向上走的话，我就无法表达我自己的存在和生活经验给我的感受。金克木说三十年代的新诗是新瓶装旧酒，因为那时代传统中国世界的酒还在。但"文革"之后，对我这一代诗人来说，那酒窖只剩下些气味了。经验都断裂了。我是在现代性里面长大的一代人。我的经验来自二十世纪中叶以后的中国现实。我对现实的感受不再是整体的、意境式的，而是一种局部的、细节的、具体的，不是那种空灵的、形而上的、飘着的东西。经验世界已经变化，但文化的惯性并不与现实同步。我觉得要把握传统的抒情诗歌那种方式非常容易，东方神秘主义、意象、隐喻、蒙太奇式语词剪辑、忽略事物之间的逻辑关系、事物的基本秩序的错位……写这种东西，像海子那样的诗，是很容易的。那种诗歌方式在中国诗歌传统中已经成为诗歌体制，没有什么创造性，依样画瓢，不过是"说什么"上玩小聪明而已，更大的"什么"，更西化的"什么"，更玄妙的"什么"，那种诗靠的不是想象，它靠的是幻想。

谢有顺：想象与幻想是不同的。

于坚：我特别要区别想象和幻想的不同。想象它与"象"关联，它想，但是它和"象"有一个联系。"象"是什么？就是经验，就是世界，就是你个人的现实，它有这个东西管着。幻想呢，可以完全脱离这个"象"，脱离经验，脱离局部、细节，就是凭空的、天马行空的"想当然"。像海子，就是凭空的想，说超验的东西，这种思维方式，它具有中国古代的诗歌传统，也有"文革"的传统，是这两个传统的现代暗接。在"文革"时代，最有想象力的人、最有幻想力的人，就是毛泽东。毛泽东写的诗，真是天马行空，超验得很。这种思维方式经过"文革"的现代化处理，已经成为我们时代的一种主流思维方式。"文革"中，主导的是所谓革命浪漫主义的乌托邦幻想；当代诗歌中，在八十年代，它导致的是海子那样的幻想。二者幻想的方向不一样，浪漫的方向不一样，但是，他们的浪漫和超验是一样的。海子为什么后来走火入魔，与他的超验的思维方式密切相关。这种诗歌方式与我个人的发言方式格格不入。虽然文学史，大学教科书，老师在课堂里面教的，都认为诗就是超验的，诗就是要幻想，要形而上，要从灵魂、精神出发。但我作为一个诗人，我觉得我要创造我自己的话语方式，如果这种说话方式教育界认为它是非诗的，我觉得无所谓，我在创造，这就够了。重要的是我通过这种非诗的方式表达了我对生活世界的感受，我自己对生命的那种理解。在传统诗歌教育看来，诗歌是空灵的、玩幻想力的，把握的是看不见的世界本质。我的诗歌却是回到事物本身，回到现象。我说拒绝隐喻，就是因为在我看来，隐喻已经沦为本质、意义、思想、路线这个形而上王国的奴隶，它已经丧失了命名的力量。在我这种坚持里面，可能出现使诗歌教员觉得不可理喻的东西，为什么他的诗和我们知道的诗的方向是不一样的？问题在于我不认为诗有一个既定的方向，我总是说"诗是不知道的"。比如《诗经》，孔子他选那些诗之前，你说诗是什么？今天某些诗人津津乐道的"互文"又在何处？那不是一个自由创造的时代吗？先锋就是自由，这就是上帝给你的一个自由，为什么你一定要在那个既定的诗歌道路上去写，为什么你不能创造一个你自己的方式？你创造的方式，它可能是某种小说式的方式、散文化的方式，好像小说才那么干的，那又有什么不可以？诗是什么，在未来这个方向上，在具体的写作行为中，我觉得它永远是一个不知道的东西，它永远是一个在路上的"诗是什么"。读者是历史的、知道的，诗歌是非历史的、不知道的。诗歌创造读者，不是读者创造诗歌。读者只是为诗歌进行德里达说的那种"增补"。诗歌就是自由，诗歌就是不知道，它不是知道一个"道"，顺着那个"道"去走的东西，诗歌是要创造"道"的。它为什么要创造"道"？是因为它不知道"道"，所以它要创造"道"。就是说它是一个原初的、混沌的东西，它总是要在这个混沌里面来创造一个"道"。诗不是在人类已经完成的既定的知识体系下的语言考试，它总是对这种已经完成的既定的知识体系的反抗和怀疑。诗歌是文化体制里面永远的眼中钉。

谢有顺：所以，你的诗歌一开始就被看作是反叛的，这种反叛性，不单是文化意义上的，也是指你反抗了一种诗歌方式。固有的、业已形成定论的那种诗歌方式，在你那里被瓦解了。无论是写诗的人，还是不写诗的人，他们对诗歌都有一整套已经形成的定论，一讲到诗歌，就觉得是幻想的、抒情的、表现美的，那些琐碎而具体的细节、经验是不能入诗的，似乎唯有高尚的大词，才是诗歌天然的语言粮食。尤其是经过了漫长的政治时代，当诗歌演变成为时代的"号角"，它就注定只能是形而上的、激昂的、歌唱的、狂飙突进的，革命浪漫主义么。这样的诗歌认识几乎统治了大多数人的美学趣味，他们都认为诗歌就是这样子的，所不同的，只是那个"什么"变了，但歌唱、浪漫、形而上的方式没有本质上的变化。过去怎么说，今天还是怎么说，说的东西是变了，但说的方式没有变。我们不是说诗人要建立起自己的说法么，可是，我发现，很多的诗人，他们只有在超验的意义里才有说法，一旦面对事实和经验，就无法写诗了。一个诗人，凌空蹈虚，幻想一切，这真的不是很难，难的是在那些被看作是诗歌敌人的事物上，如何重铸诗性。以往诗人们对什么是诗性的理解也是有偏颇的，他们一讲到诗性，以为就是抒情、玄妙、浪漫、神秘、严肃、形而上，以为这才叫诗性。而我认为，日常生活中也有诗性，简单的事物身上也有诗性。诗性不是一种飘逸的姿态，而是一种内在的美和真实。当整个时代都把诗性看作是"虚"的事物时，我更愿意把诗性理解为是一种精神的"实"——务虚的时代，诗人的创造性不是体现在如何进一步地出示自己的"虚"，而是在于他如何创造自己的"实"，来恢复对这个世界的命名能力。诗人的创造力不是体现在为已有的诗歌品质添砖加瓦，而是要从已有的诗歌品质里突围出来，重新找到你所说的"道"，那种来自心灵、面对世界的基本方式。没有创造，没有"道"，没有说法，诗歌很容易就会成为一种知识的演绎，无非是把业已形成的知识世界，通过诗歌再说一遍；或者，把诗歌变成一种技术、一种语言修辞，跟自己的心灵没什么关系，纯粹是一些修辞法则的变化，是冷漠的、精雕细凿的，但它的背后是无，是巨大的空洞。一个被"无"支配的诗人，其实是不自由的。我想重提诗歌的"自由"。有一些诗人看起来是自由的，实际上他在受着固有的诗歌意识形态的支配。这或许比政治意识形态的支配要自由一些，但本质是一样的。我认为，诗歌要反抗的，正是一切试图支配它的事物；它应该走向自由，也让事物自由地走向它。

真正的诗人总是以非诗的方式进入写作

于坚：我对诗的理解和一般诗人不太一样。诗是什么，他们可能以为诗是已经存在的某种东西，一个庙，诗人就是排着队到里面烧香叩头的人，在那个叫做诗的庙堂里面，插上几炷香。我说诗是不知道的，诗就是创造一个新的语言纪录，就是创造一种表现与你的生活世界和经验之"象"的说法，它就是创造说法。创造那种最特殊的、不可模仿的、独创的说法。这种说法是自由的，它永远面对着一片荒野，而不是一个已经盖好了的庙。你可以从一个叫做诗歌史的庙里出来，但是你前面没有庙，那个庙要你自己去盖。有很多诗人认为诗是某种既定的美学方针、路线、政策、体制、技术，在中文系读两年就可以掌握的、低智力的东西，无非就是抒情啊、隐喻啊、深度意象啊、象征啊、赋比兴啊、修辞手段啊、韵律啊……它们混淆了诗人创造的不知道的诗歌和读者的图书馆诗歌习作之间的区别。我不是否定图书馆对诗人的作用，这是两个问题。一个诗人，他可以是读者同时也是诗人，但读者永远无法代替诗人。读者有时候书读多了就产生幻觉，以为有知识就可以当诗人。知识渊博可以成为教授，可以从国家那里领取资金写诗歌史，并制定诗歌教材，规定哪些是诗哪些是非诗。但诗歌是天才的事业，是生殖者的事业，诗歌在形而上的天空飞翔，但它的起源却是世界的下半身。诗人是天才，是创造不知道的。他不是图书馆里面的垃圾整理者。诗歌，在诗人那里，是原创的，是一个动词；在读者那里，它是一个已经落地的果子，是一个名词。我认为诗就是一种最具有创造力的语言活动，创造是诗歌的生命。一个诗人，他不仅要创造诗歌，他还要一次又一次地重新告诉读者什么是诗歌，他决不是在写一种大家都已经知道，甚至诗歌教授都已经知道的某种诗歌。

谢有顺：也就是说，一个诗人不是要去证明已有的诗歌结论是对的还是错的，而是要证明诗歌还有新的可能性。他的创造性就体现在这里。

于坚：诗人总是在修改、增补关于诗歌的结论，这个结论永远不是定论，所以我喜欢说"诗是不知道"，但是这个"不知道"并不能成为你可以胡写的一个理由。很多诗人也在那"不知道"地乱写，但他的诗歌没有读者，为什么？这里还有一个经验问题，这个经验既包括你自己的生活世界对你的影响，就是个人现实，也包括文化经验、阅读经验、天分，等等，这些组合起来，才能塑造出诗人。感动世界的面积的大小，与诗人体验的深度、广度有关。在我看来，诗人其实是无我、无情、无心的，有个身体足够。因为无，他才可以无中生有吧。有些小诗人喜欢讲什么自我、个人写作，我不太以为然，他们太自以为是，太知道自己有什么，其实世界啊，哪有什么功夫去关心你那点一个抽屉就可以锁起来的自我。我认为诗歌和读者还是一种感觉的关系，不是阐释、分析的关系，是一见钟情的关系，是感觉而不是理性的关系。一个读者喜欢你的诗，如果他是最好的读者，就不管你写的是不是诗，他不是在"是不是诗"这个前提下来接受你，而是他对这个语言群的流动是否有感觉。坏的读者是要看你的诗和课本上的诗是否一样，有象征，有比喻，老师教过的，才是诗。为什么海子的诗有那么多年轻读者喜欢？因为阅读他的诗没有"是不是诗"这个障碍，你一看就是诗嘛，"春天，十个海子"，那就是老师在中学课堂里面所讲的那种诗的模式，抒情的、空灵的、天马行空的……只是说，比起庸俗的现实主义或浪漫主义的诗句来，他写得更美，更难以琢磨，范围更大，从恒河到埃及什么的，更具有那种所谓诗意的东西。但海子的诗并不容易明白，他的诗的障碍，不是来自"是不是诗"这个障碍，而是他的意义的障碍、隐喻的障碍、自我戏剧化所导致的障碍，还有就是他的阅读经验导致的障碍。他的诗里面，想有的太多，心太大，我太大，情太大，知识太多，是"有"太多导致的阅读障碍。可是，有的诗，比如说弗罗斯特，事实上很多读者一看就明白他要说什么，可他怀疑这是不是诗，这个障碍，不是在诗的进入上、感觉上的障碍，而是他在观念上不能接受诗怎么是这样的。我的《0 档案》有不少读者说读了感到窒息，做噩梦，我觉得很好，你做了一个噩梦。翻译《0 档案》的英译者，他翻译完后跟我说，他有两三个星期都在做噩梦，非常压抑。我觉得这种感觉就是诗才能给你的感觉。现在有些诗人动不动就讲什么诗歌的难度，他们把诗歌的难度理解为是修辞的难度、技巧的难度、结构的难度……实际上诗歌最大的难度、真正的难度是创造的难度。创造的难度既有复杂的难度，也有简单的难度。马克斯·韦伯有一次讽刺一位公认很有深度的学者，说他的缺点就是缺乏简单朴素的能力。诗歌的难度，就是创造诗然后你再推翻诗的过程，重新为诗建立一个庙堂的难度。

谢有顺：一个诗人，一旦要承认一种新的诗歌方式成立的话，就意味着他旧有的诗歌知识、诗歌方式对他无效了。同时，这也可能意味着是一种新的创造开始了。新的创造一旦成型，它又会成为诗人的障碍，这时，他又一次要面临新的颠覆和创造。所以，创造就是不断地突破。在这个过程里面，不是说现在的诗歌否认过去的诗歌，而是意味着诗歌不断地被敞开，有了许多新的可能性。

于坚：诗歌的路上是一个一个的庙，但是庙和庙之间并不存在超越的关系，而是存在与存在的关系。

谢有顺：不是进化的关系，不是简单的否定。任何的创造都不仅是否定，它更多的是建设和呈现。

于坚：我强调的是它们都是庙，但是这个庙不断地开辟，开辟成一条道路，这条道路是什么道路？是一条不知道的道路。

谢有顺：每一次诗歌的可能性被敞开的时候，都是建立一个新的诗歌方式的时候，但新的诗歌方式的建立，不是推翻过去的，而是并存——只要是出自创造的诗歌方式，都可以永存。现在的困境是，我们所看到的很多庙，不是来自于创造，而是求助于知识和文化的现有成果，是转述，这对真正的创造是一种遮蔽。

于坚：真正的诗人，他总是以非诗的方式进入写作。这种非诗的方式，它既是反抗诗歌自己的历史，也是对诗人自己的反抗。诗人既要反抗诗歌的既成历史，也要反抗他自己。这种反抗不意味着什么以旧换新，不是革命，而是创造一种诗歌的新的存在，另一个家，这个家一个一个建立在诗歌的道路上。所以我说的话是一种悖谬，诗歌是一条道路，但是它是不知道的。我们时代有很多诗人，我真是没法和他们讲话，他们是那种拿来主义的死文化塑造的诗人。拿来主义，它在特定的历史环境，在鲁迅他们那一代的历史环境，它肯定有它的必要性，它是一种创造——对于守旧、封闭成为习惯的中国来说，鲁迅的拿来主义肯定是一个惊世骇俗的创造。但是拿来主义最后成了知识分子的一种劣根性，什么都要拿来。鲁迅创造了"拿来"，但今天的拿来只是拿来，再也不创造了。历史真是和鲁迅开了一个大玩笑。鲁迅的拿来还老老实实，承认自己没有，自己是"拿"人家的，现在叫什么"资源共享"，创造者之间可以资源共享，可你创造了什么？现在连"拿"都不是了，你看盗版盗成这个样子。我看到深圳有一份资料说，很多人每年都在参加各种各样的补习班，然后就是考各种各样的证书。但在中国发明什么东西的人，或者创造什么东西的人，少之又少。中国似乎成了一个"学习学习再学习"、活到老学到老、拿来拿来再拿来、没有创造性的社会了。连诗人都像外贸部的官员一样，忙着国际接轨、资源共享、诗歌共享。美学，过去是言必马列，现在是诗必互文、言必西方某某……你老是拿人家的，你给人家什么，你创造了什么？不必用什么"资源共享"之类的新词来搪塞，这是人品的问题么，这种市侩十足的思维方式居然被人津津乐道，好像还很有现代性似的，难道中国的现代性就是"不拿白不拿"？诗歌就像夜大学生的考试，老师就是布罗茨基，或者保罗·策兰，考试在坟墓里面举行，他觉得你的诗对，打个钩，六十三分，是吧？很多人觉得写诗就是那么回事，进了那个庙了，找个看着顺眼的佛拜一下就完了。真正的诗人是造庙者，那个庙是由每一个诗人自己的舌头建立的，只有这样，这个国家这个民族的语言才会无限丰富灿烂起来，才会有照耀世界的光。

谢有顺：诗歌本来就是一个民族的语言的金字塔，可是，在很多人那里，诗歌成了一种与国际接轨的方式，或者是一种游戏的道具，完全丧失了对语言的敬虔，这是诗歌的不幸。诗歌的荒芜，在某个意义上说，其实正是诗人精神的荒芜和创造力的荒芜。

于坚：我觉得创造就是一种文明，它是对文化的照亮。文，文化的文，明，明亮的明，使一种文化亮起来，它就是创造。文化是灰色的，它只有在创造的过程才会亮起来。

（原载《南方文坛》2003 年第 5 期）

写作是身体的语言史

身体不可复制，而文化具有公共性

谢有顺：你是诗人，一定注意到了，现在很多写诗的人，正在把诗歌的写作变成一种行为艺术，并借着现在网络而获得表演的空间。这当然是有一定的革命意义的，具有某种文化的颠覆作用，但我也担心，很多的人，一旦迷恋上了诗歌的行为艺术，就遗忘了诗歌真正的内在精神。说到底，诗歌的行为艺术只是诗歌革命的一种过渡形式，它还不是真正的艺术创造。对写作而言，真正的创造，其实是一种语言的创造，所以我更愿意接受这样的说法：诗歌是什么？诗歌就是一个人身体的语言史，推而广之，甚至可以说，写作也是个人身体的语言史。这里边有两个要素，一个是身体，一个是语言，缺一不可。身体是说出他作为一个存在者的在场，他是出现在诗歌里面的，不是跟诗歌脱离关系的；他作为一个有身体的存在者，生活在这个世界上，他身体所感知、接触和遇见的每一件事，都跟他的写作有关，唯有如此，他的写作才是一种在场的写作。另外一个要素是语言，我说写作是个人身体的语言史，语言史的意思，是说他用语言描述、记录和想象了自己的身体在经历这个时代时的景象。离开了身体的独特经验，语言的创造性是无从谈起的；照样，离开了语言的创造性，身体的经验也就不会获得有价值的出场空间。二者在写作中应该是同构在一起的。仅仅从经验层面上说，人与人之间的差异并不是太大的，比如吃饭、睡觉和性，等等，都差不多，之所以会有不同的诗歌产生，就在于写作者能建立起属于自己的语言方式，用创造性的语言来描述，发现，想象，重新建构事实和经验的边界，使其焕发出新的光辉，这样的写作才是创造性的写作。

于坚：如你所说，诗歌是身体的特殊的语言史，如果你完全脱离这个身体，那么你那个反文化就会变成为反文化而反文化，变成一种超验的东西，因为他离开了身体。身体永远是一个人的身体，但是，身体又是普遍的身体，他要吃饭你也要吃，他要性你也要性，这就是一种共性，各种文化之间可以沟通、理解的基础。这是最基本的东西，对文化体制的任何反抗都应该在这个常识的基础上，脱离了这个基础，就成为"怪力乱神"、超验的疯狂。

谢有顺：不仅人有身体，其实，社会是一个身体，政治也是一个身体，它跟人的身体一样，也是有生命力的。所以，身体从一方面讲，是个人的身体——物质性的身体，另一方面讲，许多的人也构成了社会的身体、社会的肉身，这种肉身状态，正是写作需要用力的地方。今天，很多人的写作之所以显得苍白而无力，就在于他的写作几乎是不跟这个社会的肉身状态发生关系的，他的写作，总是在社会意识形态或某个超验的思想结论里进行，凌空高蹈，是一种纯粹幻想型的写作，看不到任何来自身体的消息。说写作是身体的语言史，就意味着写作首先必须面对身体，面对存在的每一个细节，面对这个社会的肉身状态，留下个人活动的痕迹，这是写作中的基础性部分，如果在写作中看不到这一面，就会落入单一的大而空的务虚之中，像过去那种政治抒情诗一样。这是应该警惕的。另外，写作所留下的也不仅仅是一些身体活动的痕迹、一些经验，而是要使这些经验经过语言的创造性处理。语言的创造性，主要是指写作者的语言能在事实和经验面前获得一种想象力。今天我看很多人的语言是没有想象力的，他们的语言基本上是在现有的文化结论里进入事实世界，说的都是些漂亮的好话而已。语言的想象力是很重要的。除了这个，语言的好坏还有一些其他的指标，比如，语言是否精粹，是否简约，是否朴素大气，是否具有直指人心的力量等。归结起来，也就是一个语感问题。语感它既是一种修辞，也是一种对语言的天才把握。语言是有感觉的。梁实秋在谈散文的时候，用了一个词，叫"文调"，这个文调就是一种语言的风格，叫人一眼就看出来这是于坚的诗，这是贾平凹的散文。所以，所有伟大的作家，都为我们贡献了一种新的语言经验，它是一种创造，是不可复制的、独特的。我至今觉得，鲁迅的伟大，很重要的就在于他在语言上的创造性，你一读他的文章，就会知道是他写的，哪怕你把他的名字掐掉，把文章的题目掐掉，熟悉鲁迅语感的人也能知道是鲁迅写的。鲁迅的"文调"是谁也替代和混淆不了的。

于坚：有着一种强烈的身体性，它就是鲁迅的身体在说话。

谢有顺：这是一个很有意思的问题。鲁迅那种阴郁、决绝而冷静的语言，跟我们惯常所见到的鲁迅形象是有很大关系的。至少在照片中，我很少见到鲁迅笑，很少见到鲁迅有开朗的一面，哪怕他抱着儿子的时候，也是阴郁的，这和他的语言风格有着某种一致性。鲁迅的话语方式是阴郁、冷静而深邃的，这样的人物，在日常生活中是不会太开朗和快乐的。所以，语言和身体是有关系的。我欣赏你的语言，也喜欢贾平凹的语言，这次接触你们两个，我觉得你们身上有某种共通的东西，都是比较拙的、憨憨的，不是那种八面玲珑的人，这跟你们的长相都有关系，你们都长得比较粗粝，不精致，这甚至直接影响了你们的语言方式。忠实于自己的身体的作家，一定会在他的语言里发现他的身体的气息。

于坚：每个人都有自己的身体，问题在于：你作为诗人，与别的身体的不同，就在于你的身体能够超凡脱俗地说话。我认为天才的诗人、最优秀的作家，他都是有语感的，或者他都是有语调、口气的，他不是说写了什么让你震惊，比如某某作家以写了第二次世界大战而出名，比如法国的萨德，写性，那种作家只是二流罢了。一流的作家，是把他的名字去掉，也可以一看就知道是他的身体语言。世界上的任何东西都可以复制，写作的题材也可以相同，但是人和人的身体是不能复制的。而一个诗人的语感直接来自身体，是最少受到教育改造的部分。我认为诗人有两种：一种是有语感的，这种诗人是天才，他可以把身体语言化，可以把身体里的语言说出来；另一种诗人是没有语感的，这种作家只是靠聪明，这种诗人是可以学会的。

谢有顺：身体是不可复制的，而文化具有某种公共性。所以，为文化而写作的作家，必定是个性模糊的作家；唯有面对自己的身体，忠诚于自己的身体感觉，并对身体经验进行创造性的语言处理的作家，才可能是伟大的作家，他们有能力将身体语言化，语言身体化，使语言具有他身体的形状。比如，读李白的诗，可以感觉到李白这个人是豪放的、飘逸的，有一种神采飞扬的身体印象；读杜甫的诗，你会觉得这个人比较沉着、忧伤，身体前进的步伐感觉是缓慢的，这些都是他们的语言留给读者的印象，它是真实的。

于坚：可以说，读者和作品之间，还是有着一种形而下的关系，是可以抚摸的，可以感觉到身体那种质感的。如果读者和作品之间是教科书的关系，是指挥与被指挥的关系的话，读者永远不会对你的作品产生迷恋，不会令他失魂落魄。好的作品是可以感觉到身体的，好像有眼睛、耳朵和气味，甚至有被强奸的感觉，似乎它进入了你的体内，这就是为什么中国古代诗论在讲到大诗人的时候，总是说太白体、工部体……

谢有顺：说李白豪放、杜甫沉郁顿挫，这不单是美学上的看法，也是对他们的诗歌所传达出来的身体气息作出判断。从身体意义上说，我相信李白就是一个豪放的人，杜甫就是个沉郁的人，他们的身体说出他们的精神。这样说，并非重复"文如其人"的道理，而是说，写作不是空洞的行为，它必须指向写作者的身体和内心。

于坚："文如其人"，如果"人"是一个与抽象的文化、教养有关的概念的话，那不如说"文如其体"，也许更具体。有什么样的身体，就有什么样的生活经验，比方说我的生活经验，我的诗强调"看"比"想"更重要，我当过工人，到过云南许多隐秘的地方，这与我体力充沛和耳朵的特殊听觉有很大的关系，如果你是一个瘦弱的、胆小如鼠而又耳聪目明的一个人，那你的生活状态就是另外一回事。卡夫卡的那种弱不禁风的身体必然导致他想象甲虫，他是不太动的人。普鲁斯特则沉湎于回忆，躺在床上的人么。人可以有所谓好坏，但对写作来说，身体无所谓好坏是非，什么身体都可以是产生伟大作品的基地，就看你在何种程度上认识呈现它。许多作家的写作之所以平庸，其实就是因为他的写作不过是将自己的身体遮蔽起来、涂脂抹粉，把乡音改成普通话，为自卑戴上英雄面具等等。

写作就是身体不断地突破面具

谢有顺：今天的文学界，一个根本的困境，就在于很多作家和诗人，在他们的写作中，你是感受不到他这个人是怎么生活，怎么想的，好像他仅仅是在现有的文学经验里模仿、重述别人的体验。真正的好作品应该具有一种鲜明的身体性。为什么今天没人愿意再重读那些政治时代产生的大而空的文学作品？就是因为在那些作品里，你除了看见空洞的社会意识形态和思想结论之外，看不见作家个人是怎么想的，看不见这个人的身体是怎样活动的。在那个年代，身体的一切需要都是被禁止的，作家不能表达自己所看见的，也不能相信自己所想、所感受的,它完全受制于时代那粗暴的指令,让自己的身体全面退场,这实际上也就背叛了写作。

于坚:有身体的写作和没有身体的写作,我觉得这就是文学史。那种抽象的,我们在文学史里看到的所谓现实主义、浪漫主义什么的,一些巨大的文学史框架,实际上具体到作家,简单得很,就两种,有身体的写作和没有身体的写作。有身体的写作,身体是独立的。有残疾的身体,有健康的身体,有生殖力旺盛的身体,也有没有生殖力的身体,这个无所谓是非好坏,问题在于你是否能够有勇气面对这个与生俱来的身体,为你提供经验、感觉的身体。卡夫卡在他那个时代,他周围的那些作家,就身体来说,很多人都是高歌猛进、气壮如牛、狂飙突进的未来主义,欢呼技术、机器,例如意大利的马里内蒂、俄罗斯的马雅可夫斯基,还有中国的郭沫若这些人。时代的身体精力充沛、可怕的美正在诞生,但是相对于这种席卷世界的未来主义的文学氛围,未来主义那种"世界就是我的了"的豪情,卡夫卡的身体是谦卑的,他承认他随时会被粉碎,他没有未来,他是独唱而不是合唱。

谢有顺:正是无数个身体才产生无数的个人写作。每一种身体都可能产生伟大的文学,不一定要像卡夫卡、普鲁斯特那样体弱多病的身体才能写出伟大的作品,强壮、英俊、充满力量的身体也可以创造伟大的文学,李白就是一个强壮的人。把写作的最终策源地归结于身体,这不是将文学简单化,而是说,伟大的文学总能让人通过它的语言,遇见后面这个人,抚摸到具体的身体,读这样的作品,你会觉得是在和一个具体的人对话,而不是在和一种空泛的思想打交道。很多人都有这样的阅读感受,就是喜欢读一个作家的东西,时间久了,你也喜欢上了这个人,你会去寻找这个人的所有照片,去读他的传记,了解他身体活动的历史,渴望知道他的爱情故事,甚至会想去他的故居看一看。为什么会有这种愿望?就因为他的作品把他的身体带到了你的面前,他的作品不是一个空洞的语言文字在那里,而是这样一个人来到了你的面前,你很渴望了解这个人更多的方面，所以才会萌生去看他的故居和遗物的想法。现在很多作家在写作上的失败，就在于他们不承认写作是有身体性的，或者，他们意识到了这种身体性，但没有面对自己身体的勇气，没有把身体在语言中实现出来的能力，明明是脆弱、无能的人，但他们往往在作品里面要把自己扮演成一个伟大的人、刚强的人、充满着力量的人，这种虚假性构成了对写作的致命伤害。

于坚：实际上，这种写作只不过是对具体个人身体的一种遮蔽史，把自己的身体遮蔽起来，把自己的思想遮蔽起来，甚至把自己的母语也遮蔽起来。

谢有顺：遮蔽也是一种分裂，一种巨大的分裂，遮蔽性的写作是一种谎言的写作。但身体是不会说谎的。你把手伸进火里，它会迅速缩回来，因为手怕烫；热天喝冷饮，你会感受到一种凉爽，这都是身体的感觉。在世界面前，身体最为真实，当一种思想把一个人的身体隐藏起来的时候，写作的虚假性就建立起来了。他看起来是在写，其实是分裂的，这种分裂会最终注销一个作家的写作意义。以大家都熟悉的郭沫若为例，他本是个大才子，在文学、历史、考古等多面，他都是大才子，但是，当他把自己变成一个应景诗人的时候，就把自己毁了。"文革"期间，他看起来是在写诗，今天歌颂毛泽东，歌颂江青，明天打倒邓小平后又骂邓小平是走资派，好像是时代的歌手，事实上他从来就活得不真实——这个不真实不是指他的思想，而是就他的身体而言，他的身体没有在写作的现场，他没有尊重身体的真实。他在诗中说，机舱为什么会如此明亮，因为有两个太阳，一个在机舱外面，一个在机舱里面，极其虚假，完全违背了自己的眼睛，看起来像是在说疯话。

于坚：这种写作心态是一种面具的写作，拒绝忠实于自己的身体，那只有用文化的、时代的面具把你的身体隐藏起来，时代流行这个面具，你就戴上这个面具；明天的时代流行那个面具，你又戴上那个面具。郭沫若早期的东西，像他翻译的歌德《少年维特之烦恼》，"哪个少女不善怀春，哪个青年不善钟情"，语感我一看就感觉它是郭沫若的，郭沫若是风流才子，但他一生中用了各种面具把他那个风流才子的身体遮蔽起来，也许文化道德时代认为这样的身体是丑陋的吧。他害怕自己个人的身体语言。朦胧诗早期，我还感受到有一些身体性的东西，但后来，它完全和身体无关，成为一种表演给汉学家看的修辞游戏了。身体和语言的联系完全中断了。有个朦胧诗人在国外朗诵作品，他的作品给听众造成的印象是宏阔巨大的感觉，但他本人出现的时候，听众很失望，读者从他的作品中想象他是一个高大、伟岸的人，而事实上他却是一个非常瘦弱，看起来弱不禁风的人。他的作品具有面具性，他给读者的也是面具，和他自己的身体没有关系。

　　谢有顺：面具写作，说得好。离开了身体性这个写作基础，再聪明也是虚假的。今天批评界谈论很多当代文学的困境，可能从来没人想过，当代文学最大的困境便是身体的失踪，你看不见作家个人的身体在语言中是如何被慢慢地呈现出来的。另外呢，又出现了身体滥用的潮流，在很多新锐作家那里，身体的个人性被忽略了，把身体等同于性，等同于酒吧里的放纵，等等，他们实际上是躲在一个文化角落里使用着一具公共的身体……

　　于坚：这种身体，以性为时髦的身体，虽然使用身体性的语言词汇，在我看来，它们不过是贴上了一些性器官的面具……

　　谢有顺：在面具上贴上一些身体的元素，使用的其实是一具文化的身体，而非有血有肉的身体，没有任何个性。比如，许多人都在写性，写颓废青春，但写出来的性和青春大同小异，他们仿佛在使用同一具身体，那具身体不断地出现在酒吧里，不断地在另类的人群里活动，不断地充满愤世嫉俗的情绪，个性吗？其实还是公共的身体。一个时代会给出一个时代的身体模型，不警惕的人，就会落在这个模型里写作而不自知。所以，我讲写作的身体性的时候，还是想强调它是语言史。语言是最个人化的，只有当身体和语言创造性地相遇，身体性才能获得文学性的辉煌实现。

　　于坚：其实有身体的写作，我觉得是一种非常困难的写作，并不是说身体是自己的，那就必然是自己的。身体其实是被文化、时代、教育不停地改造着的，回到身体的写作是最困难的，庄子讲"心如死灰"，就是要回到身体。罗兰·巴特的说法则是：指着自己的面具前进。身体并不是当然的就是你可以自由支配的存在，而是被遮蔽着的存在。回到你的身体，奇怪吧，自己的身体怎么是"回到"？人在世界上总是被各种面具所包围着，有的面具世界是你本能喜欢的，有的面具是教育给你的，一个个的面具把你包围得像监狱一样，而你的身体被监禁在面具的最深处，写作就是身体不断地突破面具，罗兰·巴特讲的"指着自己的面具前进"，慢慢地前进，一个作家的写作史，也可以说是面具的写作史和身体的写作史，有身体的写作和没有身体的写作。面具写作，你常常可以闻见尸体的腐臭味。身体的写作是一种有感觉的写作，活的写作，有生殖能力的写作。没有身体的写作，都是空的、形而上的，从思想到思想，从纸到纸，从文到互文，那种写作永远是一种技术性的写作，它是可以复制的。

　　谢有顺：把身体语言化的过程，就叫创造。有身体的写作是第一性的写作，在写作的第一现场，用"我"这个活生生的、有感觉的身体来面对事物和经验，写出自己的真实感受。它是没有经过文化暴力作用的，不戴面具的。许多当代作家，还停在模仿的阶段出不来，原因在于他们的写作只从阅读经验中得到启发，加上自己的一点苍白想象，语言活动就完成了。模仿就是抽空了自己的身体，丧失了第一性的感知……

　　于坚：因为面具是可以复制的，所以说到底只有身体才能体验、经验。

　　谢有顺：身体的经验才是真实的经验，才是对你个人有效的经验；纯粹从阅读来的经验只是一种文化记忆，它有时候是反个人的。

　　于坚：为什么中国二十世纪"拿来主义"如此地盛行呢？完全不用身体去创造、生殖，到最后变成复制、模仿，活到老，学到老么。

谢有顺：拿来的结果，不过是多了一些卡夫卡的身体、福克纳的身体或者米沃什的身体的中国版本，这是最可悲的，没有创造只有拿来，难逃没落的结局。

尊重经验就是尊重身体

于坚：讲到身体，强调身体，并不是意味着它只是一个肉欲的、肉身的、享乐主义的意思，如果人类有灵魂、精神之类的东西的话，那么我强调的是它必须有一个载体。灵魂是从哪里来的，它必须要有身体才会有灵魂，所以身体是灵魂的归宿，如果你只谈身体，不讲灵魂，那么这种身体只是动物一样的身体。我们讲的是人的身体、人的身体性，它肯定是有灵魂、有创造性的，它是可以创造文明的身体。过去的那种话语方式，它强调灵魂，强调精神，强调形而上，然而，它忽略了或者故意忘记了形而上、精神、灵魂的基本出发点是：它们必须要有一个存在的地方，要有一个栖息之地，要有一个归宿，这个归宿就是身体。所以我觉得只有有身体的写作，才是有灵魂的写作，如果仅仅只是一种身体的写作，而这个身体它不是一个具有创造能力的，不是一个能够把自己表现出来的，可以说是没有灵魂的，身体如果有灵魂，那么这个灵魂是一个创造性的东西。

谢有顺：我曾经在一篇文章里专门区别了身体和肉体的不同。肉体，它主要指的是身体的生理性的一面，也是最低的、最基础的一面；除了生理性的一面，它还有伦理、灵魂、精神和创造性的一面，它同样蕴藏在身体的内部。身体的伦理性和身体的生理性应该是辩证的关系，我自己在说身体性的时候，更多的是认为它是生理性和伦理性的统一，只有这二者的统一才称上是完整的身体，否则它就仅仅是个肉体，而肉体不能构成写作的基础。

于坚：实际上我们说的身体指的是人体，它不是一个普泛的身体，它是人体。

谢有顺：它不是指简单的血、肉、胳膊、大腿和生殖器，如果这样理解，就太过简单了。人是一种非常复杂的存在，这个复杂不单包括身体的复杂，还包括身体蕴藏的思想、情感、意志等方面的复杂，因此，人的复杂是一个总体构成。身体的伦理性（或者说身体的灵魂）是真确存在的，我曾经有这样的观点：身体是灵魂的物质化，而灵魂需要被身体实现出来——没有这个身体通道，灵魂就是抽象的，成了虚无缥缈的东西。只讲灵魂不讲身体的思想一旦支配了一个人的写作，这个人就会很容易走向玄学，事实上，当代的玄学写作已经很多了，它看起来高深莫测，其实里面空无一物，都是阅读经验，没有自己的体验。有身体的灵魂才是坚实的，是从人的身体里面生长出来的。灵魂不是抽象的，身体也不能等同于肉体。很多人以为一讲灵魂就会成为抽象派，这是大错。事实上，即便是最抽象的哲学和神学，也大都不否认身体的存在和重要性。就比如说圣经吧，很多人是没有真正读懂圣经的，他们以为里面说的是信仰，是一个神话，一定是一个虚无缥缈的东西，其实根本不是这样。圣经《约翰福音》第一章第一节说，"太初有道，道与神同在，道就是神"，这大家都很熟悉，可第十四节大家就不一定注意了，这节说，"道成了肉身，住在我们中间，充充满满的有恩典有真理"。我专门查过希腊文字典，发现"真理"和"实际"是同一个词，这是稀奇的，为什么说它是真理？因为它是实际。如果它不是实际，那么它就不是真理。很多人读到"太初有道"，以为是神话，可没读到"道成了肉身"，道被实现了，道成了实际，成了可以在肉身里面实现的一种事物，它不再是那个抽象的道了。圣经如果只讲那个抽象的道，那个在天空中运行和人没有关系的道，那我们不读也罢，但它还讲了道成肉身的故事，这就在神和人之间建立起了一个通道，把神的道和人在地上的生活结合起来了，最抽象的和最具体的融合在了一起。写作难道不也是一种"道成肉身"的过程？不过它的

"道"只是作家个人的思想，而圣经的"道"是神的"道"而已。"道"不同，但目的都是要在肉身里实现，要获得一个身体的现场。

于坚：我觉得就是这样，身体它必须要创造，它应该说出自己的话，它才有灵魂，灵魂是由身体创造的，身体只有创造，它才成为人体，它才不是一般意义上的身体，灵魂不是外在于身体、先验于身体的东西，它是因为先有身体的存在，灵魂才被创造出来，才有了灵魂。真正的写作是有灵魂的写作，灵魂这个词被用得很俗，好像与身体无关，身体是丑陋的，灵魂是高尚的。有灵魂的写作必然首先是有身体的写作，没有身体只有灵魂的写作恰恰是一种死魂灵的写作，那种所谓的灵魂只不过是死魂灵而已，因为它没有载体。在中国当代诗歌里面，那种为形而上而形而上的写作，就是一种死魂灵的写作，那种写作不会对人类的智慧产生什么影响。孔子说，"子不语怪力乱神"，其实这也是孔子对那种所谓神圣的东西有一种敬畏之心，同时也包含着孔子对经验的尊重，对经验的尊重实际上就是对身体的尊重。死魂灵的写作就是拒绝经验，拒绝身体，所以经常会陷入那种"怪力乱神"的胡思乱想里面去。像十几年前自杀的诗人海子，他的遗书中说到，他是练气功，走火入魔。他的自杀和"怪力乱神"有关，没有身体的写作进入了一种超验状态，变成"怪力乱神"。"怪力乱神"在中国当代是有传统的，"文化大革命"就是中国历史上最大的一次"怪力乱神"，它离开了中国历史的那种基本经验、常识，离开了中国的身体，虚构一种超验的未来社会蓝图。在虚构并通过行政力量强制推行的过程中，就产生了"怪力乱神"，暴力、武斗、不顾一切地毁灭大地等等。所以那种拒绝身体的写作一直被我们误认为是灵魂的写作，恰恰相反，它是一种死魂灵的写作，那种魂灵是没有血肉的，它不是通过一个具体的载体、一个血肉之躯创造出来的东西，它只是没有载体的胡思乱想，而这种胡思乱想一旦与权力结合，失去控制，就变成"怪力乱神"。如果仅仅是诗人在胡思乱想，你要脱离经验世界自己去胡思乱想，这是诗人的自由，但是这种思维方式……比如说在美国同样也有这样的诗人，美国的许多诗人都是精神病患者，这些诗人在诗歌里的"怪力乱神"是他们的创作自由，这种自由是必须尊重的。美国是一个强调经验的社会，所以少数诗人的"怪力乱神"并不碍事，反而使文明丰富多姿。但中国不同，这种脱离身体的思想方式，不仅仅是少数几个诗人，而是整个国家、整个政治和文化的思维方式。我是一个"文革"的旁观者，我觉得"文革"对中国当代文化是有着非常深刻的影响的。比如，"灵魂的革命"、对身体和日常生活的镇压，我亲眼看见昆明的鞋店里面任何鞋子都被认为是资产阶级的生活方式，只卖草鞋。"文革"不仅仅是对文化的革命也是对生活的革命，这是中国独有的。你看那些表现斯大林时代的作品，人们不能说话，但是他们可以烫头发、穿高跟鞋、弹钢琴，艾特玛托娃的小说不是叫做《我的戴红头巾的小白杨》么？生活传统和经验并不是革命的对象。为了政治正确而大义灭亲和告密在"文革"时代也是史无前例的，这种为了政治正确而摧毁基本的伦理关系的风气导致了人与人之间基本信任的瓦解。任何关系都是不可靠的，只有与政治的关系才是最安全的关系。还有"假大空"的大词癖、形而上、对中国历史的虚无主义、唯新是从等等。都是从先验的社会蓝图出发，把当下、传统的经验世界视为地狱的结果。这种形而上的"怪力乱神"对当代文化的潜在影响是非常大的，它甚至影响到汉语，而不只是一些事过境迁就可以废弃的词汇。

不能魂归身体的都是死魂灵的写作

谢有顺：所以，不只是写作要有身体，政治也必须具有身体，没有身体的政治，肯定是不会尊重人性、尊重生命的。没有身体的政治向往的是远方，为了远方，它可以不惜牺牲许多现实的生命，而强调政治的身体性，就是要避免政治只在空中飞，而肆意践踏地上的生命，无视千万哀痛的灵魂在大地上游荡。只有从身体出发的政治，才有可能是人性的政治。历史已经一再应验，什么时候政治开始反对身体的地位，什么时候就会出现思想专制和生命迫害，因为政治要飞向那个虚无的远方，它是决不允许身体束缚它的。身体是当下的朋友，远方的敌人。忽视当下性、只顾远方的政治和写作，对人类都是一种灾难；人连藏身之处都没有了，他还谈什么幸福和理想？死魂灵的写作就是一直在空中飞翔，永远落不到大地上，不能魂归"我"这个身体，最多就是现有文化和思想的转述者，这种写作的虚假性是不证自明的。它被别人的思想作用了，接受的也是别人的思想命令，哪怕这种思想很高尚，符合人类最伟大的理想，于他的身体而言，也是死的、虚假的。一些作家在"文革"期间写了"假大空"的作品，为何现在不愿再谈及？因为事过境迁，他发现那些东西不能代表真实的"我"了，可见当时那个真实的"我"是被有意遮蔽起来的。包括你刚才提到的海子，他在长诗和诗学随笔中，经常使用希腊哲学和希伯来神学的一些思想词汇，这些于他其实是一种外在的思想命令，他并未在自己身体中找到和这些神学思想相契合的点。在他那"王在深秋""我的人民坐在水边"这些空洞的诗句中，你一点也看不到海子那个柔弱的、多愁善感的身体，你感觉不到他的身体是如何存在于"王在深秋"这样的诗句里的。我不否认海子的确是有才华的，但他的才华没有尊重自己的身体，反而用一种高蹈的写作蔑视了身体的存在，并最终亲手结束了自己身体的存在——从他惨烈的自杀悲剧，你就可看出他是多么厌恶自己的身体啊，他是多想脱离身体的束缚而独自在空中飞翔呀。它或许实现了，但他的写作却是危险的，不值得赞赏。他的诗歌，几乎没有身体的在场感，没有和他独特的身体密切相连的细节，没有现世经验，你只看到他张狂的灵魂在希腊上空、在神学殿堂里飞翔，这种灵魂其实已经失去了它最主要的基础：身体。直到现在，很多人一讲到精神、灵魂、理想，以为就要反身体，以为只有否认了身体才能飞到灵魂的上空去，我不这样认为。其实，最有力的灵魂、最有价值的精神都是从身体里生长出来的。我再举耶稣的例子，圣经说，他是神的儿子，但他不是一直生活在天上，而是来到地上做拿撒勒人，生活了三十三年半，神的道在他身上被彰显于日常生活中，道有他的身体作载体，才能被人认识。他既是在传道，也是在活道，在他那里，道和生活是联系在一起的。他说的道一点也不抽象，因为他的道从来没有离开他的生活现场。他说人要爱父母，要爱人如己，不能恨人，要爱自己的仇敌，等等，这些道，都以他自身的生活经验为基础，如果没有这些经验，耶稣的灵魂就会苍白得多。连耶稣尚且需要在地上生活三十三年半，一般的作家怎能越过身体直接飞翔？

于坚：可以问一个问题，一个十分简单的问题，那就是"我们要灵魂干什么"，如果灵魂不是有益于生命在这个世界上更加的自由、更加的富有创造性、更得体的存在的话，我们要这个灵魂干什么？灵魂并不是身体的敌人，身体是灵魂的基础，人类之所以有灵魂，是因为有身体，所以灵魂的存在是为了使身体成为真正的人体。人的身体和灵魂已经分离了，它们本来是"道生一，一生二，二生三，三生万物"的关系，也可以说，道是一，二是身体，三是灵魂，但是这种关系似乎已经分裂了，灵魂是外在于身体的一个东西。所以我问一句，我们要灵魂干什么，如果灵魂就是对身体的一种压制、镇压、规章制度，使身体在这个世界上变得郁郁寡欢，那么我们要灵魂干什么？所以写作如果成为脱离了身体的所谓"纯粹的""灵魂漫游"，那么它必然导致你的写作是没有故乡的鬼魂式的写作，灵魂离开了身体，它就是一个抽象的东西、一个没有边界的东西。我最近一直在思考"世界写作"和"国际写作"的区别。所谓国际化写作，就是那种把"接轨"作为目的的写作，诺贝尔文学奖颁给法国人高行健后，我听到写诗的先锋人士说，反正都颁给别人了，以后就乱混混了，真是可悲！写作的目的不是写作本身，而是像贸易活动、WTO一样是与全球一体化接轨。这种写作的虚无就在于它没有身体的具体的自我存在之地，全球一体化的经济也许不是乌托邦，但全球一体的国际大灵魂肯定是乌托邦，"文革"进行过这种建立统一的大灵魂世界的革命，所谓"灵魂深处闹革命"，就是要消灭具体的灵魂世界，建立抽象的、集体的大灵魂世界。建立一种没有具体的个人边界的灵魂世界。国际写作今天比较时髦，但它同样是无视只有身体才有故乡，才有地面，才有它具体地区别于其他语言的母语、区别于别的身体的存在。离开了身体的具体性，灵魂就成了一种没有国界的东西，是没有家的东西，没有故乡的东西。在"国际写作"那里，流亡、国际性的灵魂、精神、知识、思想资源只有一个载体，就是已经销声匿迹的"世界语"，它当然没有生命力，但现在它找到了一个叫做"英语"的替代物。"世界语"是空的，英语则有巨大的资金作为基础。在"国际写作"那里，民族主义声名狼藉，但除了作为意识形态和政治工具以及集权主义温床的民族主义，本·拉登们的民族主义，是否还有从身体、母语、故乡、大地开始的民族主义，福克纳式的民族主义？李白式的民族主义？那种国际化的写作，其实容易得很，因为它是我们时代最时髦、最媚俗的写作，它之所以容易，也因为它是无体的写作，只要掌握了技术和标准就可以，很容易成功。世界是由无数个身体组成的，如果没有这些具体的身体，世界在哪里？我认为最基本的写作是身体性的写作，身体性的写作也就是世界性的写作，世界是从身体开始的。这种写作是有在场的，是不动的，是地主们的写作。身体是世界最基本的元素之一，每个身体都是要吃饭、说话、做爱，这就是身体的世界性。国际写作是在技术层面上的国际，世界写作是基本性质上的世界，盐这种性质上的世界。世界写作可以是不动的、不变的、原在的，而越是如此，它越是深入世界。国际写作不同，它必须要随时注意国际风云变幻，跟着文化上的各种主义改变写作策略，它总是处于被抛弃的焦虑中。世界写作可以说是地主的写作，国际写作则是股票市场的写作，这种写作说得好听些，是流亡，说得难听些，是审时度势的势利眼。

日常生活被政治化后的焦虑

　　谢有顺：这种国际化的写作焦虑，为什么在中国作家身上尤其强烈？这也跟他们的写作蔑视身体的在场有关。他的写作首先不是考虑如何忠实于"我"的身体，如何真实地表达自己，如何让自己在天地间找到存在感，而是考虑自己的写作是否符合一个国际通行的标准，是否符合文学强势话语的掌握者的眼光，完全失去了写作的自信，这种可怜的心态本身，便已注销了他的写作意义。事实上，这种脱离身体的写作，还是最容易被利用的写作。我们都不会忘记，很多中国作家的写作，都曾被多种多样的势力利用过，过去被强势的意识形态话语利用，现在呢，被商业话语或者被国际化写作利用。而一个想利用人的人，他最渴望他所要利用的对象是没有身体的人，这样的人，放弃自我，最容易被外在的势力所支配。这也是"革命者"最热衷的游戏。在革命年代，爱什么、恨什么都是统一规定好的，大家都在用一个公共的身体，所谓的革命的身体，个人的意志被漠视，个人化的细节被抽空……

　　于坚：你讲的这种，不仅革命年代如此，今天这种全球一体化，这个"体"，如果理解为身体的话，就是它要把全球的身体变成一个巨大的身体，和"文革"要干的事情是一样的。问题是，这个巨大的身体，它的心脏、大脑是在世界的哪一个位置，中国只是肛门么？这个身体对于意识形态也许是言之有物的，但对于具体的身体来说，它不过是乌托邦而已。

　　谢有顺：全球一体化的年代或许也是革命年代的另一个版本，目的都是为了取消个人的空间。包括爱情，本来是最私人化的，但在革命年代，是不允许有个人色彩在里面的，它将由组织统一安排，即便写情书，也没有任何个人色彩，仿佛是用一种共同话语在谈一场共同的恋爱。在革命者看来，恋爱并不重要，重要的是恋爱的目的——革命意义上的志同道合。而爱情是和身体关系最密切的一种人类活动，敌视私密的爱情，其实就是敌视身体——身体在专断时代，往往具有最大的反抗性，一旦制服了你的身体，你的思想就会俯首称臣。这种漠视个体身体存在的所谓革命，其实是一种便于管理的社会意识形态，它的特征是抽空所有具有个性的身体细节，使每一个人都活在抽象的思想和精神里，一旦你无法达到这个思想和精神的境界，首先要怪罪的肯定是你的身体，因此，革命年代惩罚思想落后者的方式，几乎无一例外是劳动改造（让身体受苦）、监禁（限制身体的自由）和处决（让身体彻底消失）。这时，身体已经不是身体本身，它成了政治的符号。一个时代的苦难正源于此：政治化的社会要求每一个人都拥有一个与之相配的政治化的身体。身体的政治化，实际上也就是日常生活的政治化，它扼杀的是个体的自由、私人的空间、真实的人性。

于坚：在这种时候，他们还是知道，灵魂是虚无缥缈的，灵魂只有身体才可体现出来。

谢有顺：这时，消灭身体就成了消灭灵魂最有效的方式。

于坚：首先要有一个可以惩罚的身体，会疼痛的东西。

谢有顺：当年那些打手、坏人，比我们现在的作家更了解身体，更知道一个错误的灵魂肯定有一个错误的身体作为他的载体。灵魂你是抓不到的，可以抓到的是你的身体，大多数时候，惩治身体和惩治灵魂是一回事。

于坚：有意思的是，那个时代恰恰是"灵魂"一词用得最频繁的时代，也是身体最痛苦的时代。身体成天受到惩罚，被批斗，戴高帽子，把铁丝勒在你脖子上，头破血流，甚至死亡，我们这些置身革命之外的少年呢，就是挨饿、性压抑。"文化大革命"时代最常用的一句话就是"灵魂深处闹革命"嘛。

谢有顺：那场革命，真是"触及灵魂"哪。不过，要触及灵魂，首先得触及身体。所以我说，专制者是最精通身体和灵魂秘密的人，他才不会抽象地去对付你的身体呢，而总是通过对身体的惩治来达到他们所要的灵魂改造。"文革"十年，看起来是灵魂革命，事实是身体革命，看起来是天天改造灵魂，实际上是成天在惩罚身体。通过镇压身体让你的灵魂——藏在身体深处的那个灵魂，彻底驯服，完全听话。可灵魂究竟有没有听话呢？这是个不解之谜。很多当年的驯服派、投降派，可能都是一种身体上的妥协，他的灵魂呢，依旧在床上，在黑夜里辗转反侧、受尽煎熬。身体驯服在当时或许只是一个表象，但对于专制者而言，有这个表象便已经足够。等这表象下的真实被揭开时，他们可能已经从革命游戏中退场了、死了——所谓的我死后管他洪水滔天呢。专制者其实都是抱着这个宿命的态度才为所欲为的。

于坚：灵魂和身体，一边是被囚禁的、压抑的、痛苦不堪的身体，一边是不安分于身体的灵魂，有了这种矛盾，就会产生"怪力乱神"，他身体想做的事不能做，他就会想入非非。

谢有顺：灵魂的脆弱性和身体的脆弱性是密切相关的，所以，人类有一种思维习惯，认为人类达不到自己理想中的状态，那是因为有了身体这一障碍。因此，惩治身体的事，不仅专制者做，有的时候，人还会自愿地去做。比如有一些宗教，它是推行禁欲主义的，禁欲主义的意思在我看来，就是表明你的灵魂没有力量，于是你怪罪于身体，认为如果不是因为身体这个障碍，我早已经达到灵魂的理想状态了。这样的思想是把一个整体的人割裂了，将身体归到低级层次，将灵魂看作是高级层次，高级的灵魂之所以不能飞翔，就是因为还有一个沉重的身体的束缚。禁欲主义会盛行，我想主要归功于这个思想的普及。但我更愿意将人看作是一个整体的人来观照。

于坚：身体和灵魂的关系是先后关系，而不是善恶关系，但人类总是把身体看成地狱，把灵魂看成天堂。这种思想影响了很多人。其实，没有身体的写作，也就是没有敬畏之心的写作。没有身体的写作导致作家最后成了天不怕地不怕的人。人只有感觉到它是有存在的、有故乡的、有母语的、有祖先的、有灵魂世界和限制、禁忌、礼仪的……他才有敬畏之心。那种形而上的，全靠从知识、文化、理论习得的死魂灵写作，容易天不怕地不怕，没有敬畏之心。于是，诗人自己就去扮演神圣的角色，认为自己是可以创造世界的上帝。海子就狂妄地宣称他要创造什么东到尼罗河、西到美索不达米亚平原的巨大体系，"文革"的红卫兵也一样，天不怕地不怕，要解放全人类，干的都是上帝的事情。实际上，这种东西是来自他们的学习、教育经验，来自他那个时代的意识形态，而不是来自个人的体验。这些天不怕地不怕的诗人就是要通过这种东西来扮演一种诗歌宗教的角色，如果这些只是诗人自己的自我戏剧化表演的话，那是他的自由，但如果这是一个国家普遍的思维方式，人人都认为自己可以造天造地，可以在七天当中创造一切，人定胜天，世界就是一张白纸，想怎么画就怎么画，就非常可怕了。"文革"已经有过前车之鉴。今天很多读者以为海子的诗歌是一种很纯粹的诗歌，其实他的思想深受"文革"思维的潜移默化，"文革"时代就是把中国和人类历史的一切，都一笔勾销，整个文化的身体都一笔勾销，一切从"我"开始，中国的历史是一片虚无，用"吃人"二字就全部翻过去，"我"则是新的创世者。他们创造世界的图纸，不是来自经验，因为历史已经被一笔勾销了，那个图纸是幻想的、预设的。这个蓝图和中国自己的经验之间没有任何关系。中国身体当然是一个充满经验的身体，这个身体与社会蓝图的超验是矛盾的，因此，那些人就惩罚中国的身体，让那个身体勒紧裤带，告诉它"总有一天"会如何如何，那个"总有一天"究竟是哪一天，没有人知道，空头支票。这种超验的没有身体的写作，实际上是一种非常虚伪的写作，表面上是一种无私的、精神的、灵魂的之类，其实无非是"我比你较为神圣"，如果一旦获得权力，这个"我比你较为神圣"是非常恐怖的。他就是所谓"替天行道"了。

谢有顺：用"总有一天"来支配别人的人，其实就是要让人陷入未来主义的思维里，通过"总有一天"的幻想来使你忘记今天应该怎么样。

于坚：因为今天是他的，他不给你今天，他给你明天，而他自己却独自享有今天。

谢有顺：把今天给自己，把"总有一天"给别人，很多的政治骗局就是这样达成的。那个"总有一天"总是不来，而今天却在慢慢地失去。没有人意识到这是一种对具体时间的谋杀。

人是一种脆弱的存在

于坚：很多人完全忽略了一个事实，就是上帝创造的每一个身体都是公平的，你有一个身体，我也有一个身体，让人忘记他也有一个身体，或者认为"我就是上帝"，这都是一个巨大的谎言，就像南斯拉夫电影《地洞》一样，在这部电影里，一个没有身体的、虚构的各种谎言把其他人全都蒙骗了。这种谎言非常有震慑力，很多人吃这一套，你说你只是一个"人"，大家一哄而散。海子的诗歌之所以大行其道，靠的就是这种超验的、无法证伪的狂妄。许多读者一看这个人满口都是"大词"，尼罗河、美索不达米亚、亚洲铜什么的，就趋之若鹜。

谢有顺："我就是上帝"的思想，之所以可怕，在于它越出了人存在的本位和人存在的界限，试图扮演一个超身体、超世界的"超人"，海子的诗后来都有扮演"王"的意向，是同一个思路。像海子这样的诗人，在有上帝传统的西方国家，是难得一见的，反而在中国这个信仰无神论的国家里大受欢迎，非常奇怪。很多人都以为海子发出了对上帝的呼唤，但他们没有看到，海子是一个对上帝思想误读最深的人，在我看来，海子对圣经其实是一无所知的，可他在中国，迷惑了很多也不读圣经的人。

于坚：没有上帝，传统的儒教伦理又被"文革"彻底摧毁，海子在这样的社会里面，便敢于"怪力乱神"。

谢有顺：就是敢于"说大话"，把自己推到终极，这是另一种形式的异化。我认为，上帝是一个世界，人是一个世界，作出这样的区分，才能廓清世界的基本秩序，"把上帝的物还给上帝，把该撒的物还给该撒"，可见，上帝是上帝，人是人，要分清楚，如果人想跨出本位，试图做上帝才能做的事情，就会出大事。尼采就是一个生动的例子，他创造"超人"，就是把自己推到上帝的位置上，最后，他付出了发疯的代价，因为他无法承受这个过于伟大的事实。海子也像尼采，他是活生生被自己的狂妄压垮了。这就好比中国乡村那些古老的石拱桥，当时是根据马车和人的重量建造的，经过一二百年后的今天，你如果把一辆巨大的卡车开过去，它就会垮掉，因为它承受不了这个压力。人也是一种脆弱的存在，他只能承受他该承受的事情，一旦跨出人的本位，试图扮演上帝的角色，试图去承受上帝才能承受的重量，最终就会垮掉，这就是海子悲剧的根源。一个人走到思想的极端，往往会付出发疯的代价，直至死亡；他一旦无法对他的现世生存负责，就会成为一个面对自己的身体备感无能为力的人，最后就会走上亲手结束这个让自己显得障碍重重的身体的道路。

于坚：许多人都说海子是个现代主义的诗人，我说他是的，但是这种现代主义是"文革"时期所产生的现代主义。"文革"时期的现代主义的特征，就是天不怕地不怕，丧失了对大地、对永恒的敬畏之心，脱离了人的具体性，把自己抬到了神的位置。在"文革"时代，每个中国人都潜在地觉得自己是"可以解放全人类"的神，不只是毛泽东这样认为，那种"三山五岳开道，我来了"的思想，在中国是非常普遍的，每个人都以为自己可以改造山河，目空一切。这种把中国的所有历史、传统、圣贤、神灵全部踩到脚下的思维方式普及后，才导致了"文革"所创造的现代主义。想想郭沫若作为一个诗人，居然有胆量把杜甫说得一无是处，毫无敬畏之心。斯大林时代，苏联人也不敢随便糟蹋普希金吧。从另外一个角度来说，"文革"的现代性和二十世纪的现代性是一脉相承的。二十世纪，人类已经狂妄到以为自己可以做任何事情。虽然这一百年的时间无法与五千年的历史比，但这一百年所发生的变化，恐怕相当于过去历史数千年发生的变化。今天的一年等于一百年，"文革"的现代性和中国一百年的"拿来主义"是有密切关系的。过分看重中国需要图强，需要革命，需要开放，需要解救民族于水深火热当中，而漠视了中国自己的历史经验，这种无法无天、天不怕地不怕的思维方式在"文革"中盛行，今天甚至成了一种现代文化。

谢有顺：这种可怕的文化激进主义，许多时候只是一种自我膨胀的借口。

于坚：在西方，尼采的"上帝死了"，并没有成为一种普遍的共识，它当然对西方思想有影响，但人们并没有因此把教堂关闭起来，就是尼采也不会把耶稣叫做"耶老二"，"再踏上一只铁脚"。"上帝已死"并不是普遍的共识，只是尼采的思想而已。甚至到了今天，尼采也不那么时髦了，上帝依然岿然不动。在西方，任何异端邪说都可以发表，但这种异端邪说不会变成一种权力意志或者一种普遍的共识，甚至以此作为教育的基础；中国不一样，比如说"维新"，在一百年前只是改造中国的诸种思想之一，当时还有其他的思想，王国维的、胡适的、钱穆的，等等，到了现在，只有"维新"大张旗鼓，它不再是一种可能性，而是变成了文化，一种普遍的共识。

谢有顺：新总是和快联系在一起。现在最新最快的是图像了。

于坚：这个世界越来越成为一个图像的世界，文字的传统地位正在慢慢地被图像所取代，有时候我真是担忧人类在未来的时代里，可能连文字都不需要了，交流什么事情直接用图像就可以，连话都可以不用说了。诗歌是古老的话语方式，现代汉语与《诗经》时代的汉语已经不一样了，但是写诗的基本要素还是一样的，语词的组合，通感，言此意彼，还是那一套，五千年来没有什么变化，写诗就是写诗。所以文学是世界上最慢的历史，是一种最缓慢的精神活动。但是今天的很多作家看到这个时代越来越快，他就想让文学跟上时代的列车，抛弃文学的那种古老的、缓慢的步伐。而真正可以快的东西往往是图像，图像依靠的是现代技术，文学再快也比不上它的，图像那么直接，又没有语言交流的障碍，在中国拍的一幅照片，在西方它还是那幅照片上的东西，不需要什么翻译，要翻译也是非常简单的翻译。你刚才说的电影产生得快，但它过时得也快，因为它是一种快的文化，依靠技术的文化，而诗歌是依靠天才的古老文化，大诗人五百年出一个，大导演一百年已经出了一打。几年前张艺谋还是前卫，现在已经老掉牙了。一个诗人他很难跟上时代，诗本身就是一个古老的、缓慢的东西，在这一点上我觉得诗人只能听天由命。这个时代真是太快了，过去五千年才完成的一件东西，可能在这一百年里一个月就可以完成了。这个时代作家的急功近利也是受周围的速度的影响，他们指望文学这个最古老的、缓慢的东西也跟着快起来，能够量化，这也是为什么今天文学界垃圾成堆的原因，都成了一次性饭盒、一次性筷子、一次性消费。可是，文学的本性、诗歌的本性，就是《诗经》时代传下来的东西，它就是一种缓慢的事物。文学再过五百年还存在的话，一个诗人写诗，正如我今天写诗一样，它还是要在语言的领域创造。诗歌，它既是创造，但同时它也是不动的。一个诗人、一个作家一定要和什么电影、图像去比快的话，他永远是比不上的。缓慢是诗歌的宿命，你要当诗人，你就要认这个命。

谢有顺：作家完全没必要为自己的慢感到恐慌。一个作家的价值，不是体现在他和时代的同步性上，而恰恰是体现在他和时代的差异和错位上。一个和时代没有差异和错位的作家，他反而最容易被时代所抛弃。你看二十世纪的中国文学，流传下来的，几乎都是和时代产生错位的作品。那些和时代联系紧密甚至讨好时代的文学，今天都在哪里？跟时代潮流是没有出路的。真正伟大的作家，是能够让时间在自己身上停滞的作家，像曹雪芹、沈从文，他们都是留住了时间的作家，时代对他们并不重要，重要的是时间，一种永恒的时间、缓慢的时间。

（原载《花城》2003 年第 3 期）

诗歌内部的真相

"奥斯维辛"之后写诗是野蛮的，说这话的是哲学家阿多诺，当他目睹了集中营的恐怖图景之后，内心进一步证实了布莱希特满怀沉痛得出的结论的真理性，即，文化大厦是建筑在狗粪堆上的。显然，这样的描述，旨在唤醒我们对悲剧的警觉，进而质询我们的生存中到底还残存着多少诗性。可同样的一句话，在当下的中国，却被改写成，物质主义时代写诗是滑稽的。其中的灵魂轻化，使我们再次认识到了商业逻辑的强大。已经有太多的事实证明，诗歌正在被无情地逐出我们的生活空间，一些有关诗人的笑话也在民间广泛流传，没有多少人觉得，我们日益苍白、粗糙而乏味的生活，需要诗歌精神的守护。诗歌的境遇会在生产过唐诗宋词的国度里沦落到这种地步，的确是让人惊讶的，然而，诗歌真正的希望不在诗歌之外，而是在其内部的变革中，如海德格尔所言，一种失败从哪里开始，其希望也要在哪里准备出来。

《1998 中国新诗年鉴》①的出版，就是这种努力的卓越成果之一。该书的编者，面对诗歌处境的低迷，没有像一些自恋的诗人那

---

① 杨克主编，花城出版社 1999 年版。

样，简单地把责任推给远离诗歌的公众，他们首先表现出的是对现存诗歌秩序的反省：公众之所以背叛诗歌，一方面，是因为许多诗人把诗歌变成了知识和玄学，变成了字词的迷津，无法卒读；另一方面，是因为诗歌被其内部腐朽的秩序所窒息。这一点，我们可以从两件事中见出。一是所谓的诗坛"权威"《诗刊》社抛出了一份《中国新诗调查》，"按所得票数排列顺序"列出五十名中国新诗诗人排行榜，"快餐诗歌"的代表人物汪国真排在第十四名，而作为此次调查"主持人"的《诗刊》社的编辑诗人（包括编委、顾问）竟多达十五人，占总人数的近三分之一，如果再加上曾经做过《诗刊》的编辑或编委者，人数几已近半。更让人吃惊的是，成就极为卓著的北岛却未入选；二是一九九八年出版的"九十年代文学书系·诗歌卷"《岁月的遗照》一书，将韩东、于坚、王小妮这些对诗歌的发展作出过贡献的诗人当作点缀，或者根本将他们排除在二十世纪九十年代的诗歌行列之外。这些都是当下诗歌秩序中重要的一环，其荒谬性是不言而喻的，可它却依旧被许多报刊及一些人所传颂，由此误导着大量的诗歌爱好者。

为了突破这种腐朽而闭抑的诗歌秩序，《1998中国新诗年鉴》明确提出，好诗在民间，真正的诗歌变革在民间。"民间的意思就是一种独立的品质。民间诗歌的精神在于，它从不依附于任何庞然大物，它仅仅为诗歌本身的目的而存在。"（于坚）这样一束来自诗歌艺术内部的眼光，使"年鉴"的编选突破了论资排辈、过于关注主流诗歌的局限，这一点，从"年鉴"新颖的体例中就可看出。"第一卷"重点推出的是二十世纪九十年代进入诗坛却因长期活在其他诗人的阴影下而未受关注的青年诗人，如鲁羊、朱文、北村、阿坚、侯马等人，他们所写下的优秀诗歌，有力地改变了诗坛固有的陈旧局面，从而让我们看到了这些年的诗歌沉潜于民间之后的生长姿态；"第六卷"收的是胡宽与灰娃两个人的诗。胡宽这位闪烁着奇异才华的诗人，写了近二十年的诗，可直到病逝，诗歌界居然对他一无所知；灰娃，则是到了古稀之年才被注意。这两个人在"年鉴"中的存在，强烈地说明，当下的诗歌秩序是极不可靠的，它所淹没的，很可能是诗歌领域最真实而有价值的部分。国内有那么多民间的诗歌社团和诗歌刊物存在，也从另一个侧面说出了许多诗人对公开的、体制化的诗歌秩序的绝望。

所以，好诗在民间，并非一句空话。只是，广阔的民间也是鱼龙混杂、泥沙俱下的，这样就要求有更多的人对诗歌的现状进行清场，使读者明白什么是真正的诗歌精神。基于此，秉承"真正的永恒的民间立场"的《1998 中国新诗年鉴》，与其说它奉行的是"好诗主义"（它的确辑选了一九九八年度的绝大部分好诗），还不如说它完成了一次对诗歌现状的清场，使得那些长期存在于诗歌内部的矛盾开始浮出水面。特别突出的是，关于两种最有代表性的诗歌写作——一种是以于坚、韩东、吕德安等人为代表的表达中国当下日常生活经验的民间写作，一种是以西川、王家新、欧阳江河、臧棣等人为代表的，所谓"首先是一个……知识分子，其次才是一个诗人"，强调与西方诗歌接轨的知识分子写作——之间的冲突，在《1998 中国新诗年鉴》中成了尖锐的话题。双方都用篇幅相当的诗作说明了自己的立场。到底哪一种立场更接近诗歌的本真呢？作为一本在南方编选出版、贯彻着南方的诗歌眼光的"年鉴"所持的观点是，诗歌应该直面生存，它的资源应该是"中国经验"，并保持对当下日常生活的敏感，而非信仰"生活在别处"，"诗歌写作不能成为知识的附庸，并非能够纳入西方价值体系的就是好诗，诗应是可以独立呈现的，直指人的内心的，也是诉诸于每个读者艺术直觉的。"（杨克）

确实，在民间立场写作的对面，是另一个"庞然大物"（于坚）——知识分子写作。它所代表的将诗歌写作不断知识化、玄学化的倾向，是当下诗歌处境日益恶化的主要原因之一。这种写作的资源是西方的知识体系，体验方式是整体主义、集体记忆式的，里面充斥着神话原型、文化符码、形式规则，却以抽空此时此地的生活细节为代价，从中，我们看不到那些人性的事物在过去的时代是怎样走过来的，又将怎样走过去，诗歌完全成了知识的炫耀和字词的迷津。正如《岁月的遗照》这一诗歌选本的序言中所阐释的：张曙光的"作品里有叶芝、里尔克、米沃什、洛厄尔以及庞德等人的交叉影响"；欧阳江河"同波德莱尔一样，把一种毁灭性的体验作为语言的内蕴……"且"使阅读始终处于现实与幻觉的频频置换中，并产生出雅各布森所说的'障碍之感'"；"王家新对中国诗歌界产生实质性影响，是在他自英伦三岛返国之后。……米沃什、叶芝、帕斯捷尔纳克和布罗茨基流亡或准流亡的诗歌命运是王家新写作的主要源泉之一，……正像本雅明有'用引文写一部不朽之作'的伟大意愿，他显然试图通过与众多亡灵的对话，编写一部罕见的诗歌写作史。……它让我想到，中国诗人是否都应该像不断变换写作形式的庞德那样，才被证明为才华横溢？""西川的诗歌资源来自于拉美的聂鲁达、博尔赫斯，另一个是善用隐喻、行为怪诞的庞德。……西川身上，……有某种介于现代诗人和博尔赫斯式国家图书馆馆长之间的气质"；"南方文人传统和超现实主义，成为他（陈东东）写作的两个重要的出发点——有如法兰西学院和巴黎街头之于福柯。……阿波利奈尔、布勒东是怎样渗透进陈东东的诗句中的，这实在是一个难解之谜"，等等。——这令人无所适从，一个汉语诗人，整个是活在西方的大师名字、知识体系、技术神话和玄学迷津中，完全远离自己当下的生存现场，这样的写作还有什么尊严可言？由此我好像理解了福柯的一个观点，即知识分子的力量可以是某种形式的压迫力量。有意思的是，在十八世纪下半叶以前，没有人将作家和学者称作知识分子，它不过是一个社会学标签，可我们的一些诗人，却将诗歌的希望寄托于此，实在是悲哀。当然，正如曾被誉为"美国最有智慧的女人"苏珊·桑塔格所言："知识没有过错。问题是：什么样的知识。真正的知识可以解放人，它使人接触现实，使人看到事实的真相，使人接触自己的时代、自己的良知。这种知识是应该为人们共有的。"问题在于，我们时代的"知识分子写作"者倾心的是阅读中获得的死去的、附庸型的知识，面对业已沸腾的当代生活及每个人身上触手可及的精神事实，他们却选择缺席。诗评家沈奇曾指出这种趣味的本质："'知识分子写作'是纯正诗歌阵营中开倒车的一路走向，他们既丢掉了朦胧诗的精神立场，又复陷入语言贵族化、技术化的旧辙，且在精神资源和语言资源均告贫乏的危机中，唯西方诗歌为是，制造出一批又一批向西方大师们致敬的文本。"

《1998 中国新诗年鉴》的努力方向显然是逆反着这种趣味而行的。它的编辑主旨是，要使诗歌重获活力，就要把诗歌从知识话语的霸权中解放出来，回到坚实的大地，回到具体的生活及具体的精神情境中，"生存之外无诗"，"诗应该是能吟诵的/能上口入心/能在饥饿时被大地吸入/并且感到甘甜/诗应该念着念着/就唱起来了/唱着唱着就飞起来了……/诗使白天明亮/夜晚变黑……"（北村：《一首诗》）诗歌为什么要害怕生活而遁入知识的迷宫呢？难道为未来开创道路、为历史正名的不正是伟大的生活本身，尤其是许多无名者的生活吗？真实的诗歌，是为了让我们更好地到达生活的边界与核心，而不是远离它，因为只有存在中的生活才是诗歌力量的源泉。在诗人对生活的理解普遍被扭曲（哈维尔说，"仅仅在有生活的地方才压抑生活"，确实如此）的情形下，重提生活之于写作的意义是必要的，它体现出无处不在的生活正坚定地反抗着压抑它的秩序与障碍，以求得更大的自由。《1998 中国新诗年鉴》在这点上为我们提供了许多参证文本。它所选的一百多位诗人的新作中，大部分都涌动着难以阻止的表达生活和存在现场的渴望，相反，凌空蹈虚、贩卖知识或迷信文体游戏的诗歌被缩小到了最少的篇幅。这一倾向最重要的意义是，它恢复了那些微小、琐碎、无意义之事物在我们的生活与写作中的存在权利，一如卡夫卡、普鲁斯特面对十九世纪只关注重大事件的文学所作的革命一样，其特点是不再从整体主义、社会公论的立场上去体验生存，而是把生存的真义化解到每一个具体的生活细节之中。譬如王小妮的组诗《和爸爸说话》，在我看来，是近年来所有写死亡的诗作中最成功的一首，她不是简单地从黑暗、

绝望或悲痛这种整体主义的立场上面对爸爸的死亡，而是经由许多
动人内在的心灵细节，将死亡那深入人心的力量贯彻出来：

你早跟紧了我，让我答应。
你让我承认那是一个好日子
必须鼓盆而歌。……
可是，这么快，我就见到了
你连手都举不动的晚上
……

你轻轻地拉着我的头发请求。
你在睡沉了以后，还揉搓着它们。
好像世界上值得信任的/只有这些傻头发。
好像它们恍惚地还可能帮你。

你请求过了每一个人。请示过药瓶。
请求过每一幅窄布。
这个软弱到发黑的世界
能举起多么大的理由
让你在飘满落叶的泥潭里坚持？
……

你是一个执意出门的人。
哪怕全人类都化妆成白鸽围绕在床前
也不能留住一个想要离开的人。
谁能帮你/接过疼痛这件礼品
谁能替你卸下那些冰凉的管子？
……

两只手不能闲住
我经受不住在一分钟的沉默。
有什么方法能够阻止
心里正生长出浸满药水的白树？
病床下面虚设的
是一双多么合脚的布鞋。
而你，在见到我的每一个早晨
都拿出大平原一样的轻松。
你把阴沉了六十年的水泥医院
把它所有的楼层都逗笑了
……

有一只手在眼前不断重复
白色的云彩慢慢铺展
天空从上边取走了你。
我曾经日夜守在你的床边
以为在棉花下面微弱起伏的
才是我的爸爸。
走到大楼外面去伤心
我不愿意看见
你连一层薄棉花也不能承受。
……

从这些片断可以看出，王小妮肯定对死亡如何侵蚀一个人有着切肤之痛，她才能写下这样具体而有力的好诗，它一点都不抽象，晚上是"手都举不动的晚上"，床下"合脚的布鞋"是"虚设的"，爸爸的虚弱是"连一层薄棉花也不能承受"，等等。这些与死亡有关的细节直指人的内心，使我们阅读时，仿佛与自己熟知的生活劈面相迎，它比那些用尽激烈的形容词所写的文化死亡诗要感人得多，我相信，这就是诗歌所能达到的最高真实。类似的诗作在《1998 中国新诗年鉴》中还有许多，它的确使我们在世纪末重温了诗人们对生活中的疼痛、寒冷与希望的目击，尤其是在这种柔软的表达中，让我们看到，真正的、像大地般坚实的诗性不再缺席，它遍及我们生活中的每一个细节，关键是我们有没有那颗敏锐的心灵去发现它。

诗性守护的不是知识或技术，而是为了使诗性在我们的生活中坚强地生长，为了使我们每一个人的生活免遭粗暴的伤害。这样说，不等于诗歌应屈服于生活中的物质和欲望逻辑，恰恰相反，那些抽空了生活的意义与价值，只剩下表面那种虚假繁荣的所谓"自然生活"是需要警惕的，它并非生活应该有的面貌，用哈维尔的话说是，只有油盐酱醋或任何一种投机的生活都是"伪生活"。哈维尔所理解的生活是一种有尊严的生活，是有自尊的和有整体内容的，他称之为"有机体"，有了这种对尊严的吁求，我们才有可能不屈服于对自己生活整体质量和道德水平的放弃。哈维尔经常提及生活的另一些品质，如自主性、开放性和多元性等，对每一个人来说，生活的可能性都是无限的，那些事先设定生活的道路和方向，以为自己掌握了生活全部真理的人，在哈维尔看来，恰恰是对生活最野蛮的践踏。哈维尔的提醒非常重要，因为有许多希望重返生活的作家和诗人都由于对生活中蜂拥而来的真实缺乏警觉，导致其写作意义被过度的日常性所蛀空，在记录生活的同时，遗忘了写作对生活的批判功能，而沦为"伪生活"的助言者。《1998 中国新诗年鉴》是在这些方面平衡得比较好的一种文化实践，它在保护生活免遭粗暴伤害的同时，也质疑"伪生活"给我们带来的苦难，并保持对生活信念和意义的坚守。

最为有力的是北岛一首名为《明镜》的新作：

夜半饮酒时
真理的火焰发疯
回首处

谁没有家
窗户为何高悬

你倦于死
道路倦于生
在那火红的年代
有人昼伏夜行
与民族对弈

并不止于此
挖掘你睡眠的人
变成蓝色
早晨倦于你
明镜倦于词语

想想爱情
你有如壮士
惊天动地之处
你对自己说
太冷

　　这些散落于文字中闪光的精神碎片，被编辑到《1998 中国新诗年鉴》中，自然就汇聚成了一种整体的力量，它对矫正我们这个"贫乏的时代"所固有的精神麻木、心灵荒芜及对自尊生活的漠视，是有效的。与王小波所说的沉默也是一种生活力量相对，诗歌所体现的是美的力量，是欲言又止的力量，它们共同指向生活的内部，不屈从于某种权力话语或知识体系，而是努力使自己成为生活的挚爱者和参与者。还诗于民众，也许可以从这里开始，无论是生存的希望，还是诗歌的希望，都是从生活的隙缝中生长出来的，而不会从天降下。照我想，正是编者有这样的坚信，《1998 中国新诗年鉴》才在诗集普遍滞销的今天，首版就起印两万册，受到诗歌界众多读者的欢迎。好诗在民间，好诗也必将成为民间精神运动的重要组成部分。

《1998 中国新诗年鉴》当然不仅是给我们提供了好诗，它更主要的是第一次如此显著地实现了两种不同写作道路的分野——诗歌是守护自尊的生活，还是守护知识和技术；汉语诗歌是为了重获汉语的尊严，还是为了与西方的知识与美学接轨，我相信，很多人都会在他的内心作出抉择。

（原载《小说评论》1999 年第 6 期）

谁在伤害真正的诗歌

一九九八年底以前，我对文学的兴趣主要是在小说上，内心却对诗歌保持着足够的尊敬。我记住了一位朋友私下说过的一句不无道理的话：小说是用汗写的，诗歌是用血写的。——我认同这种高尚的评价时，只是出于对诗歌总体的看法，还没来得及在诗歌的内部对不同的话语类型作有效的区分。参与《1998 中国新诗年鉴》的编辑工作之后，我才知道，并不是所有的诗人都当得起这一评价的，有一些诗人，不仅不是用血在写诗，甚至用汗写诗都不是（汗里还有一个人的体温），而是多是用冷漠的知识和故作高深的膜拜式的阅读经验在写诗。他们的诗与他们所处的生活几乎毫不相关。

我指的是所谓的"知识分子写作"的诗歌群体。为此，我感到奇怪，并写下了《诗歌与什么相关》一文。这是我平生写的第一篇诗歌评论，发表在《诗探索》一九九九年第一辑，并收入《1998 中国新诗年鉴》一书。我在文中说："让一种与自己此时此地的存在无关，只涉及自己的知识背景和阅读经验的事物支配诗歌的写作，使当代诗歌拥有了一个不真实的起点，它对此时此地的生活的麻木与不敏感，直接导致了诗歌的衰败。我们有理由认为，那些与诗人自己所面对的生活无关的诗歌，也与我们的时代无关。""我们为什么害怕生活？我们的写作，为什么总是与虚构的经验相关，却永远不触及生活本身的边界？我想……只有那些软弱的人，才专注于'生活在别处'，而对身边蜂拥而来的真实措手不及。我的意思并非不要'在别处'的理想，信念，而是说，任何的理想和信念，都必须要能够在他此时此地的生活中展开，否则，它就是假的。"《1998 中国新诗年鉴》出版后，我又写了一篇《内在的诗歌真相》，发表在一九九九年四月二日《南方周末》"阅读"版，再次强调："诗歌是守护自尊的生活，还是守护知识和技术；汉语诗歌是为了重获汉语的尊严，还是为了与西方接轨，我相信，许多人都会在他的内心作出抉择。"

这本来是一个普通的诗歌读者正常的表达和担忧，没想到，在此后不久的一次全国性的诗歌研讨会上，一些声名卓著的人对我的观点提出了质疑（这是好事），有的人还以我在诗歌界籍籍无名、非诗界中人为由，说我没权利（资格？）对诗歌现状说三道四；还有的人说我文章题目中的"真相"一词属政治词汇，有其他意思，云云。听到这样一些信息后，进一步加深了我对诗坛固有的看法，加深了我内心中对一些人和诗的怀疑和警惕——不是因为我个人受到了批评，而是没有想到，现存诗歌秩序中的腐朽与霸权厉害到了这个地步！（这种情况在小说界是不多见的）我想，一个不让其他人说话的"诗坛"值得讨论。

我想告诉那些"知识分子"诗人，如果他们所推崇的那些批评家有资格对诗歌指手画脚的话，那么，我也有资格对诗歌说三道四。尽管我没有高学位，尽管我没在北京这一理论"要地"，尽管我确实没有读过多少外国人的高头著作，但我依然有资格——不单是我对文学并不陌生，不单是我也曾受教于一度是诗坛权威之一的老师门下，重要的是我是一个关心人及其文明境遇、关心文学现状的个人。这就够了。让每一个人都有说话和判断的自由，这是多元化社会最低限度的标准。

还有一个故事值得言及。一九八五年或者一九八六年，"知识分子写作"群体中的大部分核心人物——诗人或者批评家，都已成名，并被看作是当时诗歌发展中最有活力的部分，而我，一个十四岁的少年，那时却还在一个破败、偏僻、用煤油灯晚自习的初中读书。十几年过去了，懵懂幼稚的少年已长成了初懂诗歌的青年，可我却被告知，如今诗坛最"活跃"的还是当初的那几个人，十几年未有大变，所变化的不过是"新秀"成了"大家"，成了某种诗歌象征。这种诗歌秩序是合理的吗？我不说其他，就拿小说界来说吧，一九八五年前后是"寻根文学"成为主潮的时候，之后又有了"先锋小说""新写实小说""新状态小说""七十年代人"等等，这些命名不一定科学，但它至少说明了小说发展的多元化趋势。这些不同时期的小说家都为刊物所接受，为读者所喜欢，为批评家所谈论，新一代作家并不会在贾平凹、王安忆、韩少功、余华、格非等人面前感到压抑，批评家也不会专门阐释某几个人，而忽略其他人的崛起。小说界的秩序并不理想，可诗歌界的秩序没想到却比它要腐朽许多。

我不相信这就是当下诗歌的真相（请原谅，我又用到了"真相"一词）；我不相信中国的绝大多数人读不懂真正的诗；我不相信汉语诗要写得像翻译诗那样才是出路；我不相信海德格尔、布罗茨基、米沃什等人代表的是中国诗歌唯一的向度；我不相信诗人一踏上异国他乡就才思泉涌，而在本土却只能依靠知识写诗；我不相信"要求写作者首先是一个……知识分子，其次才是一个诗人"；我同样不相信，中国当下的诗歌贫穷到只剩下那几副艰涩的喉咙在歌唱……

有一个诗人说得对，诗歌本身并未衰落，衰落的是那些非诗的东西；不是诗歌没有读者，而是提供给读者的多是些平庸的渠道与作品。我参与编辑《1998 中国新诗年鉴》后可以证实，大多数好诗都沉潜在民间，许多优秀的诗人都在民间做着许多有益诗歌建设的不懈努力，诗歌的活力与希望实际上很大部分已转移到民间，但"知识分子写作"却并没有诚实地接受这一事实，没有用他们倾听西方大师那样敏感的耳朵去倾听来自民间的声音，而依旧停留在自己几个人所构筑起来的诗歌幻觉中。

我这样说是有依据的。由于忽略了民间的诗歌声音，"知识分子写作"那些诗人及其批评家的地位，在表面上看来显得牢不可破，这就使得他们不知不觉产生了自我中心式的诗歌幻觉，以为自己代表了时代，代表了诗歌"正确"的发展方向与前景。比如，在一本著名的诗歌选《岁月的遗照》中，编者写了一篇同样著名的序言《不知所终的旅行》，里面有两段意味深长的话，一是："在一九九一年初，我与诗人王家新在湖北武当山相遇，他拿出他刚写就不久的诗《瓦雷金诺叙事曲》《帕斯捷尔纳克》《反向》等给我看。我震惊于他这些诗作的沉痛，感觉不仅仅是他，也包括我们这代人心灵深处所发生的惊人的变化。我预感到：八十年代结束了。"另外一段话是："团结在这个杂志（指《倾向》）周围的，有欧阳江河、张曙光、王家新、陈东东、柏桦、西川、翟永明、开愚、孙文波、张枣、黄灿然、钟鸣、吕德安、臧棣和王艾等"，"这个同仁杂志成了'秩序与责任'的象征，正像彼得堡之于俄罗斯文化精神，海德格尔、雅斯贝尔斯之于二战后德国知识界普遍的沮丧、混乱一样，它无疑成了一盏照亮泥泞的中国诗歌的明灯。"

这就近乎诗歌的幻觉了。从王家新的几首诗中，就预感到"八十年代结束了"；一本同仁杂志，被说成是"一盏照亮泥泞的中国诗歌的明灯"。"八十年代结束"与"照亮泥泞的中国诗歌的明灯"这么大的事件，是与王家新的几首诗及一本同仁杂志密切相关？真可谓"天下者我们的天下"。正是有了这种思想的支配，《岁月的遗照》作为"九十年代文学书系·诗歌卷"，才大篇幅地介绍那几个结束一个时代或"明灯"式的诗人，对于坚、韩东这样卓越的诗人却只选其两首小诗搪塞了事，而像王小妮、北岛这些在九十年代写出了许多优秀诗作的诗人，连名字都未提及。

幻觉可以抹杀事实，幻觉也可以建立起一个诗歌的利益群体。这种荒谬的局面在《岁月的遗照》的编选意图中表露无遗。这个选本最后还列有"推荐阅读诗集、诗论集"，列的也是"知识分子写作"群体的那几个人，"诗论集"列了唐晓渡、陈超、王家新、陈东东、西川等几个人的集子。有意思的是，更有理论建树、与他们同时出版、甚至还是同一套丛书中的一本的于坚的《棕皮手记》却没有在"推荐"之列。是遗忘，还是故意抹杀这种有力量的声音？当然，还有其他的丛书，还有其他的选本，从北京这一重镇派生出来的，几乎无一例外都在那几个"知识分子"诗人中转来转去。

现在，事实已经非常清楚了：究竟是谁站在弱势的一边？又究竟是谁在用权势话语压制别人？相对于"知识分子写作"这一"庞然大物"（于坚语），"民间立场"甘愿处于"弱势"，背后却在坚实地推进诗歌精神的发展，使诗歌生长在生活之内。在这两个写作阵营之间，我愿意站在"民间立场"这一边，因为我支持弱者（要特意说明的是，我这里说的"弱者"，并非指写作成就上的，而是相对于一种权势话语而言），且相信生活本身的力量。与"知识分子写作"不同的是，坚持"民间立场"的诗人都在外省，于坚在昆明，韩东、鲁羊、朱文等人在南京，杨克在广州，伊沙在西安……完全是松散的，是柔软、真实的生活本身使他们在艺术上走到了一起，而不是某种理论神话。"民间立场"的支持者中，几乎找不到一个"权威"的批评家，然而，于坚自己却在理论上有卓越的建树。比起于坚朴实、尖锐、极富原创性的诗歌理论来，不少诗评家都将黯然失色。

"民间立场"日渐为读者所接受并喜爱，表明了一种与"知识分子写作"依附于西方的知识体系完全不同的诗歌向度：使诗歌重获活力，把诗歌从知识话语的霸权中解放出来，回到坚实的大地，回到具体的生命及具体的精神情境中，"生存之外无诗"。正是有了这个新的、有活力的参照，"知识分子写作"中某种僵化、知识化、玄学化的品质对真正的诗歌精神的伤害才为人所认识。它确实发展到了匪夷所思的地步。

我现在终于明白福柯的一个观点了——知识分子的力量可以是某种形式的压迫力量。我所不明白的是，一些人为什么那么迷恋"知识分子"这一称谓，"首先是一个……知识分子，其次才是一个诗人"，难道"知识分子"能拯救诗歌？心灵做不到的事，恐怕"知识"更做不到。我想起苏珊·桑塔格对"知识分子"的清醒认识："大多数知识分子和大多数人一样，是随大流的。在前苏联苏维埃政权七十年的统治中，甚至连帕斯捷尔纳克和萧斯塔柯维奇都不能始终坚定。……在上一世纪和这一即将结束的世纪，知识分子支持了种族主义、帝国主义、阶级和性别至上等最卑鄙的思想。"因此，从"知识分子"这一类群来说，它并不能给人类的精神事业提供任何的保证。也许，"知识分子写作"群体中的诗人要辩解的是，他们所说的"知识分子写作"是一种个人立场，而我恰恰认为，这种说法是一种反讽。没错，他们所津津乐道的"知识分子写作"的典范布罗茨基、米沃什、庞德、里尔克、布勒东、海德格尔等人，都是真正的个人，他们的写作坚持的也是个人立场，但是，当这些人作为一种知识体系成为"知识分子写作"的"语言资源"时，它就成了社会公论和集体记忆，依附于其上的诗人，又哪里谈得上什么"个人立场"？

从"知识分子写作"的价值背景、语言资源和运作方式看，他们都不是什么"个人立场"，而是一个明显渴望与西方知识体系接轨的"庞然大物"。也正是面对这个"庞然大物"，主张表达当下中国日常生活经验的民间写作的意义才变得尖锐起来。民间的就是独立的、另类的、自由的、个人的，它面对的是存在本身，而不是存在的附生物（知识）；民间虽然广阔，但它依然是个人的，原因在于这些民间的个人并不结成新的"庞然大物"，它只不过是表明不愿被某种制度或知识体系所吸纳的立场。如于坚所说："民间的意思就是一种独立的品质。民间诗歌的精神在于，它从不依附于任何的庞然大物，它仅仅为诗歌本身的目的而存在。"在目前这个腐朽而闭抑的诗坛，知识的霸权越明显，民间的反抗意义也越明显。

"知识分子写作"者说，"在一个意识形态无孔不入、体制无处不在的国家，并不存在一个独立的民间。……民间事实上就是官方的同义语，是体制的一部分。"（西渡语）说这话的人显然也意识到需要一个"独立的民间"，只是因为"意识形态无孔不入、体制无处不在"而"并不存在",我要问的是：对"独立的民间"的争取要靠一种民间诗歌运动来完成，还是靠更为含混的、依附西方知识体系的、随大流的"知识分子写作"来完成？没有"独立的民间"就一定是"官方的同义语"？不，这正好说明一个真正的民间在艰难的生长过程中，已经有太多的事实与诗作可以证实这点——我还是那句话，一些人听不到民间的诗歌声音，不是因为没有，而是他们的耳朵没有从西方大师身上收回来。况且，民间的获得是需要争取的，而不能期望它从天而降。

南方的许多诗人都在这种争取的途中，目的就是为了在坚硬、激昂的诗歌表达中找到一种更为柔软、人性的表达，以避免诗歌被体制思维所驯化。他们找到了日常口语的方式。这不是一种简单的诗歌策略，而是他们每个人的生活本身。日常口语同样贴近一个人的心灵、一个人的精神，这难道不是诗性？为什么非要用一种脱离日常经验，与自己的生活不太相关的方式说话？

只要生活在继续，真正的诗歌运动就在继续。难道为诗歌开创未来，为历史正名的不正是伟大的生活本身？为什么要剥夺那些微小、琐碎、无意义之事物在我们生活和写作中的存在权利？为什么与西方的知识接轨比与自己的生活接轨要重要得多？

"知识没有过错。问题是：什么样的知识。真正的知识可以解放人，它使人接触现实，使人看到事实真相，使人接触自己的时代、自己的良知。这种知识是应该为人们共有的。当然，知识也是一种力量，也有用知识压迫人的方法，这是人人皆知的。"（苏珊·桑塔格语）因此，我们在提倡诗歌的民间写作时，不是反对所有的知识，而是反对那些死去的、没有活力的、附庸型的知识，反对那些不是"使人接触现实，使人看到事实真相，使人接触自己的时代、自己的良知"的知识，反对那些"压迫人"的知识。我有理由认为，"知识分子写作"许多时候是与我们所反对的那种知识相通的。

有一句话值得铭记在心：把话说得清楚是一种能力；生活本身是最大的知识。

　　当然，如同知识中有死亡的、压迫人的成分存在，日常生活中也有需要警惕的地方——即哈维尔所说的，那些抽空了生活的意义和价值，只剩下表面虚假繁荣的，只有油盐酱醋或任何一种投机心理的"伪生活"。这一点，多数坚持"民间立场"的诗人都意识到了。生活对于他们是自尊的生活，而不是伪生活。

　　民间写作的所有力量都在于此了。于是，"知识分子写作"对此表露出的最后一个担忧是：标榜民间的写作，会不会成为"新的权势象征"（孙文波语）？说这话的人还是不明白"民间"的真义。他们把"民间"看作是既定的、静态的空间，没想到"民间"是一种运动精神，它最大的特点是，使自己一直处于独立的、另类的、个人的、自由的立场上。更重要的是，真正的"民间"还有反对自己的勇气。即，当一种被称为"民间"的诗歌精神沦为"新的权势象征"时，它就已经不再是"民间"了，真正的"民间"就会起来反对它。正是在这种为争取独立、另类、个人、自由的诗歌空间而不惜反对固有的自己的精神运动中，"民间"获得了充分的免被异化的可能。

（原载《北京文学》1999 年第 7 期）

诗歌在疼痛

诗坛在一夜之间失去了平静，并且正在滑向一个令人担忧的方向。比如挨批评的是诗人，反应最强烈的却是诗评家；比如多年来诗坛话语权力的拥有者，却反过来说一个刚在诗歌领域发言的年轻人在使用话语霸权；比如在一次全国性的诗歌会议上，一些人对另一些未到会的人进行缺席审判；比如对一本普遍认为比较公允、实在、有益当下诗歌建设的诗歌年鉴，却发动整个小圈子的人写各种"王顾左右而言他"的文章加以指责……我以前所说的某个诗歌小圈子正在联结成为一个利益团体的事实，现在已经得到了证实。

我无意为自己所受到的无理攻击作任何回应，我不做这些。但这些日子我的确冷静地将事情的前因后果想了一遍，内心有一个疑问一直无法抹去：一些人为什么会对《1998 中国新诗年鉴》①的出版怀着那么大的意见，以致不惜在同仁面前留下气急败坏的印象？只有两种解释，一是这本书的出版确实触到了他们的痛处，拆穿了他们多年来所建立起来的虚假的诗歌幻觉；二是他们为了维护诗歌的正当权益，守护诗歌的纯洁。我真希望原因是后一种。可我经过

---

① 杨克主编，花城出版社 1999 年版。

细心观察，觉得无论从他们的反应方式，还是从他们的言辞上看，都不像。因为如果他们真是为了守护真正的诗歌精神，为什么对《1998 中国诗歌年鉴》气势汹汹，却对另一本几乎在同时出版的、更为平庸的诗歌年鉴不置一词？他们在文章中所攻击的《1998 中国新诗年鉴》的所谓缺点，在后一本年鉴中全都有，而且更加突出，他们又为什么对此熟视无睹？原因很简单，就是因为后一本年鉴的编选者是他们的朋友兼理论阐释者，是那个诗歌圈子的中坚力量。还有，在《1998 中国新诗年鉴》之前出版的《岁月的遗照》，用"九十年代诗歌选"的宏大名义，体现的却是那个狭隘的诗歌小圈子的利益。在这本厚达五百多页的诗集中，大力推举的是"知识分子写作"（还有一个更莫名其妙的名称是"中年写作"）群体，仅张曙光、欧阳江河、王家新、西川、孙文波、臧棣等十位诗人的诗，篇幅就占了二百八十二页，大大超过一半，而于坚、韩东这些为九十年代的诗歌发展作出了重要贡献的诗人，却只选了两首根本不是他们代表作的小诗搪塞了事，篇幅约三页，其中的反差是惊人的；更有意思的是，《岁月的遗照》入选了曹禺的四首诗，而北岛、王小妮、杨克、周伦佑等诗人却连名字都未提及。这么荒谬的事实，一些人为何不觉得气愤反而引以为荣呢？与《岁月的遗照》不同的是，《1998 中国新诗年鉴》的编选原则是，将最重要的篇幅和位置用来推出新人。即便是编者不推崇的"知识分子写作"，在"年鉴"中也独自占一卷，醒目程度不亚于其他的任何一个写作群体。只要前后稍作比较，真相立即大白，可"知识分子写作"群体却反过来说《1998 中国新诗年鉴》在拉帮结派，使我终于明白了什么叫指鹿为马。

我的内心有一种说不出的失望。一次本来很有意义的诗歌争论，发展到现在，已经不是观点、立场和学理之争，成了一看各自的说话口气就可立判高下的悲剧局面。有一个人对我说，诗人的说话方式和说话口气，更能见出他的心性，我想是有道理的。一些声名卓著的人，为了贬损一本对他们的写作提出了不同意见的诗歌年鉴，竟然这样说话，什么"你们这是在搞运动""谁也没有搞住谁""二十年后，咱们走着瞧""一本外省编的诗选""某某某的文章显然是被操纵的"，等等。我前些天到南京出席一个会议，当一些理论界的同行就此向我表示难以理解之情时，我什么也没有说，只在内心为诗歌遭遇这种处境感到难过。说实在的，坚持"知识分子写作"的那些人所写的批判文章，见到的我几乎都看了，除了臧棣的《诗歌：作为一种特殊的知识》①，我较为欣赏之外，其余的均让我大失所望，有几篇甚至还有胡搅蛮缠的味道。至少迄今为止，"知识分子写作"并没有客观地在理论上和事实上对《1998 中国新诗年鉴》和于坚的序言作出有力的回应，结果使争论不断地向外转，不断地流于肤浅和意气用事，以致我写这篇文章时也不得不花篇幅来澄清一些外面的问题。

我的疑问继续展开：为什么一些人反应这么强烈？为什么一些人受到批评之后就忿忿不平，而不能有些冷静的自我反思？难道于坚对"知识分子写作"的批评一点道理也没有吗？难道《1998 中国新诗年鉴》所代表的诗歌应回到有活力的生活本身的倾向，不正是"知识分子写作"所最缺乏的？这本是一个常识问题，如今却要花时间来为之正名了。由于此前几乎没有人指出"知识分子写作"中的玄学化、知识化、为与西方诗歌接轨而努力的特质，"知识分子写作"群体已经集体陷入了庸俗的自我神话之中，他们即便是写随笔，看起来也像是在比赛引用大师名言和英语单词，诗歌就更不用说了，许多诗，一看就知道它试图置身于哪一个大师的精神背景下，连语感和文体，看起来都像翻译诗，看不出他们对具体的问题和事物有体验或疼痛。他们以为说，这就是对现存意识形态话语的一种疏离和反抗，但我要说，就这一点而言，于坚发表在《大家》杂志创刊号上的长诗《0 档案》，做得比他们彻底有力多了，为什么他们又对于坚的诗极力诋毁呢？有意思的是，经由这次《1998 中国新诗年鉴》的提醒，"知识分子写作"群体似乎也开始想与知识化的倾向划清界

---

① 载《文论报》1999 年 7 月 1 日。

限，以靠近日常生活，所以，他们写的反驳文章，都花尽心思证明"知识分子写作"中也有日常性，还举出例子来加以说明，如，"在张枣这样沉溺于想象力的诗人身上，我也能读出大量涉及日常经验和具体事物的痕迹"，"在欧阳江河这样典型的'知识分子写作'诗人身上（如他的《那么，威尼斯呢？》），我也能辨别出多彩多姿的对日常经验的捕捉"；有一个作者，还举出"孙文波对小镇和士兵生活的描述"作为例证，不禁让人大开眼界，难道对日常生活的精神关怀，就等于"对小镇和士兵生活的描述"？有人把中学作文的要求也搬到这次诗歌争论中来了。"知识分子写作"的整体面貌究竟如何，我想，读了他们的诗作和文章的人，都会有自己的判断的。前些天，我在《东海》杂志一九九九年第五期读到了张曙光的十一首诗，分别是写给叶芝、里尔克、庞德、艾略特、奥顿、博尔赫斯、罗伯特·洛厄尔、帕斯捷尔纳克、拉金、阿什贝利、布罗茨基等十一位外国大师的，俨然一副与这些大师是忘年交的姿态；还有像"狄更斯阴郁的伦敦。/在那里雪从你的诗中开始"、"透过玫瑰花园和查特莱夫人的白色寓所/猜测资产阶级隐蔽的魅力，/而在地下厨房的砍剁声中，却又想起/久已忘怀的《资本论》"等诗句，读起来与拙劣的英国诗人写的诗有何区别？这样的细节和写作风习，在"知识分子写作"群体中比比皆是。

还有更令人无法理解的。为了证实这一点，我要再举《岁月的遗照》为例，这本被一些人视为权威的诗歌选本，编者写了一篇长篇序言《不知所终的旅行》①，对"知识分子写作"诗人评价很高，甚至有把他们神话的嫌疑。我这样说是有根据的。比如，这篇序言里有两段意味深长的话，一是："在一九九一年初，我与诗人王家新在湖北武当山相遇，他拿出他刚写就不久的诗《瓦雷金诺叙事曲》、《帕斯捷尔纳克》、《反向》等给我看。我震惊于他这些诗作的沉痛，感觉不仅仅是他，也包括我们这代人心灵深处所发生的惊人的变化。

---

① 刊于《山花》杂志 1997 年 11 期。

我预感到：八十年代结束了。"另外一段话是："团结在这个杂志（指《倾向》）周围的，有欧阳江河、张曙光、王家新、陈东东、柏桦、西川、翟永明、开愚、孙文波、张枣、黄灿然、钟鸣、吕德安、臧棣和王艾等"，"这个同仁杂志成了'秩序与责任'的象征，正像彼得堡之于俄罗斯文化精神，海德格尔、雅斯贝尔斯之于二战后德国知识界普遍的沮丧、混乱一样，它无疑成了一盏照亮泥泞的中国诗歌的明灯。"这些描述都是很夸张的。一九九一年，编者在武当山碰到王家新的时候，事实上的八十年代已经结束近两年时间了，可在编者眼中，非得王家新写出了那几首诗之后，才"预感到：八十年代结束了"，好像王家新不写那几首诗，八十年代就不结束似的；而一本有限的同仁杂志也被编者夸大成是"一盏照亮泥泞的中国诗歌的明灯"，还名之为"成了'秩序与责任'的象征，正像彼得堡之于俄罗斯文化精神，海德格尔、雅斯贝尔斯之于二战后德国知识界普遍的沮丧、混乱一样"，这种行文逻辑，并不能很好地说服读者。于坚说"知识分子写作"群体有"天下者我们的天下"的心理，一点也没错。遗憾的是，这盏"明灯"不仅没有照亮"泥泞的中国诗歌"，反而助长了一种诗歌的幻觉。

还是《岁月的遗照》这篇序言，编者这样阐释"知识分子写作"：张曙光"这一'先行者'的形象多少令人想起西伯利亚时期的约瑟夫·布罗茨基"，"他的作品里有叶芝、里尔克、米沃什、洛厄尔以及庞德等人的交叉影响"；欧阳江河"同波德莱尔一样，把一种毁灭性的体验作为语言的内蕴……"且"使阅读始终处于现实与幻觉的频频置换中，并产生出雅各布森所说的'障碍之感'"；"王家新对中国诗歌界产生实质性影响，是在他自英伦三岛返国之后。……米沃什、叶芝、帕斯捷尔纳克和布罗茨基流亡或准流亡的诗歌命运是王家新写作的主要源泉之一，……正像本雅明有'用引文写一部不朽之作'的伟大意愿，他显然试图通过与众多亡灵的对话，编写一部罕见的诗歌写作史。……它让我想到，中国诗人是否都应该像不断变换写作形式的庞德那样，才被证明为才华横溢？""西川的诗歌资源来自于拉美的聂鲁达、博尔赫斯，另一个是善用隐喻、行为怪诞的庞德。……西川身上，……有某种介于现代诗人和博尔赫斯式国家图书馆馆长之间的气质"；"南方文人传统和超现实主义，成为他（陈东东）写作的两个重要的出发点——有如法兰西学院和巴黎街头之于福柯。……阿波利奈尔、布勒东是怎样渗透进陈东东的诗句中的，这实在是一个难解之谜"，等等。——这些外国诗人的名字与中国诗人交织在一起，我还真不觉得是中国诗歌的光荣。这段有代表性的被不少诗人一度引为知音的著名论述，已经不是一个要不要借鉴西方诗歌资源的问题了，也与三四十年代人们对卞之琳、戴望舒、穆旦、袁可嘉等人的指责完全不同，它关涉一个诗人是否能够面对自己的生存现场，是否臣服于西方的价值体系而丧失创造性，是否还能重获写作的尊严等根本问题。

因此，我反对"知识分子写作"的某种趣味，并非反对知识本身，而是反对他们把知识引到了通往死亡、冷漠、炫耀、附庸型、拒绝再创造、视其为最高标准的道路上。如果庞德、叶芝、布罗茨基等人理解知识资源也像一些诗人、批评家理解他们一样，那历史上肯定不会有庞德、叶芝、布罗茨基等伟大诗人了。诗歌本应是最富有创造性、与自己的心灵有着最密切关联的艺术，什么时候它变成了一种知识的演绎？"知识分子写作"群体并没有诚恳地面对这个问题，反而摆出一副反对"知识分子写作"就是反对知识本身的姿态，可诗人笔下那些知识就是真正的知识？难道不断地向大师致敬的写作方式就表明你视野开阔？难道生活本身不是最大的知识？苏珊·桑塔格说："知识没有过错。问题是：什么样的知识。真正的知识可以解放人，它使人接触现实，使人看到事实真相，使人接触自己的时代、自己的良知。这种知识是应该为人们共有的。当然，知识也是一种力量，也有用知识压迫人的方法，这是人人皆知的。"可惜，"知识分子写作"与"真正的知识"相距甚远，倒是与"用知识压迫人的方法"似乎相通。在这个交流的障碍越来越少的时代，谁还会因为你多用几个外国大师的名字就对你另眼相看？另外，反对

"知识分子写作"唯西方是从的写作姿态，也并非张扬一种民族主义情绪，拒绝交流，而是力求使自己的任何阅读都是创造性的、批判性的、再生产的，也是能对自己当下的生活作出反应的，它与那种膜拜式的阅读有着本质的区别。我相信，只有坚持了自己的独立思想与敏感心灵的阅读、借鉴和交流，才是共享别国文化资源的正途。"知识分子写作"对待西方的诗歌资源却不是这样，这可以从他们的阅读不能使他们的写作有效地在当下的生活中展开这一事实中看出，它必然导致诗歌原创性的萎缩，结果是满足于用死魂灵的知识写诗，对真实的生活本身却保持缄默。

"知识分子写作"群体使当下诗歌朝知识化、玄学化和不断向西方大师致敬的方向发展，造成了一种漠视具体事物和日常生活经验的写作风习，鉴此，由杨克编选出版的《1998 中国新诗年鉴》，才有意地对从生活本身和创造性的阅读中寻找语言资源的"民间立场"的写作加以张扬，以矫正当下诗歌的某种已经完全变异的精神。《1998 中国新诗年鉴》发掘了大量沉潜于民间的优秀诗作和优秀诗人，可以这样说，有不少具有非凡才情的年轻诗人，是经由《1998 中国新诗年鉴》才被诗坛所认识的，它的平民立场和对生存现场的关怀，使我们看到了诗歌的希望。这本诗歌年鉴是第一年编辑（以后还会按年度出版），肯定有一些不足，但它对年轻诗人的关注以及所建立起来的诗歌立场对当代诗歌的贡献，是无法抹杀的。然而，"知识分子写作"群体居然对新一代诗人的崛起视而不见，一些人还在批评文章中用"充斥着大量平庸之作"这么不可一世的口气加以嘲讽。

臧棣在《诗歌：作为一种特殊的知识》一文的开头坦陈："'知识分子写作'……庸俗化的危险主要来自其内部，或者说，来自它的参与者的自我神话的潜在倾向。"——能说出这样的话，足见臧棣是"知识分子写作"群体中少有的清醒者之一。自我神话确实是"知识分子写作"的致命缺陷。一些持"知识分子写作"观点的人，会对《1998 中国新诗年鉴》的出版如此不忿，最根本的原因就是它有力地戳穿了他们的自我神话。这种自我神话被解构之后对当下诗歌发展的影响，随着时间的推移，还会越来越显著。凭着这一点，《1998 中国新诗年鉴》的价值，已足以影响后来者。另一面说，这场诗歌争论已深深地触动"知识分子写作"群体（虽然他们表面上还在竭力为自己的立场辩护），我预言，不久之后，"知识分子写作"群体会收敛起他们过去所得意的观点、文风，也会重新调整他们与西方价值资源的关系，而且，一些人为了和另一些人的过度自我神话倾向保持必要的距离，这个群体最终必然彻底分化。

（原载《大家》1999 年第 5 期）

诗歌在前进

一、分野

在二十世纪即将结束的时候，中国新诗以它自己独有的革命方式度过了一九九九年这最后的一年。仿佛是历史与时间的馈赠，那些暗昧不清的事实逐渐开始露出水面：固有的天经地义似的诗歌秩序遭到了瓦解；可疑的庸常的诗学趣味受到了质疑；名不副实的写作得到了新的阐释，并敞开了它们的真相；还有一些被自己制造的幻觉宠坏了的诗人和诗评家，也开始享受幻觉破灭之后的沮丧和不安……当越来越多的人起而应用怀疑这一武器时，旧有的话语体制所蕴含的权威将不复存在，重建诗歌精神的努力反而有机会在怀疑的缝隙中得以生长。

这是一个诗歌精神大面积失血的时代。虚假的意识形态姿态（"流亡或准流亡的诗歌命运"）、庸俗的形式主义（"中国诗人是否都应该像不断变换写作形式的庞德那样，才被证明为才华横溢？"）、友情吹捧和神化（"《倾向》的'编者前记'暗示的正是九十年代诗歌所怀抱的两个伟大的诗学抱负：秩序与责任。……这个同仁杂志……无疑成了一盏照亮泥泞的中国诗歌的明灯。"）充斥诗坛，以及由此导致的被强势话语奴役的状况（"我们对所谓'国际诗坛'抱有足够的警惕性，另一方面，我们却极其渴望得到它的承认，借此获得一个什么是伟大诗人的标准。"）和诗歌原创性的可怕丧失（"从来不认为自己的写作是一种'创新'"），它们共同构成了独立、创造和自由之诗歌精神真正的敌人。在这种境遇下，我想，中国新诗的希望，很大程度上就在于是否有更多对旧话语体制有破坏性的力量被聚拢，是否有更多沉潜在民间的充满活力的声音被倾听。当一些诗人极力否认有"民间"的存在，或者别有用心地把"民间立场"贬损为"黑社会立场"时，继续争论下去已经毫无意义，因为我不明白，在一个充满精神强制和话语强制的时代，真正的诗人如果不在民间他又会在哪里。所幸的是，"民间"的意义作为一种精神事实正在赢得广泛的共识，并且在一九九九年那场盛大的有关"民间立场"和"知识分子写作"的诗歌争论中得到了有力的强化。

　　尽管这场争论由《1998中国新诗年鉴》一书所引发，但争论的意义却由诗歌本身所完成。是缘于对诗歌独立品质的捍卫，对诗歌自由精神的吁求，诗歌界才有这一次观念上的解放和决裂。我称之为必要的分野。让诗与非诗分开，让真实与谎言分开，让创造与模仿分开，让借鉴西方与唯西方大师是从分开，让有尊严的写作与知识崇拜分开，让有活力的言说与对存在的缄默分开，让朴素的词语与不知所云分开，让心灵的在场与故作高深的"复杂诗艺"分开，让敏感的人与僵化的知识分子分开。数十年来，诗坛每一次必要的分野，都为诗歌带来新的崛起和辉煌，相信这次也不例外。时间正在悄悄地证明这一点。正是经由这次争论，许多人的读诗热情被挑旺，各类的诗选也以过去难以想象的数量热销读书界；也正是经由这次争论，许多荒谬的诗歌结论被改写——至少，现在没有人会再幼稚地认为那些虚构的流亡经验是什么"笔意沉痛",也没有人会再盲目地以为某些诗人和某本同仁杂志是什么"明灯"了。一个公正、本质、独立、自由的诗歌平台初步建立了起来。为了保存和再现这次争论的价值,《1999中国新诗年鉴》以"附录"的形式收录了大部分的争论文章,秉着公允的立场,我们兼及了各种观点,并坦然面对哪怕过激的、无理的批评。我们相信每个人都有言说与判断的自由,包括读者自己,因此,热爱诗歌的人足以从所收文字中分别辨明每个写作者的内心与表情,无须我再饶舌。我一直赞赏圣经里的两句话,一句是《旧约·箴言》上的"人心里怎样思量,他为人就是怎样",一句是《新约·马太福音》里的"人心里所充满的,口里就说出来",所谓"我手写我心"的奥妙也许正在于此。没有人可以在文字中隐藏自己的内心。而更多的时候,说话的方式比说话的内容更重要,记住比忘记更重要。

并不需要指出谁是争论的胜利者,它毫无意义,只要争论引致了双方重新思考自己所面临的问题,目的便已达到。我从来不认为诗学争论是什么一方对另一方的打击(只有内心虚弱者才会有此想法),而是把争论理解为一种恢复,即,把每一个诗人、每一种写作恢复到它本应有的位置和空间里。在过去相当长的时间里,一些诗人的成就与一些诗作的意义被过分地夸大了,加上少数掌握了话语权的人的竭力鼓吹,这种夸大反而成了现成的结论被许多人征引。我惊异于当下的诗坛居然活动着那么多毫无辨别能力的庸众,他们合谋把一些屈辱与闭抑的事实渲染成了阅读神话,不仅自己沉浸其间,还想方设法将它强加给读者和这个时代。这真是一种痛楚的记忆,如果没有来自"民间"的清醒的写作者的一声断喝,有的诗歌写作者在知识崇拜的语境中不知还要持续多长的时间。我上面所说的恢复,意思就是要反对一切的幻觉、神话、自我感动,把那些被夸大的诗人和诗作还原到它本来的面貌上。这实际上是一个艰巨的去蔽过程,只有保证了这一过程的完成,诗歌的继续革命才有进一步的可能。

然而,当我参编《中国新诗年鉴》后才知道,许多闪烁着奇异才华、生活在民间的诗人在诗坛都是匿名的、不被重视的，才终于明白，现存的所谓诗坛也不过是权力作用后的产物而已。与意识形态这一庞然大物一样，以北京为主导的诗歌秩序同样可能产生某种话语霸权。由于长期以来诗歌只是少数人的事业，且多数好诗都隐于民间，谁手中掌握着话语权就显得尤为重要。在封闭性非常强的诗歌领域，对诗歌的解读似乎就成了不多几个"知识分子"的专利，更多的人，只是在沿用他们所阐释过的结论。于是，一种误读的恶性循环产生了。我想，只有把那些隐匿在民间的优秀诗人和诗作发掘出来，才是反击这种荒谬局面最有效的办法。《1998 中国新诗年鉴》较好地实践了这一点，它大力推举的是鲁羊、伊沙、朱文、阿坚等人全新的、带有异端色彩的诗，强调诗歌与此时此地的生活、存在之间的相关性。没想到这引起了"知识分子写作"群体的集体反抗。很清楚，这种反抗的背后，表明他们在幻觉中建立起来的权威受到了挑战，以及他们在富有活力的"民间立场"面前的不甘。

《1999 中国新诗年鉴》进一步突出了来自民间的优秀诗人的写作成果。只要读一读第一卷，宋晓贤、沈浩波、李红旗、朵渔、巫昂、盛兴这些闪光的年轻名字，已足以改变我们对诗歌现状的消沉看法。拿他们与另一些面貌可疑的诗人相比，这些年轻而有才华的诗人才是诗歌的希望。

二、前进

《1999 中国新诗年鉴》中的许多诗都有着纯正的质地，它们是编者从堆积如山的诗稿和文学杂志中挑选出来的。长达一年的艰苦卓绝的努力，宋晓贤、沈浩波、朵渔这些卓越的诗人才渐渐呈现在我们的视野中，这个过程，有如农夫在田间的劳作，最终迎来了谷物归仓的丰收之日。

选择的标准依然秉承着我们一贯的诗学信念：对当下存在的敏感，心灵的在场，观察世界之方式的探索，艺术的原创性和语言的天才。它们是一些带着体温和切肤之痛的诗篇，与日常现实亲密结盟，并把一个个语词逼向存在的深处。这些诗篇，如同一把把砍向生活的刀，迸发着难以阻遏的力量。力量的源泉显然来自生活本身，来自诗人作为一个有活力的个人的体验，来自语言和智慧对存在的深刻注解。或者说，力量来自于人，而不是来自于知识。"有血有肉的人，他诞生、受苦、并且死亡——最主要的就是他会死，他要吃、喝、玩、睡、思考，以及行使意志。他能够听，能够看——这些人才是我们的兄弟，真正的兄弟。"（乌纳穆诺语）只有这样具体的人的主体性真正确立后，诗人才能重新获得解释现实的权利。那些敌视日常生活、在庸常的语言运动中无所事事的人，也许从来没有想过，如何在最为日常的经验中发现诗性并有效地表达它，才是一个诗人最大的写作难题。里尔克在《给一个青年诗人的十封信》中说："如果你觉得你的日常生活很贫乏，你不要抱怨它；还是抱怨你自己吧，怨你还不够作一个诗人来呼唤生活的宝藏；因为对于创造者没有贫乏，也没有贫瘠的地方。"

这是至理名言。看来，唯有在生活面前谦卑地俯下身，倾听来自它内部的叹息和悲伤，并接受生活本身的必要训练，才有可能获知进入存在深处的秘密通道。那些与诗人自己有关的生活细节和存在敏感，是对日渐贫乏的诗性最重要的援助。让我们读读宋晓贤的《一生》：

> 排着队出生
> 我行二，不被重视
> 排队上学堂，我六岁，不受欢迎
> 排队买米饭，看见打人
> 排队上完厕所，然后

按次序就寝，唉
学生时代我就经历过多少事情

那一年我病重，医院不让进
我睡在走廊里
常常被噩梦惊醒
泪水排着队走过黑夜

后来恋爱了，恋人们
在江边站成一溜儿
排队等住房、排队领结婚证
在墙角久久地等啊等
日子排着队溜过去
就像你穿旧的一条条小花衣裙
我的一生啊，就这样
迷失在队伍的烟尘里

还有所有的侮辱
排着队去受骗
被歹徒排队强奸
还没等明白过来
头发排着队白了
皱纹像波浪追赶着，喃喃着
有一天，所有的欢乐与悲伤
排着队去远方

　　它的简洁、深刻和巨大的概括性，在近年的短诗中是罕见的。漫长的一生，仅一个"排队"的细节，足以洞见其各种无奈、屈辱和悲伤。语言的躯壳里面，盛装的是富有疼痛感的心灵，加上宋晓贤在应用语言上的出色才华，《一生》毫无悬念地成了《1999 中国新诗年鉴》的头条诗。这样安排，旨在向读者表明，编者的心中一直是眷恋类似的诗作的。再读宋晓贤的另一首短诗《苦孩子》：

> 苦孩子咬字不清，几乎说不出
> 自己的苦衷，他爱笑
> 总是用牙齿咬住下唇，他的财富嘛
> 就像我的慈爱一样贫穷
>
> 有一次我替他从脖子里
> 翻出衣领，他也抱怨自己
> 幸福也许就在他的屁股兜里
> 但爸爸给的钱只够他学习
>
> 他的自行车吱嘎作响
> 也像个苦孩子总是哭，没衣服
> 每晚，他跟妈妈分享一张古老的书桌
> 妈妈改作业，苦孩子背书
>
> 二十瓦的灯泡刚刚够用，刚刚够用
> 一切完毕，苦孩子躺在小床上
> 身子底下，一张破席
> 但窗子够大，望得见星星
>
> 星星呀在不眠地闪烁
> 一大把一大把的
> 就像是梦中的玩具
> 苦孩子是否看见了幸福

它同样呈现着让人心痛的精神表情。它让我们看到，现代诗也可以写得这么朴素而有力，并且感人至深，我相信，这样的诗作，根本就不用担心会没有读者。即便是像李红旗的《时候》这样简约的短诗，也贯彻着令人惊讶的语言韵律和存在力度：

> 这时候
> 平静的坐着
> 看着一只天使从我的脑海里飘过
> 你能告诉我
> 这是美丽的吗
> 妈妈
>
> 这时候
> 我安静的坐着如果我就这样安静的死在这里
> 你能告诉我
> 这是完整的吗
> 妈妈
>
> 你能再把我生一遍吗
> 你都坏了
> 像多年前的一块保守的饼干
> 带着满身的老茧和灰尘
> 正在想念着陌生

类似的好诗，恐怕是那些固守书斋和知识的诗人很难写出来的。回想起来，现代诗在这些年会落到如此严重的孤芳自赏的境地，确实跟一些人在诗中推崇晦涩难懂的诗艺（鲁迅说，"伟大也要有人懂"）、炫耀知识、大量仿写大师的艺术经验、漠视人性的真实情状有关。正是这种不正常的诗学趣味，进一步扩大了现代诗与读者之间的距离（甚至是彻底的决裂）。但是，你只要读一读宋晓贤、李红旗、朵渔、巫昂、盛兴，读一读吕约、沈浩波、世宾、哑石等人，就会发现，一个新的诗歌群落，一种新的美学原则，以及一种新的精神和话语的方式正在年轻一代中悄然崛起。业已失落的诗歌尊严正在被挽回，仍然眷恋诗歌的心灵正在慢慢聚拢。

我愿意在此直截了当地指出这些人的特殊意义：他们的写作，使汉语成了一个发声的、说话的、人性的身体。这种说法，是针对一些人把诗歌语言变成了一个不具有日常经验和人性细节的空壳而言的。也就是说，我们所推崇的诗歌话语是关涉灵魂和身体的双重性质的。它既有内在的精神秘密，也有外在的物质形态。二者是和谐的、完整的、统一的。用曼德尔施塔姆形容俄国语言的话来说，词就是肉体和面包，它分享着肉体和面包的命运：苦难。"词环绕着躯体自由地徘徊，如同一个灵魂环绕一具被遗弃的、却未被忘却的躯体。"年鉴所收黄灿然的《杜甫》一诗中有一句诗说"汉语的灵魂要寻找恰当的载体"，也是这个意思。强调这一点非常重要，因为诗坛一度涌动着一股虚化日常生活、身体细节和精神尊严的潮流，结果，由此造成的空档，便由那些与诗歌无甚关联的所谓"非连续性的历史关系""知识型构"之类的怪物所填充。其实，虚化日常生活、身体细节和精神尊严，也就虚化了灵魂的真实性，这样的诗歌必然是苍白、冷漠和无力的。《1999中国新诗年鉴》在编辑和遴选的过程中，对这类诗歌保持了足够的警惕。

要使诗歌成为既是灵魂的也是身体的，核心的问题是，如何让人及其存在在语言中出场，即，如何让个体灵魂的体验物质化。这个物质化的过程，实际上就是日常化和口语化的过程。因此，日常生活和口语在诗歌中的应用，决非像一些人所理解的那样，只是一个策略，或者称其为贫乏无味的代名词，它的背后其实蕴含着一个如何转换的诗学难题。要把诗歌写成一个灵魂事件，似乎并不太难，而要把诗歌写成一个含示人性尊严的身体事件，就显得相当不容易。身体意味着具体、活力、此在、真实，它是物质化的灵魂。有了它，诗歌将不再空洞、泛指，不再对当下的生活缄默。我喜欢灵魂节律和身体节律相协调的诗歌，它是真正意义上的面对存在，这种存在感由许许多多物质化的生命细节所构成，坚实而有力。

存在，灵魂与身体双重的存在，应该成为诗歌最高的尊严。而一旦灵魂和身体的现实在语言中建立了起来，更为可信的艺术现实才会真正出现。我感到高兴，这条由韩东、于坚等人开创的诗歌道路，已经有越来越多的后来者走在其间，而且成绩卓著。前行者并不孤单，孤单的只会是那些忘记了自己还有身体、光想着在时代上空飞翔的人。

三、陷阱

说诗歌既是灵魂的也是身体的，强调的是灵魂的身体化（物质化），但我们并不因此向诗歌要求过多的物质、具体和材料，否则，诗歌将面临诗性意义上的饥饿。在每个革命性的命题后面，都隐藏着一个陷阱，作为编者，我们常常这样提醒自己。即便是在备受争议的日常生活和口语方面，我们也不是把它简单地看成纯物质形态的事物，而更多地把它看成是一种心灵品质。普通意义上的日常生活和口语，与诗性意义上的日常生活和口语，是有很大不同的，正如口水和口语之间，也有很大不同——前者是肉体的分泌物，后者是灵魂的物质化。在这个分辨的过程之中，我们一直信守写作是心灵自尊和语言自尊相结合的产物这一原则。

但我们依旧无法阻止陷阱的生长。首先要面临的是，许多的诗歌写作者把诗歌的口语化运动，理解成了毫无意味的大白话。于是，大量平庸、乏味、口水式的诗作折磨着我们。拒绝是必然的。必须将乏味的大白话和闪光的口语品质区别开来，以维护诗歌语言的魅力。真正的诗歌语言永远是诗人自由心性的显现，并且，它将说出一个诗人的感受挺进到了什么程度。比如，韩东的精粹和节约，伊沙的轻松和幽默，于坚的恣肆和开阔，侯马的文雅和细致，宋晓贤的执着和节奏感，均包含着他们不同的认识事物和感受生活的方式，这是从不同的心灵品质中派生出来的。从严格的意义上说，用口语入诗是最难的一种写作方式，这就好比朴素（而不是深奥）是艺术最高的境界一样；口语也无法复制，因为它是第一性的、个人的，它对应于原创性，这跟另一些诗人所做的忙于仿写大师文本的工作（美其名曰"互文"）是有本质区别的。但是，当现代诗的口语化运动有了一段光彩的历史之后，我感觉它的使命也在悄悄地发生变化：过去，它更多的是颠覆、解构、拆除意识形态和文化传统的固有深度，使诗歌返回到生活的平面上；现在，它也面临一个如何变得深刻、如何警惕自身内部的美学危险性（不致滑向口水化）的问题。当下诗坛已经有了太多口语化写作的低级衍生物——无味的大白话或令人腻味的口水诗。《1999 中国新诗年鉴》本着对艺术良知和诗歌理想的忠诚，守住了口语的诗学底线。它竭力提高口语的艺术品质，同时也有力地打击了当下流行的晦涩、干枯、不知所云的诗歌话语潮流。我们有信心让现代诗以其朴素、优美和深情的品质，返回到读者当中。

形象的类型化。这是另一个陷阱，遍布于成名和未成名的诗人的写作之中。近年诗歌的平民化倾向，使得诗人所创造的形象多样起来，不再是单一的忧郁知识分子、精神启蒙者和时代代言人的角色。英雄主义消失了，代之而起的是一些日常、卑微却真实的自我。这本是好事。令人惊异的是，诗歌在反对一种精神类型和话语类型时，没想到，它很快又形成了新的类型化问题。比如，许多诗人都不约而同地写到了妓女形象，写到了与妓女之间的微妙关系，可当它们共同构成一种类型时，这一形象就变得单调，大同小异，让人厌倦，有一些还显得非常阴暗而龌龊。比如，一个挺有才华的诗人，竟然在一首诗中津津乐道于与三个妓女同床作乐的场景，真令人难以置信。我们并不反对写妓女、撒尿等日常事实，但反对诗人将自己的诗写脏了，写阴暗了。这是一个不容置疑的艺术趣味问题。在任何时候，我们都坚信，诗歌是美学最亲密的兄弟。写妓女形象写得较好的诗有韩东的《在深圳的路灯下》、侯马的《李红的吻》等，它们之所以好，是因为里面蕴含了美和沧桑，还有对特殊心灵的诗性捕捉。在这个很能见出诗人是否具有健康的心灵风度的题材上，大部分诗人除了糟蹋自己之外，并没有做得更好。这个事实让我看到，在诗歌写作上，重提写作的尊严、理想的吁求、个人的独创是多么的迫在眉睫。心灵的质量和诗歌的质量，许多时候的确是统一的。

与时代的关系。韩东说，"民间立场就是坚持独立精神和自由创造的品质"，我非常同意。民间立场也是一种最为坚固的个人诗学立场。但并不能因此以为，坚持民间的、个人的立场，就阉割了诗人与时代的复杂关系。任何的个人都是时代中的个人，他身上的时代感是无法抹杀的。时代感对于诗而言，只有一个必需的尺度，那就是真实——我们坚决反对诗人在诗歌中虚构阔大的时代命题，以掩饰自身对存在的麻木。记得一些"知识分子写作"者，总是把自己错置于曼德尔施塔姆、帕斯捷尔纳克、布罗茨基、米沃什等人的时代里，并借此想象自己也处于他们那样的被压抑的命运中，于是，一个在国内活得八面玲珑的人，居然也写起流亡诗和准流亡诗来。这种所谓时代感的虚假性是不证自明的。殊不知，帕斯捷尔纳克等人的时代感，是来源于他们所处的时代强加给他们的致命压力，以及他们与时代之间的对抗，决非什么获利的手段。帕斯捷尔纳克借日瓦戈医生的口说："时代不会考虑我是什么，它把它的愿望强加在我头上。"曼德尔施塔姆也在《时代的喧嚣》中说："我想做的不是谈论自己，而是跟踪世纪，跟踪时代的喧嚣和生长。我的记忆是与所有个人的东西相敌对的。如果有什么事与我相干，我也只会做个鬼脸，想一想过去。……在我和世纪之间，是一道被喧嚣的时代所充斥的鸿沟，是一块用于家庭和家庭记事的地盘。……我和许多同时代人都背负着天生口齿不清的重负。我们学会的不是张口说话，而是讷讷低语，因此，仅仅是在倾听了越来越高的世纪的喧嚣、在被世纪浪峰的泡沫染白了之后，我们才获得了语言。"俄罗斯诗人如此热心于时代性的表达，是因为那个时代抹杀了诗人作为个人存在的痕迹，"我的记忆是与所有个人的东西相敌对的"，他们表达这种切肤之痛的目的，就是为了找回一度隐匿的个人经验。因此，时代对诗人来说，永远是我的时代，而不是他者的时代。在北岛、张枣、王小妮、梁小斌、昌耀等一代诗人那里，时代感的痕迹要明显一些，而后起者与时代的关系，多半被改写成隐秘的私人记忆。但是，类似"这一年，春季大旱/谁也挡不住/土地开裂，露出/干枯的肚肠/老鼠逃出米缸/庄稼颗粒无收/我们的好乡长/为了不让上级失望/连夜派人把耕地/先漆成草绿/再涂成金黄"（宋晓贤：《1958年》）这样的诗句，还是引起了我们特别的注意，原因不在于诗人写了重要的历史事件，而在于他为这个历史事件找到了准确的诗学表述。好诗从来都是个人和时代真实的内心证词。基于这种眼光，《1999中国新诗年鉴》的视野才变得开阔，没有沦为个人私密话语的迷幻花园。

形式主义。还有一个要反对的敌人是过度的形式主义，它的要害是精雕细琢，做了修辞术的奴仆，实际上通篇说的都是废话。（塞尚攻击了19世纪那种雕琢的感伤艺术后说了一句精辟的话：艺术必须与真正的人生现实相连，美更在于"完整"而不在于"漂亮"。）一些人普遍把形式主义理解成一种高尚而复杂的诗艺，却从来不去测度它是否具有必要的人性体温和心灵深度。有意思的是，一些人在崇尚西方大师的诗艺的同时，似乎把翻译而有的艰涩和混乱也一并学来了；另一些人则在反对这种形式主义的时候，堕入了另一种形式主义。为了减少这种形式主义美学陷阱的负面影响，我们决定，宁肯选择有活力且有破绽的诗，也不要精致却死气沉沉的作品。前者意味着希望，而后者只是一些高级的废话，徒增语言上的文化积尘。不过，形式是一个诱人的迷宫，没有精神分辨能力的人是很容易陷落其中的——许多人最初的革命冲动，不知不觉都演变成了一种自我放纵和不顾一切代价的标新立异。当各种艺术形式都在当代得到了充分的实践之后，诗歌所要做的，不应该是把形式上的追求过度发展为形式主义，而是应该把一切的形式都引到心灵的深处，使之内在于心灵之中，并擦去语言上的杂质和积尘，为精神的出场准备地盘。我从来认为，把话说得明白、清晰并富有美感是一种最重要的写作能力。

四、信心

至此，我们所追求的杰出的诗学品质已经显形，它是在一九九八年的基础上继续前进的结果，也是在克服了种种美学陷阱之后的收获。一方面是大量的阅读、整理、遴选、发现，把散落在各个角落的优秀诗作挖掘出来，并且像保存火种一样保存它；另一方面是不断地把诗歌还原到与口语、常识、活力、经验、人性、生活、自尊、此在相关的地带，有力地矫正了当下诗歌潮流中变异的气质。我们不愿意像有些人那样，把诗歌的困境简单地归结于时代和诗人的平庸，在伟大的二十世纪走向结束的最后一年，这样的抱怨于事无补。相反，踏踏实实地为现代诗的发展和进步做一些事情，才是艺术良知的真诚体现。

如果《1999 中国新诗年鉴》感动了你，征服了你，重新激起了你对诗歌的爱、对美的向往、对汉语的信心，那一点都不用奇怪，因为我有信心说，一九九九年度中国新诗大多数动人的瞬间都凝结其间了。这样的瞬间，是一年来编者一点一点积攒下来的。有了它，二十一世纪的新诗或许会有一个更为平实的起点。它也告诉我们，我们所要的诗不在别的地方，就在这儿，就在那些被人遗忘的角落，关键是你是否有发现它的心灵和眼光。

回想一九九八年，生活在南方的几个热心诗歌的人，会萌发编辑诗歌年鉴的冲动，实属偶然。没想到，短短的两年时间，它居然酿成了二十世纪末最重要的诗歌事件之一。应该感谢诗歌本身，它在自身的精神实质遭到破坏、歪曲、中断之后，再次显示出了巨大的自我修复能力，及时地把诗歌带回到人性和艺术的伟大道路上。我乐于看见诗歌从一种不正常的和当下精神现实、内心生活相疏离的状态，回到普通的人群中，回到此在。这多么不容易。新诗走过了约八十年的历史，其中的大部分时间，都是在写一种理想、一种往上升的东西、一种抽象的事物、一种语言的自我缠绕；接触西方诗歌后，又几乎整个地活在众多大师阔大的背影中。于是，创造性，以及个人心灵在语言上的刻度，这两个诗歌中最重要的方面，业已萎缩到了极限。更糟糕的是，多数诗人和读者的思维、心灵与美学趣味，都接受了固有的诗学训练，趋向定型，难以改变。革命遇到了前所未有的困难。当诗歌要从一种天上的状态落下来，回到具体的现实、具体的人性、具体的语言、具体的美时，首先要对付的是每一个人心中的这种艺术惯性。需要一次彻底的解放，以打破所有虚幻的、放大的诗歌理想，让诗歌朝另一个方向前进。在地面上前进。这需要背负这一使命的诗人付出巨大的力量，也需要读者具备很强的承受力才能最终完成。

敏感的人或许已经看出来，这实际上是一次重大的、意义深远的诗学转型。似乎是一种必然，它最初崛起于南方的诗歌群落，现在又由以南方为主体的《中国新诗年鉴》所推广。强调南方的作用并非多余，因为南方较为显著的平民、日常、人性化无疑更契合这种新的诗歌方向。它所蕴含的柔软、富有质感且对存在有锐利发现的诗性品质，也更适合于诗人来到个人和内部的领域，重新恢复对真实、美、朴素、细节、此时此地的生活、有责任感的心灵等事物的挚爱，使诗歌与"我"相关，与词语的物质性相关。诗歌，应该在这个沸腾的时代，重获心灵的力量，当下的力量，描绘和捍卫人类空间中最个人和内部的东西，从而使其有效地在我们的存在现场展开。诗人不是那些站在生活之外、活在苍白的想象中的技术崇拜者，它应该在生活之内，在人性之内。若没有对自身当下处境的敏感，写作就只是一个姿态，没有多少真实的价值。诗人应该是一些对此时此地的生活最敏感的人，因为他们提前知道了生活所传递过来的消息，并展开了他们的追问，时代才把他们称为先行者。这样说，并不等于诗人在生活面前就失去了当有的警惕，失去了批判性，也不等于说写作应屈服于生活中的物质和欲望逻辑，恰恰相反，那些抽空了生活的意义与价值，只剩下表面那种虚假繁荣的所谓"自然生活"是需要警惕的，它并非生活应该有的面貌。只有油盐酱醋或任何一种投机的生活都是"伪生活"（哈维尔语）。这个提醒非常重要，因为有许多希望重返生活的诗人都由于对生活中蜂拥而来的真实缺乏警觉，导致其写作意义被过度的日常性所蛀空，在记录生活的同时，遗忘了写作对生活的批判功能，而沦为"伪生活"的助言者。真正的诗人，应该在保护生活免遭粗暴伤害的同时，也质疑"伪生活"给我们带来的苦难，并保持对生活信念和意义的坚守。这一点，我们在年轻一代的诗人身上看到了越来越多成功的实践。比如，收在《1999 中国新诗年鉴》中的大多数诗，都有非常具体而实在的外貌，里面却潜藏着他们和以前的诗人之间对生活完全不同的理解。这些诗人不再仅凭整体主义的结论、想象的经验或者阅读经验来写作，他们的写作是人性而细节的，里面充满对常识的重新发现。对生活和常识的承担，使他们的写作不像另一些诗人那样，走的是虚化日常生活的道路，他们更愿意相信，诗歌深刻地与生活相联，写作所要反抗的是生活中庸俗的趣味和空洞的虚无，而不是反抗整个生活本身；照样，他们对理想的向往，也不再停留在乌托邦或集体记忆里，而是结结实实地从我们脚下的大地上生长出来，它也许并不是那么崇高和激动人心的，但它却是牢固的、人性的、现实的。任何诗人都没有理由忽视如何使诗歌具有美和现实的力量这个问题。诗歌是掌握、理解美和现实的，而不是疏离它。

所有这些，都是为了证明，一个真正的诗人，必须诚实地面对与"我"相关的存在，以及存在的细节——它的疼痛与不安、寒冷与梦想、希望与慰藉，并通过一种词语上的承担写下自己内心的证言；而那些让人激动难忘的诗篇也反过来证明，能写下如此诗篇的人，的确是在我们的时代里诚实地生活过。现在，多么令人高兴，这些诚实的人，诚实的诗歌，正从纸上走向真正的民间，走向此时此地的存在，走向存在中的你。

（原载《山花》2000 年第 4 期）

文学身体学

一、被革命的身体

梅洛·庞蒂曾经有过这样一个判断，"世界的问题，可以从身体的问题开始"，我想，文学的问题也可以。如果从这个视角出发，也许就会知道，一种新的文学变化已经来临。我指的是从二十世纪九十年代开始，文学的力量逐渐地在文学自身的革命上转移，它更多地走向了作家这个主体。"私人写作""七十年代人""身体写作""下半身"等一系列的文学命名，均与作家本人的身体叙事有关。或者说，身体成了这个时代新的文学动力。我承认这里面所存在的巨大的变革因素，绝非草率的道德批评所能解决和否定的；但同时，我也不会轻信"私人"和"身体"是文学发展的唯一源泉。当我听到有人在标榜"私人写作"时，我想知道他（她）这个"私人"接通的是人类精神领域的哪一条血管；当"身体写作"成了一种文学时尚时，我会追问他（她）笔下的"身体"究竟是哪一个身体，政治的？社会的？还是物质和生理意义上的？当"下半身"成了更年轻一代的写作口号时，我想知道"下半身"一旦完成了它本身的反抗意义，是否还是肉体和性在其中起决定作用。或许，文学正是在这种怀疑和辩驳中艰难地前行。

不能否认的是，身体的复杂性和重要性异乎寻常地显露了出来——伴随着新一代作家的写作冲动，身体前所未有地渴望找到自己在文学中的合法地位。但是，中国文化中一直有一种蔑视身体的传统，今天要想突破这个传统，并让身体在文学中有所作为，绝非易事。孔子说"夫仁者，己欲立而立人，己欲达而达人"时，承认人是一个有"欲"的身体性的人；老子说："吾所以有大患者，为吾有身，及吾无身，吾有何患？"更是直接把幸福和忧患都看作是身体性的；可是到了孟子，他说"杀身成仁"，"舍生（"生"者，身体之生也——作者）取义"，就几乎否认了身体的意义，并推崇对身体的灭绝（"杀""舍"），来成就那个"仁"和"义"。"仁"和"义"是什么？就是道德、意义、价值，这是最重要的，为了它的实现，首先必须牺牲的就是身体——身体在这里成了障碍。好比"诗言志"这个说法，重要的是"志"，"诗"是为"志"而存在的，最终，"志"就取代了"诗"，就像"仁"和"义"取代了"身"一样。孟子的这种思想一直影响着统治者两千多年来对中国社会的管理，久而久之，整个中国文化留下的几乎就是"仁""义"和"志"的演变史，至于与日常生活相关的身体文化，即便有，更多只是存在于房中术和饮食文化上，它是黑暗的，不容于正统文化。

有人说，中国文化是史官文化，潜在意思其实就是说，它是没有身体的文化。

直到现代，一次次风起云涌的革命，其对象还是身体；革命，在表面上是改造思想，最后达到的效果却是改造身体——思想是通过身体来体现的；思想在里面，它的命是革不掉的，只有外面身体的命被革掉了，它里面的思想才会最后消失。所以，革命变质后，往往变成一场消灭身体的运动：它或者造就一个个驯服的身体（像"文革"时期那些弯着腰生活的知识分子），或者把一个个不驯服的身体（如张志新、李九莲、顾准等人）折磨至死，让他们在身体上变成一个无。可以想象，在一个身体的任何举动都可能获罪的革命年代（你在背诵语录过程中一次不小心的口误，就可能被监禁、流放；你偷偷地对领袖画像作了个鬼脸，就可能被处决；你穿喇叭裤、留长头发，就可能被认为是"流氓"……），身体其实已经变成了异类，变成了自己的敌人，它最终导致越来越多的人厌弃自己的身体——自杀在那个黑暗年代会那么普遍，就在于一些人已经意识到，你除了消灭自己的身体之外，已经没有其他办法来满足革命的要求了。自杀，是一个还有自尊的人，最后一次行使自己身体权利的行为。之后，一个对身体实行全面专政的时代已经来临。

回到文学问题上来——在那个身体被专政的时代里，作家们都只好争着做没有身体的人，他们不敢用自己的眼睛看，不敢用自己的耳朵听，不敢用自己的大脑思考，不敢用自己跳动的心脏说话，他们主动地将自己的身体和身体所感知到的细节藏匿起来。写作成了"传声筒""留声机"，没有了自我，没有了真实的身体细节，一切都以图解政治教条或者统治者意志为使命。与这个时期的文学有关的词语序列主要是：政治、服务、歌颂、揭露、工人阶级、典型人物、波澜壮阔的社会画卷，等等；进入二十世纪八十年代，才有了自我、形式、语言、实验、个人等新词，但身体一词始终是缺席的，以至于我们一直有一个错觉，以为写作只和社会思想和个人智慧有关，它并不需要身体的在场。令人惊讶的事实就在于此，我们每个人都拥有的、写作时赖以凭借以及最终要抵达的身体，却长期在文学创造的过程中被宣布为非法，被放逐，这还不足以引起我们的深思吗？很难想象，如果一个活的、经验的身体不在，写作将如何真实地进行？我甚至认为，即便是具体的身体疾病，也会严重影响一个作家所采取的写作方式——如结核病之于卡夫卡的阴郁、肺炎之于普鲁斯特的耐心、哮喘之于鲁迅的愤激等，何况身体的缺席。

很显然，只有在一个充满强制的高度政治化的社会，才会要求文学写作必须抽空身体和身体的细节，而空洞地屈从于一个思想目标。古代的"诗言志"，当代的"文学为政治服务"，这些文学主张几乎都是反身体的，它们所注重的是那个文学之外、作家主体之外的"志"和"政治"，至于文学身体本身是否真实、是否具有艺术的美感，这并不重要，重要的是那个说出来的"志"和"政治"是否正确和高尚。古诗讲的"兴、观、群、怨"，郭沫若说的"要作时代的留声机"，以及在苏联、中国流行多时的文学反映论，等等，它们和"诗言志"一样，都希望有一个外在的事物与之相对应。在这里，文学的身体只是作为载体，它本身不具有独立的意义；文学不是靠自己的身体而独立存在的，它成了工具，被别的东西所使用。失去了身体的文学，只能让"志""仁""义""政治"一统天下。历代以来，只有很少的人，能意识到这对文学是一种伤害，并试图反抗这种无视文学身体的局面，比如，严羽在《沧浪诗话》中就说，"夫诗有通体贵含蓄者，有通体贵发露者"，"观太白诗者，要识真太白处，太白天才豪逸，语多率然而成者"，他在这里讲的就是诗歌的身体，所谓"天才豪逸"，太白体之谓也。关于这点，当代诗人于坚有过精彩的论述：

> 几千年，说的都是"诗言志"，但杰出诗人创造的无不是体，是自成一体，而不是自得一志。（大诗人是自成一体，小诗人是自得一志，所谓"表现自我"）……诗并不是抒情言志的工具，诗自己是一个有身体和繁殖力的身体，一个有身体的动词，它不是表现业已存在的某种意义，为它摆渡，而是意义在它之中诞生。诗言体。诗是一种特殊的语体，它是母的，生命的。体，载体，承载。有身体才能承载。犹如大地对世界的承载，生而知之的承载，诗是这种承载的一个转喻。没有身体的诗歌，只好抒情言志，抒时代之情，抒集体之情，阐释现成的文化、知识和思想，巧妙的复制。我理解的诗歌不是任何情志

的抒发工具，诗歌是母性，是创造，它是"志"的母亲。……
二十世纪开始的中国汉语新诗，就是一次诗言体的革命，它革
的是体，要创造的也是体。[①]

这样的言辞并不多见。只是，这种声音毕竟微弱，不会有太多
人注意；尤其在当下社会的政治化越来越严密的状况下，身体依旧
处于次要的或被审判的地位，文学界的多数人仍是在关心"志"，关
心身体如何被"用"，而非使之内在和独立于文学之中。

我把这种用身体的文学称为政治社会的文学，它或多或少总是
暗合政治社会的表达意图，或者遵循着政治意义上的表达模式。比
如，以前是"志""为政治服务""为工农兵服务"，现在则成了"家
园""人文精神""流亡美学"，等等，文学之用的内涵可能变了，但
文学的身体被蔑视的事实却没有改变。所以，那些看起来极具革命
精神的作家，整日喊着要让文学回归本体，很可能从来没有想过要
如何让文学回归身体这一真正的本体。本体对他们而言，最多只是
形式、语言、结构等智慧法则，而不会想到，它也可能是作家的身
体——甚至后者比前者更为本体。

为什么这样说？因为政治化的社会要取消的就是个人，而个人
与他的身体密切相关，所以，它最终要取消的实际上就是身体。让
每个人只带着脑袋不带着身体生活，恰恰是政治化社会所要达到的
目的。脑袋是可以被意识形态作用，直至异化的；而身体则很难，
它在任何时候都有自己的界限和反应方式，比如，它的痛，它的快
乐，它的满足，或温暖，或寒冷，以及人的内心中所有的喜怒哀乐，
都是通过身体传达出来的，意识形态的作用很难改变它，除非暴力，
才可以摧毁它。因此，身体是人的自由得以施展的最后一个堡垒。
而历史上任何一次政治运动，它首先要求民众放弃的必然就是身
体。——低的一面，要你抛弃一切个人事物，投奔到运动的洪流中；

---

① 于坚：《诗言体》，载《芙蓉》2001 年第 3 期。

高的一面，要你为运动事业，不惜牺牲自己。到最后，政治运动实际上是成了对每个人的身体的专政。比如，"文革"期间，你穿什么衣服，你唱什么歌，你和谁结婚，你说什么梦话，这些纯粹是私人化的身体事件，都被政治化了，不容你自己作任何选择，甚至连身体的血缘关系都可以因着政治的需要而改变（与父母、配偶、儿女划清界限等），其他的就更不用说了。可以想象，一旦身体的选择自由没了，身体为自己喜怒哀乐的自由没了，那么，人的所有自由就都不复存在。身体专政所带来的恶果就是，人被政治所奴役。所以，我认为，"文革"结束，如果仅仅只是结束阶级斗争是不够的，更重要的，我们还要追求从冷漠的政治社会回到人性的身体社会，因为只有身体社会是适合于人生活的。

这个使命至今还没有完成，身体社会也还没有真正地到来。政治强制不仅还存在于我们的社会生活中，也还存在于我们的文学中。我们身体诸多的自由需要，还没有得到应有的尊重；我们的文学，还停留在对文化、社会、精神的想象上，对于身体本身的想象还流于表面。身体的细节并没有得到全面的书写，凌空蹈虚的写作风气依旧非常盛行。以前的作品写的可能是政治人、集体人、概念人，现在的作品写的可能是文化人、社会人、历史人，后者无疑是一种进步，但和前者一样，都还是在同一个文化视野的序列中。我要继续追问的是，那个卑微的、个性的、生理意义上的有物质外壳的人，以及他的身体究竟在哪里？是谁再一次放逐了他？——我之所以一再要人注意身体在写作中的重要作用，是因为我一直坚信身体是人性社会的基础，"我们的身体就是社会的肉身"，[①] 没有身体的解放就没有人的解放，没有与身体细节密切相关的日常生活的全面恢复，也就没有真正的人性基础和真正的文学表达。我们今天阅读许多文学作品，常常会有隔膜、乏力、匮乏血性和原创的感觉，不能不说

---

① ［美］约翰·奥尼尔：《身体形态——现代社会的五种身体》，张旭春译，春风文艺出版社 1999 年版，第 10 页。

和文学远离了身体的支援大有关系。试想，历史上那些最早的文学家，他们当时是面对什么写作？是文化吗？政治吗？不，只能是自己的身体。用身体去感知，用身体去发现，用身体去创造，这在当时是唯一的路；现在似乎不同了，作家可以面对复杂而庞大的历史、文化、知识写作，我们的阅读也不再直接面对作家那个创造性的身体，而是有了文化和知识作为中介，于是，身体这个更重要的中介反而被省略，或者被彻底地遗忘。从这个意义上说，是文化阉割了身体，以致文学史留下了许多没有身体的、大而虚的作品。

二、从身体中醒来

不可忽视压抑身体和蔑视身体的文化传统对文学的伤害。在中国的身体发展史上，从古至今，一直都有一套强大的压抑身体的机制，古代是通过阉割（男）、裹脚（女）、酷刑的震慑力等，现代是通过政治批判（也附带着身体折磨）和道德谴责，它们时刻在提醒你，身体是罪恶和欲望的策源地，是该受约束、压制和审判的。这种思想的过度发展，导致整个社会都过着黑暗的身体生活，它的直接后果是，助长了身体的阴暗品性的发展，却抑制了身体中正常品质得以存在的空间。有人说，中国许多时候在精神上是一个阴暗的民族，这很大程度上跟我们的身体在历史传统上得不到合法的地位有密切的关系。所以，即便像《金瓶梅》、"三言两拍"这样颇具艺术性的小说，作者一旦写到感性的日常生活、男女关系，也难免落到玩赏、窥视一些隐秘的肉体趣味的地步，原因也在于此。

对于许多古代文人来说，身体要么是一个讳莫如深的黑洞，干脆回避，不去谈它；要么就是一个纵欲、赏玩、滋生阴暗心理的温床。在这两种力量的作用下，身体的意义只能被扭曲、蔑视、压抑。

而在西方，宗教和文艺复兴之后，产生了许多人体画，着力表现人体中优美、光明的一面，它至少让人意识到，人的身体也是有神圣性的（亚当夏娃被创造出来后，"当时夫妻二人，赤身露体，并不羞耻"①），是美的，说它污秽，那完全是人心的作用，是一种预设的价值判断，与身体本身无关。可在中国古代，除了春宫画，画家是不敢画真正写实的人体的，他们画美丽的仕女图，画面上虽说很干净，但多半也逃脱不了挂在财主和官宦家被赏玩的命运。所以，东西方对身体的不同认知，就决定它们对文学的切入点也不一样。以中国为例，小说之所以长期被排斥在正统文学之外，也许就是因为小说的方式不能像诗歌那样长于抒情言志，它更多的是接续日常生活的传统、身体的传统，它写实，它表现身体在日常生活中琐屑、庸常的细节；那些以前从来不能登大雅之堂的事物（如《金瓶梅》中的情事、《红楼梦》中的吃饭等），在小说中却被津津乐道；那些一天到晚只知道谈论人的伦理学或者只热爱吟诗作赋的人，在小说家笔下也有了真实、具体、感性的欲望——他们也要吃喝拉撒睡，也会生病和咳嗽，也会笑，也会掉泪，也会争风吃醋……这无论怎么说，对于中国文学抒情言志的正统而言，都是一次惊世骇俗的造反。

身体充当了这次文学造反的主角。与它有关的生活开始登场，与它有关的细节被摹写；更重要的，小说家在写作的时候，首先想到的不再是四书五经、诸子百家、儒道释等思想传统，也不再是如何传达和承载这些思想，而是想到具体的故事、细节、场面、人情风俗、人物的欲望和情感起伏，等等。——写作者在这里获得了面对日常生活时的第一性的感受，它不是赋、比、兴，不是兴、观、群、怨，不是转喻，不是抒情言志，而是写作者本人身体的全面参与，是说出一批接一批的事实，直至这些事实把小说中活动的那些人的身体都完全充满。因此我想，《金瓶梅》和《红楼梦》这些作品

① 《旧约·创世纪》，第二章二十五节。

的伟大意义，根本不在于为我们伸张了多少时代思想，而在于它们为中国历史保存了一个个活生生的身体：西门庆的身体，潘金莲的身体，武大郎的身体；贾宝玉的身体，林黛玉的身体，薛宝钗的身体，等等，栩栩如生。——正是通过这些具体的身体，我们得以知道了那个时代的人是怎样生活的（而不单是怎样思想的），知道了他们的生与死，以及他们细节化的喜怒哀乐和七情六欲。也正是在这个时候，我们开始触摸到中国历史上那些一直处于暗处的日常生活。

这既是身体的一次胜利，也是身体在写作中的合法地位的一次有效恢复。之后，尽管政治律令总是一次次武断地终止文学与身体的亲密关系，企图让文学在急剧变化的社会进程中单一地扮演精神号角的作用，但它毕竟无法注销身体之于文学的伟大意义，一有机会，身体还是会从文字的隙缝中生长出来。比如二十世纪三四十年代，被革命和民族救亡之火燃烧得发烫的上海，仍旧出现了像张爱玲那样柔软、日常、细腻、处变不惊的文学，它在当时的时代潮流中可能是微弱的，甚至是被敌视的，但它丰富的身体性，却为我们保存了一个人性的上海；张爱玲不在时代潮流的浪尖口上写作，她是居住于上海的内部，握住的是上海这个城市和相关人群中恒常的部分——日常生活。因为恒常，它们就成了上海这个城市的身体；因为恒常，它们就与张爱玲的身体生活密切相关。张爱玲通过自己的身体对上海的日常生活的卷入，写下了我们至今读起来还倍感真实的上海记忆。我想起张爱玲在 1944 年的《写什么》一文中说：

> 有个朋友问我："无产阶级的故事你会写么？"我想了一想，说："不会。要么只有阿妈她们的事，我稍微知道一点。"后来从别处打听到，原来阿妈不能算无产阶级。幸而我并没有改变作风的计划，否则要大为失望了。[①]

---

① 《张爱玲文集》（第四卷），安徽文艺出版社 1992 年版，第 133 页。

这是一个意味深长的表达。"稍微知道一点",是写作的身体界限,说明她不写自己不知道的事——"无产阶级的故事"。如果真要强写,就必定要抽空身体的感知和触觉,照着观念和虚假的想象来写,那样就可能断送张爱玲,因为张爱玲并不属于"无产阶级",她熟知的不过是"阿妈她们的事"。张爱玲的经典之处就在于,她把那点"阿妈她们的事"写进了文学史,这在以前是并不多见的。

张爱玲式的日常关怀和身体叙事,在二十世纪后期已经获得了广泛的认可。推广来说,就是自我、感官、身体(甚至包括肉体)、欲望等,在二十世纪取得了前所未有的关注和研究。从弗洛伊德、萨特到梅洛·庞蒂、米歇尔·福柯,可谓都在身体的文化及其符号意义的研究上长驱直入,他们为现代身体社会的来临奠定了理论基础。"正是马克思和弗洛伊德(还有一些其他人)向我们揭露了我们的许多文明外衣的虚伪性,并教育我们注意权力、愿望和个性的主要动力,正如卢梭和华兹华斯首先表明,真理在多大程度上扎根于自我而不是扎根于任何抽象的价值体系之中。"[①] 弗洛伊德则在《自我与本能》中进一步指出:"自我首先是一个肉体的自我,它不仅在外表是一个实在物,而且它还是自身外表的设计者。"[②] 这个判断对于文学有着巨大的启示作用。我们可以回想,在二十世纪七十年代末到八十年代的中国文学的发展中,自我都是最响亮的字眼,但当时并没有人有勇气说"自我首先是一个肉体的自我",作家普遍书写的都是思想的自我、文化的自我、语言的自我,只要一遇见肉体,他们就退后了。中间虽说也有王安忆的《岗上的世纪》等作品在试图探索欲望和肉体的困境,但它基本上还是停留在文化和社会学的层面上,并非直抵肉体的自我。当时的中国作家要在肉体二字上获得冷静的眼光,并非容易的事情,这一点,只要看 1993 年贾平凹

---

① [美] MORRIS DICKSTEIN:《伊甸园之门——六十年代美国文化》,方晓光译,上海外语教育出版社 1985 年版,第 248 页。
② 转引自 [美] 大卫·M. 列文:《倾听着的自我》,程志民等译,陕西人民教育出版社 1997 年版,第 97 页。

《废都》的出版所引起的风波，就可略知一二。

肉体是身体最重要的基本面。面对身体的写作，不能不面对肉体。"我们的经验（需要得到反映）……靠我们的肉体存在于这个世界上，靠我们的整个自我存在于真理之中。"① 而特里·伊格尔顿甚至说，"对肉体的重要性的重新发现已经成为新近的激进思想所取得的最可宝贵的成就之一"。② 由此我想到，在一个强大的反身体的社会，也许和它进行政治或文化意义上的正面对抗已经无济于事，这并不能动摇那个施加给身体的专制基础。现在好了，随着理论上对肉体需求的宽容，以及整个社会给肉体提供了日益舒适的各种享受，一场肉体与身体专制的对决已经开始。它的特征不是外面的对抗，而是暗中的消解。当你看见体育场上数万人对一项身体技能的竞赛如痴如醉，当你看见丰胸和壮阳的广告充斥电视节目，当你看见众多酒家、茶楼、歌厅、桑拿、按摩、美容美发厅林立在大街小巷，你必须承认，身体社会还是无法阻止地悄悄来临，并随着私人空间的日益扩大，特里·伊格尔顿的另一句话也得到了证实——"肉体中存在反抗权力的事物"③ ——似乎是出于无奈，到了二十世纪的后期，居然会是我们过去所不屑的肉体来充当这个重要的反抗者的历史角色。

从理论上说，这意味着写作者们可以打消一切顾虑，直面自己的身体，并进行一种身体在场的写作了。如果肉体都能被注视和挖掘，那么，身体就将成为写作的乐园。为实现这点写作权利，有许多人付出了艰苦的代价。但谁也没想到，不过是几年的时间，文学界前后对身体（肉体）叙事的看法便发生了巨大的转变。还是以

---

① ［法］梅洛·庞蒂：《看得见与看不见的》，转引自大卫·M. 列文：《倾听着的自我》，第 148 页。

② ［英］特里·伊格尔顿：《美学意识形态》，王杰等人译，广西师范大学出版社 1997 年版，第 7—8 页。

③ ［英］特里·伊格尔顿：《美学意识形态》，王杰等人译，广西师范大学出版社 1997 年版，第 17 页。

《废都》为例，九十年代初它刚出版的时候，文学界（其实是整个知识界）几乎一片批评声、叫骂声，很少有人叫好，其严厉态度与主流意识形态并无两样；可到了九十年代后期，我几乎同时在几个重要的学术会议上，听到不同的评论家在为《废都》惊叹，认为它对知识分子精神困境的揭示深刻而具有预见性，并得到其他人的附和。与《废都》命运相仿的另一部作品是于坚的长诗《0 档案》，它也发表于一九九三年，最初也被人斥为"语言垃圾""非诗"，也是在九十年代后期，它重大的诗学意义才被重新发现、普遍认可。可谁都知道，《废都》和《0 档案》本身在九十年代前后并没有发生变化，发生了变化的只不过是我们的身体在写作中的地位，以及身体赖以存在的环境。——文学界终于发现，《废都》和《0 档案》最重要的意义并非事关文化阐释，而是事关存在的监狱（它由《废都》中的欲望、虚无和《0 档案》中的档案文化等反身体的事物所构成）中的身体如何才能实施突围。与之相反的另一个例子是，原来备受称赞的、远离身体现场的诗人以及诗歌，如"透过玫瑰花园和查特莱夫人的白色寓所/猜测资产阶级隐蔽的魅力，/而在地下厨房的砍剁声中，却又想起/久已忘怀的《资本论》""泥泞的夜。在一个女人身体里进行的/知识考古学。黑色的皮包/以及里面准备好的论文……"① 等，在九十年代后期却因其不知所云、凌空蹈虚而遭到了越来越多人的批评。时代在改变，文学与身体的关系也在改变，为此，已经有人跃跃欲试地宣布："语言的时代结束了，身体觉醒的时代开始了。"② 而另一个年轻诗人则干脆说："好日子就要来了。"③

---

① 程光炜编选：《岁月的遗照》，社会科学文献出版社 1998 年版，第 65 页、第 69 页。

② 沈浩波：《下半身写作及反对上半身》，《下半身》（创刊号），2000 年 7 月，民间诗刊，第 4 页。该文后来收入杨克主编《2000 中国新诗年鉴》（广州出版社，2001 年）一书。

③ 轩辕轼轲：《好日子就要来了》，《下半身》（第二期），2001 年 3 月，民间诗刊，第 186 页。

三、肉体乌托邦

那些温暖的身体／在一起闪光／在黑暗里，／那手滑向／肉体的／中央，／肌肤抖颤／在快乐里／那灵魂快乐地／来到眼前——／／是的，是的，／那就是／我需求的东西，／我总想要的东西，／我总想／回到／我所从来的／肉体中去。

——艾伦·金斯堡：《歌》，节选①

这首诗，艾伦·金斯堡作于二十世纪五十年代，那时的他已经进入"身体觉醒的时代"。他体验到了一种存在的肉体性，并把肉体当作存在的焦虑和欢乐来领会。"我总想／回到／我所从来的／肉体中去"，这种存在的呼求，你可以在思想上批判它的颓废倾向，但就文学的身体叙事而言，未尝不是一种进步。当一切外在的理想、意义和价值都破灭之后，或许，肉体成了唯一的真实。与金斯堡同时代的小说家伯罗斯说："作家只能写一个东西：写作时感官所面临的东西……我只是人工记录工具……"② 肉体，感官，这不正是身体写作的起点么？其率真的表达和大规模的身体参与，为后来"垮掉的一代"从文学变为一种行为方式，并主导着西方一个时期的思想潮流奠定了基础。

比较起来，当时的中国，到处是反个人、反身体的呼声，民众生活的每一个角落几乎都被国家意识形态所覆盖，是绝无可能出现

---

① 李斯编著：《垮掉的一代》，海南出版社 1996 年版，第 429 页。

② 伯罗斯：《裸体午餐》，见李斯编著：《垮掉的一代》，海南出版社 1996 年版，第 20 页。

金斯堡式的身体叙事的。直到几十年后，中国文学界才响起嘹亮的"身体写作"的口号。据说身体写作的发起者是一批女性小说家，是她们率先将身体向文学开放，并以私人经验的书写取得了新的文学入场券。——至少有许多研究者是这样指认的。其实这里面存在着误读。要说对于身体叙事的探索，诗歌界显然比小说界开始得更早。但现在是一个诗歌被边缘化、小说成为主流的文学时代，所以，没人会注意诗人们说了些什么，"身体写作"的桂冠自然就落到了一群女性小说家的头上，并成为一些人阐释女性文学的主要视角。但不管怎么说，这都是一种新的文学方向，它使文学问题终于有机会转化成一个身体问题了——身体是什么？身体就是文学的母体。一个作家，如果真的热爱自己的身体，热爱身体对世界的卷入，并寻找到身体、语言和世界之间的秘密通道，那文学为他（她）打开的一定会是一个崭新而奇妙的境界。过去我们把这个身体世界用道德的力量将它排斥在文学之外，现在它被敞开、被探索、被书写，的确意义非凡。害怕面对人的身体的文学，一定是垂死的文学；连肉体和身体的声音都听不清楚的作家，一定是苍白的作家。杜拉斯有一段话说得非常好：

> 人们听到肉体的声音，我会说欲望的声音，总之是内心的狂热，听到肉体能叫得这么响，或者能使周围的一切鸦雀无声，过着完整的生活，夜里，白天都这样，进行任何活动，如果人们没有体验过这种形式的激情，即肉体的激情，他们就什么也没有体验到。①

这是杜拉斯阅读斯宾诺莎的著作时的感想。斯宾诺莎说："欲望是人的本质自身——就人的本质被认作人的任何一个情感所决定而

---

① ［法］克里斯蒂安娜·布洛—拉巴雷尔：《杜拉斯传》，徐和瑾译，漓江出版社1999年版，第87页。

发出某种行为而言。"① 作为神学家的斯宾诺莎，他没有回避人的欲望，他知道自从人堕落之后，欲望就成了人存在的基本形式，也是本质；作为作家的杜拉斯，她也没有回避"欲望的声音"，并以为体验"肉体的激情"于写作是至关重要的。在他们那里，人的欲望、肉体、肉体的激情等身体性的事物，是生存的常识和基础，他们的一切思想和写作活动由此展开。在这个意义上说，杜拉斯（其实也包括张爱玲）会在二十世纪九十年代的中国作家群中盛行，并影响越来越多的女作家，这并不是偶然的。她们其实可以看作是中国文学恢复身体叙事的两个标志性的人物，通过她们，有一大群作家找到了通往自身（身体）的道路。

不过，小说家们在这条道路上似乎还显得矜持而羞涩。他们并不愿意揭开身体的文化外衣，也不愿意像诗人们（如艾伦·金斯堡）那样，直接回到肉体的起点，因此，他们的身体叙事，更像是经过了装饰的欲望修辞学，上面有太多都市文化的标签——说到底，他们还是想避免与当代文化发生彻底的断裂。不说其他人，即便像棉棉这样具有叛逆精神的作家，当有人问起她关于"身体写作"的问题时，她的回答也是："我想这'身体性'指的不是欲望和感官，而是指一种离身体最近的、透明的、用感性把握理性的方式。"② 连王朔在谈到棉棉的身体写作时，也显得特别节制："身体这东西比头脑要实在得多，可以量化，好就是好，不好就是不好，装身体好的结果就是最终把身体搞垮，划不来的。所以，有身体比有头脑要幸福一点，那差不多可以说是物种优越，身体是有很多秘密的，也大有神奇之地，其深不可测是没身体的人无从想象的。很多人，身体白跟了他一辈子，无知无畏，净打听别人的事去了，还觉得那是牛逼

---

① ［荷］斯宾诺莎：《伦理学》，见莫特玛·阿德勒、查尔斯·范多伦编：《西方思想宝库》，周汉林等人译，中国广播电视出版社1991年版，第271页。

② 《棉棉访谈：写作的"身体性"不是欲望》，转引自新浪网（www.sina.com.cn）"文化频道"，2001年9月。

的境界，他们叫'巨大关怀'，我觉得是'瞎耽误功夫'。"① 在这里，棉棉和王朔都巧妙地回避了身体的肉体性和欲望本质，他们的内心是想指向身体的文化意义——这几乎是整个小说界的共识，也是小说界当时有关身体叙事的普遍认识，棉棉和王朔的话具有某种总结性的意味。

身体的文化意义当然是很重要的，但是，如果作家的写作省略了肉体和欲望这一中介，而直奔所谓的文化意义，那这具身体一定是知识和社会学的躯干，而不会是感官学的，这样的作品也就不具有真实的力量。为此，诗歌界的年轻一代首先表示出了不满，并愤怒地发问："你写的诗与你的肉体之间到底是一种什么样的关系？紧贴着的还是隔膜的？贴近肉体，呈现的将是一种带有原始、野蛮的本质力量的生命状态；而隔膜，则往往会带来虚妄，比如海子乌托邦式的青春抒情，离自己肉体的真实越来越远，因而越来越虚妄，连他自己都被骗过了；再比如时下一些津津乐道于词语、炼金术、修辞学、技术、知识的泛学院写作者，他们几乎是在主动寻求一种被遮蔽的状态，主动地用这些外在的东西来对自己的肉体进行遮蔽，这是一种不敢正视自己真实生命状态的身体自卑感的具体文化体现，他们只能用这种委琐的蝇营狗苟的对于外在包装的苦心经营来满足自己的虚妄心理，这些找不到自己身体的孱弱者啊！"②

正如文学革命的任务总是由诗人们首先开创，或许，完成身体叙事的工作也要由诗人们来完成。于是，一帮二十世纪七十年代出生的年轻诗人，在很短的时间内便成了写作上的身体崇拜者，他们声称自己对于身体，不是学而知之，而是生而知之。甚至为了张扬自己对于身体的崇拜，他们还打出"下半身"的写作旗帜，并发布了一系列震动文坛的写作宣言：

---

① 王朔：《祝棉棉身体好》，载《南方都市报》2000 年 3 月 10 日。

② 沈浩波：《下半身写作及反对上半身》，《下半身》（创刊号），第 4 页。

　　所谓下半身写作，追求的是一种肉体的在场感。注意，甚至是肉体而不是身体，是下半身而不是整个身体。因为我们的身体在很大程度上已经被传统、文化、知识等外在之物异化了，污染了，已经不纯粹了。太多的人，他们没有肉体，只有一具绵软的文化躯体，他们没有作为动物性存在的下半身，只有一具可怜的叫作"人"的东西的上半身。而回到肉体，追求肉体的在场感，意味着让我们的体验返回到本质的、原初的、动物性的肉体体验中去。我们是一具具在场的肉体，肉体在进行，所以诗歌在进行，肉体在场，所以诗歌在场。仅此而已。

　　我们只要下半身，它真实、具体、可把握、有意思、野蛮、性感、无遮拦。

　　而我们更将提出：诗歌从肉体开始，到肉体为止。

　　只有肉体本身，只有下半身，才能给予诗歌乃至所有艺术以第一次的推动。这种推动是唯一的、最后的、永远崭新的、不会重复和陈旧的。因为它干脆回到了本质。

——沈浩波①

　　写作意味着激情、疯狂和热情，同时意味着整个肉体的完全投入。

　　不再为"经典"而写作，而是一种充满快感的写作，一种从肉身出发，贴肉、切肤的写作，一种人性的、充满野蛮力量的写作。

——朵渔②

　　我们先要找回身体，身体才能有所感知。在有感觉到来的

---

①　沈浩波：《下半身写作及反对上半身》，《下半身》（创刊号），第4—5页。
②　朵渔：《我现在考虑的"下半身"》，《下半身》（创刊号），2000年7月，民间诗刊，第116页。该文后来收入杨克主编《2000中国新诗年鉴》（广州出版社，2001年）一书。

那一刻，一个人可以成为另一个人。一个忘掉诗歌和诗人身份、忘掉先验之说、能指所指，全身心感受生活新鲜血腥的肉体，还每个词以骨肉之重的人。这是一场肉体接触——我们和周遭面对面，我们伸出手，或者周遭先给我们一个耳光。如果我疼了，我的文字不会无动于衷。如果我哭了，我的文字最起码会恶毒地笑。

我们的身体已经不能给我们一个感官世界，我们的身体只是一具文化科学符号，在出生之前就丧失了基本功能，在出生之后竟渐渐习惯了这种丧失。不要怕回到彻底的肉体，这只是一个起点。

——尹丽川①

"下半身"的出现意味着营造诗意时代的终结。

——李师江②

我之所以如此不厌其烦地大段引述，是想提请大家注意，"下半身"作为类似"垮掉的一代"那样的文学行为艺术，在中国并非毫无存在的理由。草率的否定是无济于事的。你只要认真读他们的宣言，便会发现，这里面有着强烈的反抗意义，也包含着很多有价值的文学主张，它既是对长期处于统治地位的反身体的文学的矫枉过正，也是对前一段时间盛行的"身体写作"中某种虚假品质的照亮。他们所深入的，是文学的底部，是道德的最底线，是身体最基本的部分——肉体主义。他们年轻，勇敢，决绝，所以一下就把自己推到了文学的尽头，并使整个诗歌界为之无所适从。我想，从今以后，不会再有在"下半身"之下的文学流派产生了；有了"下半身"，文学不可能再往下走了，就像有了海子之后，文学也不可能再往上走

---

① 尹丽川：《再说下半身》，《下半身》（创刊号），第 119—120 页。

② 李师江：《下半身的创造力》，《下半身》（创刊号），第 121 页。

了。海子说，"我在天空深处高声询问　谁在/我/从天空中站起来呼喊/又有谁在？"——天空与肉体相对，是文学所能表达的最顶层的事物；海子都写到天空了，你还能再往上写吗？正如"下半身"都写到"肉体、裆部、腿部和脚"（朵渔语）了，你还能再往下写吗？不能。因此，海子和"下半身"，几乎成了文学无法再逾越的两个身体限度：一个是反身体的，一个是身体崇拜；一个代表极端的精神乌托邦，完全形而上，你几乎闻不到任何肉体的气息，一个代表极端的肉体乌托邦，完全形而下，你也几乎闻不到任何精神的气息；一个是文学的属灵状态，一个是文学的属肉状态。在他们之外，任何文学，都只能是介于海子和"下半身"之间的文学，所不同的，不过是更倾向于哪一边而已。因此，我认为，海子和"下半身"都不是常态下的文学，而是变态下的文学，绝境下的文学，是一次极度自我的矫枉过正。或许，正因为有了这种精神，他们才有资格成为文学的限度——我相信，你即使再怎么贬损他们，他们也会在以后的文学发展中像碑石一样坚固地立在那里，成为绕不过去的参照物。

这也是我虽然并不赞成"下半身"的许多观点，但还是关注它的原因。我确实觉得，当文学走到了一种令人窒息的状态时，唯有激烈的主张才能有效地突破，而后继续前行。对此，鲁迅早有预见，他说："中国人的性情是总喜欢调和，折中的。譬如你说，这屋子太暗，须在这里开一个窗，大家一定不允许的。但如果你主张拆掉屋顶，他们就会来调和，愿意开窗了。没有更激烈的主张，他们总连平和的改革也不肯行。那时白话文得以通行，就因为有废掉中国字而用罗马字母的议论的缘故。"① 按此说法，"下半身"就好比"主张拆掉屋顶"（反对一切"知识、文化、传统、诗意、抒情、哲理、思考、承担、使命、大师、经典、余味深长、回味无穷……这些属于上半身的词汇"）的行为，如果能由此使文学界"愿意来开窗"

---

① 鲁迅：《三闲集·无声的中国》，《鲁迅全集》第四卷，人民文学出版社1981年版，第13—14页。

（"找回我们自己的身体"），它的意义也就完成了。就此而言，与其说"下半身"是一个诗歌流派，还不如说是一次诗歌的行为艺术。但是，它身上所具有的粗鲁气质，除了在最短的时间内有力地帮助诗歌接上了身体这一命脉之外，也把文学带进了新的危机——肉体乌托邦的崇拜——之中；极为致命的是，这一危机并没有引起他们自己的足够警觉。

四、拉住灵魂的衣角

也许是从蔑视身体发展到身体崇拜，这个文学革命的过程过于简短而迅速了，年轻的写作者们还来不及作更深入的思考、反省，就急忙把身体神化、肉体化，从而忽视了身体本身的丰富性，以及它内在的残缺、不足和局限。从一个极端走向另一个极端，这几乎是一切革命者最终的宿命，作家和诗人们也不例外。我们也许都还记得，当"寻根文化"盛行，作家们几乎都想重新爬回母腹，或者返回部落和丛林里去找寻自己文化上的"根"；当"先锋文学"成为主潮，作家们几乎都成了语言迷津和结构主义的制造者；当"新写实主义"兴起，文坛又一夜之间冒出了许多"一地鸡毛"式的小市民生活的批发商；当"私人经验""身体写作""美女作家"这些词语飞溅，许多的女性写作者便开始用"我"的口吻在写真实或虚假的自传和半自传；当海子自杀，诗歌界长达数年充满了"麦地""光芒""面朝大海，春暖花开"；当与国际接轨成为时尚，诗人们便开始谈论西方大师，并恨不得在自己的每首诗后面都注上"1992 年，9月，比利时根特"、"1993，11，伦敦"……

这就是中国文学么？

在身体这个问题上，作家和诗人们也面临着同样的陷阱。最具典型意义的就是"下半身"的诗人们，他们的宣言个性突出，但他们所创造的诗歌的肉体乌托邦，同样有跟风和复制的嫌疑，并且，在许多的时候，他们都对身体美学进行了粗暴的简化——到最后，身体被简化成了性和欲望的代名词，所谓的身体写作也成了性和欲望的宣泄渠道。我在"下半身"的主力网站"诗江湖"里，读到了太多松弛的快感话语、肉体的分泌物、过剩的荷尔蒙、泛滥的口水……它们说到底，不过是对肉体（被简化的身体）的一次表层抚摩。我感到奇怪的地方正在于此，为什么那些女性小说家总是把身体理解为闺房细节？为什么那些男性诗人们也总是把身体理解为做爱、上床、妓女和手淫？如马尔库塞所言："整个身体都成了力比多贯注的对象，成了可以享受的东西，成了快乐的工具。"① 难道这就是文学要回归的身体性？

我不这样认为。蔑视身体固然是对身体的遗忘，但把身体简化成肉体，同样是对身体的践踏。当性和欲望在身体的名义下泛滥，一种我称之为身体暴力的写作美学悄悄地在新一代笔下建立了起来，它说出的其实是写作者在想象力上的贫乏——他牢牢地被身体中的欲望细节所控制，最终把广阔的文学身体学缩减成了文学欲望学和肉体乌托邦。肉体乌托邦实际上就是新一轮的身体专制——如同政治和革命是一种权力，能够阉割和取消身体，肉体中的性和欲望也同样可能是一种权力，能够扭曲和简化身体。虽说"肉体中存在反抗权力的事物"，但是，一旦肉体本身也成了一种权力时，它同样可怕。身体专制的结果是瓦解人存在的全部真实性，使人被身体的代替物（以前是"仁""志""政治"等，现在是性、肉体和欲望）所奴役。"在私人领域他们受身体（和心理）的专制驱使，在公共领域也永远不能真正控制自己的所为。"因此，作为写作上的行动者，他需要勇气，需要克服身体专制的力量和勇气，否则，"极有可能，那

---

① ［美］马尔库塞：《爱欲与文明》，黄勇、薛民译，上海译文出版社 1987 年版，第 147 页。

个在他人眼中清楚无误的'人',对他自己而言却隐而不现"。①

因此,肉体不是身体,性和欲望也不是身体,它不过是一个生理性的自我,与身体的尊严无关。"私人领域的自我就像我们的内脏器官,'毫无殊异之处'。阿伦特对生理自我如是说:'如果这个内部自我显现出来,我们将是千人一面。'"② 这话极为中肯。确实,身体不仅是肉体(这不过是生理性的身体),它更是有灵魂、伦理和尊严的。一个作家和诗人,如果没有看到这一点,而只专注于"生理性的自我",他们的写作只能"将是千人一面"。这方面,已经有许多年轻的诗人和小说家为我们提供了例证。我很早就开始对许多诗人们不厌其烦地集体描摹发廊店小姐、手淫、上厕所、面对女人如何想入非非等生理性的事件感到厌倦,它让我一直有一个错觉:许多的诗人,都在使用同一具肉体化的身体。——这或许就是上面说的身体专制所导致的结果吧,"千人一面"。美国的马克·爱德蒙森说:"哲学家是精英中的一员,而诗人是一个民主分子,众人中的一人。"③ 我想,诗人既为"一个民主分子",他就应该起来反对任何的专制,包括身体专制,而走向自由,走向身体真正的丰富性。

任何简单的公式(如性和欲望)都不能真正理解人,"人是文化与生物学之间永远解不开的纠结"④。按照弗洛伊德的说法,人是某种地狱。但人不是简单的善者,也非简单的恶者,本质上说,他的

---

① B. 霍尼格:《提倡一种争胜性女性主义:汉娜·阿伦特和身份政治》,见王逢振主编:《性别政治》,朱荣杰等人译,天津社会科学院出版社 2001 年版,第163 页。

② B. 霍尼格:《提倡一种争胜性女性主义:汉娜·阿伦特和身份政治》,见王逢振主编:《性别政治》,朱荣杰等人译,天津社会科学院出版社 2001 年版,第163 页。

③ [美]马克·爱德蒙森:《文学对抗哲学——从柏拉图到德里达》,王柏华、马晓冬译,中央编译出版社 2000 年版,第 7 页。

④ [美]马克·爱德蒙森:《文学对抗哲学——从柏拉图到德里达》,王柏华、马晓冬译,中央编译出版社 2000 年版,第 21 页。

内心还是有克服肉体走向尊严的吁求。也就是说，一个人的身体既有肉体性，也有伦理性（灵魂性），二者交织在一起，共同构成一个复杂的生物机体。如刘小枫所言："身体的沉重来自于身体与灵魂仅仅一次的、不容错过的相逢。""灵魂与肉身在此世相互找寻使生命变得沉重，如果它们不再相互找寻，生命就变轻。"① 确实，灵魂总是叫身体不安，只有动物才不必寻找可以让自己的灵魂和肉体安好的事物，而人需要。为此，我曾经这样理解我理想中的一些诗人：

> 他们的写作，使汉语成了一个发声的、说话的、人性的身体。这种说法，是针对一些人把诗歌语言变成了一个不具有日常经验和身体细节的空壳而言的。也就是说，我所推崇的诗歌话语是关涉灵魂和身体的双重性质的。……
>
> 要使诗歌成为既是灵魂的也是身体的，核心的问题是，如何让人及其存在在语言中出场，即，如何让个体灵魂的体验物质化。这个物质化的过程，实际上就是日常化和口语化的过程。因此，日常生活和口语在诗歌中的应用，决非像一些人所理解的那样，只是一个策略，或者称其为贫乏无味的代名词，它的背后其实蕴含着一个如何转换的诗学难题。要把诗歌写成一个灵魂事件，似乎并不太难，而要把诗歌写成一个含示人性尊严的身体事件，就显得相当不容易。身体意味着具体，活力，此在，真实，它是物质化的灵魂。有了它，诗歌将不再空洞，泛指，不再对当下的生活缄默。我喜欢灵魂节律和身体节律相谐调的诗歌，它是真正意义上的面对存在，这种存在感由许许多多物质化的生命细节所构成的，坚实而有力。
>
> 存在，灵魂与身体双重的存在，应该成为诗人最高的自尊。而一旦灵魂和身体的现实在语言中建立了起来，更为可信的艺

---

① 刘小枫：《沉重的肉身——现代性伦理的叙事纬语》，上海人民出版社 1999年版，第 95—97 页。

术现实才会真正出现。……

　　说诗歌既是灵魂的也是身体的，强调的是灵魂的身体化（物质化），但我并不因此向诗歌要求过多的物质、具体和材料，否则，诗歌将面临诗性意义上的饥饿。……在这个分辨的过程之中，我一直信守写作是心灵自尊和语言自尊相结合的产物这一原则。①

　　在身体的肉体性泛滥的今天，强调身体是灵魂的物质化这一点便显得非常重要，否则，写作在否定了外在意义的同时，也将使自己的身体变成一堆毫无意义的肉。写作中的身体绝不是纯粹物质意义上的肉体——肉体只有经过了诗学转换，走向了身体的伦理性，它才最终成为真正的文学身体。这就是我所称的文学身体学，也是写作中必须遵循的身体辩证法。

　　肉体必须拉住灵魂的衣角，才能完成文学的诗学转换。我这样说，并非强调肉体与灵魂相对的二元论，而是反对将身体的肉体性和身体的伦理性生硬地割裂开，因为它们都真实地活在我们的身体中，如果将它们刻意割裂，只会破坏身体的完整性。但我也不抽象地谈论灵魂，灵魂只有物质化为身体时，它才真实地存在；灵魂活在物质化的身体中。相反，那些没有在身体中生活过的，或者没有经过灵魂的物质化过程的写作，实际上就等于不存在。这也是我为什么认为世界上所有的神都是可疑的，唯有耶稣的神显得真实的原因——只有耶稣是在肉身里生活过、死过并复活过的（《新约·约翰福音》第一章开头说"太初有道"，到十四节就说"道成了肉身，住在我们中间"），他经历了灵魂物质化的整个过程。而我们之所以直到今天还能在李白的诗歌中找到李白的灵魂，也是因为李白的灵魂曾经在他的身体里自尊地生活过（"仰天大笑出门去""天子呼来不

---

　　①　谢有顺：《诗歌在前进》，见《我们并不孤单》，中国社会科学出版社2001年版，第119—121页。

上船"），并通过他的写作，把这种灵魂物质化了，所以，要说身体写作，早在李白（甚至从《诗经》）就开始了。是因为我们后面的文学发展抽空了身体的存在，只片面注重灵魂在空中虚幻的飞翔，"身体写作"的口号在今天才会重新甚嚣尘上。

海子的写作就是典型的拒绝了身体的写作，他所谓的"王在深秋""我的人民坐在水边"等，均是虚幻的描写，即便写到爱情这样实在的事物，也是虚幻的——"荒凉的山冈上站着四姐妹/所有的风只向她们吹/所有的日子都为她们破碎"（《四姐妹》）。他的写作不是为了把灵魂物质化为身体，而是试图寻找一条灵魂撇开肉身而单独存在的道路，可以想象，最终他只能亲手结束（自杀）那个阻碍他灵魂飞翔的肉身。所以，在海子的诗歌中，你几乎读不到多少尘世的消息，你从中也看不出他是一个在我们时代生活过的人（就他的诗歌而言，你说他是生活在民国时期，或者生活在新西兰的某个小岛上，大家也会相信），他的诗歌大多只关乎他的幻想，很少留下他身体生活的痕迹。正因为此，海子自杀后，去昌平寻找他的生活痕迹的崇拜者才会络绎不绝。一个在诗歌中没有身体的人，必然会引起无数同样蔑视身体的人对他产生神秘感——神秘不正是因为它不存在么？

有意思的是，经过整个九十年代的文学变化，到现在，海子的死亡和诗歌神话终于解体，没有多少人会再认为那种远离身体现场的写作方式会是什么新的诗歌标准，仅这一点，足可见身体革命在写作中的成果。尽管后来诗歌界也走向了新的极端——"下半身"所代表的肉体乌托邦，把灵魂的身体化（物质化）简单地理解成了肉体崇拜，但它毕竟只是文学的一个维度，一个群落，它自身也还在变化之中。而更多的人，则有可能因此而找回对文学身体性的正确理解。毕竟，文学光有肉体叙事是远远不够的，我之所以要强调身体的伦理维度，就是想通过它来完成肉体的诗学转换。莫言就是一个成功的例子。他一直很注重肉体叙事的探索，他的小说中，感官的东西很多，最近出版的长篇小说《檀香刑》更是这方面的巅峰之作，里面写了大量的酷刑场面，完全是肉体性的，（如小说所言，"一个优秀的刽子手，站在执行台前，眼睛里就不应该再有活人；在他的眼睛里，只有一条条的肌肉、一件件的脏器和一根根的骨头。"）确实也写得精彩。但是，莫言如果只停留在肉体描写的天才上，那《檀香刑》就会有玩赏和炫耀之嫌，趣味上也会显得过于阴暗；莫言的成功在于，他在小说中，通过悲情的猫腔绝唱的起承转合来进行诗学转换，至终把刑场变成了剧场，把酷刑变成了殉道，让肉体紧紧拉住了灵魂的衣角，使《檀香刑》成了一部身体性饱满的杰作。①

最后，我还要提及史铁生的一段话，他说："'我'在哪儿？在一个个躯体里，在与他人的交流里，在对世界的思考与梦想里，在对一棵小草的察看和对神秘的猜想里，在对过去的回忆、对未来的眺望、在终于不能不与神的交谈之中。"② 这段话是对写作中的"我"的精确定位：既有身体的肉体性（"躯体"），又有身体的伦理性（"交流""思考""梦想""回忆""眺望""与神的交谈"），它们的共在状态，就构成了一个完整的、身体性的"我"。——这些或许都只是有关文学身体性的一些零星片段，但我相信，通往身体的道路已经敞开，接下来，将会有越来越多的人重视这种身体性，并通过对身体细节的诗学转换，建造出一个具体、坚实、深邃而有活力的文学境界，以彻底反抗中国历史上漫长的压抑身体、虚化灵魂的文学传统，走向真正的自由。这就是我对文学身体学的初步理解：它不是灵魂的虚化，也不是肉体的崇拜，而是肉体紧紧拉住灵魂的衣角，在文字中自由地安居。

（原载《花城》2001 年第 6 期）

---

① 关于《檀香刑》更详尽的论述，可参见本人的《当死亡比活着更困难——〈檀香刑〉中的人性分析》一文，载《当代作家评论》2001 年第 5 期。

② 史铁生：《病隙碎笔》（之一），《对话练习》，文化艺术出版社 2000 年版，第 303 页。

| 第二辑 | 理解诗人

回到事物和存在的现场

——于坚的诗与诗学

一、思想

一九九三年十一月六日，于坚在一篇题为《关于我自己的一些事情》的自白里，这样描述自己："我的父母由于投身革命而无暇顾及我的发育成长，因而当我两岁时，感染了急性肺炎，未能及时送入医院治疗，直到奄奄一息，才被送往医院，过量的链霉素注射将我从死亡中拯救出来，却使我的听力受到影响，从此我再也听不到表、蚊子、雨滴和落叶的声音，革命赋予我一双只能对喧嚣发生反应的耳朵。我习惯于用眼睛来把握周围的世界，而在幻觉与虚构中创造它的语言和音响。多年之后，我有了一个助听器，我第一件事就是跑到郊外的一个树林子里，当我听到往昔我以为无声无息的树林里有那么多生命在歌唱时，我一个人独自泪流满面。"① 这是我所读到的于坚最动人的文字之一，我私下把它理解为是进入于坚诗歌世界的一个有效的秘密通道。说完上述那段话后，于坚还坦诚自己"外表粗糙，内心却极其敏感"。我想，当知识、玄学、凌空蹈虚日益成为当下诗歌界的语言病象时，一位有着敏感内心的诗人值得讨论。

回到内心，回到生存的现场，回到常识，回到事物本身，回到记忆中私人的细节里，一直是于坚写作的一种内在愿望。当二十世纪八十年代于坚开始实践这些写作主张时，诗坛的很多人还沉浸在整体主义、神话原型、文化符码、乌托邦、玄学迷津中，很多诗人都敌视日常生活，敌视事物本身，他们津津乐道于复杂的诗艺，以及如何使自己像文化恐龙那样休蛰在深奥的诗句里。这样的思潮一直延续到今天，可谓越走越远，到一些诗人那里，诗歌好像与每个人的内心、生活无关，它仅仅是一种知识、技术和玄学，成了某种知识体系的附庸。应该说，看到张曙光的"作品里有叶芝、里尔克、米沃什、洛厄尔以及庞德等人的交叉影响"；看到"王家新对中国诗歌界产生实质性影响，是在他自英伦三岛返国之后。……米沃什、叶芝、帕斯捷尔纳克和布罗茨基流亡或准流亡的诗歌命运是王家新写作的主要源泉之一……"看到"西川的诗歌资源来自于拉美的聂鲁达、博尔赫斯，另一个是善用隐喻、行为怪诞的庞德。……西川身上……有某种介于现代诗人和博尔赫斯式国家图书馆馆长之间的气质"②，还是一种诗学研究，但张扬一种意识形态姿态（"流亡或准流亡的诗歌命运"）、过度的形式主义（"中国诗人是否都应该像不断变换写作形式的庞德那样，才被证明为才华横溢?"）、被强势话语奴役的状况（"我们对所谓'国际诗坛'抱有足够的警惕性，另一方面，我们却极其渴望得到它的承认，借此获得一个什么是伟大诗

---

① 于坚：《棕皮手记》，东方出版中心 1997 年版，第 2 页。
② 语见《岁月的遗照》一书的序言《不知所终的旅行》，程光炜编选，社会科学文献出版社 1998 年版。

人的标准。"）和诗歌原创性的丧失（"从来不认为自己的写作是一种'创新'"），则是独立、创造和自由之诗歌精神真正的敌人。如果一个汉语诗人在写作上任何细微的变化和成就，都只能在西方诗歌的阴影下进行阐释才能获得意义，那汉语写作还有什么尊严可言？

我相信，这是当代诗歌的困境之一。

于坚是较早意识到这种危险局面的诗人之一。他的敏感，使他过早就离开了在集体话语中使用现成品①的写作方式，转而寻找一种用新的话语方式来使诗歌回到诗歌本身的个人的写作道路。他为此写下了《尚义街六号》《作品×号》《避雨之树》等。正是这些奇异的作品，为中国的当代诗歌建立起了一个新的向度：让诗回到具体、细节、日常的生活中，对生存的现场发言，并贯彻对生活最为个人的理解。许多人忽略了于坚进行这种诗歌革命的背景，而把他的诗简单地等同于一些大白话，甚至有人还把他的日常化努力与某种庸俗的市民趣味联系起来。这个时候的于坚是痛苦的。但他并没有因此而向现存的诗歌秩序妥协，而是继续沿着自己所认定的道路走下去，到二十世纪九十年代，他在自己所坚持的美学背景里写出了《对一只乌鸦的命名》《0档案》《飞行》等重要诗作。

时间给了于坚以公正的回答。今天，越来越多的人开始意识到于坚的特殊意义。当晦涩成了大部分诗歌的通病时，于坚的诗歌显示出了朴素的力量；当越来越多的诗人远离生活现场，转而臣服于二手的阅读经验时，于坚一直在诗歌界试图为当代生活挽回尊严；当半个诗坛都热衷于"麦地"啊、"王子"啊、"神明"啊等集体乌托邦事物时，于坚却清醒地从中转身离去，并尖锐地指出："我们已经养成了只关心远方的思维习惯"，"细读某些先锋诗歌，不过是词汇的变化史，基本的构词法——'升华'，从五十年代到今天并没有多少变化，不过把红旗换成了麦地，把未来换成了远方而已。像海

---

① "现成品"，于坚用来指称那些在你生下来之前就存在的、在意义上业已定型的话语。

子这样的人进入神话，也可以看出在这个国家形而上学有多么广泛的基础。海子的写作还反映出所谓的先锋派的一个基本倾向，就是大词癖。脱离常识的升华式写作必然依靠大词。""没有私人细节的记忆实际上只是遗忘。""在中国，形而上的乌托邦神话往往在非常崇高的借口下掩藏着非常世俗的动机，'文化大革命'是如此，顾城亦然。顾城纳妾不得而杀妻，我原以为人们会因此对他那个童话国发生一些疑问，然而当我在以一流的知识分子杂志著称的《读书》上都读到把一个畏罪自杀的杀人犯的死与屈原、普拉斯、叶赛宁等的死相提并论的文章，我只有深感悲哀了。这篇文章把顾城称为'理想主义者'，我承认了这个国家现在最紧缺的就是理想主义，但顾城们的理想主义我们真的是太熟悉不过了，并且这种理想主义在当代中国并未死亡，它仍然像空气一样在毒害着我们。"①

我惊异于于坚观察问题的方式以及他的思想力度。我想，此后人们对海子、顾城等人的神话会有更清醒而理性的认识，实在跟于坚一直以来对这个神话的解构大有关系。

于坚的诗歌所要反抗的不是某种类型的写作，而是整个的诗歌秩序和话语制度本身。于坚称之为"总体话语"，并说写作就在于"对现存语言秩序，对总体话语的挑战"。它意味着与某种诗歌趣味和审美标准的决裂，由此所带来的孤寂、误解和被拒绝，决非一个普通诗人所能承担。于坚这样做了。他大胆地宣告自己从现存的语言秩序中退出，向另外一个世界飞翔。这种甘愿成为诗坛异端的勇气，为当代诗歌带来了新的希望。

于坚相信，他所离开的事物，并非事物的本身，而恰恰是事物的遮蔽物；也非存在的本身，而是存在的附生物。如革命冲动、乌托邦、集体幻想、神话原型、知识谱系，诸如此类。这里所蕴含的新的话语霸权，导致的是对真正的诗、真正的生活的压抑。于坚向

---

①　见于坚、李劼的对话：《回到常识　走向事物本身》（上、下），载《南方文坛》1998 年第 5 期、6 期。

它们发出挑战，旨在把诗歌和生活中被压抑的部分彻底地解放出来，不再使诗歌沉浸于那些大词、大话的幻觉中，从而恢复生活中那些微小、琐碎、无意义之事物在作品里的存在权利。这种向下的写作努力，把生活还原成了生活本身，而不再是传奇、乌托邦、形而上。于坚在一篇文章中谈到"我为什么不歌唱玫瑰"，他认为，玫瑰可以生长于英国诗人彭斯的诗歌中，却与他作为中国诗人于坚的存在无关，"在我的日常话语中几乎不使用玫瑰一词，至少我从我的母亲、我的外祖母们的方言里听不到玫瑰一词。玫瑰，据我的经验，只有在译文中才一再地被提及。"于坚反对任何的与生活无关的写作，也反对为了与西方接轨、为了使自己的诗歌适合翻译就盲目地臣服于某种与自己的心灵相距遥远的价值体系。

这完全是另类的。我不禁要问，到底是什么原因使于坚从中国人普遍的"假大空"的心理中逃离出来，转向具体、细节、坚实的事物本身？也许，不得不提到于坚在工厂当了十年铆工的生涯。"工厂，作为一种典型的西方工业革命的产物，它确实以一种全新的行为方式潜移默化地改变着我对世界的看法。从整体到局部、个别，从抽象到具体，从追问本质到正视存在，从直觉、感情用事到服从操作规则，我当然不可能意识到这种转变，这种转变要过二十年才成为我生命中抽象的部分。"（《关于我自己的一些事情》）——说到底，还是生活本身的力量，为于坚开创了一条全新的诗歌道路。

二、写作

我的确感到奇怪，像于坚这样听力不健全的人，本来是最容易从整体、本质、远方、集体、现成品中认识生活的，如他自己所言，在使用助听器以前，他听不到表、蚊子、雨滴和落叶这些细微的声音，"革命赋予我一双只能对喧嚣发生反应的耳朵"。有意思的是，于坚的写作却是为了恢复心灵对生活中一切细微事物的感知和记忆，这是否正好是于坚某种内心渴望的代偿？我同样感到奇怪的是，回到经验，回到事物本身，回到细节中的人性与心灵，这本来是每个诗人最基本的写作方向，为什么却只有于坚等少数几个人在做？

考察这个问题是有意义的。由于听力的下降，于坚身上看的功能被大大地加强；或者说，用眼睛写诗的于坚，与事物之间建立起的是直接的对话关系，他必须不断地置身于存在的现场、事物的当下状态，客观地说出事物和存在的本然状态，而拒绝作更多的臆想和象征。

我来了，我看见——这是于坚与事物之间最初的关系模式。他的诗，既是一种个人的说话方式，也是一种对事物的观察方式。只要翻翻他的诗集，就会发现，他的大部分诗的题目都是些具体的事物或具体的状态，如《避雨之树》《灰鼠》《啤酒瓶盖》《对一只乌鸦的命名》《阳光下的棕榈树》《被暗示的玫瑰》《我看见草原的辽阔》《一枚穿过天空的钉子》《避雨的鸟》，等等。于坚希望自己以诗的方式，说出这些事物在自然中的本来面貌，可是，当他这样做时才惊讶地发现，有一种"文化"一直横亘在人与事物之间，"人们说不出他的存在，他只能说出他的文化"。也就是说，当一个人面对事物时，往往不是面对事物本身，而是面对由这事物所代表的文化符号。如看见蛇就想到淫荡和狡猾，看见大地就想起母亲的胸膛，看见河水就想起哺育我们的乳汁或生命的川流不息，看见大树就想起男性生殖器或者有安全感的遮护，看见秋天就感伤，看见冬天就想到孤寒或生命的迟暮，等等。蛇、大地、河水、树、秋天、冬天这些与我们息息相关的寻常事物，都不再以本来的面貌存在于人与自然之中，而是作为隐喻和象征成了人类文明的一环。渐渐地，人们便习惯了这种文化上的暗示，习惯了言此即彼，事物本身开始从人们的视野中退席，或者说，事物被文化符码、寓言象征所遮蔽。

文化远离自然，人背离自己的本性，这已成为合理的秩序为人们所接受，惯常的写作也需自觉地纳入这种秩序，否则就是不真实的，因为没有人会相信你笔下所写的树就是树，秋天就是秋天，他们宁愿相信你是物有所指。

这种追求意义和深度的说话方式，事实上是对存在本真的遗忘和漠视，它最终把人变成现存文化的奴隶，丧失活力和创造力。于坚本可以像其他诗人那样，在俗常的审美标准中写诗，成为文化诗人，但他选择了从现存文化中出走，选择了一种有难度的写作——去蔽存真。这其实是一种巨大的反抗，反抗一切强加在事物身上的文化压力，让自然和真实重见天日。

> 生命中最黑暗的事件　"写"永远不会抵达　所谓写作
> 就是逃跑的马拉松/在语言的地牢里　挖一条永不会进入地表的
> 通道　因为它的方向是朝向所谓深处的/而它目的地却在表面
> 在舌头那里一动就是说出的地点/从最明亮的地方开始　一页白
> 纸　一支钢笔和一只手对笔的把握　这就是写作　……/写作
> 这是一个时代最辉煌的事件　词的死亡与复活　坦途或陷阱/伟
> 大的细节　在于一个词从遮蔽中出来　原形毕露　抵达了命中
> 注定的方格/写作是被迫的活动　逃跑即是抵达
>
> ——《事件：写作》

这是对写作最好的描述，"所谓写作就是逃跑的马拉松"，逃跑即后退："我实际上更愿意读者把我看成一个后退的诗人。我一直试图在诗歌上从二十世纪的'革命性的隐喻'中后退。""在一个辞不达意、崇尚朦胧的时代，我试图通过诗歌把我想说的说清楚。"（《棕皮手记》）

他这样描述老虎：

> 我梦想着看到一头老虎　一头真正的老虎/从一只麋鹿的位
> 置　看它/让我远离文化中心　远离图书馆/越过恒河　进入古

代的大地/直到第一个关于老虎的神话之前/我的梦想是回到梦
想之前/与一头老虎遭遇

——《我梦想着看到一只老虎》

他这样描述乌鸦：

当一只乌鸦　栖留在我内心的旷野/我要说的　不是它的象
征　它的隐喻或神话/我要说的　只是一只乌鸦　正像当年/我
从未在一个鸦巢中抓出过一只鸽子/从童年到今天　我的双手已
长满语言的老茧/但作为诗人　我还没有说出过　一只乌鸦/
……它是一只快乐的　大嘴巴的乌鸦/在它的外面　世界只是臆
造/只是一只乌鸦无边无际的灵感/你们　辽阔的天空和大地
辽阔之外的辽阔/你们　于坚以及一代又一代的读者/都是一只
乌鸦巢中的食物

——《对一只乌鸦的命名》

他这样描述铁钉：

一直为帽子所遮蔽　直到有一天/帽子腐烂　落下　它才从
墙壁上突出/那个多年之前　把它敲进墙壁的动作/似乎刚刚停
止　微小而静止的金属/露在墙壁上的秃顶正穿过阳光/进入它
从未具备的锋利/在那里　它不只穿过阳光/也穿过房间和它的
天空/它从实在的　深的一面/用秃顶　向空的　浅的一面　刺
进/这种进入和天空多么吻合/和简单的心多么吻合/一枚穿过天
空的钉子/像一位刚刚登基的君王/锋利　辽阔　光芒四射

——《一枚穿过天空的钉子》

他这样描述停电：

> 一切都在　一切都不会消失　没有电　开关还在/电表还在
> 工具还在　电工　工程师和图纸还在/不在的只是那头狼　那
> 头站在挂历上八月份的公狼/它在停电的一刹那遁入黑暗　我看
> 不见它/我无法断定它是否还在那层纸上　有几秒钟/我感觉到
> 那片平面的黑暗中　这家伙在呼吸谛听/这感觉是我在停电之后
> 全部清醒和镇静中的唯一的一次错觉/唯一的一次　在夏天之
> 夜　我不寒而栗
>
> ——《事件：停电》

这些诗句是朴素的，没有文化隐喻式的扩张，但是，它却成功地使老虎、乌鸦、铁钉、停电这些人们习焉不察的寻常事物的存在变得突兀而尖锐，变得充满力量——有意思的是，这种力量不是来自惯常的文化象征，而是来自事物的本身。当事物身上的文化积尘被清除干净，一种更为广阔的真实开始出现在我们的视野，那些被遮蔽、被隐藏在暗处的部分开始显现出来，我们第一次被事物本身所震惊，它既不高尚，也不卑下，它不像什么，它就是它自己，它存在着，如此而已。它不在文化中存在，它不在象征里存在，它存在于自然中，存在于与我一对一的关系中。存在不再是隐喻和梦想，存在便是事实。

这种对存在的去蔽显真，我把它理解为一种恢复，即，把事物恢复到属于它自己的空间里，恢复到它本然的状态中，没有文化和个人意识的干涉，它的存在完全是第一性和亲历性的。就像于坚在《赞美海鸥》一诗中所说：

> 也许它们早已和文学史上那些已被深度抒情的益鸟无关/高
> 尔基已死　他的海燕已死　那个二十年代的象征已死/死了　旧
> 世纪命名一只海鸥的方式/事实上　只要把目光越过海鸥这个名
> 称/就可以看出　它们是另一类鸟

显然，这样的写作既是把海鸥恢复成一只真实的海鸥，又是把海鸥从高尔基的象征中解放出来。

有时想一想，一个经典的隐喻诞生之后，很可能统治人们认识事物的方式几十年甚至几百年，没有人会去试图改变它。比如海鸥，它一旦在文字中出现，人们在它身上所联想到的就是二十年代高尔基笔下的那只，充满斗争精神的，不惧任何暴风雨的。一只充满生命力的海鸥，几十年就以那个僵化、独一的面貌存在着，其中所造成的对事物本身的压抑、曲解、强迫是不言而喻的。

更进一步说，这种由文化所建立起来的公共空间，它存在于常识和本源之外，完全受制于因袭的传统。每种事物一进到公共空间，都能找到自己在文化和传统上的位置，它服从于一个更大的话语秩序，个体的独立性被取消。多数人都带着文化、传统的眼光来看待事物、理解事物，公共的话语空间就这样建立起来了。写作如果屈从于公共空间所设定的意义及秩序，那必将是毫无创造性和想象力的。

需要一种解放，如于坚所做的，把我们带回到事物的现场，坚持用个人的、中性的、原在的眼光来重新为事物命名，只有这样的写作，才能激活世界，复活词语的功能；也只有这样的写作，才能在公共空间中捍卫一种个人的真实。为此，于坚选择了一种客观、冷静、细致、有质感的日常语言，以描述他所看见、所亲历的事物或状态，让诗生长于其中。这种语言立场，使于坚笔下的事物能以它自身的秩序获得有效的展开，并得以深入到它的内部。比如，在春天这样一个被人写滥了的题材上，于坚以其鲜活、细致、传神的语言，完成了他个人对春天的想象和再现：

　　春天　你踢开我的窗子　一个跟头翻进我的房间/你满身的阳光　鸟的羽毛和水　还有叶子/你撞翻了我那只穿着黑旗袍的花瓶/安静的处子　等待着你　给它一束具体的花/你把它的水打泼了　也不扶它起来　就一跃而过/惹得外面大地上　那些红

脸膛的农妇　咧嘴大笑/昨夜你更是残酷　一把抽掉天空摆着生日晚宴的桌布/那么多高贵的星星　惨叫着滴下/那么多大鲸鱼　被波浪打翻/那么多石头　离开了故居/昨夜我躲在城堡里我的心又一次被你绑架/你的坦克车从我屋顶上隆隆驶过　响了一夜

——《春天咏叹调》

还有一首关于黎明的：

黎明在了　肌肤光滑的黑妇/已在轻轻地穿衣/黎明来了像一种蓝色透明的血液/缓缓渗进世界的手指/于是像大家熟悉的那样/世界成为树梢　把风弄出响声/成为水　显出波纹/成为石头　变得坚硬/成为田野　农夫和马群/成为啼鸣的小鸟　太阳和钟声/像每个人都会做的那样/我站起来　在阳光中　走下山去/最平常的一个早晨　每天都有/只要不懒　起得早些/只要开开窗子　或者走到户外

——《守望黎明》

这显然不是公共话语中的春天和黎明，不是结论性的，而是在语言中慢慢呈现出来的"我"所看见的春天和黎明。我要特意指出的是，在这种呈现中，于坚实际上已经完成了对春天和黎明的重新命名，它与过去的任何一种文化上的命名不同，因为它不指向隐喻和象征，只指向自然的本性。说它是命名，在于它呈现出了一个去蔽后的春天和黎明。这不正是语言的奇迹吗？同样的命名还出现在一切于坚所注视的事物上，哪怕是事件（谈话、写作、停电、诞生、装修、寻找荒原、棕榈之死等），在于坚笔下也获得了重新命名的意义。这个意义是经由许多细节来完成的。比如《事件·诞生》："在一丛密集的神经上　疼痛开始得手　最忌讳粗鲁的地方/魔鬼中的魔鬼　踩响了世界上最疯狂的摇滚/美丽的女人变形了　曲线　像一组被火焰烤红的钢丝/慢慢地弯曲下去　萎缩　又膨胀　成为一团丑陋的乱麻/非人性的现场　某人一生中最初的词组　如下：柳叶刀/酒精　碘酒　脐带　血流成河　纱布　橡皮手指　针头/就是这些　牵引出——'诞生'"。时间仿佛已经凝固，俗常意义上的"诞生"被推开，于坚用细节和场景中的真实重新命名了"诞生"，如同他重新命名了乌鸦、海鸥、尚义街六号、钉子、树、鸟等。

命名，是一种元写作、最高的写作，它与最初的世界图景有关。

三、存在

到这里，我基本握住了于坚诗歌的核心，沿着这条通道，很自然地来到了于坚的长诗《0档案》。这部当代最奇特的诗作，一九九四年发表后，所遭受到的非议也是奇特的。其中最著名的，是说《0档案》不是诗。于坚自己似乎并不介意这种说法。确实，以传统的、定型的诗歌美学规范，难以解释《0档案》现象，因为它是反潮流的、革命性的。现在回想起来，当大家都在讨论《0档案》写的是诗还是非诗时，恰好忽略了这部作品最重要的方面——于坚的说话方式。不是说了什么，而是看他怎么说。

说话方式一直是于坚所重视的。他反对升华式的、慷慨激昂的、乌托邦的、玄学的方式，而注重日常的、生活化的、细节的、人性的说话方式。在怎么说的探索上，《0档案》走到了极致。全诗成功地模仿了档案这一文体和语式，并完成了对一个人的历史状况的书写。在对档案的模仿当中，档案的真相昭然若揭。它那僵化、冷漠、无处不在、极富侵略性、抹杀人性的活力、对个人的压抑、对思想的监视和取消，等等，经过于坚的仿写，达到了触目惊心的地步。

这又是一个人们习焉不察的领域。档案，我们这块大地上的奇

异文本，每个人一出生就与它有关，但它的书写完全是在秘密状态
下进行的，你的一切，暗中都被记录在案。它的书写是公共性的、
雷同的，用词也是程式化的，但它却可以入侵你每一个心灵的角落，
至终把你纳入一种共同的规范里；它是所有文献当中与你关系最密
切的，或者说，它就是一份由公共领域给出的你的个人说明书，但
你却对它毫无所知，它隐藏在一个你自己无法到达的领域：

　　　书定　誊抄　打印　编撰　一律使用钢笔　不褪色墨水/字
迹清楚　涂改无效　严禁伪造　不得转让　由专人填写/每页
三百字　简体　阿拉伯数字大写　分类　鉴别　归档/类目和条
目编上号　按时间顺序排列　按性质内容分为/A类B类C类
编好页码　最后装订之前　取下订书针/曲别针　大头针等金属
用线装订　注意不要钉压卷内文字/卷页要裁齐　压平　钉紧
最后移交档案室　清点校对无误/由移交人和接收人签名　按
编号找到他的那一间　那一排/那一类　那一层　那一行　那一
格　那一空　放进去　锁好/关上柜子　钥匙　旋转三百六十度
熄灯　关上第一道门/钥匙　旋转三百六十度　关上第二道门
钥匙/旋转三百六十度　关上第三道门　钥匙　旋转三百六十
度/关上钢铁防盗门　钥匙　旋转三百六十度/拔出

　　　　　　　　　　　　　　　　　　——《0档案·卷末》

　　这种游戏的性质叫人不寒而栗，它的悲剧性在于，使每个人自
己成为自己的敌人，而且你不知道敌人用的是什么武器，也不知敌
人在哪里。人就这样被一分为二，明处的你在世界中活着，暗处的
你在档案中活着；明处的你是档案书写的主体，暗处的你负责书写，
并且监视。更多的时候，书写和被书写者是分离的，甚至是矛盾的，
但是，最终代表你这个人的"权威"读本，不是生活中的你，而是
书写中的你；生活中的你必须屈服于书写中的你。

　　这时，档案这一文体的力量呈现出来了。它不容置疑，讳莫如

深，最终所达到的目的是，把人格式化、规范化，取消你作为个体存在的任何独特性和自由色彩。这是天天都在发生的日常事实，也是存在的常识之一种，然而，对于它，大家已司空见惯，已渐渐承认它的合理性，并努力地与之相协调。存在的耻辱成了人们生活中必要的代价。《0 档案》的出现，重新提醒人们注意某种格式化生存的危险性，通过它的反面呈现，来探查存在中业已失去的尊严与光辉。

存在不应该是这样的。这个秘密隐藏在"卷一"《出生史》的第一句：

他的起源和书写无关　他来自一位妇女在二十八岁的阵痛

生命的本源不是书写，不是文字的仿制，而是有质感的疼痛和孕育。遗憾的是，在档案时代，存在的继续没有发展生命的部分，反而在书写的力量下改写着生命的内容和方向。存在的异化出现了，原因在于存在的过程已被操纵——那些档案的填写者，挥舞着来自体制所赋予的权力，开始按体制的要求塑造人或打击人。个体在这里所面对的是体制这一"庞然大物"，多数人选择了妥协，放弃自己的个性，奔赴共同的使命——"添砖加瓦"。只有少数人坚持个人的存在价值，发展它，这种存在就成了一种抗争，有代价的抗争。历史上许多伟大的心灵由此而生。

档案最大限度地显示出了把一个人格式化和奴役化的力量，它代表公共话语对人的制约和伤害，它的无限扩展侵吞的是个人的空间，使人的一切方面都置于公共话语的审视之下。《0 档案》"卷三"写到"恋爱史"，这本应是最个人化的情感空间，但是，公共话语无所不在的渗透，使得恋爱也变得千篇一律的程式化了：

当然是相对无言欲言又止掩口一笑欲说还休却道天凉好个秋/当然是志同道合心心相印　当然是深深地　痴痴地　长长地/

当然是摸底　你猜猜　"真的　不骗你"　当然是娇嗔　亲昵/
当然是含着　噙着　荡漾着　当然是泪眼问花花不语/当然是多
么多么　非常非常　当然是忧伤　悲哀　绝望/当然是转怒为喜
破涕为笑　当然是迟疑　踌躇　试探/当然是摸不透　推测
谜一样的笑容　当然是一块小手绢/一群蚊子　一只毛毛虫　一
株蒲公英　一朵白玫瑰/当然是最最最好　刻骨铭心　难忘的
只有一次的/永恒啊月光　永恒啊小路　永恒啊起风了　永恒啊
夜幕/永恒啊十一点　永恒啊公园关大门　永恒啊路灯　永恒啊
长街/永恒啊依依　永恒啊回眸　永恒啊背影　永恒啊秋波/时
间到了　请赶紧　时间到了　请赶紧　再见　比尔/再见　露
下次　梅　下次　华　再见　桂珍　下次　兰

——《0 档案·卷三》

还有，在"卷四"《日常生活》中，于坚写到了"住址""睡眠
情况""工作情况""思想汇报""一组隐藏在阴暗思想中的动词"
"业余活动""日记"等八个方面，客观，精细，把一个人生命活动
过程中的每一个方面都具体化、格式化。这是表面的存在状态的敞
开。长诗到最后，具象不断地增加，档案中的那个人却不断地退隐，
到最后，他不再是某个活生生的人，而是成了一个面具、一个符号，
个人被取消了，代之而起的是暧昧的群体面貌。

我感到震惊，一贯以抒情著称的诗歌可以如此深入地切进存在
的内部，把集约化的社会控制表达得这么彻底，这在中国当代诗歌
中的确是首创。我想，在这里，诗与非诗的界限已经不重要，因为
于坚为写作设定了更为重要的难度——存在。诗与当下的存在有关，
诗与中国的日常生活有关，于坚证明了这一点。于坚说自己是后退
的诗人，其实他在后退的同时，也在存在与事物的内部挺进。因此，
在《0 档案》这么重大的诗歌实验之后，一九九八年，我们再次读到

于坚的长诗《飞行》① 一点都不觉得奇怪。我们已经在这位诗人身上建立起了对诗歌的信心。诗不是什么孤寂的事业，它同样是存在领域最重要的见证人和倾听者。于坚的出现，使同时代的许多诗人，都要重新检讨自己：究竟是谁在走一条非诗的道路？从《罗家生》到《尚义街六号》，从《避雨之树》到《对一只乌鸦的命名》，从《0档案》到《飞行》，有心的人都会注意到，事物、语言和存在本身给了于坚强大的力量——它再次证明，诗歌的希望不在它的外面，而在它的自身。

《飞行》发表后，于坚的诗歌有了更多重要的话题值得讨论，限于篇幅，只好留待日后再谈。但我相信，于坚的每首诗都写得朴白，《飞行》也不例外，热爱诗歌的朋友，都可以在《飞行》中领略一回当代诗歌中罕见的意识流——于坚写了一位诗人从本土飞往异国他乡，在飞机这一特殊时空中九个小时的内心、现实和梦想。当时间被分解后，我们第一次发现，诗歌也可以这么有力且诗意地表现一个人的内心生活，这种语言实践，甚至在当代小说中都是不多见的。如果说《0档案》是苍白的现实的话，那么，《飞行》的确是一个诗意的梦想。于坚身上居然生长着这两种非凡的气质，毫无疑问，他未来的诗歌道路已经蕴含其中了。

（原载《当代作家评论》1999 年第 4 期）

----

① 载《花城》1998 年第 4 期。

分享生活的苦

——郑小琼的写作及其"铁"的分析

你们不知道，我的姓名隐进了一张工卡里
我的双手成为流水线的一部分，身体签给了
合同，头发正由黑变白，剩下喧哗，奔波
加班，薪水……我透过寂静的白炽灯光
看见疲倦的影子投影在机台上，它慢慢地移动
转身，弓下来，沉默如一块铸铁
啊，哑语的铁，挂满了异乡人的失望与忧伤
这些在时间中生锈的铁，在现实中颤栗的铁
——我不知道该如何保护一种无声的生活

这丧失姓名与性别的生活，这合同包养的生活
在哪里，该怎样开始，八人宿舍铁架床上的月光
照亮的乡愁，机器轰鸣声里，眉来眼去的爱情
或工资单上停靠着的青春，尘世间的浮躁如何
安慰一颗孱弱的灵魂，如果月光来自于四川
那么青春被回忆点亮，却熄灭在一周七天的流水线间
剩下的，这些图纸，铁，金属制品，或者白色的

合格单，红色的次品，在白炽灯下，我还忍耐的孤独

与疼痛，在奔波中，它热烈而漫长……

————郑小琼：《生活》①

　　写这首诗的诗人叫郑小琼，她因诚恳地向我们讲述了另外一种令人疼痛的生活，而受到文坛广泛的关注。这个出生于二十世纪八十年代初的四川女孩，从二〇〇一年至二〇〇六年，一直在广东东莞的一家五金厂打工，工余时间写作诗歌和散文，近年在《诗刊》《人民文学》《天涯》等刊发表了大量作品。一个在底层打工的年轻女子，短短几年，就写出了许多尖锐、彻底、有爆发力的诗篇，而且具有持续的创造才能，这在当代堪称是一个意味深长的诗歌事件。面对郑小琼的写作，有些人试图以"打工诗人""底层写作""女性写作"等概念来命名她，但是，这些名词对郑小琼来说，显然都不合身。命名总是落后于写作的实际，正如生活总是走在想象力的前面。真正的写作，永远是个别的、无法归类的。

　　郑小琼的写作更是如此。她突出的才华，旺盛的写作激情，强悍有力的语言感觉，连同她对当代生活的深度介入和犀利描述，在新一代作家的写作中具有指标性的意义。或许，她的语言还可更凝练，她的情感陈述还可更内敛，她把握时代与政治这样的大题材时还需多加深思，但就着一种诗歌写作所能企及的力量而言，她已经做得很好了。我尊敬这样的写作者。在一种孤独、艰难的境遇里，能坚持这种与现实短兵相接的写作，并通过自身卑微的经验和对这种经验的忠直塑造来感动读者，至少在我的阅读记忆里，并不多见。

　　我没有见过郑小琼，但通过她的文字，可以想象她笔下那种令人揪心的生活。生活，实在是一个太陈旧的词了，但读了郑小琼的诗，我深深地觉得，影响和折磨今日写作的根本问题，可能还是

①　黄礼孩主编：《异乡人：广东外省青年诗选》，花城出版社 2007 年版，第 38 页。

"生活"二字。生活的贫乏，想象的苍白，精神的造假，在我看来，这是当代文学普遍存在的三大病症，而核心困境就在于许多人的写作已经无法向我们敞开新的生活可能性。在一种时代意志和消费文化的诱导下，越来越多人的写作，正在进入一种新的公共性之中，即便是貌似个人经验的书写背后，也隐藏着千人一面的写作思维：在"身体写作"的潮流里，使用的可能是同一具充满欲望和体液的肉体；在"私人经验"的旗号下，读到的可能是大同小异的情感隐私和闺房细节；编造相同类型的官场故事或情爱史的写作者，更是不在少数。个人性的背后，活跃着的其实是一种更隐蔽的公共性——真正的创造精神往往是缺席的。特别是在年轻一代小说家的写作中，经验的边界越来越狭窄，无非是那一点情爱故事，反复地被设计和讲述，对读者来说，已经了无新意；而更广阔的人群和生活，在他们笔下，并没有发出自己的声音。

这种写作对当代生活的简化和改写，如果用哈贝马斯的话说，是把丰富的生活世界变成了新的"殖民地"。他在《沟通行动的理论》一书中，特别论到当代社会的理性化发展，已把生活的某些片面扩大，侵占了生活的其他部分。比如，金钱和权力只是生活的片面，但它的过度膨胀，却把整个生活世界都变成了它的殖民地。"这种殖民，不是一种文化对另外一种文化的殖民，而是一种生活对另外一种生活的殖民。……假如作家们都不约而同地去写这种奢华生活，而对另一种生活，集体保持沉默，这种写作潮流背后，其实是隐藏着写作暴力的——它把另一种生活变成了奢华生活的殖民地。为了迎合消费文化，拒绝那些无法获得消费文化恩宠的人物和故事进入自己的写作视野，甚至无视自己的出生地和精神原产地，别人写什么，他就跟着写什么，市场需要什么，他就写什么，这不仅是对当代生活的简化，也是对自己内心的背叛。若干年后，读者（或者一些国外的研究者）再来读这一时期的中国文学，无形中会有一个错觉，以为这个时期中国的年轻人都在泡吧，都在喝咖啡，都在穿名牌，都在世界各国游历，那些底层的、被损害者的经验完全缺席了，这就是一种生活对另一种生活的殖民。"①

——我愿意在这个背景里，把郑小琼的写作看作是对这种新的生活殖民的反抗。她是"八〇后"，但她的生活经历、经验轨道、精神视野，都和另外一些只有都市记忆的"八〇后"作家有着根本的区别。她在同龄人所塑造的锦衣玉食的生活之外，不断地提醒我们，还有另一种生活，一种数量庞大、声音微弱、表情痛楚的生活，等待着作家们去描述、去认领；他们这一代人，除了不断地在恋爱和失恋之外，也还有饥饿、血泪和流落街头的恐惧；他们的生活场，除了校园、酒吧和写字楼之外，也还有工厂、流水线和铁棚屋；他们的青春记忆，除了爱情、电子游戏、小资情调之外，也还有拖欠工资、老板娘的白眼和"一年接近四万根断指"② 的血腥……郑小琼说，"我不知道该如何保护一种无声的生活/这丧失姓名与性别的生活，这合同包养的生活"（《生活》），她唯有依靠文字的记录、呈现，来为这种生活留下个人见证：

> 我在五金厂，像一块孤零零的铁
> 从去年到今年，水流在我身体里
> 它们白哗哗的声响，带着我的理想与眺望
> 从远方来，又到远方去
> 剩下回声，像孤独的鸟在荔枝林中鸣叫
>
> ——郑小琼：《水流》③

---

① 谢有顺：《追问诗歌的精神来历——从诗歌集〈出生地〉说起》，载《文艺争鸣》2007 年第 4 期。

② 郑小琼新近以散文《铁·塑料厂》获得《人民文学》杂志颁发的"新浪潮散文奖"之后，她在获奖感言中说："听说珠江三角洲有四万个以上的断指，……而我笔下瘦弱的文字却不能将任何一根断指接起来。"相关报道见《南方都市报》2007 年 5 月 24 日 B11 版。

③ 黄礼孩主编：《异乡人：广东外省青年诗选》，第 37 页。

小小的铁，柔软的铁，风声吹着

雨水打着，铁露出一块生锈的胆怯与羞涩

去年的时光落着……像针孔里滴漏的时光

有多少铁还在夜间，露天仓库，机台上……它们

将要去哪里，又将去哪里？多少铁

在深夜自己询问，有什么在

沙沙地生锈，有谁在夜里

在铁样的生活中认领生活的过去与未来

——郑小琼：《铁》①

黑夜如此辽阔，有多少在铁片生存的人

欠着贫穷的债务，站在这潮湿而清凉的铁上

凄苦地走动着，有多少爱在铁间平衡

尘世的心肠像铁一样坚硬，清冽而微苦的打工生活

她不知道，这些星光，黑暗，这些有着阴影的事物

要多久才能脱落，才能呈现出那颗敏感而柔弱的心

——郑小琼：《机器》②

　　"铁"是郑小琼写作中的核心元素，也是她所创造的最有想象力和穿透力的文学符号之一。"当我自己不断在写打工生活的时候，我写得最多的还是铁。""我一直想让自己的诗歌充满着一种铁的味道，它是尖锐的，坚硬的。"③ 对"铁"的丰富记忆，和郑小琼多年在五金厂的工作经历有关。她在工作中，观察"铁"被焚烧、穿孔、切割、打磨、折断的过程，她感受"铁"的坚硬、尖锐、冷漠和脆弱。"铁在机台断裂着，没有了声音，没有了反抗，也没有了挣扎。可以

---

① 黄礼孩主编：《异乡人：广东外省青年诗选》，第 40 页。
② 载《行吟诗人》总第九期，2006 年 7 月。
③ 郑小琼：《铁》（散文），载《人民文学》2007 年第 5 期。

想象，一块铁面对一个完整的具有巨大的摧残力的机器，它是多么的脆弱。我看见铁被切，拉，压，刨，剪，磨，它们断裂，被打磨成各种形状，安静地躺在塑料筐中。我感觉一个坚硬的生命就是这样被强大的外力所改变，修饰，它不再具有它以前的形状，角度，外观，秉性……它被外力彻底的改变了，变成强大的外力所需要的那种大小，外形，功能，特征。我从小习惯了铁匠铺的铁在外力作用下，那种灼热的呐喊与尖锐的疼痛，而如今，面对机器，它竟如此的脆弱。"① 郑小琼说，铁的气味是散漫的，扎眼的，坚硬的，有着重坠感的；铁也是柔软的，脆弱的，可以在上面打孔，划槽，刻字，弯曲，卷折……它像泥土一样柔软，它是孤独的，沉默的——所有这些关于铁的印象，都隐喻着生活对人的压迫，也可以说是现代工业社会物对人的挤压。人在物质、权力和利益面前是渺小的，无助的。尤其是在中国，社会底层的劳动制度还不健全，廉价劳动力一旦被送上机床和流水线，它就成了机器的一部分，不能有自己的情感、意志和想象。一天工作十六个小时甚至更多，一周只能出工厂的门一次或者三次，工伤得不到应有的赔偿，倒闭的工厂发不出工资……这种被践踏的、毫无尊严的生活，过去我们只能在媒体的报道中读到，如今，郑小琼将它写进了诗歌和散文。由于她自己就是打工族中的一员，所以深感这种打工生活正一天天地被"铁"所入侵，分割，甚至粉碎，"疼痛是巨大的，让人难以摆脱，像一根横亘在喉间的铁"。而更可怕的是，这种饱含着巨大痛楚的生活，在广大的社会喧嚣中却是无声的：

　　　　我把头伸出窗外，窗外是宽阔的道路，拥挤的车辆行人，琳琅满目的广告牌，铁门紧闭的工厂，一片歌舞升平，没有人也不会有人会在意有一个甚至一群人的手指让机器吞噬掉。他们疼痛的呻吟没有谁听，也不会有谁去听，他们像我控制的那

---

① 　郑小琼：《铁》（散文），载《人民文学》2007 年第 5 期。

台自动车床原料夹住的铁一样，被强大的外力切割，分块，打磨，一切都在无声中。①

甚至，也没有一个人会在意这种疼痛：

> 疼压着她的干渴的喉间，疼压着她白色的纱布，疼压着
> 她的断指，疼压着她的眼神，疼压着
> 她的眺望，疼压着她低声的哭泣
> 疼压着她……
> 没有谁会帮她卸下肉体的，内心的，现实的，未来的疼
> 机器不会，老板不会，报纸不会，
> 连那本脆弱的《劳动法》也不会
>
> ——郑小琼：《疼》②

我相信，目睹了这种血泪和疼痛之后的郑小琼，一定有一种说话的渴望，所以，她在自己的写作中一直艰难地描述、指认这种生活。她既同情，也反思；既悲伤，又坚强。她要用自己独有的语言，把这种广阔而无名的另一种中国经验固定在时代的幕布上；她要让无声的有声，让无力者前行。"正是因为打工者的这一身份，决定了我必须在写作中提交这一群体所处现实的肉体与精神的真实状态。"③她还说，"文字是软弱无力的，它们不能在现实中改变什么，但是我告诉自己一定要见证，我是这个事情的见证者，应该把见到的想到的记下来。"④于是，她找到了"铁"作为自己灵魂的出口，在自己

---

① 郑小琼：《铁》（散文），载《人民文学》2007 年第 5 期。

② 载《新京报》2005 年 6 月"京报诗刊"专版。

③ 《郑小琼访谈：在异乡寻找着内心的故乡》，载《诗歌月刊》2005 年第 9 期。

④ 《郑小琼：文字软弱无力，但我要留下见证》，载《南方都市报》2007 年 5 月 24 日 B11 版。

卑微的生活和坚硬的"铁"之间，建立起了隐秘的写作关系。

——"铁"成了一个象征。它冰冷，缺乏人性的温度，坚不可摧，密布于现代工厂生活的各个角落；它一旦制作成各类工业产品进入交易，在资本家的眼中比活生生的人还有价值；它和机器、工卡、制度结盟，获得严酷而不可冒犯的力量；它是插在受伤工人灵魂里的一根刺，一碰就痛。铁，铁，铁……郑小琼用一系列与"铁"有关的诗歌和散文，向我们描述了一个被"铁"包围的世界、一种被"铁"粉碎的生活、一颗被"铁"窒息的心灵——如同"铁"在炉火的煅烧中不断翻滚、变形、迸裂，一个被"铁"所侵犯的生命世界也在不断地肢解、破碎、变得软弱。"生活让我渐渐地变得敏感而脆弱，我内心像一块被炉火烧得柔软的铁。"① 郑小琼在写作中，以自己诚实、尖锐的体验，向我们指认了这个令人悲伤的过程。她的诗作里，反复出现"铁样的生活""铁片生存""铁样的打工人生"等字眼，她觉得自己"为这些灰暗的铁计算着生活"（《锈》），觉得"尘世的心肠像铁一样坚硬"（《机器》），"生活的片段……如同一块遗弃的铁"（《交谈》），觉得"明天是一块即将到来的铁"（《铁》）。"铁"的意象在郑小琼笔下膨胀，变得壮阔，而底层人群在"铁"的挤压下，却是渺小而孤立，他即便有再巨大的耻辱和痛苦，也会被"铁"所代表的工业制度所轻易抹平。至终，人也成了"铁"的一部分：

> 我在五金厂，像一块孤零零的铁（《生活》）

这真是一种惊心动魄的言辞。人生变得与"铁"同质，甚至成了"一块孤零零的铁"；"生活仅剩下的绿意"，也只是"一截清洗干净的葱"（《出租屋》）。这个悲剧到底是怎样演成的？郑小琼在诗歌中作了深入的揭示。她的写作意义也由此而来——她对一种工业制

① 郑小琼：《铁》（散文），载《人民文学》2007 年第 5 期。

度的反思、对一种匿名生活的见证，带着深切的、活生生的个人感受，同时，她把这种反思、见证放在了一个广阔的现实语境里来辨析；她那些强悍的个人感受，接通的是时代那根粗大的神经。她的写作不再是表达一己之私，而是成了了解这个时代无名者生活状况的重要证据；她所要抗辩的，也不是自己的个人生活，而是一种更隐蔽的生活强权。这种生活强权的展开，表面上看，是借着机器和工业流水线来完成的，事实上，机器和流水线的背后，关乎的是一种有待重新论证的制度设计和被这个制度所异化的人心。也就是说，一种生活强权的背后，总是隐藏着更大的强权，正如一块"孤零零的铁"，总是来源于一块更大的"铁"。个人没有声音，是因为集体沉默；个人过着"铁样的生活"，是因为"铁"的制度要抹去的正是有个性的表情：

> 每次上下班时把一张签有工号245、姓名郑小琼的工卡在铁质卡机上划一下，"咔"的一声，声音很清脆，没有一点迟疑，响声中更多的是一种属于时间独有的锋利。我的一天就这样卡了进去，一月，一年，让它吞掉了。①

> 她们作为一个个个体的人，身体里的温度，情感，眼神间的妩媚，智慧，肉体上的痛疼，欢乐……都消失了。作为流水线上的某个工序的工位，以及这个工位的标准要求正渐渐形成。流水线拉带的轴承不断地转动着，吱呀吱呀地声音不停地响动着，在这种不急不慢，永远相同的速度声里，那些独有的个性渐渐被磨掉了，她们像传送带上的制品一样，被流水线制造出来了。②

---

① 郑小琼：《诗歌是一次相遇》，载《诗刊》2005 年 12 月合刊。
② 郑小琼：《流水线》，载《联谊报》2007 年 3 月 13 日。

看得出，郑小琼的文字里，表露出了很深的忧虑和不安：一方面，她不希望这种渺小的个体生活继续处于失语的状态；另一方面，她又为这种被敞开的个体生活无法得到根本的抚慰而深怀悲悯。她确实是一个很有语言才华的诗人。她那些粗粝、沉重的经验，有效地扩展了诗歌写作中的生活边界，同时也照亮了那些长期被忽视的生存暗角。她的文字是生机勃勃的，她所使用的细节和意象，都有诚实的精神刻度。她不是在虚构一种生活，而是在记录和见证一种生活——这种生活，是她亲身经历过的，也是她用敏感而坚强的心灵所体验过的。所以，她的写作能唤起我们的巨大信任，同时也能被它所深深打动。

这样的写作，向我们再次重申了一个真理：文学也许不能使我们活得更好，但能使我们活得更多。郑小琼的许多诗篇，可以说，都是为了给这些更多的、匿名的生活作证。她的写作，分享了生活的苦，并在这种有疼痛感的书写中，出示了一个热爱生活的人对生活本身的体认、辨析、讲述、承担、反抗和悲悯。读她的诗歌时，我常常想起加缪在《鼠疫》中关于里厄医生所说的那段话："根据他正直的良心，他有意识地站在受害者一边。他希望跟大家，跟他同城的人们，在他们唯一的共同信念的基础上站在一起，也就是说，爱在一起，吃苦在一起，放逐在一起。因此，他分担了他们的一切忧思，而且他们的境遇也就是他的境遇。"① ——从精神意义上说，郑小琼"跟他同城的人们"，也有"爱在一起，吃苦在一起，放逐在一起"的经历，她也把"他们的境遇"和自己个人的境遇放在一起打量和思考，因此，她也分担了很多底层人的"忧思"。这也是她身上最值得珍视的写作品质。她的写作，刚刚起步不久，尽管还需对过分芜杂的经验作更精准的清理，对盲目扩张的语言野心有所警惕，但她粗粝、强悍、充满活力、富有生活质感的文字，她那开阔、质

---

① ［法］阿尔贝·加缪：《鼠疫》，顾方济、徐志仁译，上海译文出版社 1980 年版，第 295 页。

朴的写作情怀，无疑是"八〇后"这代作家中所不多见的。尤其是她对"铁"这一生活元素的发现、描述、思索以及创造性表达，为关怀一种像尘土般卑微的生存，找到了准确、形象的精神出口。同时，她也因此为自己的写作留下了一个醒目的语言路标。

当然，我也知道，郑小琼的作品数量庞大，她不仅写了"铁"，还写了塑料，写了故乡，写了河流和落日，写了医院和黄麻岭；她不仅写了很多优秀的散文和短诗，还写了《耻辱》《在五金厂》《人行天桥》《魏国记》《挣扎》《完整的黑暗》《活着的记忆》《幸存者如是说》《兽，兽》等多部颇有气势的长诗——要全面论述她的写作，并非这篇短文所能完成的；其他方面的研究，只能留待以后再写了。

（原载《南方文坛》2007 年第 4 期）

写出生命的热烈与凉意

——论田湘的诗歌

一

余秀华的诗歌被广泛传播的时候，有记者执拗地来问我，这个诗歌现象的出现，意味着什么？我说，意味着中国诗歌最艰难的时期过去了。无论是诗人自己，还是社会公众，也许都开始承认一个事实：只要是好诗，总能够被人听见；而有耐心倾听诗歌的人，他的灵魂会更加生动。因此，我们永远不要对诗歌失望，它总是以它自己独有的方式坚韧地活着，一有机会，这个国家的诗歌热情又会重新燎原。确实，诗歌作为一种语言的最高成就，一种胸襟和情怀的独特书写，它可能会偶尔沉寂，但永远不会消亡。诗歌在中国有特殊的地位。中国人的生命情趣、个体感怀、人生见识，常常要通过诗歌来抒发。没有了诗歌，这个世界就会少很多真实的性情、精微的感受，这个世界也会变得单调而苍白。

对很多中国人而言，山水、自然是一种宗教，诗歌其实也是。关于这一点，我常想起林语堂在《诗》一文中的话，他说，"中国诗在中国代替了宗教的任务"，"盖宗教的意义为人类性灵的发抒，为宇宙的微妙与美的感觉，为对于人类与生物的仁爱与悲悯。宗教无非是一种灵感，或活跃的情愫。中国人在他们的宗教里头未曾寻获此灵感或活跃的情愫，宗教对于他们不过为装饰点缀物，用以遮盖人生之里面者，大体上与疾病死亡发生密切关系而已。可是中国人却在诗里头寻获了这灵感与活跃的情愫。"① 这并非夸张之词。从终极意义上说，中国一直以来，都没有自己始终如一的宗教信仰，属于宗教意义上的性灵的抒发、对宇宙微妙的感受等情愫，几乎都被诗所代替。至少古代中国是这样。到了现代社会，文化选择日益多元，商业力量日益显著，欲望蓬勃发展，灵魂不断破碎，内心世界正在缩减，个人的情怀也不再活跃，许多人都过着千人一面的公共生活，精神悄悄地被规训，中国仿佛进入了一个不需要诗歌的时代。这表明真正的个人正在隐匿，"活跃的情愫"日渐衰微。一个轻的、机械的、塑料的、分工细密的社会，当然想不到用自然来给心灵疗伤，更想不到用诗歌的性情和慈悲来与世界对话了。

但是，在丰盛的物质面前，人依然需要一块小小的心灵栖息地，在喧嚣的时代洪流中，个体的真理依然有特殊的意义。而真正的诗，表达的正是"个体的真理"，它永远是个人对自我的追问、对世界的观察。这也是我多年来一直保持着读诗习惯的原因——在这个时代热爱诗歌，其实不过是守护自己内心那点小小的自由和狂野而已。我也乐于和诗人交往，感受他们的自由和无羁，并以此来修正我一个批评家的刻板和无趣。

广西的田湘就是我这些年交往最密切的诗人之一。我们认识的时候，最先是聊红木、沉香，接着才聊到诗歌，不知不觉，这已是多年以前的事情了。但我每次见他，总能感受到他作为一个诗人的

① 林语堂：《诗》，见《吾国与吾民》，陕西师范大学出版社 2006 年版。

率真和热烈。我经常在手机里读他发来的诗作，也经常在酒桌上听他朗诵自己的诗歌，每当这个时候，我就想，这是一个真正的诗人——只有真正的诗人，才会如此自然地把诗歌带到日常生活之中。而我认为，这正是诗歌最富生命力的特征之一：它既是精神的私语，也是日用的艺术。

很多人都害怕说出这个事实——诗歌是可以日用的，总是假想诗歌只能活在一个纯洁的精神空间里，这其实是对诗歌的误读。诗歌的发生，缘起于劳动，缘起于感怀，缘起于行走或送别，这就是日用；最初的诗歌，不仅是写生活，它本身就在生活之中。诗歌最辉煌的唐代，诗人并不是躲在书斋里写诗，而是一直在生活、行动中写诗，他们的写作实践，把诗歌变成了极具大众性的日用的艺术，但这并没有降低诗歌的品质。这令我想起胡兰成在《中国文学史话》一书中写到的一件事，他说一个日本陶工对他说："只做观赏用的陶器，会渐渐的窄小，贫薄，至于怪癖，我自己感觉到要多做日常使用的陶器。"一个陶艺家要经常烧一些日用的产品，比如平常吃饭的碗、喝茶的杯、装菜的碟，由此来平衡自己的艺术感受，以免使自己的感觉走向窄小、贫薄、怪癖。我觉得，这是一个很大的艺术创见。因此，胡兰成说，"人世是可以日用的东西"，也正因为它的日用性，"所以都是贵气的，所以可以平民亦是贵人"。① 因此，我们今天要重建诗歌的尊严，不仅要恢复一种诗歌精神，更要恢复一种诗歌的日常生活，恢复诗歌作为一种日用的艺术品质。

田湘有自己特殊的工作，但他在任何场合，都从不讳言自己是一个诗人。他像许多诗人一样，有真性情，但他的诗歌却和很多诗人不一样。他的诗，和当下一些重要诗人比起来，要简单、朴素得多，似乎谈不上什么复杂的诗艺，也不乏随意、粗糙之作，从观感上说，他的诗真是其貌不扬。而我之所以对他的诗歌怀有浓厚的兴趣，首先是感佩于他的写作状态，他真是接续上了一个重要的诗歌

① 胡兰成：《中国文学史话》，上海社会科学院出版社2004年版，第13页。

写作的传统：有感而发。他不写所谓的"纸上的诗歌"，不无病呻吟，极其尊重自己的感觉——写作既是对感觉的找寻，也是从感觉出发，用语言为感觉塑形。如果照现代诗歌的标准看，凭感觉写诗已是古老的行为，诗歌也可能会因此而过于直白，而匮乏可以分析和阐释的高深诗意。可是，假若诗歌只是语言的精妙组装，或者只是为了表述精神的迷途结构，而诗人偏偏不愿意直接说出自己的第一感受，诗歌就会因此而变得深沉而重要么？当代诗歌的深奥、晦涩、繁复，已经相当普遍，它对于解析一种精致、复杂的现代经验而言，或许是必要的——一眼就能洞穿一切的时代过去了，我们必须正视这样一个经验极为复杂、缠绕的时代，但我们是否也要为诗歌留存一份简单和直接？

诗歌的核心是情感，而我以为，有感而发依然是表达情感最有价值的方式之一。

正因为一直坚持有感而发的写作习惯，田湘的诗或许才远离当下诗坛的风习，以自己单纯、质朴、有时也直抒胸臆的诗歌语言，观察，分析，阐释，质询，自由表达，也坦率直言。一些诗句，是生活的偶得，一些诗句，是反复吟咏之后的语言提纯，他的诗，有一种古典与现代相结合的风神。他明显是一个抒情主义者，拒绝用玄奥的意象、过分晦涩的词，他也许认为，直白其心反而可以直达事物的本质。

> 一朵即将消逝的花
> 没有人来怜惜
> 我也无法替她说出内心
> 但我在见到她的瞬间心就痛了起来
> 好像凋落的不是她，是我自己
> 好像是我在这无人的地方
> 悄然死去了一次

没有人能阻止一朵花的衰败

正如没有人能阻止她的盛开

——《残花》①

一个人老去的方式很简单

就像站在雪中，瞬间便满头白发

——《雪人》

田湘写花的凋落，写人的白发，这些都是古老的主题，关于年华、时间，多少诗人感叹过了，但他觉得依然有话可说，因为这朵"花"，这些"白发"，是他个人看见和感受到的事物：见到花，想到的是"凋落的不是她，是我自己"；见到镜子里自己的白发，他说，"我不忍老去，一直站在原地等你"，"除了你，哪怕是上帝的眼泪/也不能将我融化"。这就是属于田湘的"个体的真理"，他说出自己的心痛，说出自己的悲伤，他抒情与感怀——这样的时刻，他需要诗歌帮他记下自己真实的心情。这些细小的"个体的真理"，只是情感的碎片，但对于诗人来说，这就是他的世界，他很容易就通过一朵花、一根白发在这个世界里确证自我的存在。

所以，这个诗歌里的"我"，从不冷漠，甚至还显得过于炽热了，以致田湘的一些诗歌，似乎缺了点隐忍和节制，沉潜下来的东西还不够丰富，一切都抒发得太直白了。这似乎已经成为田湘的诗歌性格，他已无意改变这点，但我发现，他的诗歌中写得最好的部分，恰恰来自这种情感的真挚、锥心，因为有情，所以动人。"夜深了/女儿的心思/和她望着镜子迷茫的表情/我放不下//天凉了/母亲的关节痛/和父亲的胃窦炎/我放不下//……在这个世界上/哪怕我放

① 本文中所引的田湘的诗，均出自他以下四本诗集：《城边》，中国文史出版社 2006 年版；《虚掩的门》，中国文联出版社 2010 年版；《放不下》，广西人民出版社 2012 年版，《遇见》，长江文艺出版社 2014 年版。下文不再另注。

下了/属于我的青春、欢乐和财富/可那些爱着我的人/和我所爱着的人/我都放不下"——读到这样的诗时，我着实心动了一下，许多时候，我们对亲人和世界的挂怀，不就是这么简单么？但在我们的人生中，何曾如此简单地说自己的"放不下"？太多的伪饰，太多的知识，已经无法让我们直接说出自己心中所想，我们可能更理性、深刻地认识了人生，但我们却漠视了自己的无情。田湘正是通过简单的抒情，重新成为一个有情人，他的爱和恨，都有明确的指向。

二

田湘的诗，并不空洞地抒情，他重视人与物的对话、凝视，进而从物中反观自己。他热爱世界，并在这个世界里，建立起了自己的物象系列，所以，他的诗歌中，不仅有他的精神，也有物的精神。物象的建构，不仅使他的情感落地了，同时也让一些看起来平常的事物具有了诗学的意义，使它们在诗的视野里获得了出场的机会。他经常写的物象，有车站、火车、河流、云、雨、月亮，等等，而最经典的是"黄花梨"与"沉香"：

　　　　让我用一百年的光阴
　　　　为你绣出飓风的纹路
　　　　绣出琥珀金丝
　　　　绣出山水、森林、天空的倒影
　　　　绣出虎豹在树丛中漫步

　　　　让我用一百年的光阴
　　　　绣出种种鬼脸
　　　　使你拥有人类最滑稽可爱的一面

绣出贵妃斑

铭刻你的青春

　　　　　　　　　　　——《黄花梨》

被你爱

只因我受过伤害

刀砍。雷劈。虫蛀。土埋

在苦难中与微生物结缘

在潮湿阴暗之地

结油　转世

一截木头换骨脱胎

腐朽化为神奇

安神。驱邪。醒脑

把最好的眼泪给你

别人被爱是因为完美

我被爱是因为

遭遇伤害

　　　　　　　　　　　——《沉香》

　　田湘诗歌中的"黄花梨"与"沉香",已成了具有他鲜明个人印记的物象符号。木头的美,如此诗意、飞扬,那些灿烂的花纹里蕴藏着风雷的声音;木头的结香,如此沉实、内敛,那些伤痕、泪滴,全是生命的细语。除了田湘,我不知中国还有哪个现代诗人,曾如此毫无掩饰地亲近"黄花梨"和"沉香",为它们立传,为它们歌哭,一次次地把它们写进个人的诗里。李敬泽说:"考察田湘的沉香诗,要把它放进传统背景中去,一是古典诗歌的大传统,特别是其中咏物抒怀的诗学风范。另一个是小传统,是'袅袅沉水烟'的传统,是大传统中的支脉,就是关于沉香这种物质,关于焚香这种生活方式的书写。田湘在现代语境中复活了关于沉香的书写传统。他把一种已近消散的文化和诗学脉络重新接续起来。或者说，他发现了、激活了沉香传统的现代活力。"① 确实，这种对物的再书写，并使之具有诗学的维度，这是还原了诗歌写作中极为重要的一面——诗歌正是通过语言创造世界：它创造生命与文化的世界，也创造物的世界。其实，中国诗歌一直有不太及物的传统，长于抒情、言志、感时忧国，往往对于物的世界、经验的世界过于写意，大而化之，这也构成了中国诗歌崇尚情与志、长于务虚的传统；而缺乏实证支持的诗歌，有时，它的现代品质也难以建立起来。

现代诗一个很大的特点，就是对于复杂经验的分析、阐释和表达，这之中，当然也包括物的经验。在现代生活中，精神的落实往往是通过物来完成的，甚至许多时候，物质本身就是精神。因此，二十世纪以来，现代作家从不藐视物质的力量，物质的繁殖和增长，既挤压着人的精神，也扩展着人的精神。这是一种诗歌的灵魂辩证法。田湘的写作证实了这一点。他对一些物象的反复吟咏，寄寓着他的诗歌情怀，也包含着他对世界和自我的省思。"你若打开自己的美丽/爱情和王座就属于你"，这说的是黄花梨；"谁能守候百年的寂寞/把苦难升华/让枯木再生/谁能在纷乱的世界里/凝固脆弱的承诺/让生命与爱永恒"，这说的是沉香——但这些何尝不是一种自我凝视、自我省思？物不仅仅是物，它成了田湘通向内心的一个入口；他的诗，不是心灵的空转，而是落实于日常事物之中。他是一个有世俗心的诗人，他通过一系列核心物象的再造，建构起了自己的诗歌风格。

这些核心物象，除了"黄花梨"和"沉香"，还有"老站房"："老站房站在黄昏里/像一块旧伤疤/更像一座孤独的坟/埋着我的旧情感"；还有"火车"："动车开的时候，我的身体就有了/高铁的节奏，有了莫名其妙的快"，"旋转的车轮/就像这旋转的世界/……/我

① 　李敬泽：《诗的天地由窄门中走出》，引自田湘的新浪博客，2014 年 12 月12 日。

的身体也跟着快速漂移／心律也在加速跳动／而我的爱／却想在你的怀中／停止"；还有"月亮"："只剩下一弯镰刀了／要割掉谁的疼痛"。田湘还写秋风、河流、树，等等，一切生活中的事物，都可进入他的书写视野，但他对于那些最有心得的事物，是不断推敲、琢磨，谨慎地选择用词，为一个佳句的偶得而狂喜，最终的目的，无非就是要找到他在这个世界上最深情、难忘的角落，甘愿为之歌哭。有时，他对一种事物的歌咏中，之所以会显得用力过猛，就在于他用情专一、爱得深切，在他的内心，一直存着一个希望，那就是希望这个世界是有温度的，人也是有所爱的。

三

田湘的诗歌，还有一个重要的品质，那就是关于生命的思索。以诗歌的方式思考，这在现代诗中我们并不陌生，但这样的思索，常常是把现代人置放于一个卑微、痛苦、幻灭、绝望的境地之中，人多是稻草人、虫豸、悲观主义者、绝望的弃儿的形象，人类失爱、失信，生活在惶惑、迷茫之中，人似乎只能匍匐在地面上生存，再也难以站起来歌唱了。这当然是不可回避的现代人的生存处境之一。但田湘的写作告诉我们，这并不是生活的全部。他试图以自己的方式对现代诗中这一普遍存在的黯淡品质提出抗辩，进而对生命、存在作出新的思索。对此，张清华评论道："他并不缺乏对世界、对生命与生存的亲近哲学的思考，只是他的这些思考并不借助谱系学意义上的'知识'，而是靠了对世界的忧患而直接进入。"[①] 这一点非常

---

① 张清华：《"在加速的时代寻找缓慢的爱"——序田湘的诗集〈放不下〉》，见田湘：《放不下》，广西人民出版社 2012 年版，第 4 页。

重要，它使得田湘的诗歌维度显得更为丰富，他明白人的渺小与脆弱，但也不放弃歌唱的权利，尤其对世界中那些卑微的事物、低处的生活，他一直存着爱与同情。他似乎要向这个世界作一个相反的见证，如他自己在诗中所言，"在加速的时代寻找缓慢的爱"，在现代世界里寻找传统生活，在卑微的事物里发现坚韧、明亮的品质。

> 我用加法
> 计算我逐渐增加的年轮
> 和增多的白发、心酸、痛苦、回忆
> 我用减法
> 计算我逐渐远去的青春
> 和减少的黑发、激情、快乐、童心
>
> ……
> 但有时我也在加减法中找到惊喜
> 比如我用加法
> 增加花园里的小草和花朵
> 让春天多一些美丽和情趣
> 我用减法
> 去掉树上的几根枯枝
> 让冬天少一些忧伤
>
> ——《加法·减法》

> 树在飞，而我
> 和奔驰的火车
> 却在加速行进中
> 加速退出
> 一幅幅生活的风景
> 加速退出

历史和现实

——《我感觉树在飞》

虚掩的门里
有着许多不为人知的秘密
有着童年、少年和青春的梦想
有着虚空、孤独、忧伤和甜蜜

它似乎在等待一个人
轻轻地把门叩开
可直到青春逝去
那扇门依然虚掩着
那个叩门的人依然没有出现

——《虚掩的门》

　　田湘习惯思索生活的两面，加法与减法，打开与虚掩，快与慢，他相信生活的另一种品质总有一天会出现，所以，他的诗歌精神并不阴郁，相反，他能给人以信心，因为他一直相信生活中还有值得守护、值得为之献身的事物。他感伤，但不绝望。他能在"小草"身上看见"微笑"，能在"河流"里听见"唱歌"的声音，他珍重一切生活中细小、柔软的碎片，而这些碎片，更像是他的心灵穿越各种眼泪、苦难之后一点点积攒下来的，明亮，坚韧，充满暖意。他反思现代文明的各种征候，但也相信生命的本然、世界的本然终究可以为人类的生存敞开新的道路。

　　而像这样的诗，更是把他对世界、生存的感悟内在成了一种哲学般的思绪：

哪怕你读书万卷
也无法阅尽

他醉卧秋风的

无限愁绪

—— 《秋风醉》

江南的庭院很深，白墙黑瓦

住着前朝的商人，富可敌国

却也敌不过，一场雨

雨在秋天打开了菊花

走出瘦瘦的美人

美人送来窒息的一吻

雨便不停地哭泣

菊花就掉了头颅

—— 《在雨中复活一朵菊花》

在这些诗里，田湘不再是直白地感怀，而是把情绪藏得很深，他是用一种感性的方式思索，但这样的思索，因为诉诸形象，而更富诗的品质。他的诗，既是对世界的直觉，也是对一种事物与生活的沉思；他有诗人的豪放与旷达，也有一个思索者的警觉；尤其是他对生命与世界那天真而偏执的看法，更是构成了他诗歌中独特的精神底色。诗歌中的田湘，饱满、激扬、大步前进，但他同时也抗争、内省、反诘、默想。他相信生命的价值、人的意义，相信活着的尊严不可冒犯，看到生之喜悦，也看到死之悲哀——那种生命的热烈与凉意，构成了他诗歌的内面，所以，他的诗，既沉重又轻盈，既复杂又简单，背后贯注的是一种他对灵魂的寻找、对人生的觉悟。

我知道，这些年田湘一直保持着良好的写作状态，即便一次漫步、一次茶饮，也会诗兴大发。他有感而发，他创造物象，他思索生命，这是我在他的诗歌中读到的最重要的三个特征，为此，他把诗歌还原成了人类生命的吟唱，而不仅是个人的窃窃私语——那些被他用诗歌大声说出来的事实或思绪，我总觉得，更像是我们平庸生活中残存的精神奇迹。作家东西曾说，田湘是一个有所坚持的诗人，他的某些坚持就像他的收藏，是怀旧的，是经过时间考验的，是有价值的。确实，为了更好地呈现自己的这种坚持，田湘的一些诗歌表达还略显匆促、过于直接，但他作为一个诗人，捍卫了自己的诗歌理想，赤诚地说出了自己对世界和生命的感受，并且让读者为之感动，这就够了。

（原载《当代文坛》2015 年第 6 期）

生命的探问与领会
——谈谈冯娜的诗

一

很早就喜欢读冯娜的诗歌，它有大地般的质朴与沉潜，也有现代诗的复杂和精微，她的写作，可视之为传统与现代的综合。她对自己的写作，有一种笃定的坚持，她似乎说过，诗歌应该具备一股内在的意志。直言诗歌与一种意志相联，容易令人联想起理性与概念，这本身与诗性是有冲突的，因为真正的诗歌更多是在迟疑、彷徨中寻找方向，它甚至是不知道的、在路上的、没有方向的。但冯娜显然是一个习惯以诗歌来思考的诗人，在她简明而澄澈的表达中，我们依然可以遇见她日益成熟的诗歌观念，这也是解读冯娜诗歌的一个关键。

《诗歌献给谁人》是冯娜收录于最新诗集中的一首诗，就可视为进入她诗歌的一个引言：

凌晨起身为路人扫去积雪的人

病榻前别过身去的母亲

登山者，在蝴蝶的振翅中获得非凡的智慧

倚靠着一颗栾树，流浪汉突然记起家乡的琴声

冬天伐木，需要另一人拉紧绳索

精妙绝伦的手艺

将一些树木制作成船只、另一些要盛满饭食、井水、骨灰

多余的金币买通了一个冷酷的杀手

他却突然有了恋爱般的迟疑……

一个读诗的人，误会着写作者的心意

他们在各自的黑暗中，摸索着世界的开关①

　　"突然有了恋爱般的迟疑……"，这就像诗歌的发生，迟疑，不确定，藏身于黑暗之中。这种迟疑，会流露在众多日常生活的细节中，它让那些看似自然的日常事物变得不再简单、不再平凡。迟疑的时刻，是诗歌诞生的契机，不确定的事物，才是诗歌生长的土壤。冯娜笔下的"迟疑"，不是简单的犹豫，而是"恋爱般的迟疑"，这里包含着心的重量，不仅是爱还是不爱的抉择，更多的时候，或许是在爱与不爱中纠结、煎熬、挣扎，这是内心的搏击与精神的纠缠，而这正是现代诗歌的核心要素之一。

　　在后面两句诗中，冯娜谈到了诗歌中的"误会"。"误会"并非诗歌的歧途，恰恰是诗歌多义的象征。具备"误会"的多解可能的诗歌，才是好诗该有的品质，才有诗歌的张力、厚重与强度。"他们在各自的黑暗中，摸索着世界的开关"，这里的"他们"，也包括诗人自身。诗人和读者一样，用诗摸索着世界的开关，在各自的黑暗中寻找光源。有多少种"误会"，诗歌就有多少种光源。

---

　　① 　冯娜：《诗歌献给谁人》，载《广州文艺》2016 年第 6 期。

　　发生于"迟疑"的诗，却有着强的张力，可以启动多种黑暗中的光。这或许就是冯娜的诗学观念，对一切事物表示怀疑、发出质问，内心却相信这种质问、怀疑本身即是在确立新的价值。冯娜有一首诗，就取名《疑惑》，它似乎更加直接地呈现了这一观念：

> 所有许诺说要来看我的男人，都半途而废
> 所有默默向别处迁徙的女人，都不期而至
> 我动念弃绝你们的言辞　相信你们的足履
> 迢迢星河　一个人怀抱一个宇宙
> 装在瓶子里的水摇荡成一个又一个大海
> 在陆地上往来的人都告诉我，世界上所有水都相通①

　　题为"疑惑"，诗人却无比确信。"世界上所有水都相通"，也就是对许诺的半途而废以及向别处迁徙的不期而至等等都不再相信，而是看透一切、释然之后生出的宁静感。这里和那里，个人和宇宙，一滴水和一个大海，它们内在是相连的，正因为相信"世界上所有水都相通"，便不再苛责别人、苛责人生，而选择"相信你们"。这是认识世界真相之后的一种豁然。

　　在《在这个房间》这首诗中，她这样写道：

> 我没有见过他们当中的大多数
> 他们也一样
> 有时候，我感到他们熟悉的凝视
> 北风吹醒的早晨，某处会有一个致命的形象
> 我错过的花期，有人沉醉
> 我去过的山麓，他们还穿越了谷底
> 他们写下的诗篇，有些将会不朽

---

① 冯娜：《寻鹤》，漓江出版社 2013 年版，第 7 页。

大多数和这一首一样，成为谎言①

"将会不朽"与"成为谎言"，是一种对立，不朽的诗篇，总是少数，成为谎言的却是大多数，但为何还有这么多诗人在写作？从某个角度上说，写诗正是在一种精神的迟疑寻求确信，一次次的言说，似乎就是为了等待那句诗的降临。诗人终其一生，就是为了写出那句心中之诗，这句诗是"获救之舌"，可以将诗人从黑暗中拯救出来。而诗歌永远是个人的表达、孤独的言说，"我错过的花期，有人沉醉"，所以，它拒绝合唱。合唱即谎言，唯有个体的真理才能不朽。

迟疑和确信，这既是一种形式结构，也是一种精神结构。作为形式结构，它使诗歌有一种内在的逻辑，作为精神结构，它既是对世界的确证，也是对自我的确证。比如《魔术》一诗，最后一句，"你是你的时候，我是我"②，就是一种自我确证。建基于相信之上的确证，是诗歌的力量之源，它会使诗歌重新获得表达世界的权利。很长一段时间以来，当代诗歌只是词语的绵延，甚至是语言的修辞和游戏，它已不再有效说出内心的事实，也不再肯定世界的真相，原因就在于诗人内心已不再确信，它不知道自己要什么，也就不知道要将自己的诗引向哪里。诗歌的乱象，往往就是内心混乱的表现。美国诗人罗伯特·弗罗斯特曾说："一首诗歌只是对混乱的暂时抗争。诗歌中就含有那样的东西，为你抓住一些瞬间，不管怎么说——阻止混乱。"③ 语言的有序，来源于整饬内心后的确信，这种确信，未必直接指向某种信仰，它更多的是对一种存在的领会，诗歌最终的目的，总是为了说出一种存在的状况，进而让我们重识这个世界的基本图景。诗歌的语言或许是跳跃的，但它必须"阻止混乱"，混乱从来不是诗歌的本义。

---

① 冯娜：《无数灯火选中的夜》，中国青年出版社 2016 年版，第 60 页。

② 见冯娜：《弗拉明戈（外十一首）》，载《诗江南》2016 年第 3 期。

③ ［美］罗伯特·弗罗斯特：《罗伯特·弗罗斯特校园谈话录》，董洪川、王庆译，译林出版社 2015 年版，第 23 页。

二

　　诗人之所以"迟疑",是因为诗人想在诗中探问更为本质的事物。眼见之物,许多时候只是世界的表象,诗的意义是如何越过物,抵达内心和真实。物的背后也隐藏着精神,但这种精神的显现,需要借由诗人的体验来澄明。很多人从冯娜诗歌的动植物意象中寻找隐喻,而我更愿意将其中的大部分意象视为"掩饰物",即诗人使用这些意象,不是要用它们暗示什么,而是它们如此显眼,嵌入记忆如此之深,以至于成了遮蔽内心的物。好的诗歌,是要写出物的物质性和精神性。

　　请看这首《出生地》:

　　　　人们总向我提起我的出生地
　　　　一个高寒的、山茶花和松林一样多的藏区
　　　　它教给我的藏语,我已经忘记
　　　　它教给我的高音,至今我还没有唱出
　　　　那音色,像坚实的松果一直埋在某处
　　　　夏天有麂子
　　　　冬天有火塘
　　　　当地人狩猎、采蜜、种植耐寒的苦荞
　　　　火葬,是我最熟悉的丧礼
　　　　我们不过问死神家里的事
　　　　也不过问星子落进深坞的事

　　　　他们教会我一些技艺
　　　　是为了让我终生不去使用它们

我离开他们

是为了不让他们先离开我

他们还说，人应像火焰一样去爱

是为了灰烬不必复燃①

诗人是少数民族，来自云南边疆这一高寒地带。她的出生地，有各种城市、平原所难以见到的动植物和难以想象的人情风俗，这种身份背景，成为不少人理解冯娜的切入口。这当然是一种角度，但过度强调这一地域身份，也容易成为一种遮蔽，使得诗人与出生地的关系紧密，而忽视了诗人的精神想象力。对于自己的写作身份，冯娜曾有解释："我从小接受的是汉族人的教育，也用汉语写作，很少主动意识到自己的少数民族身份。当近年不断有人提及时，我才回头去看自己的写作，是否真的具备某种'少数民族特色'。答案是，有。但这种特质并不单纯出自我的民族——白族，而是混合了藏族（我的出生地在藏族聚居地）、纳西族、彝族等多民族的声调，因为我的童年和青少年时期在多民族杂居的地方度过，少数民族文化对我的影响是潜移默化的，深入骨血之中的，所以我不需要主动去强调，自然流露就已经很明显了吧。"② 有自觉意识的诗人，都有自己的写作根据地，它往往和故乡相关，与自己的童年、少年记忆相关，甚至有些作家、诗人，一生都在写自己那个邮票一样大小的故乡。这样的写作烙印，是不必特意强调的，是流淌在作家、诗人的血液里的。读冯娜的诗，很容易就辨识出她的生活背景，有意思的是，她一方面在写自己的生活和记忆，另一方面她又不断对自己的生活和记忆进行揭蔽和重构。《出生地》就是揭蔽式写作的一个样本。出生地的生活教给诗人的东西，或者已忘记，或者至今没能表

---

① 冯娜：《无数灯火选中的夜》，第3页。

② 徐钺、冯娜：《潜在的交谈者——徐钺、冯娜访谈》，见《诗歌风尚》2016年第2卷，第147页。

现出来，诗人所掌握的技艺，也许是形而上的"术"，并不具实用意义；那些经常被人过问的事情，在诗人的出生地那里往往是无人过问、不足为奇的，它们都是自然而然的存在。当诗人离开出生地之后，它们就都成了"问题"，成了猎奇性书写的对象。但冯娜没有迎合这种写作趣味，她有意拒绝对一种边地生活的猎奇想象和过度阐释，甚至不觉得这些事物有什么异样的审美特质，她不着力于写事物的意义，她所着迷的恰恰是事物本身。比起对边地生活的猎奇性审美，冯娜对自己的写作身份的体认中，更愿意分享不同族群的人的生存态度。"他们还说，人应像火焰一样去爱/是为了灰烬不必复燃"，这是爱的态度，也是生活的态度，只管"去爱"，直到成为"灰烬"，这是何等不同的一种决绝的爱，或许这才是那片土地所特有的、值得诗人去书写的事物。

诗歌的揭蔽，不是分析，不是论证，而更多是一种情感的真实敞露、一种存在的自我领会。《出生地》里，也写了大量故乡的物象，但它的重点依然是对家乡、对土地的那份怀恋，在诗人的生命中，有些精神基因是无法置换的，它既是身体的出生地，也是精神的归途与墓园。诗人的写作，其实就是不断地接近那个生存的核心，并为一种生命体验作证。这样的体验，不仅面对生活记忆时有，面对当下生活时也有。比如，《风吹银杏》一诗，写的就是"公园"，一种现代生活视野里的银杏树。

> 一些人走得慢，醒得早
> 一些人走得快，老得也快
> 公园里几乎没有人在感受风的速度
> 只有银杏叶被来回翻动
> 这些都是不结果的雄树
> 高大挺拔
> 风不会吹出它树干里的苦楚
> 我要是再年轻一点儿

也许会站在那儿，等着它遍体金黄①

人与树，好像是不相干的存在，"没有人在感受风的速度"，隐喻的是人对自身存在的无知和无觉，而无感知的存在仿佛不存在。相反，银杏树让"我"意识到生命的变化、年华的流逝，那"树干里的苦楚"，没有人体会，风也"不会吹出"，只有"我"感受到了，如同银杏叶来回翻动，是在感受风的速度。"我要是再年轻一点儿/也许会站在那儿，等着它遍体金黄"，这里没有悲伤，只有洞彻生命之后的超然。这可能是冯娜诗歌中写得特别好的部分，通过俗见之物，写出一种存在之思。她不空洞地抒怀，而是把自己对人的存在的思索，贯注在具体的一棵树中，人的生命与树的生命相比照，自然的生命就有了存在的意味，这其实就是对存在的揭蔽。没有这种对事物的发现，存在很可能就一直处在暗昧之中，人也很可能就只是自然人，而不是在存在中行动和感受的人。

生命是一种存在，对它的探问，一直是冯娜诗歌的中心议题之一。《猎户座》是我尤为喜欢的一首，它通过向宇宙发问来审视生命，有着很浓的形而上色彩。"只有夜晚，搭弓者找到了他的箭"，第一句即引人深思。搭弓者在夜晚方能找到箭，结合最后一句"用肉眼无法完成的　新的纪元"，链接起来，可以发现，这是在探问一些属于夜晚、时间、属于本体性奥秘的宇宙命题。"我曾问过一个凿光的矿工：/为何我们的日子又聋又哑/我们耽于眼前的天文学/忙于命名/忙于痛苦，我们铸尖了箭矢/出于寂寞，猎犬的主人找到了它们"②。忙于命名、耽于眼前的天文学知识，已经遮蔽了真正的宇宙奥秘，看不到痛苦，感受不到寂寞，这样的日子即是又聋又哑。"猎户座"这一名词，遮蔽了这种星象的内涵。揭蔽，认清星座的价值，需要漫长的时间，需要让时间具有流逝的形象，正如闪烁的事物置

---

① 冯娜：《无数灯火选中的夜》，第 73 页。
② 冯娜：《冯娜的诗歌》，载《山花》（A 版）2014 年第 9 期。

于黑暗之中才有价值、大海需要拥抱渔火才具生命、婚礼的光需要有阴暗处的烛台来表达、夜里少女也要银质胸针……每种事物，都在寻找突破遮蔽的方式，才能让自己显得意义非凡，人类、时间、宇宙也是如此。

《猎户座》谈及命名，命名有时亦是一种遮蔽。冯娜的《词语》就集中思考了这个纯思辨问题，这一被论者称作"元诗"的诗，更加典型地表明了诗人热衷于"揭蔽"的诗学观念。"我看不见你的藏身之所/——词语　铺满砂砾的巢穴/一座巨大的记忆仓库"，"我看不见你　当你露出了词语一样的样貌"，"时间/它像一个又一个词语叠加而成的迷宫"，"现在，我把词语放在耳朵上、膝盖上/它们理解衰老和冗长的命运/——多么好，当我不在这里/你依然能看到我，在词语周围"①。这些诗句，明显地暗示了诗人对"词语"本身的兴趣，全诗的意义指向让人联想起斯坦纳论述诗歌语言时提及的问题："现在倾泻出来的'言'中，究竟有多少在载'道'，如果我们想要听到从'言'到'道'的演变，所需要的沉默在哪里？"② 也令人想起诗人多多关于诗歌语言的论述："在我们陈述时，最富诗意的东西已经逃逸，剩下的是词语。狩猎者死在它们身上，狼用终生嚎叫。词从未在我们手中，我们抓住轮廓，死后变为知识。"③ 在发言与沉默之间，在看见与隐藏之间，在记忆与发现之间，在在场与不在场之间，在诗意与知识之间……这就是必须依靠词语来书写的诗歌奥秘，诗人用词语来承载的，有可见的，更有不可见的，还有必然消逝的。如果经验是词语的肉身，那么诗人的使命是让沉重的肉身、琐碎的经验发出清脆的声响，这是词语触碰隐秘世界、本体世界、灵魂世界而有的声音。

---

①　冯娜：《冯娜的诗歌》，载《山花》（A版）2014年第9期。

②　［美］乔治·斯坦纳：《语言与沉默——论语言、文学与非人道》，李小均译，上海人民出版社2013年版，第65页。

③　多多：《诗歌的创造力》，见多多：《诺言——多多集1972～2012》，作家出版社2013年版，第285页。

三

里尔克说写出好诗，唯一的办法就是不断地向自己的内心看。"探索那叫你写的缘由，考察它的根是不是盘在你心的深处。"① 冯娜的诗都有这种向内看的性质，她的经验，不管是边地异域风情，还是个人的城市感受，或者纯粹的情感抒发，都是向内探寻、追问。她的诗歌思考万物诸情，同时也抚慰自我内心。这种抚慰，源于诗人深入到了事物与人可以相通的内在层面，她找到了观察世界和进入事物本身的角度，这个角度可能是偏僻的，但却是诗人所独有的。

冯娜曾说："诗歌就是我与这个世界的亲近和隔膜。我用语言诉说它，也许我始终无法进入它的心脏，哪怕融入它的心脏，可能又会觉得无言处才最心安。"② 这无言处的心安，或许就是人与物的相通处，它隐秘而亲切。具体而言，有前面谈及的"自然"，也有深入生存本质之后的豁然开朗。看见自然的力量，因而可以释然、可以宽慰；看到生存的本质，因而可以从更宽阔的视角理解他者与自我，获得一种平等的立场和心境。许多人读冯娜的诗歌，之所以会有一种不满足，可能是因为她的诗歌中没有浓烈的情感表达，也不以炫技的方式来扮演先锋，她的诗歌品质追求的是一种宁静、智性的深刻，或者一种了然之后的澄澈。

宁静是一种精神气质，冯娜的诗在宁静中其实也含着激情。我在读狄金森的诗歌时，会感受到一种宁静的激情，读冯娜的诗歌时，亦有此感受。当然，它们有各自不同的"宁静"和"激情"。冯娜诗

---

① 〔奥〕里尔克：《给青年诗人的信》，云南人民出版社 2016 年版，第 16 页。
② 冯娜：《我与世界的亲近和隔膜》，载《中国诗歌》2010 年第 9 期。

歌的宁静与激情，不是一种空，或者一种破执之后的淡然，她也不
让自己的诗歌直接过渡到精神的彼岸，她关怀彼岸，但也不蔑视此
在世界，甚至还积极坚守着此在世界的道和义。这就是无限中的有
限，诗人认识到无限，更意识到个体的有限。有人以为进入无限即
是最高境界，实则不然。在文学层面，无限之上的有限才叫深刻。
前面谈及的《出生地》或者《风吹银杏》《猎户座》等诗作，着力于
通往无限，却也保持了个体有限的坚韧。"人应像火焰一样去爱/是
为了灰烬不必复燃"，强调个体火焰一样去爱的信念，是个体的态
度，也是对人的有限性的挑战。"我要是再年轻一点儿/也许会站在
那儿，等着它遍体金黄"，时间的无限与生命的有限相对比，那种超
然背后，不是妥协，不是屈服，而是一种以有限来直面无限的意志、
勇气。

> 一个老朋友，生物学家
> 在研究人类如何返老还童
> 我与他最后见面一次
> 是上一次金星凌日，十一年前
> 一个学生，工程师
> 在研发人工智能如何模仿人类的感情
> 和他午饭后，我要赶去爱一个陌生人
>
> 关于时间，我是这样想的：
> 如果他们真的创造了新的时钟
> 作为他们的同行
> 我，一个诗人，
> 会继续请孩子们替我吹蜡烛①

---

① 冯娜：《无数灯火选中的夜》，第 85 页。

这首题为《孩子们替我吹蜡烛》的诗，思索的同样是时间和生命，这些事物，生物学家、工程师们试图去设计和改变它，但作为诗人，只愿意"继续请孩子们替我吹蜡烛"。"吹蜡烛"这种带着个人情感的时间是无法设计和复制的，生物学家和工程师可以改变世界，人工智能甚至可以"模仿人类的感情"，虽然"作为他们的同行"，诗人以自己的创造超越时间，但诗人只会活在自己的时间和情感里，她要捍卫一个通过孩子吹蜡烛来提示时间存在的世界，这是对纯粹、美好的一种坚守。"会继续"，这一口吻看似轻盈、干脆，却隐含着诗人的生存气魄，一种任何事物也不能让她妥协的气魄。

这种气魄也是一种诗歌意志。布鲁姆在评论狄金森诗歌时说："爱默生和尼采的权力意志也是接受性的，不过这种意志引起的反应是阐释，于是在他们的作品中，每一个词都成了对人类或自然的某种阐释。狄金森的方式，不论是观看还是意志，都倾向于质疑而不是解说，它暗示着某种他者化，既是对人类姿态也是对自然过程。"①冯娜的诗歌中，似乎也有一种狄金森式的"意志"，她不是简单地去阐释生活和自然现象，而是在对许多习焉不察的事物的质问、迟疑中探询生命的崭新意义、揭示生活的诸多可能。但冯娜又没有简单地陷入一种否定的诗学中，她不是对生活和事物的简单否定，而是通过揭蔽，让生活和事物呈现出另一种面貌，一种更为本然、但也更切近存在本身的面貌。她超越了就事论事的写作方式，为了更好地观察事物，她还在自己的诗中建立起了一般诗人所没有的视点：以大写小，以无限观有限，以简单写复杂。她的诗歌最鲜明的特点，或许就是存在于她诗歌中对生命的信念。在一个信念溃败的时代，这批有着信念的激情与力量的诗歌，就显得弥足珍贵。

让我们再来读一首《对岸的灯火》的诗：

_____

① ［美］哈罗德·布鲁姆：《西方正典——伟大作家和不朽作品》，江宁康译，译林出版社 2011 年版，第 251—252 页。

我看到灯火，把水引向此岸
好像我们不需要借助船只或者翅膀
就可以轻触远处的光芒

湖面摇晃着——
这被无数灯火选中的夜
明亮和黑暗碰撞的声响告诉我
一定是无数种命运交错　让我来到了此处
让我站在岸边
每一盏灯火都不分明地牵引我迷惑我
我曾经在城市的夜晚，被灯火的洪流侵袭
我知道湖水的下一刻
就要变成另一重光澜的漩涡

我只要站在这里
每一盏灯火都会在我身上闪闪烁烁
仿佛不需要借助水或者路途
它们就可以靠岸①

　　湖边的"灯火"，是无比寻常的事物，但它如同是生活中的光，虽然真实存在，却也常常闪烁，显得遥不可及，没有人可以逃避这光对他的诱惑，但又并不是每个人都能看见这光，都能借助这光泅渡到对岸。但是，"我只要站在这里/每一盏灯火都会在我身上闪闪烁烁"，关键是要站在一个可以看见光、被光照耀的地方，你的身上就会有光的闪烁。而我为何会站在这里呢？"一定是无数种命运交错让我来到了此处/让我站在岸边"，这是命运的力量，也可以说是"我"对光的向往，让我站在这里。一旦身上有了光，"仿佛不需要

————————

　　①　冯娜：《对岸的灯火》，载《民族文学》2015年第8期。

借助水或者路途/它们就可以靠岸"，远处的光，成了我身上的光之后，这就是生命的觉悟，或者生命的救赎。而从某种意义上说，冯娜的诗歌就像是那对岸的灯火，闪现每一种命运；也像是这夜、这水、这路途……将人与命运勾连，有黑暗与光明，是光澜也是漩涡。读着这样的诗，每一种命运都会在我们身上闪烁，仿佛不需要别的，生命就可以靠岸。

（本文为 2016 年 7 月在北京召开的冯娜诗歌研讨会上提交的论文）

为山水立心

梁征写诗。他的诗，开阔，自由，诗意与禅机交织，而且隐含着一种雄心：为自然写史，为山水作传。他工作、生活于一地，就对此地怀着深情，投注心力，为其歌咏，做此间山水的意中人。他的第一本诗集《寻找雪峰》[①]，写的是福州，闽都十邑，或自然山水，或人文景观，在他笔下，获得了一种诗意的审视。他不做那种浮华的山水风光的游历者，而是追求与这片山水对话，在对话中钻探、深思、领悟，让山水内化于心，大有"风云多赏会，物我俱忘怀"之风。谢冕说，自古文人对福州的风物多有吟咏，但"以现代诗的形式如此集中而充分地表现此间的山山水水，诗人梁征可能是第一人"。诚然，没有对这片山水有爱与痛惜者，难以有如此沛然的诗情；而缺了诗歌为其立传的山水，也会少了许多色彩与深意。

福州已经记住了这位诗人对她的情意。如今，莆田也有了这份来自诗歌的礼遇——《木兰春涨》[②]。

这是梁征的新诗集，写的是莆田新旧二十四景。从福州到莆田，

---

① 海峡文艺出版社 2010 年版。
② 海峡文艺出版社 2016 年版。

对于梁征而言，既是工作地的变动，也是一种诗情的再出发。"对这片景观的反复歌咏，是我对莆阳人文和山水深深眷恋的明证。"在莆阳的四年多时间，他走遍那里的山山水水，寻觅山水间的沧桑、诗意，也召唤山水间的神明，不仅为山水作传，也为山水立心。莆田的这四十八处景观，多数依然铺排于天地间，唯个别只存于典籍与记忆中了，但梁征都一一为它们作"诗传"，并集结成书，这堪称是一次文化壮举。

莆阳，莆阳，这个名字一次次在梁征的诗中被呼唤，令我感慨万千。我对莆阳诸景，多数陌生，个别游历过的，也只是一过客，走马观花而已。今以梁征的诗为引，梦游莆阳，这里的山山水水如同亲见，而且诗人旁征博引，使山水有了历史，有了想象的疆域，我作为读者，已深深体会到了作者对这片山水的情意。尽管诗人说，"我没有什么奢望/只想拂去额头的皱纹/舒缓一下疲惫的心跳"（《梅寺晨钟》），但他也确然"完成了大宋莆阳最绚丽的诗行"（《木兰春涨》）。宋代时，莆阳已包含莆田、仙游、兴化三地，"山南为阳，水北为阳"，诗人反复以莆阳咏之，大有为这些山水景观溯源之意，它们仿佛生来就是属于诗的，或者说，唯有入诗之后，山川风物可得以永恒。这让我想起饶宗颐的高论，他说，"'不废江河万古流'，乾坤可毁，而诗则永不可毁。宇宙一切气象，应由诗担当之，视诗为己分内事。诗，充塞宇宙之间，舍诗之外别无趋向，别无行业，别无商量。此时此际万物森然于方寸之间，充心而发，充塞宇宙者无非诗材。故老杜在夔州，几乎无物不可入诗，无题不可为诗，此其所以开拓千古未有之诗境也。"——此语虽论杜诗，也可说是诗歌写作的大道，无此阔然诗心，面对莆阳大地，诗人也只能客观描摹或空洞感叹，根本不可能体会物我相契之境，更遑论为山水立心了。事实上，《木兰春涨》一书，不少诗作，是写于梁征离开莆田之后，然而，莆阳之景早在诗人心中酝酿多时才发而成诗，诗人在不在莆阳，已不重要了。

古人作诗，或在途中，颠沛奔走，或在冥思中体会独与天地精神相往来那个内在自我，这一动一静之中，皆有好诗。梁征的诗，似乎二者兼有，最终却沉入内心的多。尽管在他的诗中，依然可以听到风声、鼓鸣、河流的奔腾，但这些更多是内心的镜像，是内心对这些景观的返照，已是主观化了的诗性书写。"你卷起的每一朵浪花/都有一个澎湃的故事/再壮怀的传说/也只是你的一个漩涡"（《木兰春涨》），"溪水是你流浪的脚/泡沫是你多余的眼/夕阳是你寂寞的书房/月光是你悲凉的历史"（《钟潭噌响》）。很显然，梁征无意作景观的导览者，他在诗中也不机械地写实，你很难定义他的诗是抒情还是记述，他动用一切诗艺，不过是为了述怀，为了说出心中所思。T. S. 艾略特在《诗的三种声音》中说，在一首既非说教，亦非叙述，而且也不由任何社会目的激活的诗中，诗人唯一关注的也许只是用诗——用他所有的文字的资源，包括其历史、内涵和音乐——来表达这一模糊的冲动。确实，许多时候，诗人也无法说清自己与山水间那种特殊的感情，唯有通过写作，一切才明朗化，自我才走向澄明。钱穆把诗学称为心学，说的也是这个意思。

由此，才能见出梁征的诗之特殊价值。清风明月、山水自然，一直是中国诗歌的宗教，中国的诗人未必信佛，但都信仰山水，也多陶然于山水。文人向往山水，往往隐含着对世俗生活的倦怠之情，如北宋郭熙说，"尘嚣缰锁，此人情所常厌也"，所以，写山水诗，画山水画，被历代文人当作是离世出尘的一种超脱方式，以此涤滤身心，静观自我。这是中国诗歌书写山水的惯常路径。但梁征若照这个传统的路子写，其诗便无足观。有意思的是，他用的是古典题材，诗风也常具古意，用词典雅之处甚多，但他的诗，骨子里却极具现代意识。这个现代意识最重要的表现，就是梁征写的已不再是传统的抒情诗，而是更接近艾略特所说的那种"冥想诗"——艾略特以此来形容里尔克的《杜伊诺哀歌》、瓦雷里的《海滨墓园》等诗作。这些诗，往往采用自我省悟的视角，既有对世界的印象，也有个人的独语，既重个人体验中那些决定性瞬间的感受，更重自我对历史、自然、个体存在、消失的时间等母题的冥想——而在冥想中所倾听到的内在自我的声音，便成了诗歌真正的灵魂。

梁征正是借由一种个人化的、极具现代意识的冥想，赋予了莆阳山水以特殊的灵魂。在《木兰春涨》的开篇，诗人就宣告："莆阳的天空就是方向"（《东山晓旭》）。这似乎预示了梁征的一种诗歌气质：在冥想中追忆，也在冥想中仰望。由于冥想遵循的是心理逻辑，甚至还可能是一种精神的意识流，这使得梁征的诗有时跳跃性强，语意难懂之处也不少，但我们依然能够从中感受到一种气势，一种想象力自由飞翔的快意。这或许正是现代诗的一大特征——除了宁静的沉思，诗人的经验中也经常混杂着梦幻、潜意识、悠游的情思、穿越时空的叩问等等。借力于这种更为复杂的现代诗歌经验，梁征迅速从物象意义上的山水中超越出来，让山水返回到内心，使其在精神上被重新定义。

> 海的心　是水
>
> 水的心　是波
>
> 波的心　是天
>
> 天的心
>
> 是这轮宁海的初日
>
> ——《宁海初日》

> 怎样才能摁捺住自己
>
> 才能把满怀的波纹
>
> 日夜撞击着灵魂和骨头的涟漪
>
> 如丝日线地抽出来
>
> 让林泉的天空复归最初的宁静
>
> 生命在这里归于完整
>
> ——《林泉禅武》

每一处山水，都有着诗人的眼界，也隐含着诗人的心跳。"在尘山之颠/我是一位由想象的五线谱放纵的饮者"（《尖山瞰海》），"我的心室四壁空空/有你　再也不需要任何装饰"(《圳湖映碧》)。梁征的诗,虽然多为个人对山水的静思,但文字之中依然有精神体温,就在于他写的山水背后有人,有"我"之旨趣与襟怀,"万物森然于方寸之间,充心而发"。他拒绝旁观山水,面对山水,他总会不自觉地迸放出一种内倾的激情——节制,内敛,隐忍中也透着人文思索。而他的诗可称为现代诗的另一个重要特点,是在诗中设置了"我""你""谁"三种人称,彼此对话,互相呼应,甚至不时还写下他们之间那种内心的辩论、灵魂的驳难,这极大地扩展了他诗歌中的精神纵深感。时间与空间交错,自我与他者共鸣,看山是山,看水是水,看山不是山,看水不是水,对山水的冥想成了一个可以自我发声的精神实体——莆阳是物象,也是心象,山水是神明和历史遗落在大地上的碎片,折射出神的光彩,也透着人的尊严和光辉。

让我将动听的辞令嚼碎
捂在灵魂深处成年累月的伤口上
让我用三辈子的幸福抵押
作一回谦卑的船长

——《仙水漫步》

你可在梵音的最宽处等我
你可在流水的源头
为我留一处安身的空隙

——《梅寺晨钟》

望海塔上　是谁的手痕
从千年前伸过来和我紧握
文昌阁里　是千年前谁的脚印
承接了一注今晚的落雨

——《塔斗夕霞》

几乎每一首诗，都有"我""你""谁"的呢喃或对话。在我看来，这是诗人冥想山水时的幻象，是精神升华的一种方式。"你"和"谁"，不过是"我"的变体，是自我声音的一种裂变。在现代诗中，诗人经常幻化成另一个自我，担负双重甚至多重角色，彼此对话，以更好地完成自我的建构。梁征深谙于此，在"我""你""谁"中转换自如，这样，诗歌空间一下就从具体的山水中飞升起来，进入了虚拟的诗境，也释放了诗人的心灵。这样一种写法，很容易让人想起钱锺书用《西游记》中"以心问心，自家商量"这句话，来概括"一人独白而宛如两人对语"的妙处。看似声音不同，就内在而言，却是诗人扮演不同角色，本质上并没有改变诗歌那种独语与冥想的特征。艾略特在《诗的三种声音》一文中说：第一种声音是诗人对自己说话，或不对任何人说话；第二种是诗人对听众说话，不管人多人少；第三种是诗人试图创造一个戏剧性人物在诗中说话；这时他说着话，却不是他本人会说的，而只是一个虚构的人物对另一个虚构的人物可能说的话。在一首诗中，多种声音相交响，是现代诗试图更好地写出现代人之复杂经验的技术尝试，被梁征用在他的山水诗写作中，这种山水诗也就有了现代感，主体与客体的界限消弭了，诗人自由地出入其间，从而重释了自我与山水的关系。形式上是多种声音说话，最终却依旧是独语的，这样的写作，也合乎梁征在精神上的追求："天人合一／地人合一／儒道释合一"（《东山欲晓》）。

而梁征最想表达的那个声音依然清晰、强健，那就是个体生命的独立与完成。他把山水自然都看作是生命，但要欣赏这个生命，必须有一个实现了自我完成的生命，才能彼此对视，享受各自的孤独。

梁征笔下莆阳山水的历史，直追宋代，但其诗却有唐风。只有唐代的诗歌，才如此追求生命的独立，如此欣赏生命的孤独美学。即便众人消失，一片寂静，即便只有诗人一人立于天地间，他照样知道如何活着，如何安静、高远地活着。"千山鸟飞绝，万径人踪灭；孤舟蓑笠翁，独钓寒江雪。"赞颂的正是生命的自我完成，唯有如此，你才能如此静谧地凝视自我。王维的《辛夷坞》写道："木末芙蓉花，山中发红萼，涧户寂无人，纷纷开且落。"没有任何人来，是不是也可以花开花落？这诗很好地诠释了生命是独立存在的，不是为别人而存在的。都说唐诗是可以当作佛经来读的，确然。梁征的诗，是现代诗，但也得了唐风，个中的佛禅思想更是昭然，他最终是要在与山水的凝视、对话中实现生命的自我完成。"渗入骨血的是你／钻进灵魂的是你／澡雪心灵的是你"（《古囊峋献》），"我不知道用一生占有你够不够"（《龟洋积雾》），此时，即便没有任何人再对莆阳山水有感，站在这片山水面前的梁征，也能独自一人去欣赏这片山水的恬然与孤独，他看山水就是看自己，并且深感自己被这片山水所庇护、所完成。这种自我完成，就是为山水立心。

"人生代代无穷已，江月年年只相似"，有了《木兰春涨》，诗人无须再去专门朝拜莆阳山水，只要想到它一直在着，就够了，一切都心领神会了。我想，这种源自个体生命的内在欣喜，便是作为诗人的梁征所收获到的最大幸福。

（本文为诗集《木兰春涨》的序言，
该书由海峡文艺出版社 2016 年出版）

词语的冲突及其缓解方式

一、语言的自我搏斗

我想用一种朴素的方式，表达出词语之于写作的重要意义。多数的词语，在许多人的写作中反复出现，在我们的生活里不断地被使用，即便已经了无新意，也没有人会对它产生怀疑和追问，更不用说试图把它引至另一个方向了。语言的约定俗成所形成的惯性，有着我们想象不到的巨大力量，它足以左右我们的说话方式和表达方式。就是那些一辈子以语言为生的作家，大多也受困于此，以致他们的写作常常会有压抑不住的陈旧和平庸。只有少数人对语言的惯性力量有敏感和警惕，并试图寻求突破的途径，进而创造词语新的精神指向和想象边界。判断一个作家是否有个性和创造性，这是至关重要的一点。

与语言的创造性相对的是，我们正在面对一个业已完成的语言世界。这个世界的基本特点是，词语的规则已经制定，每个人所要做的，不过是在这些规则里滑行，或者将之扭曲，以获得一种肤浅的快乐。但是，诗歌作为词语的事业、语言的王冠，它真正的创造性，远不止于对现成的词语规则的扭曲，而应是一种彻底的反动。正是一次次的语言反动，构成了诗歌不断革命和不断前进的历史。朦胧诗是对"文革"话语的反动，第三代诗又是对朦胧诗的反动。每一次反动过后，诗歌都会朝一个新的空间伸越，暗中改写旧有的语言秩序。

必须承认，语言反动在诗歌界的努力正在慢慢静止下来。更多的人，只是享受现成的语言成果，或者在典籍和大师那里寻找资源，或者把诗歌写成无味的大白话，不仅贫乏，而且完全忽视个人话语风格的建立。只有少数一些诗人对语言进行着不懈的去蔽、清场和创造的工作。在这个背景里，我注意到了麦城，以及《麦城诗集》①。几乎一眼就可以看出，麦城是一个对词语高度敏感并对词语有出色应用能力的诗人。他的写作，是一场语言的自我搏斗，一次词语学上的内心辨析，具有奇特的感染力。而且，麦城笔下的词语不是简单地指向外部世界，也不仅是一种想象的结果，它更多地指向词语本身，通过对词语特殊的中断、歪曲、改写、错置、转换和拼接，收获一种完全出人意料的发现。

词语，首先是词语，把我们带到了一个新奇的世界之中。它属于麦城，因为这些词语具有突出的风格，以及难以复制的创造性，一旦被应用到诗歌写作中，就构成了麦城话语的主要元素：个人性，自由感，命名意识，智慧和幽默，格言色彩……

　　大约深夜一点
　　疾病使帝王的想象陷入绝境
　　当朝神医缝合好

---

① 作家出版社 2000 年版。

奄奄一息的江山落日

后，前往鲁班的家中

把岁月锯成一副担架

从帝王的病情里

把荣华富贵抬出来

京剧里的先帝

没从乐谱里拉出最好的情感

为社稷伴奏

苦难被二胡念出声来

好不容易

跪在皇妃的死亡里

悲痛的表情

又如何从穷人的内心掏出来

——《在困惑里接待生活》

　　这显然不是代表麦城诗歌美学的最好段落，但从中我们却可以清楚地看出麦城的话语个性。词语所指涉的究竟是什么已不重要，词语本身的组合方式和前进方式，已经形成了诡异的戏剧效果和叙事张力，仿佛是一个魔幻世界，麦城却说，这是他"在困惑里接待"的"生活"。确实，在貌似语言游戏的后面，是诗人对生活隐秘而锐利的进入。一句"苦难被二胡念出声来"，"悲痛的表情／又如何从穷人的内心掏出来"，一下就把我们带回到生活的现场，原来，麦城的内心一直在词语的下面流动，一直在谛听着精神的每一次起伏所发出的声响。这似乎是麦城惯用的手法：在貌似游戏的词语运动中，往往隐藏着自己悲痛的内心挣扎；正如那些阴冷、坚硬的诗句，终究无法掩饰麦城内心的童真和善良，甚至我还在一种沧桑的语境中，读出了麦城的似水柔情，中间伴随着他狡黠的笑声。这样的诗歌，是一种混合、一种杂语，它所产生的想象空间却是巨大的。麦城的独特性正源于此。

二、词语的谱系

　　麦城的写作历史并不短。《麦城诗集》所收的最早的一首诗作于一九八五年，但在写出了相当出色的《在困惑里接待生活》《麦城：一九八八年孤独成果》《现代"枪手"阿多》等诗作的一九八八年，麦城突然中断了写作，如同一次歌唱，在最高昂处突然戛然而止。余音再次响起是在一九九八年，中间整整中断了十年。尽管这十年麦城取得了事业上的成功，但我还是愿意把麦城从词语中的出走，理解成他对诗坛无言的失望。

　　　　我不得不举起手臂

　　　　再一次抬高我的人生

　　　　　　　　　　——《一滴钻石里的泪，降在了大连》

　　刚恢复写作的麦城，写下了这样的诗句。我相信这是一个寓言，那举起的手臂，跟履行词语的责任有关，或者说，词语在人生中的复活，使人生发现了新的高度。令人惊讶的是，十年后的麦城，状态依旧充满活力，没有丝毫生疏的感觉，这只有一种解释：麦城虽然十年不写作，但一直保持着诗人的生活状态和思考方向。而我要说的是，真正打通麦城跨越十年的生命通道、传承麦城的诗歌思维的，还是词语。我对《麦城诗集》中两个时段的诗作做了些简单的对比，发现麦城形成了自己的词语谱系，包括组词的方式，前后都有着内在的一致性。可以说，词语是麦城写作的母题和泉源，也是麦城完成对这个世界的思考的核心力量。

在麦城的词语谱系里，下面这些是出现频率最高的：景色，现场，悲伤（忧伤），笑容，心情，表情，上级（大人），下面，苦难，伤口，黑暗，夜晚，光芒，内心，目光，手，道路，眼泪（泪水），阴谋，仇恨，力量……都是些大众化的词语，或者如上面所说，是一些已经完成的语言，在常人看来，这是一个无所作为的地方，但麦城应用他奇特的想象和尖锐的理性，为这些词语开辟了新的空间，我想，他的本意是想对这些词语进行重新命名。

> 你从一滴优秀的泪水
> 掰出了两种忧伤
>
> ——《被夜色涂掉的几种心情》

> 我突然从镜子深处
> 知道该怎样制服脸上的忧伤
> 该如何从左向右或从右向左
> 布置笑容
>
> ——《谁把这么多的景色堆放在大连》

> 她说，手长期揣在兜里
> 容易成为匕首
>
> ——《一滴钻石里的泪，降在了大连》

> 道路，纷纷逃往一双布鞋
> 鞋，一步使我迈进真理
>
> ——《在困惑里接待生活》

> 你们各自的生活表情
> 好像在夜晚里被人动过
> 影片里的人间

没有爷爷用过的生活

——《今夜，上演悲伤》

刀锋陈述你的伤口
我用眼泪生活
谁把英雄从伤口里救出来
谁就会被墓碑传说

——《旧情绪》

我必须在友谊正式批下来以前
赶上仇恨的惯性

——《识字以来》

风，迅速向树投案
阳光，打印出脸上的表情

——《断定》

世界陆续停电
光明无法从电线杆上爬进人间

——《直觉场》

这样的诗句还有很多，似乎不必再引述了，它足以说明麦城的词语谱系内部的规则。有些人把它概括为格言化，而我却更愿意把它看作是词语遇见自由和智慧时发出的会心微笑。你很难想象，一个没有自由心灵的人，怎么可能在词语面前如此的机智和流畅，又怎么可能在漫不经心中完成对词语的想象边界的重新塑造。一切都逸出了常规，也偏离了语法，有意思的是，这不仅没有封闭词语的本性，反而向我们敞开了词语深处的新的可能性。特别是一些很平常的名词，被麦城配以特殊的动词之后，获得了新的美学意义和哲学色彩，也获得了鲜明的个人性。这种我称之为麦城语式的词语结构原理，几乎从麦城刚写诗不久的一九八五年便已初步形成，后面的写作不过是这种词语结构方式的不断成熟和扩大而已。令我感到惊异的是，一个诗人怎么会在那么年轻的时候便形成独立的语言风格，他怎么没有染上当时那个时代的写作习气，而独自前行？再说，这种语言风格被麦城自己坚守到现在，没有轻易放弃，没有跟着诗坛时尚而转移，总是与时代错位，难道麦城就不怕被人说成是一个拒绝前进和变化的人？

已经有人对此表示出了担忧。他们渴望看到诗人在变化，在日新月异，在不断地更换写作形式，尤其在今天这个许多人都认为新的就是好的、多变是丰富的代名词的时代，不变几乎不言而喻地把自己置于劣势。如果以变化的眼光看，麦城的确算是封闭的诗人，他太恋慕自己的词语世界，不愿轻易出去，更不愿轻易改变自己。在这点上，我倒是支持麦城，他完全没必要被变化本身所迷惑，他所要做的是更加坚定自己所认定的、已经形成了独立风格的东西。任何作家、诗人或艺术家的个人风格，都不是靠变化来完成的，恰恰相反，坚持、唯一、执着才是风格的标志和基石。只要我们稍稍考察一下历代大师的写作状况，就会发现，他们的写作，终其一生都在实践自己恒定的精神母题和艺术理想。比如博尔赫斯对迷宫的应用，普鲁斯特对时间的迷恋，凡·高对模糊的执着，毕加索对割裂的情有独钟，英格玛·伯格曼对真实与谎言之界限的探查，都是耗费了他们一生的才华对它进行不懈追索的，他们是一些不变的艺术家，但丝毫不影响他们的伟大。由此我想到，真正伟大的作家、艺术家，他的一生，也许只有一个简约而唯一的问题需要回答，比如绝望之于卡夫卡，受难之于福克纳。相反，对于那些天天都在变化、完全没有自己的终极追求的人，他所从事的艺术创造，我认为是相当可疑的、最典型的就是张艺谋，他一部电影一个样，是一个艺术上繁复多变的人，可我到现在也没有看出来，属于这个人自己的艺术独创在哪里。他有的只是聪明，所以他能借助别人所架的梯

子让自己爬到天上去，却唯独没有找到可以追索一生之久的精神
母题。

当然，简约而唯一的母题，并不意味着写作或艺术创造就是重
复。这就要求作家、艺术家在通往这个母题的过程中，有着丰富的
展开方式。简约而丰富，大概算得上是艺术的最高境界了。就这一
点而言，麦城的诗歌有了自己非常恒定的艺术追求，但在展开的方
式上，在卷入生活内部的冲突上，在生命对词语的渗透上，还有更
丰富的领域可以追求，因为以麦城复杂的生活经历来说，他的诗还
过多地停留在智慧的层面，个人生命经历上的许多资源并没有得到
充分的表达。也正因为如此，我认为麦城的诗是可以期待的。

三、冲突及其缓解方式

初读麦城诗歌的人，很容易把他看成是一个热衷于语言游戏的
诗人，不否认，麦城诗歌中有游戏的成分，但这只是少数，他的大
多数诗作都与某种生命体验有关。由于他的理性，他的写作剔除了
煽情，转而用调侃、沉思、戏谑、旁征博引的方式，来表达他的内
心节律和灵魂现场，所以很多人都可能因此将麦城误读为一个不动
声色、冷漠的诗人。其实，你只要读一读麦城的《作文里的小女孩》
《纸无法叠出来的一场寒冷》《一滴钻石里的泪，降在了大连》等作
品，便会发现，这里面涌动着非常丰富的感情，有着童话般的真诚
和质朴，虽是平静而节制地说出，可依旧动人。它不属于传统的抒
情，而是在抒情里多了几分理性，使得抒情变得清澈有力起来。我
喜欢这种节制、清澈、干净、透明的感情处理方式，它与当下诗坛
泛滥成灾的抒情风气有着截然不同的效果。

麦城还写过一首名为《桌子上的内心活动》的诗，我个人也非

常喜欢。桌子的意象是太平常不过了，但"我把身上的友谊全部输掉的时候/便围着桌子/开始了由小到大的生活"。一张桌子，一次隐秘的内心流程，在这首诗里，麦城充分显示出了自己广阔的思维和奔放的想象力。"小的时候/常常把桌子当作玩具/有时把它当成国家地理/顺着木纹里的道路/在山川田野走来走去/我如此信任当年的步伐/真的以为走来走去/即可走完这一生"，这是第一层，关于桌子表面的联想，带着天真和快乐的心情；接着，又把桌子当作"剧场的舞台"，实现了向内心的飞跃，并期望在此伸张自己的梦想："自己亲自扮演一位开明皇帝/每天一千次地把手臂伸给贫民百姓/让他们顺着政权从生活的底层爬上来/之后，取消零度以下的生活/之后，把汉语发到每一个人的手上/乃至我剩下的最后一份好心情/也发给他们/并亲自给这一代人民/洗衣服，甚至擦地板/允许他们的多年往事抵押给国家"，眼看这个善良的梦想就要在内心完成了，没想到，母亲下班回家后，一切便破碎，"我的很多来自于桌子上的内心活动/被母亲切菜时的菜刀/泄露出的锋芒劈成两半/一半成为泪水被桌腿挽留成另外一种力量/另一半成为我后来的内幕"。母亲在这里代表成人世界，她对一个孩子的梦想的中断，预示着"我"过早就参与了成人世界的漠然与残酷。因此，"长大以后"，"我"想用"白纸、铅笔和水杯"来找回那个被中断的梦想时，发现"铅笔的血统"不过变成了"汉语的最后一次喷嚏"，这就是"我后来的内幕"。从这里可以看出，麦城不是一个躲在词语的密室里玩游戏的语言术士，他的理性、想象和童话情结，目的是逼近存在的真相，敞开自己隐秘的内心，并表达这种内心的冲突。

有的时候，冲突还会演变到非常尖锐的地步。"女人拎着鱼/如同半个爱情拎着一个婚姻"，"从冰里取出海洋/从火里取出森林/从脸里取出泪水/从我里取出人间"（《停靠在大连港的汉语》），"门，或许就是阴谋"，"多想给痛苦安上嘴唇/让它说出凶手的长相/然后，再陪你慢慢地疼"（《在困惑里接待生活》），"泪水使我确信/痛苦是大人发给我的"（《旧情绪》），"如果有一天/她的家随爸爸的观念/

从这个城市搬到另一个城市/那么谁来负责搬走她的经历/又谁来负责通知/她生活过的这个城市/已经是她的外地"（《作文里的小女孩·文本之二》），在这些诗句里，麦城的表情变得庄重而严肃，词语中蕴含着与现实的紧张关系，没有丝毫语言游戏时的轻松，但它却是将麦城的诗才发挥得最好的部分。我个人认为，任何一种成功的写作，都是紧张的写作，是作家与现实的冲突造成的紧张感构成了写作的基本动力，而一个作家之所以写作，无非是想寻找一种方式来缓解这种冲突。麦城的诗歌里，大量出现诸如"痛苦""黑暗""仇恨""阴谋""死亡""灾难""沉重""苦难""泪水""悲伤"等词语，实际上就是他与现实之冲突的写照。但是，词语不过是内心泄密的一种途径而已，更深的冲突还存在于冲突被缓解的那一瞬间。

我注意到，麦城缓解冲突的方式主要有三种：一是智慧的快乐。这点，在麦城对词语的活用上体现得最明显，因为对词语的活用，许多时候获得的是一种命名的快乐，而命名的快乐就是智慧的快乐。另一种智慧的快乐来源于别人很少在诗歌里应用的自我辩论。"我认为/力量是被左手损坏的/你说/右手里的力量/足可以把埋在乡下里的节日/挖掘出来/供城里人隐蔽忧伤/……/你认为/我的双手像用完的牙膏/一点力量也挤不到这张桌面上/……/我说/如果我握住了你的手/并摸到了你的力量/那力量我可以用吗"（《力量》），"我弯下腰，从纸筐里/把那张旧纸拿出来/撕了个粉碎/就在我把碎纸片扔出去的时候/那个人在碎里/又跟我说了一句话/兄弟，你看见过碎吗/你能把旧撕成碎吗/你能把碎撕成碎吗"（《碎》），固有的冲突在这种自我辩论式的话语速度中，借助理性的洞彻被缓解。二是词语的游戏性。比如，"大连的那一场大雪/比王小妮诗里的那场雪/下得还要大/这种悲伤的速度/需要于坚几次更重大的飞行/才能提交给 0 档案"（《停靠在大连港的汉语》），"从祥林嫂的宿舍里出来/便受到警方的怀疑/没办法，只好/躲到老舍的《茶馆》里喝茶/想想从哪条后路/能走进社会主义社会//喝到《孔乙己》/从巴金的《家》里/被赶出来的时候/鲁迅提一壶烧好的《药》/找我一同去给中国治病"

（《失题之二》），这种带有游戏色彩的写作，提供的仅仅是说话的趣味性，它的直接目的就是解构冲突。三是幽默感。"一个字押着下一个词/嘴商量着幽默的出发时间"（《在困惑里接待生活》），"悄悄地打开幽默的库房/有幽默掩护我从贫穷越狱"（《力量》），这是麦城自己说的，而在具体的诗歌实践中，当麦城借着重新命名而改造词语的想象边界，从而把语义引到一个我们意想不到的方向时，幽默感就发生了。在《纸无法叠出的一场寒冷》中，麦城用"胖""减肥""咳嗽"等词语来形容雪的变化，那个童话世界的情感秘密的冲突便在我们忍俊不禁的微笑中得到缓解。

四、剩余的想象

我要继续追问的是，那些词语内部形成的尖锐冲突，最终真的得到了缓解吗？这是确实的，但并不等于说冲突由此就消失于无形了。只要诗人没有放弃内心的挣扎，没有放弃与语言的搏斗，没有放弃对生活的悲剧性卷入，冲突就仍旧会继续，心灵与词语相遇的那一刻，紧张感也仍旧会折磨着诗人自己。我注意到，麦城早期的作品，大多结束在含有"灾难""沉重""痛苦""黑暗"等词语的陈述句中（如《旧情绪》中的"墙壁、树木/隐瞒了我痛苦的姓氏"等），而他最近几年的作品，则多是结束于语气和缓的问句中（如《碎》中的"你能把旧撕成碎吗/你能把碎撕成碎吗"等），这个细微的变化，说出麦城的诗歌心情比起以前的阴郁，多少开始变得明亮起来，但这还是非常有限的，毕竟还有许多的心灵断裂在等待修复。我倒愿意麦城的写作能一直持续在冲突和断裂之中，而不是在游戏和幽默的层面上过度发展，把冲突消解于无形。从这个角度说，麦城的写作不应该过于把自己封闭在智慧对词语的调度和改写上，不应该太注重词语内部的思辨色彩，他可以更大胆地向生活中一些实在、具体而充满生命感悟的细节开放。

我觉得麦城具有把生活细节转换成好诗的能力。比如，《麦城诗集》里有好几首诗是为"小吴丹""乖乖""万鹏妹妹"这些具体的个人而作的，它往往简朴细腻，却真挚感人，里面蕴含着一种奇特的情感力量，不断地在撞击着读者的心灵。我很喜欢这种阅读经验。正是这些作品，把麦城略显坚硬的内心撕开了一条缝，从而敞开了他心灵中的另一面，可以说，这既是对个人心灵丰富性的拓展，也是对写作的新的可能性的一种探索。

除了这个新变化，还有一点也值得特别提及，那就是，麦城近年的诗作，有意地加强了终极追问的力度：

> 如果有一天
> 她的家随爸爸的观念
> 从这个城市搬到另一个城市
> 那么谁来负责搬走她的经历
> 又谁来负责通知
> 她生活过的这个城市
> 已经是她的外地
>
> ——《作文里的小女孩·文本之二》

> 我要找到我表情的上级
> 发给我的这份表情
> 父母要在天黑下来之前
> 负全部责任
> 谁来担任景色的上级
> 谁负责把这景色快速地寄给圣经
>
> ——《谁把这么多的景色堆放在大连》

是谁交出了我们走出农业的动机

——《生活在大连的这种经历》

把这些诗句合起来看会发现，麦城的诗歌中会经常出现一个无法指称的、在人之上的存在者，如"谁""上级""大人""命令"等，他们是匿名的、无法言说的，却有着一种不可名状的审视的力量，好像在这束目光下，一切的词语和心情都变得有秩序起来。尽管麦城在这点上可能不是有意为之，但有这股未名的力量、无法言说的存在者的存在，无形之中，使麦城的诗歌品质发生了内在的调整。

麦城在词语中显现出了一种谦卑的面貌，这点很重要，因为只有谦卑能让一个人发现存在的秘密，并保持对此时此地的生活和写作的敏感。与此相反的是，我在许多诗人的诗歌语言中看不到这种谦卑的姿态，他们不自觉地进入到了语言暴力的圈套之中，或者在生活面前显示出颐指气使的脸色，总是把自己扮演成生活的知情者和教导师的角色，仿佛在宣示只有他才明白的真理。海子在许多时候就有这种危险，他的诗歌中也经常出现"谁""王子""神"这些字眼，但他过于激烈的诗歌精神和诗歌语言，使他在这种呼喊得不到应答时，只好自己出来扮演"王子"和神明的角色，最终必然走向绝望和死亡。海子缺的就是在词语和存在面前的谦卑精神，他做梦都想做语言的造物主，这多么危险啊。我很高兴在麦城身上能看到一种谦卑的诗歌精神。

匿名的存在者的向度的引入，也表明麦城对未知、未明的世界一直保持着必要的敬畏。强调这一点是很必要的，因为大多数的中国作家，在写作中是根本不知敬畏为何物的，他们面对美妙的大自然、面对无垠的星空、面对某种无法言说的力量熟视无睹，结果把人自己看作是存在的终极，这除了暴露他们的浅薄和无知之外，不能说明任何问题。必须看到，人的存在是有限的，人类之所以写作，就是源于人类对自我的有限性的觉察，以及探查存在真相的内在愿望。麦城的谦卑和敬畏，看起来是一种剩余的想象，其实大大开阔了他的精神视野，也使他的诗歌散发出不同寻常的气质。现在的诗歌困境，大多是因为诗人把诗歌过多地用于非诗的领域，败坏了诗歌的品质和精神，什么时候，诗歌真正归于无用的时候，它对于我们的心灵可能就是一种大用了。

五、从经验和叙事里出走

在一个宣言和旗帜频仍的时代，诗歌已经没有秘密可言。关于诗歌，我们总是说得太多，写得太少，或者说得太好，写得太差。许多的诗人，诗歌成就并不大，但诗歌宣言却发布了不少。他们的诗歌总是跟不上他们内心的速度。为什么？我想，无非是对语言的应用缺乏天赋和创造性使然。

谁都知道，诗歌是语言的艺术，可我们所面对的广阔的语言世界往往是与艺术相对的，它们更多的是指向规范、现成、结论、秩序。尤其是媒体的发达和现代人的生活节奏加快之后，语言变得更加简约和方便，躺在现成的语言成果里就足以应对生活和写作，还有多少人愿意去经营语言的艺术？我认为，正是缘于这种语言创造上的惰性和贫乏，才导致越来越多的诗人求助于宣言和诗学文章——他们显然渴望用个性化的思想表达来弥补自己诗歌个性上的匮乏。

也有一些诗人，他们没有宣言，没有理论，也没有流派，他们和诗歌之间建立起的关系极为单纯，写作对于他们来说，纯粹是一种词语的运动、内心的摸索。麦城就是这样一个诗人。我重视这种用诗歌说话的诗人。在当下的诗歌秩序里，诗歌本身往往被忘记，而各种诗学主张和诗歌宣言却备受关注，以致有些诗人看起来更像是随笔作者和理论家，至于他们究竟写过什么好诗，读者却很难想得起来。麦城也是诗人，一个写诗的人，但除了写诗，他并不愿意在诗歌之外说点什么，或许，他认为自己的诗歌已经足以表达自己想要表达的一切。麦城是一个在诗坛之外写作的人，他的诗歌方式是个人的、独立的，你感受不到任何诗坛的争论、潮流和前进的步伐对他的影响，俗常的诗歌时间到他这里仿佛已经静止；而在另一个方向，细心的读者会发现，麦城其实正在自己的词语丛林里坚定前行。

我指的是像《谁最先知道飞》《树之洞》《倾向上的一种练习》这样的诗作，其实是很容易被误认为是语言游戏的。麦城似乎并不在意这点，他喜欢从自己熟悉和喜欢的词语入手，辨析出事件和词语之间的细微差异。"他知道十几天后/一些日子也会飞起来/国家的领土将和足球一样大/有许许多多的景色和脸色/将被他悄悄地种植在/体育的右下方"（《谁最先知道飞》），"爷爷节省下来的生活手段/挂在树洞上方"（《树之洞》），"这是著名的《黑键练习曲》/它强调右手解决黑暗的倾向/手指在黑白键盘上敲来敲去/像似用乐曲来修理一个国家/到另一个国家最后的楼梯"（《倾向上的一种练习》）。不同于一般的叙事诗，麦城诗歌里的事件总是被词语所扭曲，于是，事件停止了，阅读完全被词语吸引，什么是"体育的右下方"？什么是"爷爷节省下来的生活手段"？什么是"一个国家到另一个国家最后的楼梯"？这种独特的词语组合方式，和前面叙述的事件维持着一种表面的疏淡关系，但你又只能从事件里才能会意到这些词语的深意，或者说，平常的叙事，在麦城的诗歌里总是被词语所点化。

我常常想，为什么麦城一直以来都这么吝啬经验和叙事？好像他隐藏的经验和叙事，只是为了最终走向被精心选择的组词方式，他从不赋予经验和叙事自身有独立的意义。这是让人困惑的。麦城其实具有良好的表达经验和自我叙事的能力，在他的每一首诗歌里，你都能毫不费力地发现这点。比如：

一只鸽子跟他说

请把笼子拆掉

我让你看见

和平里面的飞

一条餐桌上的鱼说

请把我放回到原处

我让你看见

在谁的水里我都能飞

一片落下来的秋叶跟他说

请把大地打扫干净

我让你看见

在树的根须里面的飞

——《谁最先知道飞》

树洞宛如一个巨大的临时深渊

一座树林

就那么轻易地掉在了下面

——《树之洞》

你的脸

红得像个桃子

只是离树太远

离人太近

谁的手

能把你从人间里摘下来

——《献给宝宝》

他把镜子

翻过来翻过去

看了好半天

也没看见脸掉在了哪里

——《对一面镜子的追问》

　　这些都是典型的诗歌的经验和叙事，简洁而形象，语言也有着很强的及物能力。我可以肯定，如果麦城一直照着这种方式写诗，他的诗将被更多的人所理解，并喜欢；但麦城似乎有意远离事实，并有意留在语言的辨析、游戏和冥想里面。

　　这是被迫的，因为整个二十世纪的艺术和思想实践表明，事实、经验、叙事这样一些词，都到了需要重新命名和追问的境地。众多的现实主义者和浪漫主义者，早已使事实和经验显露出了难以被人信任的面貌，而二十世纪要反对的正是这些——现在的作家和诗人们似乎更愿意相信虚构、幻想和语言实验。麦城显然意识到了这点，所以，他的诗歌，毅然放弃了事实伦理和经验伦理，而走向了新的语言伦理：通过对事实和经验的表面的疏离，让内心朝着语言的方向前进。当内心和语言混合，胜利的往往是语言本身，但由于语言的强行侵入，内心破碎而暧昧的景象也就昭然若揭。——这何尝不是现代社会的生动表征？对此，麦城曾经在一首诗歌里写道，"据说，这样的一切/属于无用的发现"（《直觉场》），但无用不正是二十世纪以来诗歌最重要的语言伦理吗？

　　认识到这一点，你就能理解麦城所特有的诗歌方式了。比如，《谁最先知道飞》里，当他说完"和平里面的飞""水里的飞""树的根须里面的飞"之后，他突然冒出一句"国坤的女儿宝宝说/继海叔叔，我就快看见你在/足球里面的飞"，从抽象的"飞"到如此日常具体的"飞"之间的逆转，使原先宏大、庄严的叙事发生了致命的中断和改变，固有的叙事伦理不再约束它，它看起来更像是饶有意味的语言游戏；又如，《用第一人称哭下去》里，他说，"那黑色的影子/似乎就是在去年一张晚报上/躺在专栏里睡过一夜的逃犯/他身着又长又大的风衣/衣领把头遮得严严实实"，这是事实伦理的写法，但接着他又说，"也就是说/这个人没有一点正面的东西"，从"衣领把头遮得严严实实"到"这个人没有一点正面的东西"，是从具体突然走向抽象，叙事再次发生逆转和中断，语言自身的伦理被凸现出来了。

我在这样的诗歌里感到了语言的快乐，我相信麦城自己也是。这正是他为何选择从传统的经验和叙事里出走，最终选择语言伦理作为自己的写作方式的原因之一。

（原载《当代作家评论》2001 年第 1 期）

走向"综合"的诗

——我读哈雷的诗歌

　　很长一段时间来，中国当代新诗的写作，一直处在"不断革命"的紧张状态中。在一个政治意识形态对诗歌的写作占据主导地位的年代，很多诗人的写作，是从意识形态的需要出发的；而在一个商业主义的时代，诗歌所感染的风习，又和消费、欲望及其商业伦理密切相关。很多诗人，习惯在自己的写作中建立起一种总体性，并以此来支配自己的感觉和命名冲动。为总体性而写作的诗歌，即便在最为强调个人主义的诗人身上，其实也若隐若现，所不同的，不过是为一种总体性换了不同的说法而已——从"祖国"到"田园"，从"青纱帐"到"麦地"，从"灵魂"到"身体"，名词或有不同，内在的思维方式其实是相似的。

　　这种被总体性支配的写作，使得许多诗人日益成为纸上的虚构者，而很少使用自己的眼睛和耳朵写作，似乎也忘记了自己身上还有鼻子和舌头。于是，诗人的抒情与叙事，想象与说理，越来越怪异、荒诞。诗人们普遍带着政治理念或消费主义的面具，关心的多是宏阔、伟大、远方的事物，而身边那些具体、细小、卑微、密实的事物，与自己血肉相连的那个日常世界，不仅很难进入诗人的视野，甚至还为多数诗人所忽略。一种远离事物、细节、常识、现场的写作，一度成了诗歌写作的主流，写作变成了一种抛弃感官、抛弃日常经验的话语运动。

这种写作的特征是向上，仿佛诗歌只有和天空、大地、崇高、形而上、未来主义、乌托邦密切相连才是正途，甚至有一些诗人，把诗歌变成了单一的颂歌或战歌。所谓"向上的写作"，在"十七年"和"文革"时期是很普遍的。进入新时期以后，情况有所改变，但是依然有不少诗人热衷于此，只不过把过去的政治诗变成了文化诗，将政治的面具换成文化的面具，戴着面具写作，仿佛这就是诗歌的现代性，其实不过是些被一种强势文化奴役之后的阅读感想而已，诗歌写作的不及物性特征并未发生变化。对诗歌的人间性和日常性的召唤，就是在这个背景里受到关注的。从二十世纪八十年代中期开始，就有诗人提出，诗要回到日常生活、回到语言本身，后来的口语写作、身体写作、下半身写作等写作趋向，也都可以在这个语境中确定它们的起源。这些新的诗歌探索，往往有一些共通的诉求：反抗空洞的宏大叙事，试图直接书写个人的生活经验，包括身体的经验；追求诗与语言的及物性，让生活世界得以显现，进入无遮状态。它与"向上的写作"截然不同，不妨把它们称之为"向下的写作"。

"不断革命"的写作策略，使得中国当代新诗在时间上形成一种后浪推前浪式的递进关系，在修辞学上则是一种诗学原则替代另一种诗学原则，一种口号替代另一种口号。我并不否认，在这种替代中，确实出现了不少值得我们重视的新要素——以激进革命的方式来进行艺术探索，对于一种陈旧的诗歌秩序而言，它的积极意义不言而喻。然而，也须看到，后起的诗人在瓦解之前的诗学原则、有效地发动"诗界革命"的同时，却往往未能形成一种整全的诗歌观念，也很少顾及诗歌内在的艺术逻辑。许多诗人，骨子里都有一种"造反有理"的道德冲动，似乎推倒了前人的诗学原则，自身的存在就具备了合法性，因而可以理所当然地占山为王。可是，很少有人能清醒地意识到，过于乖张的反叛意识，过于激进的策略，在瓦解以往的诗学原则的同时，随之而来的，也有可能是另一种形式的精神衰败，当然也包括在艺术上的衰败。如杜衡在《望舒草·序》中所说："人往往会同时走着两条绝对背驰的道路的：一方面正努力从旧的圈套脱逃出来，而一方又拼命把自己挤进新的圈套，原因是没有发现那新的东西也是一个圈套。"① 从一个圈套到另一个圈套，诗歌一直在一种新与旧、传统与现代的焦虑中前行，追新、尚新之风至今为止。一味地追求艺术的变道，艺术的常道却未能得到有效的守护，以至于有一段时间来，诗人的书写与行动越来越具行为艺术的意味——我想，诗歌读者的衰微并非与此无关。

无常道，变则无准则，也无意义。只有变道没有常道的艺术世界，留存下来的艺术遗产定然很少，而艺术变革是一种积存，是在积存中变化。"所过者化，所存者神"。积存与变化的关系，正是艺术的本质关系，诗歌也不例外。

在这个背景里，诗人哈雷的写作，也许特别值得注意。他称得上是中国当代新诗变革的一个亲历者。早在二十世纪七十年代后期，他作为一个大学生，就开始致力于诗歌写作。那时的哈雷，在写作上并未真正形成自己的风格，如孙绍振所指出的，和当时许多执着于文学的青年一样，他"只能在他们所能直接接触到权威诗人的阴影下训练自己的语言和想象"，艾青、郭小川、贺敬之、马雅可夫斯基等人的影响在他早期的诗中清晰可见，"他本来是很有才气的，但在八十年代初期并没有进入福建省诗歌创作的前卫。现在看来，他那时的缺点是对于流行规范的免疫力不足"。② 在二十世纪八十年代，哈雷一度转向城市诗的写作，留下了一些令人印象深刻的诗作。此后，他的兴趣和精力转向其他方面，在写作上有过一段时间的停顿，但思考与探索并未完全停止。到了最近几年，他的诗作不管是从量还是质的角度看，都有较大突破。这时候的哈雷，在诗艺上有了足够的积累，也有堪称丰富的人生阅历，因而可以不再受"不断革命"的时代风潮裹卷，精神

---

① 杜衡：《望舒草·序》，见《戴望舒选集》，人民文学出版社 2005 年版。
② 孙绍振：《寻找哈雷》，见哈雷：《白色情绪》，作家出版社 2006 年版。

视野上日益开阔，诗艺上也越来越具备"综合"的意味。

孙绍振说："哈雷并不是真正的浪漫派，也不是现代派，在浪漫时，他的诗风有一点浪荡，在浪荡时他又有一点优雅，甚至有一点古典的宁静和矜持。"① 这种气质，在哈雷的近作中日益明显，我们已经很难单一地从流派、主义的角度去辨识哈雷的诗歌风格。只要读读他的《今天的月亮——写在女儿的婚礼上》《街道的联想》《身体波尔卡》《跟着里尔克去流浪》《罗源湾》《胡卡瀑布那一刻美丽的时光》② 等诗作，就能确证这一点。《唱诗岩》一诗，更是一个很好的例证：

> 真正的生活，完全来自于僻静处
> 被诗人踩踏过的石头，也开始有了灵性
> 那高岗上的月亮，夜的梦，光滑的风
> 从老农的衣袖里落下的谷粒
> 竟然还是唐朝的模样
> 只有那水烟里藏着春草般的现代思绪
> 冷不丁呛你一口，但更多的时候
> 它们吸入大山的肺腑，头上的青烟
> 将陈年的苦难，一股脑吹散
>
> 比诗歌温暖的还有泥土
> 比泥土更加光亮的是苦涩的泪
>
> 唱诗岩，寂静和瑰丽的灵魂
> 你唤起了我一次对遥远的风的吟唱
> 你那刚硬的头颅，像凝重的山

---

① 孙绍振：《寻找哈雷》，见哈雷：《白色情绪》，作家出版社 2006 年版。

② 本文所述的多数诗歌均见哈雷诗集《零点过后》，由海峡文艺出版社 2009 年出版，一些未及收录和发表的新作，引自哈雷的博客。

凝视着平静的海——
日复一日守着这片荒僻，并不理会
山海交界处，那些项目割开伤口
让岩石上的诗句感到疼痛

我相信了你原是海边的一个歌者
低垂着头，想念着波涛上的孤帆。当你寂寞了
便有情歌从紧闭的山峦传来
劳动和爱，生长的绿，汗水让生活不断完美
你也不断高踞起来，遁入了山野
给我黑夜的眺望
和对海的一片深情。让我在虚无的地方
找回生命的意绪，让石头的纹理深邃起来
然而秋天，却变得不知去向

　　除了不再单一地依仗某一流派、主义，试着走"综合"的诗学之路，哈雷最近的诗也在探索如何纠正"向上的写作"和"向下的写作"各自的偏差，将两者进行调和、统一。像这首《唱诗岩》，哈雷一方面注视自己的生活经验，另一方面也关心那些宏阔的事物，正如刘锦华所指出的，哈雷的这首诗有浑然天成的体悟："这种体悟不是高深宏大的，而是一种自然而朴淡的诗性感知。整首诗有物，如'唱诗岩'；有事，如'诗人踩踏过石头'；有情，如'岩石上的诗句感到疼痛'和'对海的一片深情'；有悟，如'比诗歌温暖的还有泥土/比泥土更加光亮的是苦涩的泪'，因而读来晶莹饱满，既源于生活，源于实感，又源于自然而然的，情景交融那一刹那的成熟与温情的，对于一个村庄，对于一种诗性生活的爱。"① 这首诗，可

---

　　① 刘锦华：《体验、抒情与知性——哈雷的诗性生活与圆融》，转引自哈雷的博客：http://blog.sina.com.cn/s/blog_4dd44e550102dt0v.html

谓是对"石头的纹理"和"虚无的地方"的一种美妙结合,实与虚,小和大,物质与思绪,沉下去的和飞扬起来的,都在这首诗里找到了一种平衡和综合。

除了诗艺上的"综合",哈雷在人生观、城乡观等方面也日见包容。城市与乡村的关系,对中国人来说,既是时间情结,也是情感情结。对于许多中国人来说,几乎都有一种共同的经验:他们的感情,在乡村的坐标里原本是十分清晰的,后来进入了城市,就变得迷茫了。哈雷对此也有切身的体会。他的诗作反观内心,看见城市化进程中渺小的事物引起内心的变化,像《搬动》《庄园》这样的诗,暗含着对生活的联想,也有着自己身处城市的多重感受。在这样的书写中,乡村是一个潜在的背景,但哈雷并没有简单地站在城市的立场否定乡村,也没有站在乡村的立场否定城市,而是试图写出城乡互相比照间的那种丰富性和复杂性,着力于呈现人在城市和乡村这两个坐标之间游移时的精微思绪。在《2010,我跌入自己的节奏里》这首诗当中,他对城市有一种热爱和警惕,在他的理解中,城市是一只喧闹而拥挤的鸟巢,既孵化生命,让天鹅这样具有灵性与神性的生物在夜晚翩然降临,但城市又具有藏污纳垢的特点,能成就一个"无度的世界"。很显然,对于城市,诗人不是急于去判断,而是去理解,去敞开,去为这个灵魂与肉身的居所找寻、发现属于它们自己的"弧线"。

确实,优秀的诗人,面对自己眼前的事物、历经的感受,不应该是给予它一种意义,而是要去发现它自身的意义。哈雷的诗歌,最令人惊喜的,就在于那束藏在词语背后的发现的眼光。

看得出,哈雷对城市是有感情的,对乡村也同样如此。在《葡萄甜了》《乡村》《芭蕉绿了》《仙游,与她相关的几个关键词》等诗作中,他反复表达了他对乡村的迷恋和赞美。谢冕在论述到哈雷的诗歌时曾说:"所有的中国诗人都是乡村诗人,所有的中国诗都脱离不了深远的乡村记忆。这种记忆转化而为一种永在的现代文明与乡村文明的纠结,一种既包容又排斥、既对立又融汇的非常奇特的中

国诗歌现象。"① 谢冕觉得，哈雷诗中的乡村情结让他感动，而诗歌
的核心意义，正是给人以感动的。我想，所有有过乡村生活经验、
最终进入城市居住的人，都无法抹去自己的乡村记忆，也无法否定
乡村作为他的精神根据地的书写意义。只是，城市生活需要诗人有
更复杂的诗艺，才能处理好记忆和经验之间的关系，因为对于一种
无以名状的现代性体验而言，光有怀旧、回望的姿态已经不够了，
就像哈雷诗歌中写到的关于街道的联想，关于梦和幻觉，以及那些
压抑在身体内部的感受，这些也是现代生存中的一部分，我们该如
何面对它、描述它、定义它？有的时候，它甚至要求诗人有分析的
能力，有钻探的精神，唯有如此，才能把现代人灵魂中的不同分层
诠释出来——这种灵魂的广阔性，有时也是一种综合：乡村与城市
的综合，自我与他者的综合，现实和梦想的综合；而从诗歌的角度
上说，也是感觉和词语的综合。

> 时间消失的时候
> 翅膀飞得很快
> 鸟的路径被钢铁取代
> 云是唯一活在天上的花朵
> 你可以变轻，可以长高
> 但不可以坠落
> 把沉重撞向大地
> 悲伤撞向我
>
> 我只是你生命中的一颗漂浮物
> 不断连接你的距离
> 你的呓语，以及期待睡梦中

---

① 谢冕：《诗人与城市的距离——从伊路读起，读到哈雷》，见孙绍振编：
《诗歌哈雷》，海峡文艺出版社 2011 年版，第 6 页。

　　　　视网膜出现的图像

　　　　有我的倒影

　　　　……

　　　　　　　　　　——《在高处给你一种形式命名》

　　这样的综合，使得诗歌成了现代生存的一种见证，像"钢铁"和"图像"这样坚硬的字眼的引入，不仅没有破坏诗意，反而让诗有了一种力度和速度感，也充分写出了一种复杂、多义并且令人晕眩的感受。活在今天这个时代，我们既不能空洞地缅怀乡村，也不能拒斥城市给我们敞开的生存可能性——未必活得更好，但肯定活得更多的那种可能性，我们所面对的真实存在，只能是在城市文明和乡村文明的对立、冲撞中，承受它所带给我们的欢欣、失望、痛苦和磨砺。或许，这也是一种综合、一种精神的综合。

　　值得一提的是，近些年来，哈雷一直以福州作为阵地，进行诗歌的推广活动，让诗歌回到日常生活，使之成为城市生活的一部分。福州的许多诗歌活动都做得风生水起。这又是另一种的综合：书写与行动的综合，诗与生活的综合。这些话语实践，也使哈雷的诗作具有了更丰富的内涵、更多样的表情。

　　对于我们日渐荒凉的内心、日益粗糙的生活而言，诗意的存在价值是不容置疑的。现代社会可以创造丰富的物质，但不能同时使我们的灵魂也丰富起来。灵魂需要载体，需要语言的训练，而它最亲密的盟友，正是诗歌。

　　林语堂说，"中国的诗在中国代替了宗教的任务"[①]，这是极富见地的。这令我想起一个真实的故事。一个中国的市长把一幅宏伟的城市新区规划图给一个来访的西方建筑师看时，那个建筑师首先问道：教堂在哪里？市长哑然。市长在主导设计这个新城的时候，根

———————

　　① 林语堂：《诗》，见林语堂：《吾国与吾民》，陕西师范大学出版社 2006 年版，第 230 页。

本没想到居住于此的百十万人是有精神的，而精神是需要有栖居地的。所以，他可能为博物馆、美术馆、大剧院、行政中心都预留了足够的空间，却唯独没有给这个新城留一个教堂的位置。没有了教堂，那精神该安放在哪里呢？或许，中国的诗歌就扮演了准教堂的角色——精神的教堂。当然，就中国的传统而言，文庙、祠堂、祖屋、祖坟，其实都秘密地扮演着中国人的精神教堂的角色，但最为重要的，我以为还是诗歌。所以，钱穆在《谈诗》一文中才说："不懂文学，不通文学，那总是一大缺憾。这一缺憾，似乎比不懂历史，不懂哲学还更大。"① 确实，对于一个中国人来说，无诗即无精神的居所。

至此，我终于明白，哈雷想让一个城市有诗、让城市人都来爱诗的野心，其实是想为这个城市建一座精神的教堂啊。他近年的诗歌写作，以及由他主导的诗歌朗诵、诗歌活动等话语实践，都贯彻着他的这份努力。只是，在这个以加速度前行的时代，要真正认识诗歌及其相关活动的价值，不仅需要有诗心，有耐心，还要有对语言和精神的虔敬之心。

（原载《当代作家评论》2012 年第 6 期）

---

① 钱穆：《谈诗》，见钱穆：《中国文学论丛》，生活·读书·新知三联书店2002 年版。

恢复诗歌的精神重量

福楼拜曾说，"写作是一种生活方式"，这话被无数当代作家、诗人所认同，但如何使这种生活方式更好地接近文学、更好地传承文学的核心精神，则要求作家和诗人们要有一种文学抱负。——"文学抱负"是秘鲁小说家马里奥·巴尔加斯·略萨喜欢用的词，他在《给青年小说家的信》一书中认为，"献身文学的抱负和求取名利是完全不同的"。也许，在这个有太多主流价值能保证作家走向世俗成功的时代，所谓的"文学抱负"，就是一种自由、独立、创造的精神，它渴望在现有的秩序中出走，以寻找到新的写作激情。就此而言，在任何时代，文学的探索精神、先锋意识都不会终结，除非一切的"文学抱负"均已死亡。略萨在谈及"文学抱负"时，将它同"反抗精神"一词紧密地联系在一起，他说："重要的是对现实生活的拒绝和批评应该坚决、彻底和深入，永远保持这样的行动热情——如同堂吉诃德那样挺起长矛冲向风车，即用敏锐和短暂的虚构天地通过幻想的方式来代替这个经过生活体验的具体和客观的世界。但是，尽管这样的行动是幻想性质的，是通过主观、想象、非历史的方式进行的，可是最终会在现实世界，即有血有肉的人们的生活里，产生长期的精神效果。关于现实生活的这种怀疑态度，即文学存在的秘密理由——也是文学抱负存在的理由，决定了文学能够给我们提供关于特定时代的唯一的证据。"① ——是的，真正的写作者必定不会放弃反抗和怀疑，也不会丧失自己的文学抱负，他永远是一个"孤独的个人"（本雅明语），唯有如此，他才能一直坚持向文学的腹地进发。

尽管在这个实利至上的时代，写作正在丧失难度，孤独正在受到嘲笑，一切的雄心和抱负也正在被证明为不合时宜，但我相信，那些内心还存着理想和抱负的写作者，并不会失去对文学的敬畏。

诗人世宾就是其中的一个。我喜欢他的诗歌，他的诗歌有着当下诗歌少有的朴素、清晰和节奏感。他拒绝使用深奥的意象，也不炫耀复杂的诗艺，而是有意使诗歌返回到一种单纯和简朴之中——显然，这样的诗歌努力，是要重新表达出世界的整体形象和心灵自身的力量。后来我才知道，世宾的这种诗歌实践和他所倡扬的诗学主张是一致的。他渴望获得一种整体性的诗歌眼光，以打量这个分崩离析的世界后面到底发生了什么，基于此，他提出了影响广泛的"完整性写作"的诗学理论，并以《梦想及其通知的世界》一书来诠释他的这一理论，我以为，这对当下的诗歌写作是有启发性意义的，也是一次必要的提醒。

所谓的完整性，我想就是坚持人的完整性和世界维度的完整性吧；而"完整性写作"，指的也就是有整体维度的写作，它所要反抗的是一种将局部夸大为整体的写作——这种写作正在当下大行其道。我认同这种观点。记得在二〇〇四年六月，我就和格非先生专门讨论过这个问题。我认为像二十世纪八十年代那种单一的局部性的文学变革，已经无法改变中国文学在今天所面临的困境和大限——中国文学需要一种根本性的变化。格非先生回应了我的这一问题，他也坦言自己遇到的问题，并非一个局部性的修辞问题，而是整体性

---

① ［秘］马里奥·巴尔加斯·略萨：《给青年小说家的信》，赵德明译，上海译文出版社 2004 年版，第 6—7 页。

的。也就是说，它涉及我们对待生存、欲望、历史、知识、相对性、传统等一系列问题的基本态度和重新认识。他坚信，整体的问题不解决，局部的问题也无法解决。而在更早的二〇〇二年，我应江苏文艺出版社之约编选一本贾平凹的小说选集，作有《时刻背负精神的重担——谈贾平凹的文学整体观》一文，呼吁作家对世界应有整体性的关怀向度，并在这篇文章了初步诠释了我所理解的"文学整体观"：

> 什么是文学的整体观？按我的理解，就是一个作家的写作不仅要有丰富的维度，它还必须和世界上最伟大的文学传统有着相通的脉搏和表情。过去，中国文学的维度基本上是单一的，大多只是关涉国家、民族、社会和人伦，我把它称之为现世文学。这种单维度文学是很容易被不同时期的意识形态所利用的——二十世纪中国文学史不乏这样的惨痛记忆。它描绘的只是中间价值系统（国家、民族和社会人伦的话语特征，就是只能在现世展开，它在天、地、人的宇宙架构中，只居于中间状态），匮乏的恰恰是对终极价值的不懈追求。而在优秀的西方文学中，正是因为有了终极价值系统的存在或缺席这一参照，才使它们真正走向了深刻、超越和博大。这点，是非常值得中国作家学习的。因此，所谓的文学整体观，提倡的就是要从简单的现世文学的模式中超越出来，以一个整体的眼光来打量这个世界。而实现文学整体观的关键，就是要把文学从单维度向多维度推进，使之具有丰富的精神向度和意义空间。[①]

我的这一论述，或许是对世宾所提出的"完整性写作"诗学原理的一种回应。但世宾走得比我更远，他在《梦想及其通知的世界》

---

① 谢有顺：《时刻背负精神的重担——谈贾平凹的文学整体观》，见贾平凹：《阿尔萨斯·跋》，江苏文艺出版社 2003 年版。

一书中，对自己所提出的理论有系统的研究和辨正。他有一个雄心，就是要重新解释一个健全的诗歌世界应该有的景象——而"世界"一词，在世宾那里，至少包括现实和梦想两个维度。但是，工业革命之后，现实与梦想已经不再一致，而是长期处于严重的分裂之中，正如世宾所说，"世界呈现出分裂的状况，人呈现出分裂的状况，一切必须重新收拾。"

> 在这个时代的诗人身上，必然存在着两股无法忽视也无法去除的力量——现实与梦想，这两股力量构成了他们人生的所有矛盾，痛苦和欢乐；这两股力量张力越大，他的个体矛盾性就越大，在某一个时期，由此所产生的美也就越大。在我们这个时代，美既不是现实，也不存在于现实，它也不是梦想，梦想是些基本理念，美是梦想与现实两股力量之间的张力，张力越大，美的强度就越高。由于现实的有限性，它永远不与梦想重合，但作为诗人，他一生的努力，就是要毫不妥协地从事着唐吉诃德式的工作，自作多情地企图把这两者揉合在一起。这种揉合，就构成当代诗歌的基本地形图。这地形图显示两股力量的对垒——现实和梦想的对垒；美产生于对现实真实生存的切入和对梦想的敞开；在这紧张的对峙中，诗歌产生了，人复活了。人的复活在于矛盾性的呈现，在紧张地抗拒物质化、欲望化的过程中，依借梦想的力量，人获得痛感和欣喜，这痛感和欣喜就是存在的证明。[①]

那么，一个诗人，如何才能完成现实与梦想之间的对接？世宾进一步提出：必须通过批判来接通两者的联系，即通过思考"关于存在"来说出"存在"——这个"存在"不是现实，而是诗性的世

---

① 引自世宾：《梦想及其通知的世界·导言（手稿本）》，该书后来由中国戏剧出版社 2009 年出版，特此说明。

界。诗人以一生的时间由一首首诗来构筑这个世界，它形成了现实的另一面。——我想，这是世宾的诗学理论的根基。"完整性写作"的起点就是批判现实，在批判中，诗人得以看清世界的容颜和生存的真相，并借着批判超越黑暗，从而建立起对世界的"信"，抵达梦想的彼岸。

很显然，世宾是要在《梦想及其通知的世界》一书中，将我们带到人类生存的宽阔领地，所以他花了大量篇幅去阐释世界和文明所走过的历程，以及它们所面临的当下处境。世宾所理解的诗歌，并不局限于语言的实验，他认定诗歌还应具有更完整的维度：诗歌应该解释人的境遇，处理生存的难题，敞开诗性的世界——这些诗歌的基本使命，如今正在被当代诗人所漠视。当诗歌普遍淹没在技艺的表演和欲望的碎片中，诗人不仅不再有"靠近亚当纯真的眼睛和舌头"（爱尔兰诗人西默斯·希尼语），也不再是"宇宙中一条柔韧的纤维"（意大利诗人朱塞培·翁加雷蒂语），而成了冷漠的炫技者和经验的转述者。但世宾提醒我们，诗歌除了表达经验和现实之外，它还要有企及梦想、照亮内心的精神向度。现实和经验往往带着黑暗的品质，诗人如果只沉迷于黑暗，他的勇气、责任、力量和信心就无从体现，所以，真正的诗人，除了批判精神，还应发现人性的光辉、生存的诗意，进而实现对"新世界"的语言建构：

> 艺术在诉说的是人的道路，怎么使人真正成为一个人：他们怎么消除黑暗的笼罩，或者在黑暗中怎么获得人性的光辉。在这个角度上，诗人无疑必须保存批判和歌唱的权力，他在对黑暗的批判和担当的同时，他还必须对——此在来说，稍纵即逝的人性光辉和因这光辉所成就的事物表示敬意。诗人的目标便是能逐渐向世人显现一个区别于现实的诗性世界。诗人的梦想有多大，这显现的世界就有多宽阔。它是人类"信"的产物，它实际是人类以"信"为动力所创造的世界。消除和承担黑暗

是一个新世界的建设的开始以及它漫长的责任。①

世宾所说的，显然是诗歌的大势、文学的大势。他试图将诗歌精神的建构，联于诗人的灵魂世界，并借此说出"存在"，这种诗歌的理想主义，旨在重组诗人们业已破碎的心灵、恢复诗歌的精神重量。因此，世宾提出了"梦想创造世界"的口号，这是要开启诗人的另一只眼睛——诗人的一只眼睛观察现实，清理现实，另一眼睛却要向梦想的彼岸伸越，只有这样的诗歌世界才是丰盈的，完整的，创造的。世宾正是紧握这两条诗歌通道，怀着对伟大诗歌精神的向往，试图通过对诗歌与人、诗歌与现实的关系的重新诠释，来为人的梦想、人的在场、人内心中的诗性作证。

真正的诗人不仅是创造者，也是生存者；真正的诗人创造诗性的世界，也活在这样的世界里。世宾正是在这个阔大的背景里，描述了诗歌、世界、生存三位一体时的语言景象，他的"完整性写作"就诞生在这三重关系之中。尽管世宾的这一理论在具体阐释的过程中还略显空疏，但在世宾身上，真正重要的，也许是他那种充满生存关怀的理论气质，以及他那在这个时代不多见的理想主义精神。世宾让我们再一次意识到了"诗人"一词的重量。由此，我想起法国重要学者丹尼·梭拉形容卡夫卡的一句话："他在，就还不是完全的黑暗。"这句话，也同样适合用在我们这个时代的诗人身上：只要诗人在，就还不是完全的黑暗——假如我们的诗人确实还心怀梦想的话。

（原载《当代文坛》2007 年第 2 期）

---

① 世宾：《梦想及其通知的世界》，第五章，中国戏剧出版社 2009 年版。

向下的，慢的

——读梁平的《重庆书》

　　我一年多前阅读《梁平诗选》，就已经认识了梁平坚实、沉着的诗歌风格，如同他壮实的身躯，他的诗歌也是有重量的。他坦言自己喜欢在诗歌中写事，写人，写自己熟悉的经验，他拒绝在空中飘荡，也不愿躲在词语里独自偷欢，这样的诗人，在我们时代并不是很多。

　　长期以来，现有的诗歌教育总是喜欢告诉我们，诗歌的方向应是向上的，写诗就如同放风筝，只有飞扬起来，与天空、崇高、形而上、"痛苦的高度"密切相联的诗歌才是正确、优秀的诗歌，而从大地和生活的基础地基出发的写作，则很容易被视为诗歌的敌人。诗歌仿佛只剩下一个方向，向上的，如同从小在学校里所受的教育，"天天向上"。但我认为，诗歌的另一个向度更为重要：向下。故乡在下面，大地在下面，一张张生动或麻木的脸在下面，严格地说，心灵也在下面——它决非是高高在上的东西。诗歌只有和"在下面"的事物（大地和心灵）结盟，它才能获得真正的灵魂的高度，这是诗歌重获生命力和尊严的重要途径。在下面，却有着真正的灵魂的高度，看起来是一种矛盾的说法，其实是一种内在的真实。如同圣经所说，要升高就得先降低自己，就像耶稣，他是从天降下，降卑为人，当他低到十字架、死亡和坟墓的高度时，神就让他复活，"坐在至高者的右边"。因此，天和地是连在一起的，越高者越在低处，这同样符合诗歌的写作。虚无缥缈的伪高度不是诗歌的境界，真正的诗歌，"一定要沾点'地气'才行"。

"沾点'地气'"，这正是梁平自己的说法，它甚至成了梁平诗歌写作中的根本指向。所以，他后来会写出一千三百多行的长诗《重庆书》，我一点都不奇怪。这个沾着"地气"的男人，在重庆生活了四十五年之久，他的心灵和身体都已和这片土地、这个城市融合在一起，他的内心，肯定积蓄着众多深沉的、来自大地和城市内部的力量，他需要表达。此前，他虽然也曾写过关于这个城市的许多短章，但那只是一些片段，似乎不足以表达梁平对这个城市更深的理解和追索。于是，他选择了长诗，时间和空间，历史和现实，大地和天空，城市和人，"我"和此在，就有了更为广大的语言疆域。"重庆书"就是城市书，就是大地书，就是"我"的历史书，最终，梁平渴望把它写成一本灵魂书。

要有足够的长度，才能为一个城市的血型和精神立传，长诗自然就成了梁平选择的话语方式。我知道，很多人并不认同长诗这一形式，因为无论是诗歌的经验还是诗歌的语言，它都具有跳跃和快速的特点，它一旦被拉长，就有可能面临诗意丧失、结构混乱、精神涣散的危险。事实上，也确实有很多长诗落入了类似的命运，成为堆砌和无效繁殖的垃圾。但我读完《重庆书》，对长诗有了新的想法，我认为，长诗作为一种语言和经验的缓慢形式，它不仅是对"一个诗人的诗性、智性、选择力、判断力，包括耐力都是一个最彻底的考验和见证"（梁平语），更是对一个诗人的写作耐心的证明。

写作的耐心，就是语言的耐心，叙事的耐心，精神的耐心，在我们这个以加速度前进的全球化时代，耐心已经成了人类生活和写作中的稀有品质。

"由于缺乏耐心，他们被逐出天堂；由于漫不经心，他们无法回去。"（卡夫卡语）写作上何尝不是如此？时代追求日日新，写作在很多人的心目中，似乎也是为了新，变化、革命和标新立异永远是文学的时髦，没有人关心我们脚下那些基本的事物、不变的精神，仿佛时代的加速度，必然导致审美的加速度。我不这样认为。真正的写作，在内在精神上，应该是减速的，它和这个以加速度前进的时代刚好背道而驰。因此，在这个"快"成了一个不容置疑的神话的时代，我宁愿选择"慢"。昆德拉有一本书，书名就叫《慢》，他在其中说："速度是出神的形式，这是技术革命送给人的礼物。"但我认为，文学应与速度相对，文学是慢的历史。慢应该成为我们这个时代新的价值观。荷尔德林说，文学是为存在作证，但存在的基础永远是那些不变的、基本的事物，也就是慢的事物。慢不下来的诗人，不会是好诗人。"慢的乐趣怎么失传了呢？啊，古时候闲荡的人到哪儿去啦？民歌小调中的游手好闲的英雄，这些漫游各地磨坊，在露天过夜的流浪汉，都到哪儿去啦？他们随着乡间小道、草原、林间空地和大自然一起消失了吗？"（昆德拉语）这正是我想说的，慢是诗歌的宿命，真正的诗歌不是为了使我们的生活更快，而是为了使生活中的慢不致失传。

慢也是一种耐心。时代的耐心。

我把《重庆书》看作是有写作耐心的语言成果。长诗是慢的形式，它需要诗人有耐心在经验上停驻，在精神上后退。用梁平自己的话说，精神要和经验重逢。探究一个城市的血型，提炼一个城市的精神，这很容易演变成为审美的加速度，但经验却能使快速前进的精神慢下来。因此，《重庆书》的经验部分和它的精神追问一样重要，或者说，《重庆书》中的经验本身就是一种精神。

但我们都知道，二十世纪以来的文学，经过现代叙事革命之后，经验已经和虚构紧密地联系了一起。任何经验都是虚构，这似乎成了文学的常识，诗歌也不例外。也就是说，写作在二十世纪更多的是对应于"无"，是一种纸上的语言游戏，一种心灵的假象，它渴望通过一种虚拟的叙事达到更内在的真实，这和古典主义那种对实有事物的描述和记录是完全不一样的。"无"和虚拟发展到最后，直接导致了文学修辞学和形式主义的泛滥，但一切已经无可挽回，以致今天若有人在写作中推崇真实的身体生活、具体的存在情境，便很容易被人误解为是一种落后的象征。在这个意义上，《重庆书》敢于面对"有"，敢于面对真实的大地和生活细节而写作，是一种大胆和勇气。正是在这个背景里，我想，梁平才会有这样一段告白："我也非常看重诗歌写作中的语言、形式、技巧等一切手段，但是，我更加看重写什么。对社会现实的深刻关注、对现实社会中人的生存状况、生命价值的深刻关注，是我们的一种责任。我们的写作有了这份责任，我们就知道了该写什么。"是的，梁平面对的不是一个"无"的世界，他要书写的是一个已经存在了几千年、他本人也生活在其中数十年的具体的城市，所以他说到了"责任"，因为责任对应的一定是"实有"的世界。于是，实有世界里的实有经验便成了《重庆书》的物质外壳，而这个城市的精神也在这种实有经验的提升中获得了清晰的形状。

这可能是《重庆书》中最令我关注的：如何重新用旧经验。这首长诗，虽然也有抒情，"雕刻在滩涂上坚硬的号子嘹亮如初/两岸猿声啼落一代代物种灵性，一江牵挂/或者蜀风、或者楚辞，都有一脉相承的抒情"，或者，"可以看见海棠溪鲜花的人，在水上/水是船夫的天堂，可以自由成鱼/船是快乐老家，可以梦想/所有的梦被江水浸泡，都是海棠"，抒情中带着优美和文雅，但是，《重庆书》更多的则是在历史和现实经验的书写中，和一个城市的精神以及和自己的内心对话："灵魂出窍，这个城市离我已远/以前和现在都在弹指之间/而每时每刻，指尖发出的光芒都是她的心跳。"读者可以轻易地发现，梁平在诗中所应用的几乎都是旧经验，不要说历史上的巴蔓子将军、钓鱼城之战、较场口事件、磁器口大轰炸、陪都、重庆谈判、歌乐山中美合作所、沙坪坝红卫兵墓等，即便是诗人自己作为一个个体生活在这个城市里的具体细节，也不是什么新奇的经验，而多是旧的，旧得现代人已经很少关心，"现在很少有人走进那个旧址/好像与他们无关，与这个城市无关了"。可梁平正是用这些旧的经验，重新领会了一个城市潜藏的血缘和精神，重新解释了个人与城市的关系。

并不是每一个诗人都敢于重新使用旧经验，为了精神的日日新，多数人其实更愿意求助于虚构，通过出示"无"来表征自己假想中的"有"。但这样的诗歌没有力量，因为语气的过于飘忽，因为语言的修辞术最终使一个人的心灵变得苍白。梁平显然不愿成为这样的诗人，所以，他极力使自己笔下的历史和现实，获得现代意义上的同构，用他自己的话说，是获得一种现代品质。在生命、血型和精神的意义上，梁平为重庆城内在命脉的流传找到了诗学上的依据。三千年未曾改变的品质，延续到了今天，延续到了"我"这个城市精神的探询者身上。正是这种亘古不变的血色、恒久的精神和事物，守护了一个城市的灵魂，使它不致苍老和消失，"眨眼三千年，城市还是那个城市"。

《重庆书》分四章，标题分别标以"从前"和"现在"，看起来是代表历史和现实，是两种时间的碰撞和对话，其实，梁平的内在意旨是要让这两种经验，都在一个精神气场上相遇，并证实这个城市的血型、生命和精神不仅没有改变，还在现实中获得了现代意义上的再生。这个城市的灵魂不再孤单，不再沉睡，它会被一再地激活，就像"长江在我的血脉里，日夜流淌"。所以，梁平在《重庆书》的结尾说："看见这样的真实，我知道我在，永远。"——这话的后面，显然藏着诗人隐秘的欣喜，它也可以被理解为是诗人经历城市的精神之旅后生长出来的希望和信心。

写《重庆书》的梁平是在用另一种形式为城市立传。他拒绝虚构，走向"有"；他向下，企及的却是精神高地；他以语言的耐心，对抗审美的加速度；他用慢，留住和展现了一个城市长期被遮蔽的灵魂——灵魂和大地，都是这个世界上最慢的事物。从这个角度说，梁平写《重庆书》，不过是希望重庆身上慢的品质不致失传而已。

（原载《南方都市报》2003 年 11 月 17 日）

想念一种有感而发的诗歌

有一次和李少君交谈，我们都觉得，这些年的文学，最热闹的是小说，成就最大的恐怕当属诗歌。很多诗人，穷多年心力，还在探索如何更好地用语言解析生命，用灵魂感知灵魂，这多么难得。当多数小说日益简化成欲望叙事，日益臣服于一个好看的故事这个写作律令，不少诗歌却仍保持着尖锐的发现，并忠直地发表对当下生活的看法。许多新的话题，都发端于诗歌界；许多写作禁区，都被诗人们所冒犯。诗人是受消费文化影响最小的一群人，风起云涌的文化热点、出版喧嚣，均和真正的诗人关系不大，他们是社会这个巨大的胃囊所无法消化的部分，如同一根精神的刺，又如一把能防止腐败的盐，一直在时代的内部坚定地存在着。优秀的诗人，总是以语言的探索，对抗审美的加速度；以写作的耐心，使生活中慢的品质不致失传。

正是因为存在这些"孤独的个人"，使我对诗歌一直怀着一份崇高的敬意。

我总觉得，有一个人就有一种文学，有多少个人就有多少种文学。写作到一定的时候，技艺层面已经区别不大了，彼此之间比的就是胸襟和气度。很多的作家，在文字、叙事、谋篇布局上，都流畅得不得了，可他就是写不出好作品，究其原因，还是作者这个人太小，太窄，境界上不去，视野打不开。李后主、曹雪芹他们是在用命写作的，鲁迅也是把自己写死了，这种生命投入，代价是很大的。今天很多作家把写作变成了牟利、谋生、得名的工具，笔虽然还在写，心里对写作却是轻贱的，这样的人，怎么能够写出大作品？这就好比《红楼梦》中，史湘云、林黛玉她们，可以写出感伤的诗句，王熙凤就写不出来，这不仅是说王熙凤的文化水平不行，更是指她这个人的旨趣和胸襟有限。我记得《红楼梦》第七十八回，史湘云和林黛玉有一次在水边联句，联到后面，史湘云看到有一只白鹤从水面上飞起来，顺口就说出"寒塘渡鹤影"，林黛玉想了一会，对出了"冷月葬花魂"的千古绝唱。（当然也有很多抄本用的是"冷月葬诗魂"，究竟那个字是"花"还是"诗"，两种意见都有人坚持，我这里姑且用"冷月葬花魂"。）这是晚上，你想想，在那样的环境、那样的心境里，两个女子，一个是史湘云，一个是林黛玉，对出了这么一个绝对，那个时候，她们一定共同想到了自己那飘零的身世、凄苦的家庭。这两句诗，王熙凤或者薛宝钗能对得出来吗？不可能。她们没有这种身世飘零的体验，对"冷"字也绝不会有林黛玉的体会那么深。王熙凤最多来一句"一夜北风紧"，她的文化和心灵都只达到这个水平；薛宝钗在那样的环境里长大，也对不出"冷月葬花魂"的句子来。这两句诗只能出自寄人篱下、身世悲凉的史湘云、林黛玉身上，别人是做不出也想不到的。

　　说到诗与人的关系，王维是一个很好的例子。我们都很熟悉他的"空山新雨后，天气晚来秋。明月松间照，清泉石上流"。雨，天气，明月，松，清泉，石，写的都是物，看起来没有写人，妙就妙在王维以"空"字开头，从而使得他笔下的物，字字入禅，字字都带着禅味，写出了一种"身世两忘，万念皆寂"的心绪。"明月松间照，清泉石上流"，在我看来，这是中国诗歌中最美、最幽静的画面了，但到最后，"王孙自可留"一句，我们发现，作者原来是有一种隐士的心态。王维的诗都有这个特点。比如《终南别业》，"行到水穷处，坐看云起时"，一个"穷"字，把一个人的心境完全写出来了。王维还有一首诗很有名，《秋月独坐》，"独坐悲双鬓，空堂欲二更。雨中山果落，灯下草虫鸣。白发终难变，黄金不可成。欲知除老病，唯有学无生。"中间的这两句，"雨中山果落，灯下草虫鸣"，我特别喜欢，有静也有动。雨，山果，灯，草虫，是静物，但因着一个"落"字，一个"鸣"字，情景就动起来了，有一股大自然的气息扑面而来。山果在雨中为何会落呢？一定是成熟了，或许就是秋天，它是被雨打下来的；草虫呢？在灯下鸣。这个情景里，必定有一个人，在安静的夜晚，在雨中，在灯下，在谛听窗外的山果落下来，在听草虫的鸣叫。他的心境如何呢？大概有一点感伤，或许还有点凄凉吧。作者没有直接写，但我们可以想象出来——这就是王维诗歌的高妙之处，"不著一字，尽得风流"。

有很多唐诗是传诵千古的，像"清明时节雨纷纷，路上行人欲断魂"，像"月落乌啼霜满天，江枫渔火对愁眠"，作者写到一种心境的时候，会用到"断魂""愁眠"这样的字眼，《红楼梦》里的史湘云写《咏白海棠》，里面也有一句很好的诗，"花因喜洁难寻偶，人为悲秋易断魂。"她也用了"断魂"一词。但究竟为何事"断魂"，为何事"愁"得难以入眠，诗人没有说出来，读者可自己去想象，去填补。钱穆说："这样子作诗，就是后来司空图《诗品》中所说的'羚羊挂角'。这是形容作诗如羚羊般把角挂在树上，而羚羊的身体则是凌空的，那诗中人也恰是如此凌空，无住、无着。断魂中，愁中，都有一个人，而这个人正如凌空不着地，有情却似还无情。"（《谈诗》）相比之下，王维的诗歌境界比这个还要高，他连"断魂"、连"愁"字都不用，但还是能够把人的心境写出来。

人的境界不同，写出的诗就不同。二十世纪以来，诗歌发生了革命，用白话写了，但我觉得，有些诗歌的品质不仅没有更朴白，反而更难懂了。尤其是这二十几年来，中国诗歌界越来越倾向于写文化诗，写技巧诗，诗人的架子端得很足，写出来的诗呢，只供自己和少数几个朋友读。这是不正常的。中国是诗歌大国，诗歌情怀在很多人心里依然存在，现在何以大家都不想读诗了？时代语境的变化是一方面，另一方面，问题可能还是出在诗人自己身上。我有很多诗人朋友，我和他们的交流也不少，坦率地讲，他们的诗歌会走到今天这个境地，有一个很大原因，就是他们把诗歌都写成了纸上的诗歌，这样的诗歌，只在书斋里写，和生活的现场、诗人的人生，没有多大的关系。诗歌一旦成了"纸上的诗歌"，即便技艺再优美，词句再精练，如果情怀是空洞的，心灵是缺席的，它也不过是文字游戏罢了，意思不大。

中国的唐朝，诗歌盛极一时，诗人遍地，但那个时候的诗人，他们的生活和诗歌是结合在一起的。他们在诗歌里所要实现的人生，和他们的现实人生是有关系的。也就是说，他们的诗歌，绝不仅仅写在纸上，相反，最好的诗歌，都是他们在生活现场中写出来的。比如李白那首著名的《赠汪伦》，就是汪伦来送李白，要李白留一首诗给他，李白就即兴用汪伦递过来的纸和笔写上："李白乘舟将欲行，忽闻岸上踏歌声。桃花潭水深千尺，不及汪伦送我情。"据说，汪伦的后人到宋代还保留着李白写的这首诗的原稿。李白当时是有感而发，而有感而发正是诗歌写作最重要的精神命脉。唐诗三百首里，被传唱的那些，基本上都是在生活现场里写出来的。比如，陈子昂的《登幽州台歌》，是他登了那个幽州台，才发出"前不见古人，后不见来者。念天地之悠悠，独怆然而涕下"的感慨的。因为有了那个实实在在的"登"，诗歌才应运而生。他是登了幽州台才写诗的，并非为了写诗才登幽州台的。古代的很多诗，都是这样"登"出来的。杜甫写过《登高》，"无边落木萧萧下，不尽长江滚滚来。"他还写过《登楼》，"花近高楼伤客心，万方多难此登临。"他还有一首《登岳阳楼》，"亲朋无一字，老病有孤舟。"这些，都和杜甫的生活现场有关。李白有一次登黄鹤楼，本来想写一首诗，结果呢，"眼前有景道不得，崔颢题诗在上头"，多么的真实。还有李白那首著名的"故人西辞黄鹤楼，烟花三月下扬州。孤帆远影碧空尽，惟见长江天际流"，题目就叫《黄鹤楼送孟浩然之广陵》，是送行诗。而

"弃我去者，昨日之日不可留；乱我心者，今日之日多烦忧"这样的名句，也是有一次李白在宣州谢朓楼设酒饯别朋友时写的。李白他们的诗几乎都不是在书斋里写的，他们一直在生活，在行走，同时也在写诗。他们的诗歌有生命力，是因为他们的诗歌从诞生之日开始，就一直活在生活中的，从未死去。而今天一些诗人写的诗歌，还没传播，就已经死了，因为这些诗歌从来就没在诗人的生活或内心里活过，死亡是它们必然的命运。

鲁若迪基的诗引起我的注意，就因为他的诗是活在他的生活中的。很久没有读到这种语言有大地质感、精神面貌又朴素清晰的诗歌了。他的诗歌，简明而直接，应该说，他自觉地接续上了一种有感而发的写作传统。这是他的诗歌生命之所在。他写的多是短诗，诗虽短，但它所凝结的生命容量却一点不小，正如他的《小凉山很小》一诗，写出的恰恰是一种故乡和内心的广大：小凉山很小/只有我的眼睛那么大/我闭上眼/它就天黑了//小凉山很小/只有我的声音那么大/刚好可以翻过山去/应答母亲的那声呼唤//小凉山很小/只有针眼那么大/我的诗常常穿过它去/缝补一件件母亲的衣裳//小凉山很小/只有我的拇指那么大/在外的时候/我总是把它竖在别人的眼前。

——这是一个忠诚地面对自己脚下这块土地的诗人，他的诗歌视角，往往是有限的，具体的，窄小的，但经由这条细小的路径，所通达的却是一个开阔的人心世界。我很喜欢懂得在写作中限制自己，同时又不断地写作中扩展自己人生宽度的作家。米沃什说："我到过许多城市，许多国家，但没有养成世界主义的习惯，相反，我保持着一个小地方人的谨慎。"鲁若迪基长期居于云南边地，泸沽湖畔，典型的小地方人，不缺"小地方人的谨慎"，这使得他在大地、生活和人群面前，能够持守一种谦逊的话语风度，从而拒绝夸张和粉饰。他的眼中，泸沽湖，小凉山，日争寺，一个叫果流的村庄，都是具体的所指，他注视它们，敞开它们，和它们对话，感觉它们的存在，写出它们和自己的生命相重叠的部分，如此平常，但又如此令人难以释怀。

　　　　　天空太大了

　　　　　我只选择头顶的一小片

　　　　　河流太多了

　　　　　我只选择故乡无名的那条

　　　　　茫茫人海里

　　　　　我只选择一个叫阿争五斤的男人

　　　　　做我的父亲

　　　　　一个叫车而拉姆的女人

　　　　　做我的母亲

　　　　　无论走在哪里

　　　　　我只背靠一座

　　　　　叫斯布炯的神山

　　　　　我怀里

　　　　　只揣着一个叫果流的村庄

　　　　　　　　　　　——鲁若迪基：《选择》

　　这样的诗歌，是小的，也是有根，有精神的来源地的。鲁若迪基是真正以小写大、以简单写复杂的优秀诗人。他从来不空洞地抒情，而是扎根于那些细微的感受，从感受出发，他的细小和简单，便获得了一种深切的力量。中国不缺复杂的诗，但缺简单、质朴、纤细的诗心，因为在复杂中，容易黏附上许多文化和知识的装饰，而简单、质朴和纤细里，所照见的就是诗人自己了。我曾读到过一个叫张冰儿的九岁白血病患者的诗，她在诗中说："妈妈，妈妈/你真不容易，我病了这么久/你仍然那么地爱我"——我为此深深地感动；我还读过德国集中营里一个叫玛莎的小孩写的一首短诗："这些天里我一定要节省。/我没有钱可节省；/我一定要节省健康和力量，足够支持我很长时间。/我一定要节省我的神经和我的思想和我的心灵/和我的精神的火。/我一定要节省流下的泪水。/我需要它们很长，很长的时间。"——看到这里，我也良久无语。多年之后，我读到了鲁若迪基的一首《想起父亲》的诗，也不复杂，却照样令我感慨万千："去欧洲旅游/某个早晨/我看见一个人把车开到地边/戴上手套/爬上一辆拖拉机/把地犁了/又开车走了……/这就是欧洲的一个农民啊/我忧伤地想起/我的父亲/在小凉山上/吃力地跟在牛的后面/一把把的汗洒在土里/让土也有了汗的味道。"一次不经意的"想起"，它的后面却站立起了一个沉重的身影，一个与汗交织在一起的父亲的形象，散发着土地的气息，不乏辛酸和伤感——从欧洲到小凉山，从记忆到现实，弥合二者间的距离的，正是那个赤诚的"我"。

鲁若迪基的诗，最大的特色是有"我"。有"我"就有性情，而性情的真实流露，正是诗歌获得生命力的核心秘密之一。钱穆说："摩诘诗若是写物，然正贵其有我之存在。子美诗若是写我，然亦正贵其有物之存在。"写我，要有物的存在；写物，也要有我的存在。写俗世，要有灵魂参与；写灵魂，也要有俗世作为容器。互相作为对方存在的证据，这就是把人摆到作品里面去。也有那种超脱的作品，像李白的诗，他喜欢道家，喜欢老庄那种人生，他的诗，不愿意直接写自己的生命，而是追求生命从现实人生中超越出来，但正如超世间也是一种世间一样，超人生实际上也是一种人生。李白不过是把自己更巧妙地隐藏在神采飞扬的文字后面罢了。杜甫、苏东坡这样一些诗人，是直接写人生的，也是把自己直接摆进作品里面的，所以，有时在他们的诗中，能读到惊心动魄的东西。唯有这样的文学，能够让读者的心也贴上去，从中体会另一种人生，感受另一种性情。

鲁若迪基以他的简明和朴素，写出了一个宽阔、沉静的"我"。他那些写故土的诗，看似写物，背后却分明是在写自己。比如他的《女山》："雪后/那些山脉/宛如刚出浴的女人/温柔地躺在/泸沽湖畔/月光下/她们妩媚而多情/高耸着乳房/仿佛天空/就是她们喂大的孩子"。这首诗与其说是在写山，还不如说是在写诗人如何看山，因为在这样的诗中，一直有一束眼光在山上移动，最后，当诗人写到月光下"高耸着乳房"的山脉，"仿佛天空/就是她们喂大的孩子"，这束眼光就不仅人性化，也神性化了，这样的大地哲学，真是难得的诗语。甚至，在《1958年》这种有历史感的诗里，鲁若迪基作为诗人的眼光也一直存在的，不过更加隐蔽而已："1958年/一个美丽的少女/躺在我父亲身边/然而，这个健壮如牛的男人/却因饥饿/无力看她一眼……/多年后/他对伙伴讲起这件事/还耿耿于怀/说那真是个狗日的年代/不用计划生育"。面对沉重的历史，鲁若迪基没有简单地陷入批判的泥淖，而更多的是用人性的细节，说出历史背后那无法言说的感伤。这个"这个健壮如牛的男人"在饥饿年代那些根本的、个人的经验，为重述那段日益抽象的大历史，补上了可以感觉的场景和气息。这样的诗，在当代并不多见。

格林说，作家的经验在他的前二十年的生活中已经完成，他剩下的年月不过是观察而已。"作家在童年和青少年时观察世界，一辈子只有一次。而他整个写作生涯，就是努力用大家共有的庞大公共世界，来解说他的私人世界。"我感觉鲁若迪基的写作正是如此。他的诗是简明的，朴直的，也是在生活的现场有感而发的，尤其是在他面对故土和亲人时，他作为诗人天真的性情就清晰可见。在这样一个崇尚复杂和知识的年代，鲁若迪基的天真、简明和有感而发，显得尤为宝贵；正如在这个世界主义哲学盛行的写作时代，鲁若迪基笔下那些有根的"小地方"经验，照样能够把我们带到远方。他的诗是可阅读的，也是可期待的。

（原载《芳草》2008年第1期）

读诗：经验与叙事

我读着

多多

十一月的麦地里我读着我父亲
我读着他的头发
他领带的颜色，他的裤线
还有他的蹄子，被鞋带绊着
一边溜着冰，一边拉着小提琴
阴囊紧缩，颈子因过度的理解伸向天空
我读到我父亲是一匹眼睛大大的马

我读到我父亲曾经短暂地离开过马群
一棵小树上挂着他的外衣
还有他的袜子，还有隐现的马群中
那些苍白的屁股，像剥去肉的
牡蛎壳内盛放的女人洗身的肥皂

我读到我父亲头油的气味

他身上的烟草味

还有他的结核，照亮了一匹马的左肺

我读到一个男孩子的疑问

从一片金色的玉米地里升起

我读到在我懂事的年龄

晾晒壳粒的红房屋顶开始下雨

种麦季节的犁下拖着四条死马的腿

马皮像撑开的伞，还有散于四处的马牙

我读到一张张被时间带走的脸

我读到我父亲的历史在地下静静腐烂

我父亲身上的蝗虫，正独自存在下去

像一个白发理发师搂抱着一株衰老的柿子树

我读到我父亲把我重新放回到一匹马腹中去

当我就要变成伦敦雾中的一条石凳

当我的目光越过在银行大道散步的男人……

　　"父亲"作为一种诗歌形象，在现代诗人的书写中，一直受着经验的局限，日渐呈现出陈旧而苍白的面貌。当有关"父亲"的抒情面临衰竭，叙事就开始凸显它独有的意义。多多的《我读着》，在阅读父亲上，就有鲜明的叙事风格。这里的叙事，在处理事物的方式上指向的是回忆，在经验的形态上则大多通过细节暗示来完成对"父亲"形象的重新理解。

　　回忆是重要的线索。回忆使作者成了一个冷静的观察者。回忆父亲，就是重新打量父亲。或许因为距离的遥远（"伦敦雾中"）、语境的变化（"银行大道"），多多在回忆的时候，尽管沿用的多是故乡的事物（"麦地""鞋带""马群""头油""玉米地"等），但一切都已在回忆中变形。他与其说在回忆，还不如说在修正——修正一种陈旧记忆，修正一种情感态度，同时，也修正"父亲"的原始意义。所以，"我"在"十一月的麦地里""读着我父亲"，但那个"男孩子的疑问"，则"从一片金色的玉米地里升起"。——"麦地"虽是回忆的起点，但疑问则可追溯到"玉米地"。过去和现在，就这样轻巧地衔接在了一起。

我猜想，正是那个潜藏在自己心中已久的孩子式的"疑问"，使多多有了"读"父亲的冲动。值得注意的是，多多最先"读"的，是父亲的"头发"，而"头发"是一个人的最高处，它代表着"父亲"形象中高大的部分，包括"颈子因过度的理解伸向天空""我父亲是一匹眼睛大大的马"，其实都可视为父亲这一品质的说明。但是，当"疑问"启动，当父亲从高大中出走（"曾经短暂地离开过马群"），一批完全不同于"头发""天空""眼睛大大的马"的经验和细节开始涌入作者的记忆：

> 那些苍白的屁股，像剥去肉的
> 牡蛎壳内盛放的女人洗身的肥皂
> 我读到我父亲头油的气味
> 他身上的烟草味
> 还有他的结核，照亮了一匹马的左肺

这些经验和细节，由"阴囊紧缩"这一奇怪而看似不敬的意象而导入，它最终要暗示的其实是"父亲"形象的破碎。直到"我读到我父亲的历史在地下静静腐烂/我父亲身上的蝗虫，正独自存在下去"，那个记忆中的"父亲"已彻底瓦解，直至消失于大地。由"天空"到"地下"，由"马"到"蝗虫"，由"头发"到"腐烂"，读者完全可以把它理解为是作者对旧有"父亲"形象的消解，但我却更愿意将它理解为是一种怀念。

在某种程度上说，父亲是最适合怀念的事物。

然而，面对父亲，在"头发"的高度怀念，难道就一定比"地下"的怀念真实？或许，多多要指证的正是这种怀念的可疑性。如果光注意"头发"和"颈子"，故意忽视"阴囊"和"蝗虫"，似乎也可认为是一种"过度的理解"。而"我读到我父亲把我重新放回到一匹马腹中去"时，完全可以理解为是生命的再生，它恰恰是我重新理解父亲后出现的景观——当"我"和"父亲"达成了这一更内在的交流，我就从回忆中回到了现实（"我的目光越过在银行大道散步的男人"），一切都将重新开始。

就这样，关于父亲的叙事，最终成了细节的怀念、经验的重写。当多多用旧经验"读"父亲，父亲在他心中，其实已经是新的了。

情人

尹丽川

这时候，你过来
摸我，抱我，咬我的乳房
吃我，打我的耳光
都没用了
这时候，我们再怎样
都是在模仿，从前的我们
屋里很热，你都出汗了
我们很用劲儿。比从前更用劲儿。
除了老，谁也不能
把我们分开。这么快
我们就成了这个样子

在二十世纪七十年代出生的作家群里，尹丽川的才华无疑是独异而耀眼的。她花在诗歌上的精力并不多，但她的诗有着尖锐而深邃的力量，我喜欢读这样的诗。她的诗往往很短，干净，节制，节奏感强，有着不易觉察的沉思面貌，看似粗鲁，里面其实蕴藏着另一种文雅。

我是在《下半身》的创刊号上读到尹丽川的《情人》的，我以为，这首诗和她不久后写作的《爱情故事》，都可看作是"下半身"的经典之作。尹丽川成功地注释了"下半身"的另一面。她也写性，写身体，但她保留了分析和思考的偏好；她也使用大胆的细节，但细节作为一种经验，常常能被存在所照亮。所以，她能看见"一对璧人""眼里有着器皿的哀愁"（《公平》），她描述"你抽出你的东西"时会说，"我的完整/被多余破坏……/我的肉体，空出一块荒"，"我已偷走它的体积/却没能留住它的重量"（《爱情故事》）。而在这首短短的《情人》中，我同样读到了难言的悲伤和时间的力量。"你过来/摸我，抱我，咬我的乳房/吃我，打我的耳光"，以及"你都出汗了"，"很用劲儿"，都是身体细节，然而一句"这时候，我们再怎样/都是在模仿，从前的我们"，迅速揭开身体背后的苍白和匮乏，一切来自身体的努力，"都没用了"，因为"这时候"不过是在努力"模仿""从前"——激情和快乐，爱和欲望，原来都经受不起时间哪怕最为温柔的磨碾。

而比时间更为可怕的，是人心的荒凉。"这么快/我们就成了这个样子"，既是时间的杰作，也是人自身的深刻困境的表现——生活成了一种模仿：现在模仿过去，未来呢，必定是在模仿现在，所谓"日光之下，并无新事"。尹丽川通过书写"情人"间激情与欲望的衰败，深刻地洞悉了人内心的贫乏，以及人在时间面前的脆弱。

她告诉我们，欲望和存在一样，都是一个错误，但它不容修改。

如果没有永恒，也不存在超越的爱，那身体便是人类唯一可靠的家。身体的激情，肉体的欢乐，尽管短暂，但它很可能是唯一真实、可信的事物。是的，爱可以作假，唯独身体不会说谎。菲力普·罗斯在《垂死的肉身》一书中说："身体所包含的人生故事和头脑一样多。"这是真的。尹丽川的写作强有力地证实了这一点。

寻找调门的人

张执浩

一生中，他都在跑调。他的苦恼在于
不能主宰自己的音高，更在于
他不能与大众协调

从变声期到更年期，他过着
五音不全的生活，他埋怨过
舌头、喉咙，他的胸腔里埋藏着

一团生活者的怒火。如果我们允许
他诉说，他将把生米煮成熟饭
把冰凉的人间变成熊熊大火

唉　在歌唱的年月，他跑得越远
越能证明歌唱的代价
除了他，谁都不想这样付出

而事实上，他只有一个梦想，梦想
有朝一日能与生活平起平坐
他选择过美声、民歌和通俗

在三者之间，他最终选择了缄默
命运关上了耳朵，连呼吸声也显得多余
这是大众安眠的时刻，一个缄默者

让我们集体醒来，因为

我们已经习惯了他，如同节日

习惯了虚情假意的赞颂，如同

他一生的奔跑，而道路原本就忐忑

他起初责怪鞋子，后来是脚

最后是身后跑过来的道路

安德烈·纪德在《人间粮食》中感慨万千地说："你永远也无法理解，为了让自己对生活发生兴趣，我们付出了多大的努力。"这是一个真正执着生活过的作家发出的喟叹。在诗人张执浩笔下，"生活"也是一个关键词："在战栗的桥身 我不是生活者／更像一个生活的敌人"（《长途卡车上的猪》）；"要吃多少糖，才能像我一样／满嘴假牙，在生活中装聋作哑？"（《棉花糖》）；到现在这首《寻找调门的人》，就更清晰地见出了诗人面对生活时的基本心境："而事实上，他只有一个梦想，梦想／有朝一日能与生活平起平坐"。

——这个"他"，在《寻找调门的人》一诗中，可以解释为是一个失败者："一生中，他都在跑调。"尽管"他的胸腔里埋藏着／一团生活者的怒火"，但"他的苦恼在于／不能主宰自己的音高，更在于／他不能与大众协调"。——人与生活之间那无法和解、充满矛盾的关系，在此显露无遗。也许，我们都是一个个"寻找调门的人"，我们试图与生活合唱，试图"与生活平起平坐"，试图获得生活的谅解，然而，一次次的错位，一次次的不协调，最终把我们都变成了"生活的敌人"。到底是生活本身出了问题，还是我们有着不合适的"音高"？或者未能赶上生活的步伐？

失败似乎成了我们在生活面前的唯一命运。我们一生都在"寻找调门"，但生活总是拒绝和我们合唱，它如此强大，不容置疑，更无法修改，我们唯有缄默，谛听它的声响，至终，连我们那个"与生活平起平坐"的渺小梦想，也将遭遇生活的嘲笑——是谁在管理着生活？又是谁在通过生活向我们实施压迫和打击？

　　来自生活的强大力量总是匿名的，它仿佛就是为了证明人的错谬和徒劳。没有正确的生活，也没有正确的人生，从根本上说，人活着，如同一个错误，一个不容修改的错误，不断地在不同时间出现，直至把人彻底消解为零，这成了人永远无法摆脱的宿命。"他"一生奔跑，"而道路原本就忐忑/他起初责怪鞋子，后来是脚/最后是身后跑过来的道路"——你永远无法跑到正确的道路上，因为生活自身的逻辑，强大到足以粉碎一切试图改变它的企图。只有等到生活把人彻底吞噬，真正协调的声音才会出现，那就是：永远的缄默——比如，死亡。

　　张执浩正是发现了这一沉痛的事实，他的诗歌才处处呈现出苦楚和悲伤的面貌。他想说的是，如果生活的馈赠，不过是一些痛感和泪水，那我们何不坦然接受并分享这些辛酸的喜悦？"亲爱的生活，你把我磨练得无情无义，/也将我击打得麻木不仁。/但我是坚强的，就像这亲爱的泪水"（《亲爱的泪水》），这样的诗句让人心疼，也让人心生悲悯之情——这或许正是张执浩诗歌的力量。

　　我从未见过张执浩正式出版诗集，但是，他散落在杂志和网络上的诗篇，那些精粹、锐利、节奏感强的言辞，已经将他证明为是这个时代最重要的诗人之一，《寻找调门的人》就是其中一个生动的例证。

塑料袋

于坚

一只塑料袋从天空里降下来
像是末日的先兆　把我吓了一跳
怎么会出现在那儿　光明的街区
一向住的是老鹰　月亮　星星
云朵　仙女　喷泉和诗歌的水晶鞋

它的出生地是一家化工单位
流水线上　没有命的卵子　父亲
是一只玻璃试管　高温下成形
并不要求有多少能耐　不指望
攀什么高枝　售价两毛钱　提拎
一公斤左右的物品　不会通洞
就够了　不是坠着谁的手　鼓囊囊地
垂向超级市场的出口　而是轻飘飘的
像是避孕成功　从春色无边的天空
淫荡地落下来　世事难料　工厂
一直按照最优秀的方案生产它
质量监督　车间层层把关　却没有
统统成为性能合格的　袋子
至少有一个孽种　成功地
越狱　变成了工程师做梦也
想不到的那种轻　它不是天使
我也不能叫它羽毛　但它确实有
轻若鸿毛的工夫　瞧
还没有落到地面　透明耀眼的
小妖精　又装满了好风　飞起来了
比那些被孩子们　渴望着天天向上的心
牢牢拴住的风筝　还要高些
甚至比自己会飞的生灵们
还呆得长久　因为被设计成
不会死的　只要风力一合适
它就直上青云

在于坚的诗歌中，总能拆解出一个真实的事物主体，而且，他
关心这些事物的真实状态，总是过于关注事物固有的意义谱系。于

坚会主动从俗常的意义链条里自我放逐，转而求助于一种事物的本然呈现来重新建立世界的形象，其实他是希望借此接续上一种重视感官和知觉的写作传统——今日的诗歌会日渐贫乏和苍白，最为致命的原因，就是诗歌完全成了"纸上的诗歌"，它和生活的现场、诗人的记忆、逼真的细节丧失了血肉联系。这个时候，重新解放诗人的感官，使诗人再次学会看，学会听，学会闻，学会嗅，学会感受，就有着异乎寻常的价值和意义。——这些基本的写作才能，如今很可能将扮演着复活诗歌精神的重要使命。

于坚的《塑料袋》，就是一首"看"事物而非"想"事物的诗歌——"看"指向事物的实存，而"想"呢，多半指向事物的意义之"象"。如今，任何事物都已湮没在意义的丛林里，甚至可以说，二十世纪就是意义的世纪，意义已经遮蔽和篡改了事物，事物成了道具和符号，它完全没有了自己本然的出场空间；这时，回到事物的实存和本然，就意味着是对事物的重新发现。

"塑料袋"，本是微不足道的生活用品，但经由于坚的观察、描述和放大，它突然在我们的生活空间中变得突兀而尖锐——它成了不容忽视的存在。"一只塑料袋从天空里降下来/像是末日的先兆把我吓了一跳"，这其实是渺小事物闯入庞大空间的典型事件，只是，这样的事件并不能引起一般诗人的注意，但于坚在这渺小的事物身上，看到了它卑微而自在的品质：它的"工程师做梦也想不到的那种轻"，还有它"飞起来""直上青云"的姿态，这种事物的本然状态，正是留存事物存在痕迹的最佳见证。

于坚的诗再次证实，重要的不是写什么，而是怎么写。按照从前的美学观念，"塑料袋"几无入诗的可能，因为它的渺小和卑微，也因为它没有任何可供阐释的深度空间。于坚反抗了这样的写作神话，他在最无诗性的事物上，偏偏发现了新的事物美学：这个"塑料袋"自在的"轻"和"飞"，使它真的成了可以被看见的真实的"塑料袋"，它如此具体、又如此尖锐地突入"天空"，即便只是瞬间存在，但因为它活在自己的本然里，它的"在"便已经永恒。

于坚在诗中揭示了"塑料袋"这种本然的"在",而这,恰恰就是事物本身不容修改的"原在"。

路边花

世宾

有时候我的坚定出乎意料
譬如这一刻,你们都转身离去
在路旁,只有我在默默开放
朝着你们消失的方向

想长得漂亮,事实却有许多缺点
这些日子已证明我的出生
并不适应你们的花园

我爱着你们,也愿为你们所爱
只是这小小的花影你们看见么?
我的嗓门无法高到能把你们唤来

我只有很少的几片绿叶
我的脸只朝着一个方向
你们说的蜜蜂、蝴蝶
我不屑一顾;头上压过的乌云
又怎能让我弯下腰枝?

我爱着你们仅是自己的需要
过了这个花期,没有人会看见
我是怎样在路边烂掉

世宾的诗，有着当下诗歌少有的朴素、清晰和节奏感。它拒绝使用深奥的意象，也不炫耀复杂的诗艺，而是有意使诗歌返回到一种单纯和简朴之中——谁都知道，单纯可能意味着肤浅，简朴则有可能走向贫乏。但我仍然愿意指出这种诗歌写作的意义：一方面，它能有效反抗当代诗歌在不及物的方向上继续自我放纵的现状；另一方面，它能重新向读者提示，诗歌应该具有情感的力量。

确实，诗人不仅要强化自己写作中的及物能力，还要使自己成为一个有情感温度的人，唯有如此，诗歌才有可能再次感动读者——感动，这个已经陈旧的词，对于当代诗歌而言，显得尤为必须。至少，世宾的诗是走在这条路上。他的词语里，总是藏着他对事物的挚爱之心，这就是诗歌的情感，或者说，这就是诗歌的体温。

《路边花》正是一首有体温的诗。诗人毫不犹疑地表达了对"路边花"的挚爱：这朵"默默开放"的"小小的花影"，虽然"并不适应你们的花园"，也无缘和"蜜蜂、蝴蝶"为伍，但它"爱着你们，也愿为你们所爱"——正是这爱，使它即便"过了这个花期，没有人会看见/我是怎样在路边烂掉"，也依然"脸只朝着一个方向"，从不"弯下腰枝"。而且，"我爱着你们仅是自己的需要"，这样的表白，强化了"路边花"孤寂而坚定的品质。"想长得漂亮，事实却有许多缺点"，"这些日子已证明我的出生/并不适应你们的花园"，"我的嗓门无法高到能把你们唤来"，但这些并不能改变"我"的"坚定"——就这样，"路边花"成了一种勇敢、独立、清洁的存在状态的表征。

这样的诗歌方式显然是传统的，但它意味深长。如此朴质的话语，唤醒的是我们对普通事物的真诚感念，假如我们近乎麻木的情感世界，能由此获得一丝缝隙，让情感的光亮渗透进去，哪怕是在一朵小小的"路边花"身上，我相信，也能照见一个世界和心灵的生动景象。

世宾以自己对事物的挚爱，在诗歌中和世界订立了情感的新契约，至少，它描述了事物内在的秩序，书写了一种可能有的和谐和宁静——这告诉我们，亲近世界的清新，蔑视人世的污浊，才能生生不息地见证着生命的单纯和灿烂。因此，比起"花园"的生活，只能"在路边烂掉"的"路边花"是微不足道的，但它的坚定，不仅塑造了生命的基本形状，同时，也赋予了渺小生命以最高的内涵：爱。

守夜人

余怒

钟敲十二下，当，当
我在蚊帐里捕捉一只苍蝇
我不用双手
过程简单极了
我用理解和一声咒骂
我说：苍蝇，我说：血
我说：十二点三十分我取消你
然后我像一滴药水
滴进睡眠
钟敲十三下，当
苍蝇的嗡鸣，一对大耳环
仍在我的耳朵上晃来荡去

简单的场景，一次可以料见的转折，余怒试图描述一种人与苍蝇的对峙——这种力量悬殊的对比，是要说出人的无力和失败？或者在此暗示人的脆弱和无聊？一个人，居然和一只苍蝇较劲，但忙活了一小时，"苍蝇的嗡鸣，一对大耳环/仍在我的耳朵上晃来荡去"。诗句如此简单，读者在此作任何复杂的联想，多少都有点勉强，但现代人的生存，常常被一些细微的事物所左右和破坏，倒是个不争的事实。宏大的话语我们或可拒绝，但细节影响人生，却成了新的必须屈服的常识。《守夜人》并不深刻，也无诗学的纵深感可供读者回旋，它若唤醒了读者的某种记忆或感怀，我想，正在于它呈现了这一常识性的代表场景。

所谓的"守夜人"，可以理解为是无法让自己在睡眠中消失的人。现代人时刻置身于时代性的喧嚣之中，他最大的困难反而成了无法进入安静，让自己短暂地消失——比如获得良好的睡眠。本诗最好的两句，"然后我像一滴药水/滴进睡眠"，表达的正是一种关于消失的渴望，如同一滴水消失在水中，也让自己消失在睡眠之中，但"苍蝇"成功地阻止了这个消失计划。越来越多类似的微不足道的事物，正在把渴望在夜间消失的人变成躁动而不安的"守夜人"，现代人的困境由此可见一斑。

颂歌

燕窝

1

穿过步行街

去和一些人相爱，过完这一生

沿途打开窗子

把屋里的风吹到大街上

那些潮水般的人群，隔着好几个街口

互相拍打。这时已经是春天了

被抛到空中行走的人们

摇动树枝，他们即将消失的光亮

落在车子前面的窗玻璃

雨刷，和闪电般的露珠中

2

游泳馆的上空

星星醒来了，用双腿划水的人们

竖起来，吹动旗杆

风下面的土地特别辽阔

歌声特别明亮。我刚刚想说出，刀光

它一扬手，走进水光中

波涛们都站了起来，站在最上面的

也在最前面

他们穿过水面摇晃的细节

和波浪一起走过来

3

坐在石头房子里

回忆朗诵会的人们，他们的脸孔

发出微弱的光，每一个被驱赶、被鞭打的灰尘

回到羔羊的队伍中

当它们仰起头，报告大厅吐露

金色的潮水，淹没了

黑夜中的哑巴房子，哑巴城市，哑巴石头

无数细小的世界从我们脚步下方

升起，在草皮上张开眼睛

看见了早晨的好时光

　　"颂歌"是个古老的题目，但年轻的燕窝成功地把它变成了一种私人性的语言景象。它并不直接抒情，而是求助于一种景象式的描述，来传达诗人心中对世界的感受。这个感受，是欢乐的、明亮的、清澈的，但它不是传统意义上的"颂歌"，因为诗人所理解的"颂歌"，在今天早已不再是集体的发声方式，而是成了生活美好瞬间的

诗性抒发，成了个人眼中的细碎感受。从凯歌高唱的广场撤退之后，燕窝并没有像其他一些年轻诗人那样，直接进入闺房私语，她驻足的地方是"步行街""游泳馆""石头房子里"——显然，在广场和闺房之间，她找到了一个重新理解生活的基点。

比起顾城在二十世纪八十年代早期写的那组《颂歌世界》，燕窝笔下的《颂歌》，显然有着更为真实的欢乐生活的痕迹。只是，这样的欢乐生活，在当代已被改写成身体的狂欢，或者自我经验的玩赏。燕窝似乎有意反抗这些。她的《颂歌》，通过描述几个变形的生活片段，显示出了自己驾驭当代生活的广阔胸襟。"沿途打开窗子/把屋里的风吹到大街上/那些潮水般的人群，隔着好几个街口/互相拍打"，这是窗玻璃上的街道镜像；"它一扬手，走进水光中/波涛们都站了起来，站在最上面的/也在最前面/他们穿过水面摇晃的细节/和波浪一起走过来"，这是水面上空的游泳池景象；"他们的脸孔/发出微弱的光，每一个被驱赶、被鞭打的灰尘/回到羔羊的队伍中/当它们仰起头，报告大厅吐露/金色的潮水，淹没了/黑夜中的哑巴房子，哑巴城市，哑巴石头"，这更像是记忆和想象中的报告厅场景——所有这些，都已经不是"实有"的生活本身，它经过玻璃、摇晃的水面以及记忆的变形处理，突然映照出了生活中不易被人觉察的另一端——生活或许是平庸而乏味的，但换一个角度看呢，它是不是就会呈现出完全不同的景象？谁能保证，平庸后面没有辉煌，痛苦之中没有欢乐？

所以，加缪才说，不在于生活得更好，而在于生活得更多。《颂歌》为我们提供的，正是"更多的生活"。我一直以为，当代诗歌如此单一，根本的原因在于，诗人观察生活的视角极其雷同，他们除了睁大眼睛之外，并无其他进入生活的渠道。而燕窝的《颂歌》，有意疏离眼睛所见的生活，她告诉我们，除了眼见的"实有"生活之外，"窗玻璃""水光"和"回忆"都能各自映照出一套生活面貌——如何表达出更多的生活，如何扩大生活的丰富可能性，这不正是诗人永恒的使命？

拒绝单一地模仿经验，着力于创造新的语言景观，燕窝的这种
诗歌方式，值得期许。

预感

张枣

像酒有时预感到黑夜和
它的迷醉者，未来也预感到
我们。她突然扬声问：你敢吗？
虽然轻细的对话已经开始。

我们不能预感永恒，
现实也不能说：现在。
于是，在一间未点灯的房间，
夜便孤立起来，
我们也被十点钟胀满。

但这到底是时日的哪个部件
当我们说：请来临吧!?
有谁便踮足过来。
把浓茶和咖啡
通过轻柔的指尖
放在我们醉态的旁边。

真是你吗？虽然我们预感到了，
但还是忍不住问了一声。

星辉灿烂，在天上。

　　"预感"是命运的基本元素之一，它和一个人的未来有关。许多人在"预感"中，以为正在掌握命运的线索，事实证明，这常常是一种幻觉。张枣的《预感》就写到了"预感"的这种迷幻状态——或者说，他把"预感"看作是对命运的一种注释方式。"像酒有时预感到黑夜和/它的迷醉者，未来也预感到/我们……"——诗人在这里用"酒"来诠释"预感"，也许就是为了指证真正的"预感"只属于"迷醉者"，而那个我们所关心的"未来"，何尝不是"迷醉者"的想象？

　　大多数人都愿意相信，命运中一定存在一个可以想象、可以追问的未来，它是秘密而真实的。但张枣想说的是，只存在一种最近的未来，"预感"也只是建立在现实事象上的一种猜想。我们和未来的距离，或许就是"预感"所能达到的距离——"我们不能预感永恒，/现实也不能说：现在"，这句诗，测度的正是这种隐秘的距离。所谓"永恒"，就是很远很远的未来，它"不能预感"；"现实"呢？"也不能说：现在"，这就表明现实并不存在"预感"，也不需要"预感"。可见，"预感"只能活跃在"永恒"和"现实"之间这段未明的时间区域。"永恒"因为离得太远而显得虚幻，"现实"因为离得太近而显得苍白，"预感"作为命运所敞开的可能性，仅仅是将最近的未来带到每个人面前。譬如，"当我们说：请来临吧!? /有谁便踮足过来"，这个踮足过来的"谁"，往往不是那个远方的"你"，而只会是"把浓茶和咖啡/通过轻柔的指尖/放在我们醉态的旁边"的服务员——此时，这个服务员对"我们"来说，不正是"最近的未来"？他的存在你可以触及，但他的存在又和你的渴望保持差距，这往往就是"预感"所呈现的结局。

　　好像"预感"发生了错位，可是，这有什么关系？对于有"醉态"的"我们"来说，同样可以对服务员发出"真是你吗?"的询问。一个"迷醉者"，面对"未来"，重要的不在于"预感"是否准确，而在于他一直生活在"预感"中。尽管"我们不能预感到永恒"，尽管"星辉灿烂"只能"在天上"，但"在一间未点灯的房间"，"我们"还是"预感到了""真是你吗"，这未尝不是一种幸福和满足。当越来越多的人在想象永恒，越来越多的人将幸福冀望于永恒，一个还有"预感"的人，却在比"现在"只远一点点的"未来"里，找到了温情和幸福，一切便已经足够。就此而言，张枣的《预感》一诗，其实重塑了"预感"的时间向度："预感"并不能企及"永恒"，只是比"现在"多走了一步——至于这一步能走出多远，就得看你对生活"迷醉"到了何种程度。

纸张

汤养宗

一生的光阴，或许只能几次到家
在许多夜晚，那是谁，仍在纸张上
为一个人留着一扇门

一张纸摆在面前，那是多么费解的城堡
它使每个写作者变成了针尖，极端
又踌躇，强盗般或闪电般想尽入其中

我准备了许多利器，我浑身地
摸出各种钥匙，纸张仍旧关闭着
一个书生穿纸而过，他准已大汗淋漓

一个人与一张白纸之间没有确凿的距离
我们摸到它：光滑，平面，却是无底的深渊
一张纸里头，仿佛永远藏着另一张纸

永远的问题是文字能否真的写进一张纸

像水倒进沙漠我们发现了水的无知
当我书写，我常常听到纸在笔尖发出的惊叫

雪一样的白纸，我们对它有一生的歉意
在很随意的一瞬间，一张纸
已偷偷从我们的手底下奔跑出来

一张纸只有一次薄薄的命，它面对着你
神情悲悯而高贵，白纸太过无助
反让我一筹莫展，像这一生再不能翻过第二页

一张纸只为一个真正的书写者留着一扇门
那人无比敬重地推了一下，门开了
里头的人说："果然是你，进来吧！"

　　我很少看到诗人在自己的诗歌中探讨写作，或许，在许多诗人看来，写作就是智慧的发挥、技艺的展示、语词的表演——他们对自己的诗歌智慧和语言技艺有信心，所以，写作对他们来说，从来不是问题。这种貌似坚定的写作信心，使得许多诗人可以肆无忌惮地在自己的诗歌中炫耀知识或者展览经验，他们认为自己看到了真实，也相信自己所表达的就是真实，其实，事情并没有他们想象的那么简单。诗人一旦取消了写作的难度，并且不再对语言产生敬畏感，真正的诗歌必将隐匿。

　　为此，我喜欢汤养宗诗歌中那种对写作本身的怀疑和追问，这种自省，常常使他保持着对诗歌和事物的独特发现。他的《纸张》，书写的就是写作者与纸张之间的对峙状态，在这样的对峙中，他为我们敞开了真正的写作所隐含的秘密。

　　纸张是写作的现场，面对一张白纸，唯有"真正的书写者"才能感受到白纸的下面，其实隐藏着一个"无底的深渊"，而有些人，

花费一生的力量也未必能找到这扇通往"深渊"的门。白纸之门，就是写作之门，什么人才能到达？怎样才能到达？《纸张》为我们描述这个抵达的过程。"一张纸摆在面前，那是多么费解的城堡"，为进入这个城堡，"我准备了许多利器，我浑身地/摸出各种钥匙"，但"纸张仍旧关闭着"，白纸的世界，似乎并不向急功近利者或者野心家打开，它虽然"只有一次薄薄的命"，虽然"太过无助"，但它一直保持着和书写者的距离，并且以"悲悯而高贵"的神情"面对着你"，"一张纸里头，仿佛永远藏着另一张纸"，而在纸与纸的延续中，它不断地"发出惊叫"，或者"偷偷从我们的手底下奔跑出来"，以此来嘲讽那些庸常、无效的写作。

这个时候，我们才会突然对书写产生疑问："文字能否真的写进一张纸"？这是一次永恒的追问，在这个问题面前，一切"想仄入其中"的书写，都要被严格检验。于是，写作者和纸张之间的关系得以重新建立：要想进入白纸里的世界，使用"利器"和"钥匙"未必有效，相反，借着"歉意""一筹莫展"和"敬重"，那扇隐藏的写作之门却能为你敞开。

原来，抵达写作之门最有效的途径，恰恰是谦卑和敬畏！

"一张纸只为一个真正的书写者留着一扇门"——汤养宗在此所召唤的是"真正的书写者"，所秉承的写作态度是"敬重"，这似乎并不是什么重大的发现，然而，在一个日益浅薄、庸俗的时代，在一个写作正在被简化、被轻化的时代，倡扬一种真正的写作精神，恢复一种在纸张（写作现场）面前的庄重感和敬畏感，似乎很为必要。《纸张》所描述的写作者和纸张之间从对峙到和解的过程，其实是在提醒我们：每个写作者都应该找到自己和纸张之间的距离，找到他所当站立的书写位置，否则，真正写作永远无法开始。

（原载《特区文学》2004—2005 年的"读诗"栏目）

一种有方向感的写作

——关于雷平阳的诗歌

去年的时候它已是废墟。我从那儿经过
闻到了一股呛人的气味。那是夏天
断墙上长满了紫云英；破损的一个个
窗户上，有鸟粪，也有轻风在吹着
雨痕斑斑的描红纸。有几根断梁
倾靠着，朝天的端口长出了黑木耳
仿佛孩子们欢笑声的结晶……也算是奇迹吧
我画的一个板报还在，三十年了
抄录的文字中，还弥漫着火药的气息
而非童心！也许，我真是我小小的敌人
一直潜伏下来，直到今日。不过
我并不想责怪那些引领过我的思想
都是废墟了，用不着落井下石……

这首名为《小学校》的短诗，并非雷平阳的代表作，读起来却是意味深长。"小学校"作为童年记忆的入口，它是不动的，但诗人赋予了它时间的沧桑感。从"今日"开始回忆"去年"夏天，而

"去年"所想起的却是"三十年了"的场景——记忆的链条，经过这两次时间转折之后，变得理性而冷静。诗人的心事正是在这个时候复活的，他"不想责怪"，因为不期而遇的记忆使他柔软。

"废墟"是唤醒记忆的经典形式。呛人的气味，断墙，破损的窗户，雨痕斑斑的描红纸，长出了黑木耳的断梁……这些适合于缅怀的记忆元素，似乎都是为了提示"我画的一个板报还在"——三十年了，居然"还在"！那些本应最能抵抗时间侵蚀的事物已经衰颓，一个最易消逝的"板报"却"还在"，这是怎样一种"恍如隔世"的生活？物已非，人还在，"也许，我真是我小小的敌人/一直潜伏下来，直到今日"。

记忆被全部激活，诗人开始回忆。"有几根断梁/倾靠着，朝天的端口长出了黑木耳/仿佛孩子们欢笑声的结晶……也算是奇迹吧"，还有"那些引领过我的思想"，而回忆的基调是："都是废墟了，用不着落井下石……"诗歌的精神空间突然变得开阔起来，源于诗人的视角已经悄悄地从"看"和"闻"中，过渡到了"想"，或者说，他把记忆变成了回忆。"记忆"和"回忆"是两个完全不同的概念，哲学家克尔恺郭尔就专门辨析过这一点。他在《酒宴记》中说，你可以记住某件事，但不一定能回忆起它。"回忆力图施展人类生活的永恒连续性，确保他在尘世中的存在能保持在同一进程上，同一种呼吸里，能被表达于同一个字眼里。"简单的记忆，记住的也许不过是材料和经验，它因为无法拥有真实的、个人的深度，必然走向遗忘。因此，从哲学意义上说，回忆有时比记忆更有价值，精神的真实有时比经验的真实更为重要。

"回忆就是想象力"（克尔恺郭尔语），回忆就是提示"人类生活的永恒连续性"，回忆就是不断地对生活发出惊叹："还在"！就连"抄录的文字中"，也"还弥漫着火药的气息"，它和"孩子们的欢笑声"被同置于一个语境之中，似乎旨在告诉"今日"的我，该如何面对"废墟"，面对历史和现实——但诗人显然无意在此深究，他更迷恋的是回忆中的回忆所唤醒的那沉睡多年的心绪，"通过回忆我们自己也成了回忆的对象——成了值得为后人记起的对象"（斯蒂芬·欧文语）。

"也算是奇迹吧"，三十年前的童年细节现在还能重逢。这样的重逢，与其说是对逝去岁月的缅怀，还不如说是对现实中的我的一次意外慰藉。从这首诗中，我们或可看出，雷平阳的抒情方式是感伤的，但并不滥情，他为了平衡自己的情感，从而使之变得隐忍、节制，便常常在抒情中应用叙事的手法，通过精细的写实，来表达他对事物本身的热爱。他对大地的赞叹，对日常生活的发现，或者是现代乡愁的寓言，或者是残酷生活的实录，有欢乐，也有悲哀，有庄严的面容，也有迷茫的表情。就此而言，雷平阳是矛盾的诗人，他的写作，饱含冲突，并且贯彻着一种精神紧张感。阅读他的诗，常常是难以平静的，他表达出了一个现代人的复杂心绪：既被"现在""瞬间"所牢牢地控制，又对"别处""远方"充满想象；既无法回避现世、欲望的快乐，又不愿臣服于此，依然要作必要的精神抗争。

我能理解雷平阳的矛盾。面对一个日益破败的世界，诗人很难在内心重获一种坚固的秩序和根基，他只能接受变动、混乱、溃散、消失这样一些事实。即便面对故乡、大地这些被记忆守护的事物，它易变的容颜也常常令诗人大吃一惊。很多人都记得雷平阳写过一首著名的诗，叫《亲人》：

> 我只爱我寄宿的云南，因为其他省
> 我都不爱；我只爱云南的昭通市
> 因为其他市我都不爱；我只爱昭通市的土城乡
> 因为其他乡我都不爱……
> 我的爱狭隘、偏执，像针尖上的蜂蜜
> 假如有一天我再不能继续下去
> 我会只爱我的亲人——这逐渐缩小的过程
> 耗尽了我的青春和悲悯

　　这首诗，并非单纯抒写乡愁或昭示对故乡的爱，它更是诗人本身的写作象喻：这个"逐渐缩小的过程"，意味着诗人在现实面前变得越来越锋利，情感也扎得也越来越深，持续地在一个细小的角落挖掘下去，这样的写作便能让我们读到一种精神的刺痛感，它是自我的告白，也是面对世界的宣言。然而，雷平阳也同时写过另一首名为《我的家乡已面目全非》的诗：

　　　　我的家乡已面目全非
　　　　回去的时候，我总是处处碰壁
　　　　认识的人已经很少，老的那一辈
　　　　身体缩小，同辈的人
　　　　仿佛在举行一场寒冷的比赛
　　　　看谁更老，看谁比石头
　　　　还要苍老。生机勃勃的那些
　　　　我一个也不认识，其中几个
　　　　发烟给我，让我到他们家里坐坐
　　　　他们的神态，让我想到了死去的亲戚
　　　　也顺带看见了光阴深处
　　　　一根根骨头在逃跑
　　　　苹果树已换了品种；稻子
　　　　杂交了很多代；一棵桃树
　　　　从种下到挂果据说只要三年时间
　　　　人们已经用不着怀疑时光的坚韧
　　　　我有几个堂姐和堂妹，以前
　　　　她们像奶浆花一样开在田野上
　　　　纯朴、自然，贴着土地的美
　　　　很少有人称赞，但也没人忽略
　　　　但现在，她们都死了，喝下的农药
　　　　让她们的坟堆上，不长花，只长草

我的兄弟姐妹都离开了村庄
那一片连着天空的屋顶下
只剩下孤独的父母。我希望一家人
能全部回来，但父亲咧着掉了牙齿的嘴巴
笑我幼稚："怎么可能呢
生活的魅力就在于它总是跑调。"
的确，我看见了一个村庄的变化
说它好，我们可以找出
一千个证据，可要想说它
只是命运在重复，也未尝不可
正如这个阳光灿烂的下午
站在村边的一个高台上
我想说，我爱这个村庄
可我涨红了双颊，却怎么也说不出口
它已经面目全非了，而且我的父亲
和母亲，也觉得我已是一个外人
像传说中的一种花，长到一尺高
花朵像玫瑰，长到三尺
花朵就成了猪脸，催促它渐变的
绝不是脚下有情有义的泥土

　　这首诗，完整地向我们描述了一个陌生的家乡，变化的景象和变化的心境，庄重、沉痛的细节，平静、密实的语言下难以压抑的悲伤，杂糅在一起，塑造出的是一个凄怆的孤独者的面影。还有什么事情比站在面目全非的家乡面前更让人伤怀的呢？对于家乡而言，诗人像是一个入侵者，就连父亲和母亲，"也觉得我已是一个外人"，这种感受，已不仅仅是地理意义上的连根拔起，更是一种存在的被抛，除了在形单影只的记忆中缅怀，诗人的精神已完全失去现实的落脚点，他意识到，自己注定只能做这个时代的孤魂野鬼了。

从"我只爱昭通市的土城乡/因为其他乡我都不爱",到"我想说,我爱这个村庄/可我涨红了双颊,却怎么也说不出口",这是怎样的一种精神巨变,又是怎样的一种心灵创伤!或许,这种内在的矛盾感和分裂感,正是理解雷平阳诗歌的重要入口——记忆的故乡和现实的故乡是分裂的,现实的故乡和诗人所寄居的"昆明"又是分裂的,诗人面对的危机是正在丧失精神的立足之地,尤其是当诗人把"昆明"看作是"无情无义的城市"(《暴雨之夜》)的象征时,对抗在加剧,孤独也日益变得深重。尽管诗人在《底线》一诗中,明确地列举了自己"一生也不会歌唱的东西"(多数是城市的元素):"高大的拦河坝/把天空变黑的烟囱;说两句汉语/就要夹上一句外语的人/三个月就出栏、肝脏里充满激素的猪/乌鸦和杀人狂;铜块中紧锁的自由/毒品和毒药;喝文学之血的败类/蔑视大地和记忆的城邦/至亲至爱者的死亡;姐姐痛不欲生的爱情……"并说,"这是诗人的底线,我不会突破它"。可是,对于城市,诗人的存在依旧是一种异己的力量,"十三年的昆明"生活,也不过只有"四个"朋友(《朋友们》),日子在失去光泽,"正如我萧条的内心"(《在"橡树"的一个下午》)。对比于记忆中的故乡,天空、田野和河流都是开放的,"它们只要腾空一个角落,就足以成为我的天堂;它们只要给我一根青草,青草上就会有蜻蜓、蚱蜢、青虫、露珠和蜗牛;给我一朵油菜花,花上就会有香味、汁液、蝴蝶和花粉……"(《我为什么要歌唱故乡和亲人》)其实诗人何尝不知道,这样的故乡,已经只活在记忆当中,用柔软的词汇来想象它们,有时不过是为了逃避"蔑视大地和记忆的城邦",而更多的时候,我只能在"昆明"像敌人一样潜伏下来:"我努力地不去怀念或者想象从前/正因为从前诸事的累积,导致了/我在昆明——一个异端上的城堡/身体和思想走散了,只好埋伏下来"(《埋伏》)。

"身体和思想走散了",这是一种更严重的精神分裂,也是诗人所难以解答的生存困境。写作的意义,正是为了弥合这种身体和思想之间的裂痕。雷平阳何以常常在诗歌中以实录的方式记述大地和世界的容颜？就在于他要寻找言可及义、言可及物、言可及心的写作，因此，他的诗，有很多细节的雕刻，甚至有笨拙的物象的罗列，他要让身体和思想再一次相逢，"努力回到自己的身体中，继续坚守在自己的生活现场，以朴素、干净的汉语，谱写属于自己眼睛、嘴巴、鼻子、耳朵、手、心脏和皮肤的诗歌"。我们或可想起雷平阳那首引起广泛争议的《澜沧江在云南兰坪县境内的三十七条支流》，它毫无诗意可言，只是一条河流一条河流地叠加在一起，看起来像一份忠实的地理资料，有景无情，以笨拙隐藏想象。这样的极端写作显然是无法重复的，但它向我们重申了一种"眼睛的……诗歌"，诗人在世界面前，恢复了一个简单的看的姿势，用身体去丈量大地和河流，用皮肤去感知生活的沟壑和生命的皱纹。可以说，雷平阳正是用这两种方式来建构他的诗歌世界的：他笔下的山川、河流、天空、田野，气势宏大，人行走在其中，孤独而渺小，通过描述这一景观，雷平阳找到了自己精神的旷野，并在这个旷野里，重释了人与自然的庄严关系；另外，他也记述生活中那些微小的事物，小学校，小路，小河，小孩，"小小的灵魂"，一只蚂蚁、蜘蛛，或者一只羊，一棵树，甚至"一个卖麻雀肉的人"，不厌其烦的细部刻写，如同放在显微镜底下来看事物，从而照见生活中那些被忽视的欢乐或残忍，并通过对这些小事物的放大，把它对心灵的微妙影响有力地表达出来。

——有人把雷平阳的这两种写作方式概括为大和小、冷和热、写意和写实的统一，这是贴切、合身的。但矛盾和分裂依旧存在。在大地上，在故乡面前，甚至面对至亲的亲人，雷平阳在感念的同时，都会流露出一种无言的悲怆。那个安放心灵的地方，正在消失，人和世界的悲剧性关系，正变得越来越严峻，所以，雷平阳曾经把自己的写作称之为是"送葬"，"为布满了记忆刻痕的、渐行渐远的村庄，为那些只有在清明节才回家来与未亡人团聚的我的死去的亲人"（《土城乡鼓舞——兼及我的创作》）。也许，在这个日日新的时代，葬礼才是对那些旧事物最好的守护；最好的写作，往往都是对时代的哀悼，是挽歌，也是一次以乐致哀。

　　因此，雷平阳的写作越到后面，精神性的特征就越明显。即便是他常写的"回家"这一经典母题，也往往不再是具体的回家，而变成了心灵的返乡。现实已经不忍观看，记忆也日渐遥远，诗人只能在想象中回家。"也许只有蜘蛛，才会在雨后重返树枝"（《重返》），人的返乡则要艰难得多，"如果返回故乡/必须排队，我愿排在最后/甘愿做最后一人/充军到云南，几百年了/也该回去了，每个人怀中的/魂路图，最后一站：山西，洪洞"（《望乡台》），回家越来越成为一个抽象的愿望，渺茫，但又无法释怀，故乡正在远去，正在成为只有用死才能到达的地方。让变黄的青草"从去年羊群的舌尖上归来"（《草原》），让五十年前"无数放哨的土匪坐过"的"石凳"，散发出"走投无路者的体温"（《鹭鸶》），正如诗人"动用最后的/一点力量，回到青山的故乡去"（《在漾濞，暴雨》），这些，都是艰难的退守，也是现代人无路可走时的灵魂出路。无路可走了，你只有回家，哪怕是虚无的、想象的回家，也多少能够给诗人一丝的慰藉。

　　这也正是雷平阳的诗歌中最为可贵的品质之一。他的感受是有来源地的，他的用词也有自己的精神根底，或者说，他在纷乱、嘈杂的人世，并没有失去写作的方向感。雷平阳在一次座谈会的发言中说："每个诗人背后都有一个村庄，背后都有一个个人的根据地，我背后的土地的存在支撑了我的写作。……我的心灵离不开那片土地。我从小跟着唱书的瞎子在那些乡村里走，没法抛开身后那片土地的存在。我想强调的是诗人应该知道自己的根在哪里。"我认同这样的说法。写作是要有根据地的，诗人是要探究自己的精神根底究竟在哪里的，理解了这一点，我们就能理解诗人笔下的"小世界"，其实一直藏着一段波澜壮阔的心事，这也是雷平阳持续书写故乡、反复歌唱一个村庄的原因——哪怕情感的表达方式略嫌单调、单一，哪怕面对故乡的用词大致雷同，他也毫不介怀，因为故乡的下面，有一道精神的潜流，它标示的是诗人不动的写作方向。

正是故乡、大地和亲人这三种事物，为雷平阳的诗歌确立起了清晰的方向感，也形成了他不可替代的写作根据地。他的确是一个有根的诗人，他对大地和亲人的赞歌，是从这个生命的根须中长出来的；他对残酷生活的洞察，也是为了写出生命被连根拔起之后的苍凉景象。或许，随着现代化的一统天下，大地的根基已经动摇，故乡也已面目全非了，但至少还有亲人，还有"母亲"（《母亲》）这个庄严的形象，让诗人得以继续发出悲伤的声音：

> 母亲，三岁时我不知道你已没有
> 一滴多余的乳汁；七岁时不知道
> 你已用光了汗水；十八岁那年
> 母亲，你送我到车站，我也不知道
> 你之所以没哭，是因为你泪水全无
> 你又一次把自己变成了我
> 给我子宫，给我乳房
> 在灵魂上为我变性
> 母亲，就在昨夜，我看见你
> 坐在老式的电视机前
> 歪着头，睡着了
> 样子像我那九个月大的儿子
> 我祈盼这是一次轮回，让我也能用一生的
> 爱和苦，把你养大成人

（原载《文艺争鸣》2008 年第 6 期）

学 术 简 表

独 著

我们内心的冲突	广州出版社 2000 年版
活在真实中	中国电影出版社 2001 年版
我们并不孤单	中国社会科学出版社 2001 年版
话语的德性	海南出版社 2002 年版
身体修辞	花城出版社 2003 年版
先锋就是自由	山东文艺出版社 2004 年版
此时的事物	江苏教育出版社 2005 年版
从俗世中来，到灵魂里去	郑州大学出版社 2007 年版
文学的常道	作家出版社 2009 年版
文学的路标：1985 年后中国小说的一种读法	
	广东人民出版社 2009 年版
被忽视的精神：中国当代长篇小说的一种读法	
	吉林出版集团 2009 年版
从密室到旷野：中国当代文学的精神转型	
	海峡文艺出版社 2010 年版
抱读为养	安徽文艺出版社 2011 年版
文学如何立心	昆仑出版社 2013 年版
消夏集	安徽文艺出版社 2013 年版
散文的常道	广东人民出版社 2014 年版

小说中的心事	作家出版社 2016 年版
文学及其所创造的	海峡文艺出版社 2016 年版
"70 后"批评家文丛·谢有顺卷	云南人民出版社 2016 年版
当代小说十论	山东文艺出版社 2017 年版

合　著

贾平凹谢有顺对话录	苏州大学出版社 2003 年版
于坚谢有顺对话录	苏州大学出版社 2003 年版

编　著

文学新人类（四卷）	珠海出版社 1999 年版
呈现——女性写作书系三卷	百花文艺出版社 2001 年版
爱情档案·当代小说丛书（四卷）	中国社会科学出版社 2001 年版
2001 中国中篇小说选	花城出版社 2002 年版
2002 中国中篇小说选	花城出版社 2003 年版
1977—2002 中国优秀中篇小说（两卷）	春风文艺出版社 2003 年版
中国当代作家评传丛书（一辑　四卷）	郑州大学出版社 2004 年版
2003 中国中篇小说选	花城出版社 2004 年版
优雅的汉语（三卷）	百花文艺出版社 2005 年版
2004 中国中篇小说选	花城出版社 2005 年版
第 2 届"华语文学传媒大奖"获奖作者作品集（六卷）	
	华艺出版社 2005 年版
一生的阅读珍藏（三卷）	百花文艺出版社 2005 年版
2005 中国中篇小说选	花城出版社 2006 年版
2006 中国中篇小说选	花城出版社 2007 年版
中国当代作家评传丛书（二辑　三卷）	河南文艺出版社 2008 年版
2007 中国中篇小说选	花城出版社 2008 年版

2008 中国中篇小说选　　　　　　　　　　花城出版社 2009 年版

2009 中国中篇小说选　　　　　　　　　　花城出版社 2010 年版

21 世纪思想随笔排行榜　　　　　　　　　百花洲文艺出版社 2010 年版

2010 中国中篇小说选　　　　　　　　　　花城出版社 2011 年版

2011 中国中篇小说选　　　　　　　　　　花城出版社 2012 年版

2012 中国中篇小说选　　　　　　　　　　花城出版社 2013 年版

2013 中国中篇小说选　　　　　　　　　　花城出版社 2014 年版

2014 中国中篇小说选　　　　　　　　　　花城出版社 2015 年版

2015 中国中篇小说选　　　　　　　　　　花城出版社 2016 年版

2016 中国中篇小说选　　　　　　　　　　花城出版社 2017 年版

主要论文

终止游戏与继续生存——先锋长篇小说论　《文学评论》1994 年 3 期

再度先锋——一个作家与一个问题　　　　《大家》1994 年 5 期

忧伤而不绝望的写作——我读迟子建的小说

　　　　　　　　　　　　　　　　《当代作家评论》1996 年 1 期

最后一个浪漫时代——我读格非的《欲望的旗帜》

　　　　　　　　　　　　　　　　《当代作家评论》1996 年 2 期

我们时代的恐惧与慰藉　　　　　　　　　《花城》1996 年 5 期

怯懦在折磨着我们　　　　　　　　　　　《花城》1998 年 2 期

回到事物与存在的现场——于坚的诗与诗学

　　　　　　　　　　　　　　　　《当代作家评论》1999 年 4 期

诗歌与什么相关　　　　　　　　　　　　《诗探索》1999 年一辑

一九五七年的生与死　　　　　　　　　　《当代作家评论》2001 年 3 期

通往小说的途中——我所理解的五个关键词

　　　　　　　　　　　　　　　　《当代作家评论》2001 年 3 期

当死亡比活着更困难——我读莫言的《檀香刑》

　　　　　　　　　　　　　　　　《当代作家评论》2001 年 5 期

文学身体学 　　　　　　　　　　　　　　　　　　　《花城》2001 年 6 期

消费时代的暖色幽默——《桃李》与当代知识分子形象的转型

　　　　　　　　　　　　　　　　　　　　　《南方文坛》2002 年 4 期

叙事也是一种权力——中国当代小说的话语变迁

　　　　　　　　　　　　　　　　　　　　　　《花城》2003 年 1 期

不读"文化大散文"的理由 　　　　　　　　《新华文摘》2003 年 1 期

铁凝小说的叙事伦理 　　　　　　　　　《当代作家评论》2003 年 6 期

消费社会的叙事处境 　　　　　　　　　　　　《花城》2004 年 1 期

中国小说的叙事伦理 　　　　　　　　　　　《南方文坛》2005 年 4 期

革命、乌托邦与个人生活史——格非人面桃花的一种读解方式

　　　　　　　　　　　　　　　　　　　《当代作家评论》2005 年 4 期

尊灵魂叹生命——贾平凹、"秦腔"及其叙事伦理

　　　　　　　　　　　　　　　　　　　《当代作家评论》2005 年 5 期

批评应"挟着风暴和闪电" 　　　　　　　《新华文摘》2005 年 23 期

为破败的生活作证——陈希我小说的叙事伦理

　　　　　　　　　　　　　　　　　　　　　《小说评论》2006 年 1 期

文学叙事中的身体伦理 　　　　　　　　　　《小说评论》2006 年 2 期

散文的后面站着一个人 　　　　　　　　《当代作家评论》2006 年 3 期

对人心和智慧的警觉——论李静的写作兼谈一种批评伦理

　　　　　　　　　　　　　　　　　　　　　《南方文坛》2006 年 5 期

笔墨从一个人的胸襟里来 　　　　　　　《扬子江评论》2006 年创刊号

重申散文的写作伦理 　　　　　　　　　　　《文学评论》2007 年 1 期

从俗世中来到灵魂里去——关于文学写作的一次讲演

　　　　　　　　　　　　　　　　　　　　　　《花城》2007 年 1 期

人心的省悟 　　　　　　　　　　　　　　　　《天涯》2007 年 2 期

小说的物质外壳：逻辑、情理和说服力

　　　　　　　　　　　　　　　　　　　《当代作家评论》2007 年 3 期

分享生活的苦——郑小琼的写作及其"铁"的分析

　　　　　　　　　　　　　　　　　　　　　《南方文坛》2007 年 4 期

后记：对话比独白更重要

谈到文学批评，法国著名批评家阿尔贝·蒂博代的《六说文学批评》①，是经常被人提及的名著，里面的一些观点，也曾被人反复征引。多年前，我读这本书时，获益良多；这些天有机会重读，依然觉得颇有启发，如斯塔罗宾斯基评价该书时所说，"还没有过时"。一种批评的观念，过了八十多年之后，还能具有持续的生命力，这也算得上是批评界的奇迹了。文学批评本是最容易过时和最容易衰老的文体，它在今天显得如此寂寥，其实和这种悲剧性的命运有关。不久前，何向阳就曾感叹道："我也是选择当代文学作为专业方向的一分子，当时间的大潮向前推进，思想的大潮向后退去之时，我们终是那要被甩掉的部分，终会有一些新的对象被谈论，也终会有一些谈论新对象的新的人。这正是一切文字的命运。"② ——我感同身受。王阳明说，"持志如心痛"。但在这样的时代，想持批评之志，尤为艰难；面对批评界的喧嚣、轻浮以及日益严重的审美无能，也

---

① ［法］蒂博代：《六说文学批评》，赵坚译、郭宏安校，生活·读书·新知三联书店 2002 年版。

② 何向阳：《批评的构成》，载《文艺报》2007 年 7 月 12 日。

非"心痛"二字可以形容。批评的问题，正在成为文学诸问题的焦点。

蒂博代把文学批评分为自发的批评、职业的批评、大师的批评三种——这样的分类，对于今日的批评现状而言，未必合身，但他对批评的解剖方法却仍然值得重视。照蒂博代的说法，所谓"自发的批评"，其实就是一种读者批评，是那些有审美感觉的人在读书之后的谈论、鉴赏和评点，它具有简明易懂的特征，但也容易染上无知和赶时髦的毛病。"职业的批评"是和大学、文学史相关的教授批评，重视材料、观念和论证，但也可能因为缺少批评的趣味而落入一种半死不活的学究气中。"大师的批评"则是指那些获得了公认的大作家对文学作品的看法，它具有热情、寻美、充满同情和理解的气质，但也要警惕一种"作坊批评"的小圈子倾向。在《六说文学批评》一书中，蒂博代对这些"批评生理学"有着深入的分析，同时也倡扬批评活动中的建设性和创造精神。我无意套用这些方法和分类，而只想强调，在蒂博代的著作中，我读到了一种宽大的精神——要说蒂博代的见解对中国当代文学批评有什么参证意义的话，我以为，这是其中极为重要的一点。

宽大是一种精神容量，也是理解批评对象的一个高度。波德莱尔说，"批评要站在排他的观点上，但要打开最广阔的视野"，在"排他的观点"和"最广阔的视野"之间，必须有一个精神的联系点将它们统一起来，那就是作为批评家本人的宽大的灵魂。郭宏安称赞波德莱尔就具有这种批评精神："因为他的批评始终是在两个灵魂的遇合或搏斗中进行的，是因为他没有把文学之外或之上的利己打算夹缠在他那些最优秀的批评之中。"[①] 一些人的批评只有"排他的观点"而没有"最广阔的视野"，根本原因就在于他的文字中潜藏了太多的"利己打算"，不仅批评的观点偏狭，批评者的灵魂也显得过

---

① 郭宏安：《读〈批评生理学〉——代译本序》，见［法］蒂博代：《六说文学批评》，第 30 页。

于单薄。或许正是出于一种精神的宽大，蒂博代才会说出这样的话来："如果不是有成千上万很快就将湮没无闻的作家维持着一种文学生活的话，那就根本不会有文学，也就是说，不会有大作家。"① ——对"很快就将湮没无闻的作家"能持如此宽大、通达、公道的看法的人，在众多批评家中，并不多见。这一方面告诉我们，任何一个时代的文学谱系的建立，背后都存在着许多被牺牲的作品，它们或许是粗糙的，意义不大的，但没有它们所构成的文学场，杰作也无从诞生——现在的文学杰作的定义，都借助于文学史的书写和归类，但在二十世纪之前，并无文学史写作，杰作的产生所依靠的则是时间和传播过程对作品本身的选择。从《全唐诗》容纳各种质量的诗歌，到《唐诗三百首》这一精选本的广为流传，这种编撰本身就反映了历史选择的结果，但我们并不能因此就简单地用《唐诗三百首》来否认《全唐诗》里众多作品的价值。另一方面，对于那些粗制滥造的作品，批评家该对它们持什么态度，也成了一个问题。我个人比较赞同郭宏安的观点："粗制滥造是一种可避不可免的现象，最好的办法是批评的沉默，令其自生自灭。"② 多年来，总是有人指责批评家为何不对那些质量低劣的作品发言，仿佛不发言就是批评良知的沦丧，其实，这对批评家是一种为难，因为粗制滥造的作品总是占多数，要求批评家都去读这些作品，并且对这些作品都出示明晰的价值判断，这不仅是一种苛求，也是一种不现实的批评行为，任何一个批评家都不可能有这么多的时间读完这些作品——或许，对于这些作品，沉默本身也是一种批评态度。

只有内心宽大的人，有时才会甘愿做一个沉默的人。沉默意味着容忍，而容忍的背后，其实活跃着一种对话精神。在批评活动中，对话比独白更有价值，多种声音并存也比只有单一的声音要好。

---

① ［法］蒂博代：《六说文学批评》，第8—9页。

② 郭宏安：《读〈批评生理学〉——代译本序》，见［法］蒂博代：《六说文学批评》，第10页。

现在有些性急的批评家热衷于裁判是非，评定优劣，恨不得天下的作家都像他希望的那样子写作。……要求批评不犯任何错误，无异于扼杀批评，同样，批评要求作品不能有任何瑕疵，也无异于扼杀文学。①

在《六说文学批评》一书中，蒂博代对那些"万无一失"的批评家的态度极为严厉："如果有一位超人的批评家出现，他能够现在就完成后人所做的分类，显然我们不能让他活下去，否则他将毁灭文学。"② 这明显是一种夸张的愤激之辞，但由此可以看出，任何时代，以为自己真理在握的批评家都大有人在，蒂博代的态度，今日仍有警示意义。"当然，当代文学的批评中如果有几位自以为握有生杀大权的批评家，他们也宰杀不了文学，蒂博代采取这样严厉的口吻，我想其用意是告诫那些以裁判官自命的批评家，当代文学作品的淘汰不关他们的事，还是交给时间去办为好，等到现在变成了过去，自然只有杰作留下，人们今日为评价的高低争吵不休又何苦来！"③

——这样的提醒，并非表示批评将无所作为，相反，它是在鼓励批评家应该更多地去创造和建设，而不是热心于做当下文学的裁判官，"恨不得天下的作家都像他希望的那样子写作"。我承认每个人都会有裁判的冲动，裁判中隐含话语暴力的事，也不鲜见。但我现在更崇尚创造，也更看重建设性的批评精神。我一直认为，要使文学批评重新获得力量，并能深度介入文学发展的进程，以下两点至关重要：一是要重塑批评的专业精神。既然是批评文学，批评者就得懂文学，就得以文学的情怀来评价文学。现在的批评文章中，

① 郭宏安：《读〈批评生理学〉——代译本序》，见［法］蒂博代：《六说文学批评》，第 10—11 页。

② ［法］蒂博代：《六说文学批评》，第 65 页。

③ 郭宏安：《读〈批评生理学〉——代译本序》，见［法］蒂博代：《六说文学批评》，第 11 页。

文学之外的言说太多了。而所谓批评的专业精神，在我看来，就是要有独立的见解、智慧的表达和对语言的创造性使用，一旦这几方面贫乏了，批评就会沦为无效的表达。二是在批评写作中要取谦卑和对话的态度。批评家在发力批判的时候，也得多肯定、张扬那些真正优秀的作品。批判、摧毁不是批评的终极目的，批评的终极目的是要让更多优秀的作家在你身边站立起来。我们在提倡批评家的批判勇气的同时，不可忘记，谦卑和对话、敬畏和宽恕也是批评家应该具备的另一种重要品质。

　　缺乏专业精神必然带来审美的瘫痪，这是很多批评文章显得平庸的根本原因——无论是不着边际的审美分析，还是毫无原则的过度赞美，其实都是平庸的表现；而批评家的气量狭小，导致谦逊的对话精神无从体现，又使当下的批评开始染上夸张、暴躁的话语病症——轻浮和专断是这种批评的共有特征。鉴于此，我以前也欣赏那些尖锐、泼辣的文字，如今却开始对这种说话方式有所警惕。之所以会有这种心境变化，除了上述的蒂博代的警示以外，还有两个大学者的话，提醒了我：一个是思想家梁漱溟，一个是国学大家钱穆。梁漱溟说自己越对人类的生命有了解，就越觉得人类真是可悲悯的：

　　　　所谓对人类生命有了解是什么？就是了解人类生命当真是可悲悯的。因为人类生命是沿着动物的生命下来的；沿着动物的生命而来，则很近于一个动的机器，不用人摇而能自动的一个机器。机器是很可悲悯的，他完全不由自主。我之所谓可悲悯，就是不由他自主。很容易看见的是：我们活动久了就要疲劳睡觉，不吃饭就饿，很显著的像机器一样。其他好恶爱憎种种情欲，多半是不由自己。看这个贪，看那个爱，怠忽懒惰，甘自堕落，不知不觉的他就那样。照我所了解的，人能够管得住他自己的很少。假如好生气，管住不生气好难！在男女的关系上，见面不动心好难！他不知怎的念头就起了。更如好名、出风头等，有时自己也知道，好歹都明白，可是他管不了自己。

　　因为我对人类生命有了解，觉得实在可悲悯，可同情，所以对人的过错，口里虽然责备，而心里责备的意思很少。他所犯的毛病，我也容易有。平心说，我只是个幸而免。……这样对人类有了解，有同情，所以要帮助人"忏悔""自新"；除此更有何法！人原来如此啊！①

　　这话说得很朴白，但实在，有理。最初读的时候，心里是有触动的。他提到了人的生命是值得悲悯、值得同情的，看到了这个事实，你对别人的过错，就不会揪着不放，"口里虽然责备，而心里责备的意思很少。"为什么？因为这样的错误，我也可能犯的。梁漱溟说这话时，年纪还轻，但已经有一种老人才有的沧桑和智慧了。在此之前，我也尽量以善意、同情的眼光来看世界，自我的审视，也一刻没有停止过，但世界太喧嚣，人心是很容易走入歧途的。慢慢地，要求别人就比要求自己还高了。其实，很多年前，我就熟读《圣经》，也在文章中多次征引《马太福音》七章的话："为什么看见你弟兄眼中有刺，却不想自己眼中有梁木呢？你自己眼中有梁木，怎能对你弟兄说：'容我去掉你眼中的刺'呢？你这假冒为善的人！先去掉你自己眼中的梁木，然后才能看清楚，去掉你弟兄眼中的刺。"——在"刺"与"梁木"之间，谁大谁小，客观标准本来是很清楚的，但一旦自己的眼睛模糊了，心迷乱了，就会犯只看见别人眼中的刺、看不到自己眼中有梁木的悲剧。有些人，批评起别人来，勇往直前，可对自己存在的问题，却从不触及，这样的批评，自然不会让人服气。其实，文学不是不可以批评，而是批评者要有健康、冷静、同时饱含尊重别人劳动的心态，这样的批评，才会比较客观、合乎情理。其实，相比于批判别人，悔悟自己可能更加重要。

---

　　① 梁漱溟：《忏悔——自新》，见《朝话：人生的省悟》，百花文艺出版社2005年版。

还有一个是钱穆。他在《中国文学中的散文小品》一文中，有一段话，令人深思：

> 五四以来，写文章一开口就骂人，不是你打倒我，就是我打倒你，满篇杀伐之气，否则是讥笑刻薄，因此全无好文章。①

这话是说得很重的。尽管"全无"之类的用词，显得太过绝对了，但并非毫无道理。钱穆不喜欢陈独秀的文章，就是因为里面多有杀伐气。钱穆是喜欢讲文学的性情和修养的。其实，五四以来的这种杀伐气，到现在，也没有大的改变。"写文章一开口就骂人"的事还是经常发生。好像不骂人，就不是批评家了；好像只有骂了人，才体现批评家的良心。这是很奇怪的逻辑：如果说一部作品好，那就意味着他和这个作家有金钱或人情方面的交易；仿佛只有批判一部作品，才能代表一个批评家的良知。如果只有批判才能体现一个人的良知，那么，批评家还有没有喜欢一部作品的权利？批评的建设性又从何谈起？

许多人都要求这个时代的批评家要更勇敢、更尖锐地战斗，可我要说的是，战斗只是批评家的使命之一，而不是全部。批评家除了扮演"作家各种错误的发现者和收集人"（斯威夫特语）这一角色之外，它理应还有更高的写作理想。除了发现作家的错误，批评家可能还需要在作品中寻美——"寻美的批评"同样令人尊敬。这方面并不是没有成功的范例。李健吾的批评就是很好的榜样。他认为，最好的批评是既不溢美，也不苛责，"不诽谤，不攻讦，不应征"②，维护批评尊严，不该以贬低写作者的地位为代价，批评者和写作者之间应该是平等的，而批评者更应是谦逊的，要与写作者取对话的

---

① 钱穆：《中国文学中的散文小品》，见《中国文学论丛》，生活·读书·新知三联书店 2002 年版。

② 李健吾：《咀华二集·跋》，见《咀华集·咀华二集》，复旦大学出版社 2005 年版。

态度。李健吾要年轻人都记住考勒几的忠告:"就其缺点来评判任何事物都是不明智的,首先的努力应是去发现事物的优点。"① ——"去发现事物的优点",即为寻美的批评,这样的批评实践,是有建设意义的。因此,我喜欢李健吾的批评,他是真正有立场,又有话语风度的人。

钱穆还有一段话是评价鲁迅的。他说,鲁迅后期,"卷入政治漩涡以后,他的文字更变得尖刻泼辣了。实在已离弃了文学上'文德敬恕'的美德。"② 这话可能误读了鲁迅的生存语境,但"文德敬恕"一语的重申,却有不可忽视的价值。"文德敬恕"这个词,出自清代学者章学诚的著作,它说的是为文最重要的态度理应为敬与恕——谁都知道,这是很高的境界。如果一个批评家只是一味地批判,但对别人的才华和创造没有基本的谦卑和欣赏,对别人的智力劳动没有基本的尊重,对当下的文学发展没有提供有效的建设,这样的批评,必然难以唤起别人的信任。而梁漱溟所说的悲悯和同情,钱穆所提倡的"文德敬恕",则让我清晰地看到了新的批评边界。

应该如何平衡批判与创造之间的关系呢?照蒂博代的阐释,批评可以分为"寻美的批评"和"求疵的批评"两种。他借用法盖的话说:"寻美的批评面向读者,其目的是让他们明白一本新的或旧的书中有什么好东西以及为什么好;……求疵的批评面向作者。它不教育公众,它试图教育的是作者。"③ 蒂博代的批评观念显然具有更多的"寻美的批评"的色彩。他并不否认"求疵的批评"的意义,但对这种批评究竟有多大的好处却深表怀疑。他认为,"求疵的批评"是把评论作为创造物的作品当成了批改学生的作文,然而作家不是学生,作品也不是学生的作业,前者是创造,是天性的流露,而后者只是重复或模仿,是任何人都可以做出来的。因此,"批评的

---

① 李健吾:《咀华集·跋》,见《咀华集·咀华二集》。
② 钱穆:《中国文学论丛》,第 77 页。
③ [法] 蒂博代:《六说文学批评》,第 26 页。

高层次的功能不是批改学生的作业，而是抛弃毫无价值的作品，理解杰作，理解其自由的创造冲动所蕴含的有朝气的、新颖的东西"。"求疵的批评"恰恰是忽视了作家身上的天性这一极其重要的因素，抱着好为人师的态度在作品上任意批改。这样的"合作者"显然是过于"粗暴"了，其有益性大可讨论。①

对比中国当代文学批评的现状，可以发现，"寻美的批评"确实太少了，现在引起文学界注意的多半是"求疵的批评"——裁判的冲动显然压过了创造的激情。特别是近年来制度化的学术话语被过度尊崇，使得文学批评中生机勃勃的个人趣味和生命感悟遭到蔑视，"职业的批评"最终成了没有热情的说教或知识演绎——没有判断带来的审美迟疑和过度判断带来的精神暴力，是它的两个重要特征。在这个背景里，恢复一种寻美的天性、敏锐的精神、创造的激情，以及宽大、谦逊、建设性的对话精神，就成了当下极为迫切的批评议题。

这就是我对二十世纪九十年代以来中国文学批评现状的基本观感。

本书所辑录的，都是我九十年代以来所写的论诗的文字，有些是诗歌专论，有些是诗人或诗集的评论，也包括我在九十年代末参与的关于"知识分子写作"与"民间写作"的几篇争论文章——这场盛大的争论，直接由一本"诗歌年鉴"和我关于这本年鉴的评论（《诗歌内部的真相》）所引发。我那时二十几岁，刚到广州，年轻气盛，文章中虽不乏意气之辞，但现在读来，也并非全无道理，至少，经历那场争论之后，诗歌界的很多风习开始转向，这也是不争的事实。我在这些文字中，读到了自己对诗歌的热爱和虔敬。这十几年来，对诗歌的研究尽管不是我的重点，但我至少通过这些文字，证明了我是一个读诗的人。

---

① 参见郭宏安：《读〈批评生理学〉——代译本序》，见［法］蒂博代：《六说文学批评》，第 27 页。

我深感，成为一个诗歌的读者是多么的重要。没有诗歌的教育和滋养，或许，我的心灵将沦陷得更快，我对文学的信念不会一直这么坚定，很多关于文学的微妙感受，我也无从说起。叶燮在《原诗》里说："可言之理，人人能言之，又安在诗人之言之？可征之事，人人能述之，又安在诗人之述之？必有不可言之理，不可述之事，遇之于默会意象之表，而理与事无不灿然于前者也。"确实，在自己的批评写作中，因为有了诗歌的维度，才得以敞开了一个完全不同的世界，所说之理，所述之事，也似乎有了一个完全不同的角度，这和我一直在做的小说批评是截然不同的。我感谢诗歌。

也要感谢吴子林先生，他做事认真，执着，且为这套丛书的出版耗费了很多心血，没有他坚持不懈的催促，我这些文章，还不知何时才会编辑出来。作为一个来自长汀的乡村之子，在广东工作多年之后，还能忝列"闽籍学者文丛"，并在家乡出版学术著作，我深感荣幸。

二〇一六年七月二日，广州